袁宏道 문학사상

袁宏道 문학사상

李基勉 著

한국학술정보㈜

|책머리에|

나이를 세는 방법에 여러 가지가 있지만, 동양학을 하는 사람들은 흔히 '불혹'이니 '지천명'이니 하고 세는 방법을 상당히 선호한다. 그 명칭 하나하나가 '명실상부'한지 아닌지는 모르겠지만, 이제 필자의 나이 또한 '불혹'과 '지천명'의 중간에 섰다. 어찌저찌 살아오다보니, 학문에 대한 열정은 '불혹'을 넘어서 '무혹(無惑)'의 단계에 들어섰고, 이제 더 이상은 좋은 연구자가 될 수 없다는 사실에 절망하며, 이것이 천명임을 절감하는 나이가 됐다. 그다지 좋지 않은 쪽으로만 나이에 걸맞은 '명실상부'한 삶을 살아가고 있는 것이다.

다행이도 지난겨울, 원굉도의 문학사상을 책으로 엮고자 하는 한국학술정보의 제안을 받고, 그간 틈틈이 써온 논문들로 한권의 책을 엮어보려 했다. 그러나 지난 10여 년간의 글이 하나의 계통을 가지고 저술된 것이 아니고, 말 그대로 필자의 마음가는대로 써온 것들이라, 뼈대를 다시 세우고 살을 붙여야 하는 문제가 생겼다. 그래서 우선은 박사학위논문을 붙이고 다듬어서 한권의 책으로 엮어보았다.

한국에서의 원굉도 연구뿐 아니라, 명말 문학사상 분야는 필자 나름대로 개척자 정신을 가지고 연구에 임해온 분야이다. 지금은 한국이나 중국에서 많은 학자들이 관심을 가지고 접근하고 있지만, 필자가 석박사 학위논문을 준비하던 당시만 해도 고전문학과 현대문학의 사각지대로 존재하던 분야였다. 필자의 지도교수이신 덕계 허세욱 선생님께서 필자에게 "정통문학을 연구하지, 왜 하필이면 金聖嘆, 李贄, 袁宏道 등

등에 관심을 가지느냐"고 하문하신 적이 있었다. 하도 오래전 일이라 뭐라 답을 드렸는지 정확한 기억은 없지만, "不羈之士로 일관한 그 사람들의 드라마 같은 인생이 너무도 궁금하고, 도대체 왜 그렇게 살았는지 알고 싶습니다"는 취지로 답을 올린 적이 있었다.

그간 십여 년이 지나면서 이 답을 찾았는지 어쩐지 아직도 모르겠다. 아마 이 답을 찾기 위해 공부를 시작했건만, 그간 십여 년 동안 그보다 더 근본적인 문제인 왜 공부하는지를 잊고 살아온 것 같다. 그래서 지난겨울, 이 책을 엮기 위해 십여 년 전에 쓴 논문을 다시 한 번 읽으면서 심한 부끄러움을 느꼈다. 잃어버린 초심의 단서를 희미하게나마 보았기 때문일 것이다. 앞으로 한 십년은 왜 부끄러웠는지 그 이유를 찾으며 살아야겠다.

부족한 필자의 원고를 책으로 엮어 출판해주시고, 잃어버린 초심을 다시 찾게 해 준 한국학술정보에 감사드린다. 그리고 이 책이 사백 년 전 영혼의 절대자유와 인간의 해방을 찾으려했던 인간 군상을 이해하는 데 도움이 되었으면 한다.

2007년 2월

이 기 면

|목 차|

제3장 性靈思想論__87

제4장 性靈文學論__189

제5장 결 론__253

관련자료 및 참고자료__259

제1장 袁宏道 연구 개황

1. 20세기의 연구동향

袁宏道가 이루어 놓은 문학적 성과에 대해서 뿐 아니라, 그의 인간됨에 이르기까지 다양하고 상반된 평가가 있어왔다. 원굉도가 이루어 놓은 문학적 업적에 대한 평가는 '인간 의식의 해방'이라는 측면[1]과, 비록 타의에 의한 것이지만 '봉건적 문예론의 심화'라는 측면[2]으로 대비된다. 원굉도라는 인물에 대해서도 "세상을 올바르게 다스리는 도리에 관심을 가졌던 인물"[3]이라는 평가와 "국가와 가정에 전혀 무책임한 '不羈之士'"[4]라는 상반된 평가 등 비평가의 관점에 따라 양 극단을 달리고 있다.

본 절에서는 이와 같이 다양한 袁宏道에 대한 기존의 연구 동향을 살펴보고자 한다. 원굉도에 대한 평가 작업은 그가 살아 있을 때 그의 동료 내지는 동지였던 江進之가 「敝篋集序」·「錦帆集序」·「解脫集序一·二」를 쓰고, 錢希言이 「錦帆集序」를 쓰고, 虞淳熙가 「解脫集題詞」를

---

1) 漆緖邦, 「'人'和'人學'解放的新潮 – 明代文學新思潮簡論」, 『北京師院學報』 1984년 제3기: 徐渭·李贄·湯顯祖의 문학론을 주로 논하면서, 袁宏道의 문학론까지도 이러한 사조의 범주에 포함하고 있다.
2) 黃海章, 『中國文學批評簡史』 154쪽: "公安派의 문학주장 자체는 진보적이라고 할 수 있다. 그러나 周作人·林語堂 등이 이를 이용해서 당시 인민들의 투쟁의 의지를 와해하려고 했다."
3) 魯迅, 「且介亭雜文集·招貼卽扯」, 『魯迅全集』 권6 181쪽.
4) ⅰ. 高八美, 『袁中郞及其小品文研究』, 臺灣輔仁大學 碩士學位論文, 1978.
ⅱ. 田素蘭, 『袁中郞文學研究』 16쪽 文史哲出版社, 1982: 袁宏道의 언행 가운데서 역사, 도덕, 문화에 대한 책임감, 자아의 긍정, 현실 세계에 대한 어떠한 근심이나 걱정을 찾을래야 찾을 수 없다.

쓰고, 袁中道와 潘之恒이 「解脫集序」를 쓰고, 曾可前이 「瓶花齋集序」를 쓰고, 雷思沛가 「瀟碧堂集序」를 쓰면서부터 이미 시작되었다. 그 후에도 문집이 重刊될 때마다 그에 대한 재평가가 있어왔으며,[5] 이러한 현상은 淸代에 있어서도 대동소이하였다.

1930년 이전에 원굉도의 문집에 「序」 또는 「跋」을 쓴 사람들의 면면을 살펴보면 거의가 원굉도의 견해에 동조하는 사람들이었다. 이들의 원굉도에 대한 평가는 원굉도의 문학적 특징을 적출·분석하여 제시했다기보다, 원굉도의 '문변론'을 제시하면서 그의 문학사적 의의만을 부각하는데 치우치고 있다는 인상을 불식할 수 없다.[6]

원굉도와 직접 관련이 없는 문인들의 저술에서 보이는 평가들은 대체로 다음과 같다. 첫째, 『列朝詩集小傳』을 쓴 錢謙益의 견해와 같이 前後七子의 폐습을 일소했다는 측면을 강조한 것이다. 둘째는 전후칠자들의 폐습 일소라는 면 보다, 후세의 문학에 더 큰 해악을 끼쳤다는 측면을 강조한 것이다.[7] 셋째는 원굉도 문학론의 의의 자체를 부정하는 것이다. 이러한 견해는 王夫之의 『薑齋詩話』를 통하여 표면화되기 시작했으며,[8] 桐城派 문인들과 乾隆시기 복고적 道學家들의 주된 견해

---

5) 姚士粦, 「袁中郎十集序」. 曾可前, 「三袁先生集序」. 袁中道, 「袁中郎先生全集序」. 畢懋康, 「袁中郎先生全集序」. 譚元春, 「袁中郎先生續集序」. 鍾伯敬, 「跋袁中郎書」.

6) 江進之는 「敝篋集序」에서 袁宏道 문론의 핵심인 性靈說을 비교적 체계적으로 분석·제시하고 있지만, 이러한 체계적인 분석은 극소수이기 때문에 예외적인 것으로 간주한다.

7) 『四庫全書總目提要』: …… 公安三袁, 又乘其(前後七子)弊而排抵之. …… 其詩文變板重爲輕巧, 變粉飾爲本色, 致天下耳目於一新, 又復靡然而從之. 七子猶根於學問, 三袁則惟恃聰明. 學七子者不過贗古, 學三袁者乃至矜其小慧, 破律而壞度, 名爲救七子之弊, 而弊又甚焉.
   沈德潛, 『明詩別裁·袁宏道條』: 公安兄弟意矯王李之弊, 而入於俳諧, 又一變而之竟陵, 詩道遂不復振人, 但知竟陵之衰, 而不知公安一派先之也.

8) 王夫之는 「內篇」 권1과 「外編」 권1·2 등에서 袁宏道類의 문학론의 존재의의 자체를 부정하고 있다.

가 되어, 원굉도의 작품이 금서로 묶이는 결정적인 근거가 되었다.[9]
이상이 신문학기 이전에 있었던 원굉도에 대한 평가의 개괄이다.

이러한 상황은 1930년대에 劉大杰이 편찬 책임을 맡아 『袁中郎全集』
을 발간하면서, 林語堂·郁達夫·劉大杰·周作人·阿英·張汝釗 등의
「序」를 수록하면서 바뀌었다. 이들은 서로의 분담영역을 정하여, 비교
적 광범위한 분야를 체계적으로 다룬 '소개의 글'을 싣는 등, 이전보다
는 체계적이고 과학적인 접근 방식을 취하였다. 임어당은 「有不爲齋叢
書序」를 통하여 '主義'를 배격하고 '人情'을 앞세우면서 『性靈叢書』를
발간하는 총의를 서술하고, '性靈文學'과 '小品文'에 대한 적극적인 평
가를 시도하였다.

욱달부는 「重印袁中郎全集序」를 통하여, 인간의 진실된 性靈은 자연
스럽게 流露되며 泯滅되지 않는다는 점을 역설하며, 唐代에서 淸代에
이르는 중국 시가의 '전통' 속에 公安·竟陵派를 삽입시킴으로써, 원굉
도를 자연스럽게 '정통'의 반열로 끌어올렸다. 유대걸은 「袁中郎的詩文
觀」에서 원굉도 문학의 '문학적 측면'을 본격적으로 다루면서, 원굉도
의 사상을 '自由自在'를 근간으로 한 '反對模擬'·'不拘格套'·'重性靈'·
'重內容'의 네 가지로 요약하였다. 주작인은 「重印袁中郎全集序」에서
원굉도를 '明末 新文學運動의 영수'라고까지 이야기하고 있으며, 張汝
釗는 「袁中郎的佛學思想」에서 본격적으로 원굉도의 내면인식을 파악하
고 있다.

때문에 원굉도에 대한 연구가 본격적으로 체계화되기 시작한 것은
1930년대부터라고 할 수 있다. 특히 임어당·주작인 등이 소품문운동
을 통하여 원굉도를 소개하기 시작하면서, 명말의 시대적 격변기를 헤
쳐나간 원굉도의 삶과 문학은 당시의 한 전형이 되었다.[10] 그러나

---

9) 劉大杰, 「袁中郎的詩文觀」, 『中國古代文論硏究論文集1919~1949』 456~466
   쪽 참조.
10) 任訪秋, 『中國新文學淵源』 1쪽 「自序」, 河南人民出版社, 1986.: "1930년대

1930년대 원굉도 연구가들의 작업은 아직까지도 초보적인 '소개'의 단계였다.[11]

원굉도에 대한 연구는 30년대 말부터 70년대 중반까지의 열전과 냉전 기간 동안 거의 중단되었다. 그러나 70년대 동서의 데탕트와 함께 본격적으로 재개된 원굉도 연구는 臺灣에서 高八美·陳萬益·田素蘭·袁乃玲 등과, 미국에서 周質平·洪銘水 등 臺灣系 학자의 학위논문 및 전문서적이 출판되었으며, 국내(한국)에서도 1990년 배다니엘의 학위논문이 나왔다. 뿐만 아니라 원굉도를 연구한 소논문들도 과거에 비할 수 없이 많이 나왔으며, 연구의 질 또한 30년대에 비할 바가 아니게 제고되었다.

이상의 연구물들을 살펴보면 연구의 범위를 원굉도 일인으로 국한한 '점'적 연구와, 문학사적 '흐름'과 그 흐름 속에서 원굉도의 문학적 특징을 적출해낸 '선'적 연구가 병행되고 있다. 고팔미는 산수문학을 중심으로 그의 작품론과 단편적인 문학사상을 논하고 있으며, 전소란은 원굉도의 문학관을 작품론과 예술적인 풍격에 확대 적용하고 있는 '점'적 연구방식을 채택하고 있다. 원내령은 명대 문학사상의 종적 흐름 속에서 원굉도의 문학관을 평가하고 있으며, 진만익은 晚明의 '性靈文學'이라는 흐름 속에서 원굉도를 '선'적으로 연구하고 있다. 주질평은 '三袁'이라는 울타리 안에서 원굉도의 역할과 작품론을 연구하였으며, 홍명수는 원굉도의 생평을 중심으로 그의 사상적 변천을 종적으로 고찰하고 있다. 이 외에도 임방추의 『袁中郞研究』는 원굉도 이전과 이후의 문학사상을 연결짓는 매개체로서 원굉도 문학론을 다루는 '선'적 연구방식을 택하고 있다.

내가 대학에서 공부하고 있을 때, 公安派의 문학을 논하는 周作人의 산문 때문에 三袁의 저작을 열심히 읽었으며, 三袁의 주요작가인 袁宏道를 연구하게까지 되었다."

11) 1930년대의 연구물들은 본 연구의 참고문헌에 실었으며, 본 절에서 구체적인 소개는 생략한다.

　　이상의 학위논문과 전문저작들을 살펴보면 '점'적 연구방식을 택하였든, '선'적 연구방식을 택하였든, 일단은 원굉도 문학에 대한 개괄적인 의미부여와, 시대적 흐름 속에서 원굉도의 문학적 특성을 적출하여 연구의 표본을 제시하는 데는 성공하였다. 그러나 모두가 표면에 나타난 현상만을 통하여 연구하였기 때문에, 원굉도의 작품 속에 잠재되어 있는 무의식적 내면세계까지는 언급하지 못했다. 또한 당시의 다른 작가와의 차별성을 근본적으로 밝히지 못하였다.

　　이러한 문제점들은 1986년에 조직되어 활동하기 시작한 湖北公安研究會가 간행한 『晚明文學革新派公安三袁研究』에 수록된 논문에서부터 조금씩 개선되기 시작했다. 이 논문집에서 黃淸泉·張弘·李健長 등이 원굉도 내면의식과 작품을 연계시키기 시작했다. 그리고 1990년 江西人民出版社에서 출판한 『明代文學硏究』에서, 葛兆光이 「心學·禪學與明中後期文學思想」이라는 논문을 통하여 원굉도의 내면세계의 구조를 체계적으로 연구하기 시작하였으나 연구의 깊이 있는 성과를 내어놓기에는 양적인 제한 때문에 역부족이었다.

　　원굉도에 관한 연구 추세는 이상 살펴본 바와 같이 개인의 단편적인 현상과 작품만을 통한 평면적인 연구에서 탈피하여, 내면의 의식세계를 지향하는 공간적인 연구 추세로 나아가고 있다. 즉, 기존의 연구가 다른 문학관과의 차별성을 강조하기 위하여 "어떻게 다른가"의 현상적인 문제에만 집중되었다고 한다면, 향후의 연구는 "왜 다를 수밖에 없었는가" 하는 근본적인 문제까지도 규명해야 한다.

2. 연구의 범위와 목적

　　서양의 중세[12)]를 '神'을 대신한 '신학'이 인간을 지배했던 사회라고 한다면, 중국의 明·淸代는 '道'와 '理'가 인간을 지배했던 사회라고 말할 수 있다. 중세의 교회가 교회와 신학을 통하여 인간의 사상을 획일화하고 구속함으로써 일체의 사상을 억압하고 통제하였다면,13) 중국의 명대와 청대는 '道'와 '理'만을 최고의 善으로 내세움으로써, 사상의 다원성을 철저히 거부하였다. 그러한 점에서 중국의 명대와 청대를 '사상적 중세'라고 규정해도 별 무리는 없을 듯싶다. 그러나 서양의 중세와 마찬가지로, 탁월한 지적 능력을 갖춘 중국의 많은 천재들 또한 사상적 구속의 벽을 깨뜨리고 인간의 개성과 자유의지를 고양시키려 노력하였다.14)

16, 7세기를 살아온 明末의 중국인들은 '道'와 '理'의 권위에 대하여 감히 이의를 제기할 수가 없었다. '道'와 '理'의 맹목적인 추종이, 科擧라는 제도를 통하여 신분적 상승을 획득할 수 있는 유일한 계기였으며 '사회적으로 인정받을 수 있는 직업'을 얻는 유일한 수단이었기 때문이다.15) 그러나 이에 대하여 거부라기보다 회의의 태도를 보여주기 시작한 무리들이 바로 李贄와 袁宏道를 비롯한 일단의 지식인들이었다.

원굉도는 물론 '중세'의 사회적 규범 속에서 생활하였다. 그럼에도 그가 동시대 문인들의 보편적 사고와 궤를 달리할 수 있었던 것은 그의 남다른 '자아확립의 의지' 때문이었다고 생각한다. 또한 명말의 사회적 변혁기를 통하여, 금욕과 절제를 미덕으로 여기던 '중세적 질서'

---

12) 여기서 말하는 중세의 개념은 경제사적으로 논해지는 중세의 개념이 아니라 사상적 '획일화'와 '규범성'을 벗어날 수 없었던 '사상적 암흑기'를 말한다.

13) Bertrand Russell지음, 한철하 옮김, 『서양철학사』 568쪽 대한교과서주식회사, 1984 재판.

14) 중세 사상의 해체에 대해서는 이기면, 「만명 이단적 문학사상의 실학적 이해」, 『중국학논총』 20집, 한국중국문화학회, 2005에서 보다 심도 있게 다루었다.

15) 동양사학회 편, 『개관동양사』 236쪽: 成祖 永樂帝는 『四書大全』·『五經大全』·『性理大全』을 흠정하여 과거의 기본교재로 삼음으로써 주자학에 의한 학문과 사상의 통일을 기도하였다. 이와 같은 朱子學의 官學化는 사상의 자유라는 활력을 잃고 발전을 저해하는 주된 요인이 되었다.

의 붕괴기에 대두된 원굉도의 문학론은 '확립된 자아의 표현'을 중심으로 하고 있었다고 생각한다. 따라서 원굉도의 '性靈說'은 '자아'와 '표현'을 중심으로 규명되어져야 한다. 즉 그의 '性靈說'은 개인적 '자아'를 중시하고 '자아'의 차별성을 강조함으로써, 중세적 당위성과 획일성에서 벗어나기 위한 선도적 주장이었던 것이다.

원굉도 문학론은 "틀에 얽매이지 않고, 성령만을 서술한다"[16]라는 명제에서 단적으로 드러난다. '틀에 얽매이지 않음'은 기존의 모든 획일적이고 강요적이며 정형화된 속박에서 벗어나 정신적 자유를 추구하는 '자아확립 의지'의 표상이다. 또한 '성령만을 서술한다'는 '性情之正'만을 추구해야하는 문학적 당위성에서 탈피하여, 설령 '性情之惡'이라도 자신의 모든 것을 진솔하게 드러내어 서술하고자 하는 '자아표현의지'의 기치이다.

물론 원굉도의 '성령사상'에 대한 연구를 '자아'와 '표현' 두 가지만으로 단순화시키는 데에는 문제가 있다. 그러나 단편적으로 엿보이는 여타의 것들에 비해, 이 둘은 서로 긴밀하게 결합하여 '문학인 원굉도'의 가장 두드러진 특징을 이루고 있다. 그리고 원굉도가 동시대의 대다수 다른 작가들과는 달리, 개성적이고 가치 있는 문학작품을 창작해 낼 수 있었던 것 또한 그의 확고한 '자아론'을 바탕으로 한 '표현론'에 있었다. 따라서 원굉도를 연구하기 위해서는 사상적으로는 그의 '자아 확립 노력의 의지'를 고찰하고, 문학적으로는 '확립된 자아의 표현 의지'를 고찰하여야만 그의 탈중세적 사상을 체계화시킬 수 있다.

원굉도의 문학사상을 이야기하자면 사상적인 측면뿐 아니라 작품론까지도 언급해야 하겠지만 필자는 다음과 같은 이유를 들어 가급적이

---

16) 袁宏道, 『袁宏道集箋校』 188쪽 「敍小修詩」, 上海古籍出版社: 不拘格套, 獨抒性靈.
   袁宏道의 저작은 上海古籍出版社에서 출판된 『袁宏道集箋校』(共3권)를 저본으로 삼았기 때문에, 『袁宏道集箋校』에서 인용한 것은 기술의 번거로움을 피하기 위해서 쪽수와 편명만을 기술한다.

면 표현의 산물인 작품론은 언급하지 않고자 한다. 그의 작품은 대부
분 의식적으로든 무의식적으로든 현실이라는 '大'보다는 자신의 주변에
국한된 '小'에 머물렀으며, 시간이라는 '大'보다는 현재라는 '小'를 주제
로 하고 있는 '순간'의 산물이다.[17] 따라서 일관적인 흐름을 가질 수
없었던, 즉 '小' 세계의 표현인 작품만을 통한 작품론 연구보다는, 원굉
도를 '小' 세계에 안주하게 했던 내면적 사고를 연구하는 것이 문학인
원굉도를 좀 더 확실하게 파악할 수 있는 방법이 될 것이다.

   "晚明의 문인들은 비록 그들의 이론을 시종일관 그들의 작품에 적용
하지는 않았지만, 그들의 소신에 대한 열정과 진지함은 의심할 필요가
없다"[18]라는 周質平의 평가대로, 원굉도가 도달하려고 했던 추상적 '지
향점'으로서의 문학사상과, 구체적 '도달점'인 작품에는 상당한 차이가
있다. 그러나 '구체적인 표현'으로서의 문학작품이 도달한 지점이 낮다
고 해서 그가 지니고 있었던 '이상'까지 평가절하할 수는 없다.

   필자는 이미 金聖嘆을 포함하는 明末의 반전통적인 일단의 문인들의
문학론을 연구한 바 있다.[19] 그 연구에서 김성탄의 문학론이 정통을
자처하던 도학자들의 문학론과는 궤를 달리하고 있음 또한 증명하였
다. 그뿐 아니라 김성탄 문학사상의 연원으로서 이지와 원굉도를 비롯
한 徐渭·湯顯祖의 문학론을 언급함으로써, 이와 같은 흐름이 한 개인
만의 독단적이고 아집적인 사유의 산물이 아님을 증명하였다.

   본 연구에서는 이와 같은 관점에서 그 흐름의 한 줄기를 형성하였던
원굉도의 '性靈思想'을 심층 분석하고자 한다. 그러나 전절에서 이야기
한대로, 그의 작품과 생애의 '표면적인 현상'이 동시대 다른 작가들과
'어떻게 달랐는가'를 평면적으로 대비 연구하는 기존의 방법론은 지양

---

17) 4-3-1)절 「創作動機論」 참조.
18) Chi-p'ing Chou, 『Yüan Hung-tao and the Kung-an School』 1쪽
    Cambridge University Press, 1988, New York.
19) 이기면, 『金聖嘆文學思想硏究』, 1989. 7. 고려대학교 석사학위논문.

하려 한다. 그보다는 원굉도 작품에 내재해 있는 '사상의 뿌리'를 캐어 들어감으로써, 그의 작품이 동시대의 정통을 자처하던 작가들의 작품과 '다를 수밖에 없었던' 점을 규명하여, 그가 주장한 '性靈'의 완전성에 도달하고자 한다.

제2장 袁宏道의 생애

　　본 장에서는 현실세계에의 참여와 이상세계로의 은둔을 반복했던 원굉도의 사상적 변천과 생애의 흐름의 맥을 종적으로 짚어보고자 한다. 이는 다음 장에서 논의될 인식론의 종적 변천사이기도 하기 때문에 매우 중요하게 생각한다.

　　원굉도의 字는 中郞, 號는 石公, 別號는 六休이다. 원굉도는 明 穆宗 隆慶 2년(서기 1568년) 아버지 袁士瑜와 어머니 龔氏 사이에서 태어났다. 원굉도는 그의 할머니가 달이 품안으로 들어오는 태몽을 꾸었기 때문에 어릴 때는 '月'이라고 불렀으며 총기가 남달랐다고 한다.[1]

　　그의 집안은 元末·明初의 전란 중에 江右에서 蘄·黃 등지로 이사를 다니면서 족보를 상실했기 때문에 가세가 분명하지는 않다.[2] 袁氏의 遠祖는 무인으로, 洪武년간에 戌卒로서 公安縣 長安里에 屯田을 가지면서 정착하였다.[3] 원굉도의 증조부 暎은 任俠으로써 세상에 알려졌으며,[4] 조부인 大化는 嘉靖년간 공안현에 旱災가 들자 쌀 2,000석과 금 1,000냥을 사람들에게 대여해 주고 그 서류를 불살라 버렸다고 전

---

1) 袁中道,『珂雪齋集』755쪽「吏部驗封司郎中中郞先生行狀」(이하「行狀」): 先生之生也, 太母于夢月入懷, 故小字曰月. 少時卽具倍年之覺. …… 年四歲, 著新履, 舅龔孝廉呼謂之曰: "足下生雲." 先生卽應聲曰: "頭上頂天." 孝廉大駭.

2) 李壽和는「三袁的家鄕與家勢」,『晚明文學革新派公安三袁硏究』296쪽에서『袁氏重修宗譜序』를 인용하여, 公安의 袁氏는 江西豊城의 元氏에서 나왔다는 설을 주장한다.(「宗道公傳」: (伯修)年十二應童子試, 督學金公一見奇之. 曰: "子當大魁天下, 但姓同勝國號, 恐不利首榜, 吾爲之更之." 遂易元爲袁.)

3) 「行狀」: 先世從江右徙蘄、黃間, 遭世亂離, 譜牒莫詳. 至洪武中, 爲戌卒, 屯田公安之長安里.
　　遠祖인 本初公이 洪武 말년에 공안현에 정착한다. 그러나 이때부터 원굉도의 고조부인 有倫까지는 고찰할 수 없기 때문에, 족보를 만들 때 有倫을 一世로 하고 있다.

4) 같은 글: 曾祖處士諱暎, 以任俠聞.

해질 정도로 성품이 강개한 군자였다.[5] 원굉도의 아버지 士瑜는 號가
七澤이고 龔大器의 딸을 부인으로 얻어 宗道·宏道·中道 등 삼형제를
낳고,[6] 부인이 죽은 후 安道·寧道 등 두 아들을 더 두었다.[7]

　원굉도의 어린시절에 관한 자료는 그다지 많지 않지만, 단편적으로
엿보이는 그의 어린 시절은 그다지 행복하지 않다. 원굉도는 여덟 살
에 어머니를 여의었지만,[8] 어머니를 여의기 전부터도 어머니의 병약함
때문에 어머니의 존재도 모른 채[9] 외서조모 詹氏 손에서 자라났다.[10]
원굉도는 어머니의 영향으로 '선천적'으로 병약하였으며, 죽기 1년 전
인 1609년 華山을 오르면서, "그대와 같은 몸으로는 결코 오르지 못할
것"이라는 조롱을 받을 정도로 체격 또한 왜소하였을 뿐 아니라,[11] 40

---

5)『公安縣志』권6, 15-b(총 쪽수 630)쪽「袁宗道傳」, 淸 周承弼 등 修, 王慰
　　등 纂, 淸 同治十三年 修, 民國二十六年 重印本에 의거, 成文出版社有限公司
　　印行: 祖大化彬彬爲退讓君子. …… 嘉靖中邑大饑, 公出母粟二千石, 金千兩以
　　貸. 盡焚其券.

6)「行狀」: 諱士瑜, 自稱七澤漁人, 卽先生父也. 七澤公儷於龔, 是爲龔太安人,
　　邑河南左布政使龔公諱大器女. 生三男子: 長曰宗道, 季曰中道, 先生其中子也.

7) 袁中道,『珂雪齋集』1245쪽「遊居杮錄」권6: 先母去世, 大人未繼, 庶母劉卽
　　掌家政, 生二弟安道、寧道.

8) 모친의 사망 년도에는 대체적으로 다음 4가지 설이 있다.
　　i. 4세설: 313쪽「去吳七牘·乞歸稿一」: 甫四歲而母卽世, 職復多病, 驚悸萬狀.
　　ii. 6세설: 1, 178쪽「詹大家壙記銘」: 甫六歲卽失母, 時中道弟方四歲.
　　iii. 7세설: 袁宗道,『白蘇齋類集』172쪽「祭龔鴻臚吉亭母舅文」: 當不肖兄弟
　　　　哭吾母時, 宗道年十五, 二弟纔七歲, 三弟五歲.
　　iv. 8세설: 1176쪽「余大家祔葬墓石記」: 歲乙亥, 余母卒.「行狀」: 八歲龔太
　　　　孺人卽世.『珂雪齋集』801쪽「祭李母啇太孺人文」: 不肖年六歲失慈母.
　　이상의 4가지 설 중에서 田素蘭은『袁中郎文學研究』(文史哲出版社)에서 6세
　　설을 채택하고 있으며, 任訪秋는『袁中郎研究』123쪽(上海古籍出版社, 1983)
　　에서 "中郎 스스로도 '乙亥'를 지정하여서 사용하고 있고, 袁中道 또한 두 번
　　이나 기재하고 있는" 등의 이유를 들어 8세설을 채택하고 있다. 필자 또한 8
　　세설이 가장 타당하다고 여겨서 이를 따른다.

9) 316쪽「乞歸稿二」: 不知職襁褓來不識有母, 至十餘歲, 竊聽兄若姊言, 始知
　　之.

10) 313쪽「去吳七牘·乞歸稿一」: 職未離襁褓, 母龔氏有疾, 卽託命于庶寡祖母
　　詹氏. 鞠育顧復, 愛類親生. ……, 相依相靠, 有如形影.

세도 안되어서 早老 현상이 나타났다.[12)]

　원굉도 삼형제가 서모 밑에서 어떠한 생활을 하였는지 확실하지 않지만, 막내인 中道가 남긴 기록만을 보면 서모의 학대가 심했다.[13)] 또한 같은 글에서 "세명의 고아"라고 술회하고 있을 만큼 친가와는 소원했고, 형제끼리의 우애가 남달리 돈독했다.[14)] 이러한 이유 때문인지 袁씨 삼형제는 친가보다는 외가와 더욱 친하였다. 특히 외숙인 龔仲敏[15)]·龔仲慶[16)] 형제는 袁씨 삼형제의 사상형성에 많은 영향을 주었다.[17)]

1. 사상적 기초의 構築期(18세～26세)

　상술한 내용은 원굉도의 가세 및 유년기의 대강이다. 어린시절의 원굉도는 당시의 일반적인 지식인들과 전혀 다른 삶을 살았다고는 할 수 없다. 단지 그가 좀 더 특별한 삶을 살았다고 하는 것은 어머니를 일찍 여의고, 여덟 살 차이가 나는 형과 두 살 차이가 나는 동생과 함께 외가에서 어린 시절을 보냈다는 점이다. 언뜻 보면 별다른 차이가 나지 않는 것 같지만 이점은 원굉도의 사상 형성에 많은 영향을 미쳤다.

---

11) 1472쪽 「華山別記」: 指余體曰 "如公決不可登."
12) 1270쪽 「與王百穀」: 不肖未四十已衰.
13) 袁中道, 『珂雪齋集』 1245쪽 「遊居杮錄」 권6: 母氏早喪, 三孤備嘗茶苦, 予不忍言之也.
14) 「行狀」: 先生宦遊南北, 中道皆依之如形影不離. 自先生示病, 即日禱於神, 求以身代.
15) 字는 惟學, 號는 吉亭, 別號는 夾山. 원굉도의 둘째 외숙.
16) 字는 惟長, 號는 壽亭. 원굉도의 셋째 외숙.
17) 袁宗道, 『白蘇齋類集』 128쪽 「送夾山母舅之任太原序」: 宗道兄弟三人, 游於都門, 得與海內士大夫往還, 二三名流俱不以趨庸陋見棄, 推而附之大雅之林. 其友之相習者戲謂: "南平一片黃茆白葦, 何得出爾三人!" 蓋謬疑開闢蓁蕪自我兄弟, 而不知點化鎔鑄, 皆舅氏惟學先生力也.

원굉도는 친가 쪽의 이야기는 거의 삼형제에 국한하고 있지만, 외가 쪽의 이야기는 이들 삼형제의 문집 어디에서나 쉽게 찾아볼 수 있다. 원굉도의 여러 글에서도 그의 외숙이었던 龔仲敏과 龔仲慶에게 보내는 글들이 많이 눈에 뜨이고 있으며, 袁中道는 그의 외할아버지 龔春所의 「傳」을 지었을 정도로 외가와 친밀하였다. 둘째 외숙 공중민은 도가와 도술을 좋아하였으며, 모든 전적에 능통했다. 그가 지은 『嘉祥縣志』는 '詳瞻典則'이라 통했으며, 焦竑 등도 칭찬해 마지않았다.[18] 셋째 외숙인 공중경은 명말 개혁가인 張居正과 뜻을 같이한 까닭에 장거정이 죽은 후 조정 당파 싸움의 풍운아가 되었다. 그 후 벼슬에 뜻을 끊고 칩거 생활을 했는데, 이는 후에 원굉도의 은둔생활의 모범이 되었다.[19] 이와 같은 두 외숙의 성격이야말로 앞으로 서술하게 될 원굉도의 성격에 부합되는 것이다. 원굉도 또한 萬曆 초기에 비교적 혁신적인 정치를 단행했던 장거정에게 애착을 보이고 있으며,[20] 관리의 전횡에 불만을 나타내고 있다.[21] 그리고 만년의 원굉도 역시 조정의 개혁을 위하여 나름대로의 개혁안을 내놓고 있다.[22]

---

18) 『公安縣志』 권6, 14-b(총 쪽수 628)쪽 「龔大器傳」: 次子仲敏, …… 好學仙, 喜爲黃白術, 竟不就於天文地理醫卜, 百家之書, 靡不通曉. 所著嘉祥縣志, 詳瞻典則爲通人, 焦太史諸公所賞.

19) 같은 글, 14b~15a(총 쪽수 628~629) 참조.

20) 2쪽 「古荊篇」 참조. 이 시는 1584년(17세) 荊州府의 治所가 있던 江陵을 지나면서, 張居正이 籍沒의 화를 당한 것에 有感이 있어 지은 것이다.

21) i. 708쪽 「送京兆諸君陞刑部員外郎序」: 今中人之虎而冠者, 纍纍而出 ……
   ii. 768쪽 「答沈伯函」: 湖北稅監이었던 환관 陳奉을 "中官之虎而翼者"라고 평하고 있다.
   iii. 893쪽 「竹枝詞・其二」: 自從豹虎橫行後, 十室金錢九室空. 「其十二」: 靑天處處橫瑠虎, 鬻女陪男償稅錢.

22) 2-4-2)절 「개량의 한계」 참조.

1) '이상적 학문'에의 개안

(1) '性命之學'의 啓示

원굉도가 언제부터 '이상적 학문'에 눈을 뜨게 되었는지는 분명하지
않다. 원굉도 또한 중국의 많은 젊은이들처럼 아무 의심 없이 '經典'의
가르침을 받아들이고 회의 없이 전통을 계승하였다. 이는 원굉도가 15~
6세경 고향에서 학교를 다닐 때, '時藝'에 뛰어난 학생으로서 스승의 찬
탄을 한 몸에 받으며, '社'의 '社長'으로서 연배가 높은 '社員'들을 거느리
고 있었다[23]는 기록을 통하여서도 알 수 있듯이 그는 '촉망받는' 소년이
었다. 그러나 그가 타인의 찬탄을 받았던 '時藝'는 단지 신분의 유지 내
지 상승을 위해 필수적이었던 과거시험을 보기 위한 '시험공부'였다.

> 전에 내가 어렸을 때 나이든 사람들과 사귀었는데, 까까머리에 검
> 은 옷을 입은 중만 보면 楊朱와 墨翟같은 놈들이라고 떼지어 손가락
> 질 하였다. 조금 더 커서는 諸子書와 歷史書를 읽었는데 널리 釋迦
> 와 老子에까지 미치었는데, 웃으면서 "이것을 어떻게 孟子의 말에
> 비길 수 있겠는가?"라고 하였다. 그러나 그때의 선비들은 다투어 글
> 짓는 일에 종사함으로써 당시의 과목에 아부하였기 때문에, 諸子書
> ·歷史書·佛家·道家 중의 얕고 쉬운 것만을 익혔다. 선비 중에 절
> 에 출입하는 사람들은 揖을 하면 반드시 발뒤꿈치까지 몸이 닿으며,
> 중을 보고도 화내지 않았다.(1201쪽 「募建靑門菴疏」: 往余爲童子時,
> 與諸巾冠者遊, 見圓頂而緇者, 則群指曰楊、墨. 稍長, 讀子史書, 旁及
> 二氏, 笑曰: "此何與子輿氏舌." 而是時士競操觚業, 以諛時目, 故亦習
> 子史及釋、老之淺易者. 士之入伽藍者, 揖必至, 見僧乃不怒.)

---

23) 『公安縣志』 권6, 20-b(총 쪽수 638)쪽 「袁宏道傳」: 總角工爲時藝, 塾師大
  奇之. 入鄕校, 年方十五六, 卽結文社於城南, 自爲社長, 社友年三十以下者,
  皆師之. 奉其約束, 不敢犯.

위의 글은 원굉도가 1600~1606년 사이에 고향에서 柳浪亭을 짓고 은 거할 당시에 지은 것이다. 이를 통하여, 원굉도 또한 15·6세 경 結社하였을 당시까지만 해도 佛家에는 관심이 없었으며 오히려 불가의 피상적인 현상들에 대하여 손가락질하는 당시의 젊은이들과 같았음을 알 수 있다. 그러나 그는 점차 불가에 대한 배타에서, 당시의 맹목적인 학문 수용 태도에 대한 비판으로 전환하고 있다. 이러한 맹목적인 태도에 대한 거부감은 그가 24세 때 쓴 「述懷」(37쪽) 시에 잘 드러난다.

> 어려서 詩書를 읽었는데,
> 뜻은 얻었지만 언제나 홀로 가야 했네.
> 손엔 구멍없는 쇠망치 들고,
> 산호 그물 부수어버리리라.
> 香象이 모든 물 흐름을 끊듯,
> 힘찬 송골매가 가을 풀 숲에서 일어나 날 듯.
> (少小讀詩書, 得意常孤往. 手提無孔鎚, 擊破珊瑚網. 香象絶衆流,
> 俊鶻起秋莽.)

원굉도는 위의 시에서 소년시대부터 '구속'으로부터 탈피하고자 하는 생각을 가지고 있었다고 술회하고 있다. 이 시를 살펴보면 단순한 '탈피' 이상의 '파괴욕'까지도 느끼고 있다. 위의 시를 통하여 알 수 있듯이 원굉도는 이미 당시의 '맹목적인 추종과 수용'이라는 학문적 풍토에 대하여 비판의 태도를 보였다. 그러나 이와 같은 "피상적인 현실인식을 통한 불만의 토로"라는 차원은 왕조의 말기를 살고 간 여타의 지식인들과 별 차이 없는 단편적인 인식 정도였다.24) 원굉도가 이러한 막연한 현실인식에서 확연히 깨어나기 시작한 것은, 李贄라고 하는 특정

---

24) 李健長은 「三袁詩歌初探」, 『武漢大學學報』 1981년 1기 70쪽에서 "원굉도의 현실비판적 시가는 점유율이 얼마 안되고 전인들의 수준을 초월하는 것이 없기 때문에 주요 경향이라고는 볼 수 없다"고 평가하였다.

인보다는 이지와 비슷한 사상적 경향을 가진 '李贄類'의 사람들을 만나면서부터였다. 이와 같은 '이지류'의 사람들에는 그의 형인 원종도도 포함된다.

원종도는 북경의 한림원에 근무하면서 많은 진보적 지식인과 어울렸을 뿐 아니라, 그의 형제들도 당시의 보편적인 학문풍토로부터 개안시켰다. 이러한 그의 노력 때문에 문학적으로는 동생들에게 뒤떨어지지만 '공안파의 창시자'로 남을 수 있었다.[25]

> 그 다음 해에(1589년) 春官에 오르셨다. 그 때 원종도는 막 太史가 되어 처음으로 '性命之學'에 참여하여 이해하였고, 이로써 선생을 계시하셨으며 선생께서는 이를 깊이 믿으셨다. 會試에서 낙방하고 고향으로 돌아옴에, 원종도 또한 조정의 일로 고향에 돌아왔는데 서로 모여 아침저녁으로 토론하였다. 유교와 불교의 모든 전적을 탐색하니 더욱 더 망연함을 느꼈다.(「行狀」: 明年, 上春官. 時伯修方爲太史, 初與聞性命之學, 以啓先生. 先生深信之. 下第歸, 伯修亦以使事返里, 相與朝夕相榷. 索之華、梵諸典, 轉覺茫然.)

여기서 원종도가 원굉도에게 들려준 것은 다름 아닌 '性命之學'이었다. '性命之學'에 대해서는 다음 소절에서 詳述하겠지만, 피상적인 느낌만으로도 당시의 일반적인 학문과는 다른 '무언가 새로운 것'임을 알 수 있다. 그리고 특히 유교와 불교의 통합적 인식이 이루어지는 계기가 되었음도 알 수 있다. 이와 같이 원굉도는 원종도를 통하여 인식의 전환고리가 만들어졌다. 「述懷」에서도 보이듯 원굉도는 타인의 맹목적인 추종에 심한 불만을 나타냈다. 그러나 형과의 대화를 통하여 '이상적인 학문'에 대한 '막연한 열림'이 있었으며, 그 열림을 통하여 혼자만의 힘으로 '이상적인 학문'의 완정성을 위하여 노력한다.

---

25) 錢謙益, 『列朝詩集小傳』 566쪽 「袁庶子宗道」, 上海古籍出版社, 1983: 其才或不逮二仲, 而公安一派實自伯修發之.

　　후에 문자 사이에서 言과 意와 識이 행해지지 않는 곳을 힘을 다하여
參究하니 때때로 이해됨은 있었다. 그러나 갈림길에서 스스로 안주하지
않으시고 등잔의 희미한 불에 의지하여 샅샅이 연구하였다. 이와 같이
몇 년 동안 침식을 잊으시니 취한 것 같기도 하고 바보 같기도 하였다.
(「行狀」: 後乃于文字中言意識不行處, 極力參究, 時有所解, 終不欲自安
岐路, 恃爝火微明, 以爲究竟. 如此者屢年, 亡食亡寢, 如醉如癡.)

　　원굉도는 원종도를 통하여 '새로운 학문'에 개안하자 침식도 잊은 채
학문의 자기화에 힘쓴다.

　　하루는 張子韶가 格物을 논한 것을 보고는 문득 크게 깨달아서 이를
원종도에게 증험하였다. …… 그런 후에 이로써 옛 선인들의 미묘
한 말들을 질정함에 잘 맞아 떨어지지 않는 것이 없었다.(「行狀」:
一日見張子韶論格物處, 忽然大豁, 以證之伯修. …… 然後以質之古人
微言, 無不妙合.)

　　이와 같이 원굉도는 형 종도의 계시로, 막연하게 느끼던 피상적인
문제점들을 張子韶의 학설로 체득하고는 학문의 자기화에 힘쓴다.

(2) '性命之學'의 추구

　　원굉도는 선천적인 총명함을 바탕으로, '敎外之旨'인 '性命之學'을 형
종도의 계시를 통하여 받아들인 후, '학문'에 눈을 떴다. 본 절에서는
원굉도 인식체계의 근간을 이루었던 '성명지학'에 관하여 좀 더 자세히
알아보고자 한다.

　　己丑年에 焦竑은 制科에서 수석을 했고 瞿汝稷은 북경에서 관리
를 하고 있었다. 원종도가 그들에게 나아가서 학문을 여쭈었는데,

모두가 한결같이 '頓悟'의 뜻으로써 선생을 이끄셨다. …… 여러 차
례 '자신의 본성을 투철하게 깨닫는 설'로써 선생의 눈을 열어주었
다. 선생은 이에 大慧·中峯의 여러 저작을 읽고, 參求의 비결을
얻었다. 시간이 지나자 차츰차츰 깨닫게 되었다. 이에 '性命'을 깊
이 연구하시고는 다시는 '長生事'를 이야기하지 않았다. 이 해에 冊
書 때문에 고향에 돌아오니, 굉도와 중도가 모두 학문의 향할 길을
알게 되었다. 선생은 '心性之說'을 말씀해주셨고 각기 성찰한 후 서
로가 함께 토의하며 인증하였다.(『公安縣志·袁宗道傳』: 己丑, 焦
公竑首制科, 瞿公汝稷官京師, 先生就之問學, 共引以頓悟之旨. ……
數以見性之說啓先生, 乃遍閱大慧中峯諸錄, 得參求之訣. 久之, 稍有
所豁, 于是硏精性命, 不復談長生事矣. 是年以冊書歸里, 中郞與小修
皆知向學, 先生語以心性之說, 亦各有省, 互相商證.)

이 인용문을 통하여 원종도가 얻었던 '性命之學'의 대강과 역할을 알
수 있다. 첫째, 그가 '성명지학'에 대해 처음 들은 것은 北京에서 관리
생활을 할 때였다. 둘째, 이 '성명지학'은 자신의 '내적 성찰'을 우선하
는 것이다. 셋째, '성명지학'을 습득한 뒤에 '長生事'를 통한 인간의 '욕
망'을 더 이상 추구하지 않았다. 넷째, 그는 이 '성명지학'을 주위의 사
람들에게 전파하였을 뿐만 아니라 두 동생들에게 학문적 지향점을 일
깨워주었다.

원종도가 전에 中官의 신분으로 고향에 돌아왔을 때 '성명지학'을 처
음으로 제창하니 유가와 불가를 포함하는 것이었다. 때때로 정교한 말
한 두 마디씩을 사람들에게 들려줌에 사람들이 모두 배울만한 가치가
있는 큰 도라고 여겼는데 세 성인의 큰 뜻이 한 계통에서 나온 것 같
았다.(1201쪽 「募建靑門菴疏」: 迨先伯修旣以中秘里旋, 首倡性命之說,
函蓋儒、釋, 時出其精語一二示人, 人人以爲大道可學, 三聖人之大旨, 如
出一家.)

이 기록을 살펴보면 원종도가 굉도에게 들려준 '성명지학'의 내용이 확연해진다. 종도가 전해준 '성명지학'이라는 것은 '세 성인의 뜻이 한 계통에서 나온 것'이었다. 즉 중국의 사상을 지배해온 三敎의 원리를 통합하여 새로운 계통으로 재수립한 것이라고 할 수 있다. 이를 통하여 원종도는 '長生術'을 통한 자신의 욕망 추구에서 '성명지학'으로 추구의 대상을 변화하였고, 원굉도 또한 무집착의 '이상의 길'을 걷기 시작하였다.

> 대체로 '利'를 좇는 사람은 모래만큼 많고 '名'을 좇는 사람은 자갈만큼 많습니다. '性命'을 좇는 사람은 밤에 명월처럼 빛나지만 수많은 사람 중에 겨우 한두 명, 한두 명 중에 겨우 一二分 만을 얻을 따름입니다.(203쪽 「家報」: 大約趨利者如沙, 趨名者如礫, 趨性命者如夜光明月, 千百人中, 僅得一二人, 一二人中, 僅得一二分而已矣.)

> 진짜로 부끄러운 것은 지금 입으로는 '性命'을 이야기하며 몸으로는 榮利를 좇는 사람들입니다.(267쪽 「孫太府」: 眞可愧今之口談性命而身趨榮利者.)

첫째 인용문에서 원굉도는 '利'와 '名'에 반대되는 개념인 '성명지학'을 추구하는 사람의 수적 열세와 함께 체득하기 어렵다고 이야기했다. 그리고 둘째 인용문에서는 영리를 추구하면서 '性命'을 이야기하는 현상 즉 '집착' 자체뿐 아니라 그 '집착'을 '무집착'으로 가장하는 '假'까지도 포함하여 비판하고 있다. 이를 통하여 원굉도가 추구하였던 '성명지학'이라는 것이 '집착'을 통한 인간의 욕구와 욕망의 추구가 아니라, 내적 성찰을 통한 '자아의 추구'였음을 알 수 있다.

> 근대의 성명지학은 趙文肅으로부터 시작하였다. 일찍이 삼가 그가 지은 책을 읽어보았는데 불교와 유교를 함께한 것이었지만 그 껍질을

벗겨보면 張載의 關學派나 朱熹의 閩學派가 미치지 못하는 것이었
다.(1534쪽 「壽何孚可先生八十序」: 近代性命之學, 始于趙文肅. 嘗竊讀
公書, 出入禪儒, 而去其膚, 關閩所未及也.)

원굉도는 위의 인용문에서 소위 '성명지학'이 불교와 유교를 합한 것
으로서, 이의 진수에 이르면 排佛新儒學26)의 대표학파인 關·閩학파의
학설조차 미치지 못할 것이라고 '성명지학'의 우수성을 강조한다. 이와
같은 유교와 불교의 통합적 인식은 宋代 이후부터 본격화하기 시작하
여, 明代에 이르러 일부 지식인 사이에서는 보편적인 학설이 되었다.27)
특히 원굉도와 거의 동시대를 살다 간 憨山(1546~1623)은 유교와 불
교의 융합을 주장하였으며, 華嚴과 禪의 융합까지도 제시하였다. 뿐만
아니라 그는 스님의 신분으로 유·불·도 합일의 입장에서 『中庸直解』
·『老子解』·『莊子內篇注』 등을 저술하였다.28) 이러한 三教조화론은
정도의 차이는 있지만 袁씨 삼형제 또한 마찬가지였다.29)

이때(삼형제가 '성명지학'을 체득하였을 때), 다시 孔孟의 책을 읽
었는데, 지극한 보물이 원래 집안에 있었음을 비로소 알았으니, 어찌
반드시 밖에서 나를 찾을 것인가? 시험삼아 불가의 뜻으로 유가의
사리를 밝히어 말하며 양가합일의 뜻을 알게 하려 『海蠡篇』을 지었
다.(『公安縣志·袁宗道傳』: 至是復讀孔孟書, 乃知至寶原在家內, 何
必向外尋求吾. 試以禪銓儒, 使知兩家合一之旨, 著海蠡篇.)

---

26) 鎌田茂雄지음, 정순일 옮김, 『중국불교사』 249~250쪽 참조, 경서원, 1989:
   張橫渠는 『正蒙』을 지어서 불교의 唯心緣起說을 비판하였으며, 朱熹는 形
   而上·形而下의 모든 면에서 불교를 비판하였다.
27) 장원규, 『중국불교사』 234쪽 참조, 고려원, 1989.
28) 鎌田茂雄지음, 정순일 옮김, 『중국불교사』 263~4쪽 참조.
29) 3-2-2)-(2)절 「가치척도로서의 三教」 참조.

원종도는 후에 道·佛의 뜻으로 『四書』를 재해석하여 「讀大學」·「讀論語」·「讀中庸」·「讀孟子」 등을 저술했다. 또한 원중도의 작품집 『珂雪齋集』의 '珂雪'은 '힐백'을 비유한 불교용어이다.30) 이뿐 아니라 이들이 중년이 되었을 때, 원굉도는 『廣莊』, 원중도는 『導莊』이라는 또 다른 『莊子』를 저술하여 유·불·도의 三敎합일적인 자신의 견해를 담았다. 이 때문에 원굉도 스스로도 『廣莊』은 단순한 『莊子』의 주석서가 아니라 또 다른 『莊子』31)라고 하였다. 이와 같이 유·불·도 삼교합일의 '성명지학'으로 사상서를 저술한 것은 宋代부터 대두된 삼교조화론의 더욱 발전된 형태라고 생각한다. 특히 원굉도는 삼교합일의 '성명지학'을 가지고 유교의 획일적인 절대성을 무너뜨리는 도구로 사용하였다.

2) 李贄의 啓示

미성숙기의 원굉도에게 '학문'을 일깨워준 스승은 셋이었다. 원굉도 형제의 啓蒙師는 萬瑩이다. 그는 어려서부터 문사에 뛰어났으나 시험에는 한번도 붙지 못하였기 때문에 고향에서 은거하며 童子師가 되었다. 그는 經과 史는 물론 음악·醫術·易數 등에 이르기까지 모르는 것이 없었으며, 성품 또한 돈후하여서 평생토록 妄語가 없었다고 한다.32) 이런 만영의 돈후한 성격은 원굉도의 생활 태도 속에서 그대로

---

30) 『佛說觀無量壽經』에서는 '珂雪'로 如來佛像을 형용하기도 한다.

31) 763쪽 「答李元善」: 寒天無事, 小修著導莊, 弟著廣莊, 各七篇. 導者導其流, 似疏非疏也; 廣者推廣其意, 自爲一莊, 如左氏之春秋, 易經之太玄也.

32) 2쪽 「萬二酉老師有垂魯之疾, 感而賦此. 萬, 里中老儒, 余家父子兄弟祖孫皆從之遊, 其人可知. 時丁亥九月也」와 袁中道, 『珂雪齋集』 700쪽 「萬瑩傳」의 "予里中有萬先生者, 名瑩, 字時徹. 少工文詞, 一試有司不酬, 即歸隱里中敎授. 于書無不讀, 歷代史自首至尾, 皆能成誦. 授書時, 五經中有闕三四葉者, 一寫無遺; 中所音釋, 不誤一字. 旁及陰陽、堪輿、農圃、醫術、命祿, 無不曉了. …… 家無産業, 爲童子師, 日得米無幾"를 참조하여 보면 이들 형제가

드러나고 있다. 또 한명의 스승은 王以明이다.[33] 그는 단순한 '과거시험을 위한 선생'을 넘어서서 원굉도 형제뿐 아니라 이지·陶石簣 등과 '性命之說'로써 교류하였다.[34] 원굉도 또한 王以明의 『竹林集』의 「序」를 쓰는 등 평생동안 그와의 관계는 지속되었다. 이외에도 원굉도의 스승으로 馮卓菴이 있었으나[35] 이지 만큼 그에게 많은 영향을 미친 사람은 없었다.[36]

(1) 사상의 변화

원굉도는 그의 형 종도와 함께 23세 되던 해(1590년)에 처음으로 李贄를 만났다. 그때까지는 원종도 또한 아직 이지를 만나지 못하였던 듯하다.[37] 1589년 원종도가 楚府를 책봉하기 위해 북경에서 고향에 돌

萬螢의 불우함을 가슴아파하는 심정을 잘 알 수 있다.

33) 700쪽 「敍竹林集」: 王以明先生爲余業擧師.

34) 원굉도 형제와 王以明과의 교류는 원굉도의 「尺牘」과 「詩」에 잘 드러나며, 원굉도가 두 번째로 이지를 방문했을 때 원굉도 형제와 함께 동행했다.

35) 馮卓菴은 원굉도가 鄕試를 볼 때 主試者였다.(「行狀」: 戊子, 擧於鄕, 主試者爲山東馮卓菴太史.) 그리고 그 후에도 이들 둘의 관계는 계속되었다. 282쪽 「馮琢菴師」, 770쪽 「馮侍郎座主」, 780쪽 「馮琢菴師」, 1241쪽 「馮尙書座主」 등을 살펴보면 馮卓菴과는 주로 현실적이고 정치적인 문제를 의논하였다.

36) 錢謙益, 「陶仲璞遯園集序」, 『初學集』 919쪽 上海古籍出版社, 1985.: 萬曆之季, 海內皆詆訾王李, 而樂天子瞻爲宗, 其說唱於公安袁氏. 而袁氏中郎小修, 皆李卓吾之徒, 其指實自卓吾發之.

37) 任訪秋는 「年譜」에서 24세설(1591년)을 주장하며 세 가지 이유를 들고 있다. ① 庚寅년(1590년)에 만났다면 원종도와 함께 갔을 것이다. ② 『金屑』은 1590년에 지었는데 이지를 만날 때 質正을 부탁하였다. 그렇기 때문에 그가 이지를 만날 때는 『金屑』을 쓴 후이다. ③ 1592년에 登第하고 伯修와 함께 고향으로 돌아왔는데 그가 이지를 만난 것은 이 이전이다. 그러나 원종도가 이지를 처음 만날 때 굉도와 함께 갔었다는 사실은 중도의 「柞林紀譚」을 통하여 알 수 있다. 그리고 이 글에서 원종도는 庚寅年(1590)이라고 시기를 명시하고 있기 때문에, 원굉도가 이지를 처음 만난 것은 23세로

아올 즈음, 焦竑은 원종도에게 亭州(麻城)에 있는 이지를 만나 보면 새로운 시각을 열어줄 것이라고 이지와의 만남을 권유하였다.[38] 그래서 1590년 봄, 이지가 公安縣 柞林의 성밖 사당에 머물고 있을 때 원종도는 굉도와 중도를 데리고 함께 이지를 방문하였다.

> 柞林叟는 어디 사람인지 모른다. 천하를 두루 유람하시다가 鄖땅까지 이르렀다. 그는 항상 손에 바구니 하나를 들고는 취하여 저자거리를 떠돌으셨는데 말에 무척이나 광기가 있었다. 庚寅年 봄에 마을의 성 밖 사당에 머물렀다. 그때 종도는 휴가를 얻어 나(中道)와 함께 집에 있었기에 마을에 들어가 함께 방문하였다. 질문을 해보니 ‘大奇人’이었다. 다시 방문하였는데 어디 계신지 끝내 알지 못했다.(袁中道, 『珂雪齋集』 1475쪽 「柞林紀譚」: 柞林叟不知何許人, 遍遊天下, 至于鄖中. 常提一籃, 醉遊市上, 語多顚狂. 庚寅春, 止于村落野廟. 伯修時以予告寓家, 入村共訪之. 扣之, 大奇人. 再訪之, 遂不知所在.)

위의 기록을 보면 원중도는 단순히 형을 따라서 이지와 상면했지만 원굉도는 형의 이끎만으로 이지를 만나러 갔던 것은 아니었다. 원굉도는 이지가 儒家 이외의 다른 가르침을 전한다는 말을 듣고는 자신이 지은 『金屑』[39]을 논의할 목적으로 이지를 찾았다.[40] 이는 이지를 통하여 자신의 인식구조를 확인하고 싶었기 때문이었으리라 추정할 수 있다. 이지를 만난 원굉도를 원중도는 다음과 같이 묘사하고 있다.

보는 것이 타당하다고 생각한다.

38) 「李溫陵外紀」: 亭州有卓吾先生在焉, 試一往訊之, 其有以開予也夫!

39) 『金屑』은 지금 실전되었지만 삼교합일의 사상을 담은 사상서라고 전해진다.

40) 「行狀」: 白雪田中, 能分鷺鳥; 紅羅扇外, 瞥見仙人. 一一提唱, 聊示鞭影, 命名曰金屑. 時聞龍湖李子冥會敎外之旨, 走西陵質之.

원굉도는 이지를 만나고 나서야, 지금까지 자신이 진부한 말만을
주워모았고, 세속적인 생각들만을 지켜 변통할 줄 몰랐으며, 옛 사
람의 말 속에서 헤어날 줄 몰랐으며, 한 토막의 산뜻함도 털어놓지
못했음을 비로소 알게 되었다.(「行狀」: 先生旣見龍湖, 始知一向掇
拾陳言, 株守俗見, 死于古人語下, 一段精光, 不得披露.)

이지를 만난 것은 원굉도에게는 하나의 충격이었다. "이때에 이르러
광대한 모습은 기러기 털이 순풍을 만난 듯, 큰 물고기가 큰 골짜기에
서 마음껏 뛰어 노는 듯하였다"41)라는 원중도의 표현대로 그는 이지와
의 만남을 통하여 평생을 모실 수 있는 선생을 얻었다. 또한 형에게서
'性命之學'을 들으면서 비롯된 '인식의 전환'이 이지를 만나면서 완성의
단계에 진입했음을 알 수 있다.

이지는 1602년 2월, 76세의 나이로 체포되어 3월 25일 북경의 감옥
에서 스스로 목을 베어 죽었다.42) 黃宗羲는 이지를 『明儒學案』에서 제
외해 버렸으며, 顧炎武 또한 "지금까지 '소인으로 꺼림이 없어' 감히
성인에게서 어그러짐이 이지 만큼 심한 사람이 없었다."43)고 평가했다.
이지의 사상은 이렇듯 정통의 입장에서는 이단일 수밖에 없었다. 이지
또한 자신의 사상이 당시의 것과는 결코 부합될 수 없었음을 잘 알고
있었다. 이 때문에 자신의 저서를 『焚書』라 이름하였으며,44) 이지의 친
구였던 焦竑도 그 가능성을 슬퍼하였다.45)

---

41) 같은 글: 至是浩浩然, 如鴻毛之遇順風, 巨魚之縱大壑.
42) 敏澤, 『李贄』 14∼15쪽 上海古籍出版社, 1984: 이지는 禮部給事中 張問達
　　의 상소로 탄핵되어 체포되었는데 그 이유는 다음 세 가지이다. ① 『藏書』
　　등이 국내에 유행하여 혹세무민한다. ② 양반의 처녀를 꾀었다. ③ 佛門에
　　빠져 孔子家法을 지키지 않았다.
43) 顧炎武, 『日知錄』: 自古以來, 小人之無忌憚, 而敢于叛聖人者, 莫甚于李贄.
44) 李贄, 『焚書・自序』: 自有書四種: …… 一曰焚書, 則答知己書問, 所言頗切
　　近世學者膏肓, 旣中有痼疾, 則必欲殺我矣, 故欲焚之, 言當焚而棄之. 不可留也.
45) 焦竑, 「李氏焚書序」, 『焚書』 2쪽: 李宏甫自集其與夷・游書札, 幷答問論議諸
　　文, 而名曰焚書, 自謂其書可焚也. 宏甫快口直腸, 目空一世, 憤激過甚, 不顧

　　그러나 원굉도가 吳縣의 知縣으로 있을 때, 이지가 자신의 저서에 대하여 "이 모든 것이 나의 膽量과 見識과 才力을 200% 발휘한 것이다"라고 말하자, 원굉도는 "그렇습니다"라고 대답한다.[46] 원종도 또한 "재주없는 놈이 다른 사람의 글을 읽자니 골치 아프게 느껴지지만, 선생님의 몇 마디 토막말이라도 읽을 제면 언제나 정신이 번쩍듭니다"[47]라고 말하면서 이지에 경도된 자신의 심경을 밝히고 있다. 이들이 받아들인 이지의 핵심적인 사상을 원중도는 다음과 같이 이야기한다.

> 이지의 사상을 한마디로 요약하면 '虛文'을 제거하고 '實用'을 강구하며, 피상적인 것을 버리고 '神骨'을 보며, 공허한 이론을 버리고 '人情'을 헤아리는데 있다.(袁中道, 『珂雪齋集』 723쪽 「李溫陵傳」: 其意大都在于黜虛文, 求實用; 舍皮毛, 見神骨; 去浮理, 揣人情.)

　　이 문장에서 원중도가 들고 있는 이지의 사상이 바로 원굉도를 위시한 '전기 성령파'들이 추구하던 목표였음을 알 수 있다. 즉 '虛文'에 반대한 '실용'적인 문장이며, 피상적인 '皮毛'에 반대한 '神骨'이며, 공허한 이론인 '浮理'에 반대한 '人情'이다. 이렇듯 원굉도는 이지를 만나면서부터 그의 사상과 문론의 핵심을 심득할 수 있었으며, 이지와의 관계는 이지의 사후에도 계속된다. 이지 또한 원굉도와의 만남에 매우 큰 의미를 두고 있었다.

> 그대가 지은 『金屑』을 읽었다네.
> 채찍을 가졌지만 그래도 기쁜 마음으로 사모한다네.
> 조금이라도 일찍 그대의 말을 들어 좇았더라면,

人有忤者. 然猶慮人必忤而託言於焚, 亦可悲矣!
46) 1634~5쪽 「枕中十書·序」: 余昔吳令時, 與卓吾遊黃鵠磯, 語次及著述書, 李卓吾便點首曰: "…… 惟著書則吾實實地有二十分膽量, 二十分見識, 二十分才力, 若信得過否?" 余唯唯.
47) 袁宗道, 209쪽 「李卓吾·又」: 不佞讀他人文字覺懣懣, 讀翁片言隻語, 輒精神百倍.

『老苦』까지는 짓지 않았을 것을.
(『公安縣志・袁宏道傳』: 誦君金屑句, 執鞭亦欣慕, 早得從君言,
不當有老苦.)

  원중도는 "이지가 늙어서 친구가 없었기 때문에 글을 지어서 『老苦』
라고 명명하였다"[48]고 말한다. 이를 보면 이지는 원굉도를 '동반자적
입장'에서 대하고 있음을 알 수 있다. 거의 삼 개월 여를 함께 지내다가
섭섭한 마음으로 헤어지면서 이지는 원굉도를 武昌까지 송별한다.[49] 이
들과 헤어진 후에 이지는 원굉도를 "아주 총기 있는 영특한 젊은이"[50]
라고 다른 사람들에게 칭찬을 아끼지 않았다.

(2) 영속적 교류

  1590년 李贄는 麻城으로 돌아가 『焚書』를 보내주었으며, 원굉도는
그 책을 받고 「得李宏甫先生書」를 짓는다.

  이처럼 귀한 책, 옥석 같이 빛나니,
  텅빈 계곡을 울리는 발소리와 다를 바 있으랴?
  슬프도다, 高漸離가 荊軻와 이별하며 筑을 치며 흘리는 눈물이여,
  가버렸도다 야망이여.
  어찌 책을 불살라 이해시킬 수 있으리오?
  늙고 괴로와 병은 드는데 ……
  빼어난 문장 있는데 어찌 숨을 수 있으리오?
  물이 없는데도 빠져 죽듯이 ……?
  (25쪽 「得李宏甫先生書」: 似此瑤華色, 何殊空谷音. 悲哉擊筑淚, 已
  矣唾壺心. 跡豈焚書白, 病因老苦侵. 有文焉用隱, 無水若爲沈.)

---

48) 「行狀」: 蓋龍湖以老年無朋, 作書曰老苦故也.
49) 같은 글: 留三月餘, 殷殷不捨, 送之武昌而別.
50) 같은 글: 李子語人, 謂伯也穩實, 仲也英特, 皆天下名士也.

위의 시를 통하여, 고초를 겪고 있는 이지의 괴로운 심정과 그 심정을 이심전심으로 공유하는 원굉도의 심적 상태를 알 수 있다. 이지에 대한 원굉도의 심정적 경도는 이지의 제자인 無念과 이별하면서 지은 다음 시에 더욱 잘 드러난다.

> 고되고 괴로운 李贄선생,
> 허연 머리칼로 알아줄 이 찾으시는구려.
> 왜 당신은 龍湖에 사시며,
> 당신은 왜 이 곳에 머무시나?
> (45쪽 「別無念・其四」: 辛苦李上人, 白髮尋知己. 爲爾住龍湖,
> 爾胡滯于此?)

원굉도는 이때 받은 『분서』를 그의 머리맡에 두고 읽고 또 읽었다. 그는 "슬플 때 읽으면 찡그린 얼굴을 펼 수 있고, 병들었을 때 읽으면 건강하게 살찔 수 있으며, 정신이 혼미할 때 읽으면 눈을 맑게 할 수 있으니 아주 힘이 됩니다."[51]라고 『분서』를 말할 정도로 이지의 사상에 경도되었다.

> 요사이 이지 선생의 「豫約」이라는 글을 구해서 아주 통쾌하게 읽었습니다만 그대와 함께 보지 못하는 것이 한스러울 뿐입니다.(264쪽 「陶石簣」: 近日得卓僧豫約諸書, 讀之痛快, 恨我公不見耳.)

---

51) 221쪽 「李宏甫」: 幸床頭有焚書一部, 愁可以破顏, 病可以健脾, 昏可以醒眼, 甚得力. 『袁中郎尺牘』(廣文書局 출판)에는 '焚書'가 아니라 '藏書'로 되어 있다. 이와 같이 판본에 따라 내용이 다를 경우에는 별다른 각주 없이 원굉도의 글은 『袁宏道集箋校』(上海古籍出版社 출판)를 따르며, 다른 사람의 글들은 그 사람의 문집을 따른다.

　　원굉도는 이지의 저작을 머리맡에 놓고 늘상 가까이 하는 것으로 만
족하지 못하고, 이제는 자신의 친구에게까지 열성적으로 전한다.

　　1592년 원굉도는 북경에서 殿試를 보고 92명 중에서 三甲을 차지한
다. 그러나 그는 벼슬길에 오르지 않고 형 종도와 함께 고향으로 돌아
온다. 고향으로 돌아온 원굉도는 1593년 王以明·龔散木·종도·중도
등과 함께 이지를 만나러 간다.[52] 원굉도는 출발을 전후하여서 이지와
관계된 일련의 시들을 짓는다. 떠나기에 임박하여 지은 「懷龍湖」·「將
發黃, 時同舟爲王以明先生、龔散木、家白修、小修, 俱同訪龍湖」, 여행
길에서 지은 「阻雨」·「聞籟」·「龍潭」 등은 이지에 대한 원굉도의 그리
움을 잘 나타내고 있다.

　　(A) 老子는 본래 龍으로써 性을 삼았고,
　　楚人은 원래 鳳으로써 노래했네.
　　(68쪽 「懷龍湖」: 老子本將龍作性, 楚人元以鳳爲歌.)

　　(B) 하늘 저 멀리 보이는 곳 옛날의 亭州인데,
　　강가의 쓸쓸한 바람, 옛 知人을 기억나게 하네.
　　천하의 문장가들이 그대의 늙음 애달파하는데,
　　瀟水와 湘水의 비바람은 사람을 슬프게 하는구나.
　　…… ……
　　감히 천지에서 빼어난 곳 찾은 것은,
　　단지 李耳가 西周에 있기 때문일 뿐.
　　(69쪽 「阻雨」: 雲霄極目古亭州, 江上淒其感昔遊. 天下文章憐爾
　　老, 瀟湘風雨動人愁 …… 敢向乾坤尋勝覽, 祇因李耳在西周.)

　　(C) 沖霄觀에 老子를 배알하러 왔는데,
　　문득 龍湖에 사는 늙은 스님이 생각나네.
　　이지는 바로 지금의 李耳라네,

---

52) 68쪽 「將發黃, 時同舟爲王以明先生、龔散木、家白修、小修, 俱同訪龍湖」

西陵이 여전히 옛 西周 같듯.
(78쪽 「余凡兩度阻雨沖霄觀, 俱爲訪龍湖師, 戱題壁上・其二」: 我
從觀裏拜靑牛, 忽憶龍湖老比丘. 李贄便爲今李耳, 西陵還似古西周.)

(A)는 이지를 만나러 떠나기 전 스승이 그리워 지은 시이다. 원굉
도는 이 시에서 성인의 최고 덕목인 '龍'과 '鳳'에 이지를 비유하였다.
(B)는 여행길에 올라서 지은 시이다. 여행길의 쓸쓸함과 함께 이지에
경도된 원굉도의 심정을 잘 나타내 준다. 이지 자신도 '老苦'라고 표현
하였지만 선구자의 만년, 늙고 외로움을 비바람치는 뱃길의 쓸쓸함에
비유하고 애달파한다. 그리고 노자가 성인의 덕으로 배덕한 '용'의 추
상적인 경지가 아니라, 그것을 배덕한 당사자인 노자에 비유한다. (C)
는 이지를 만나고 돌아오면서 지은 시이다. (A)・(B)를 통하여 승화
시키고픈 이지에 대한 감정을 정리하여 이지의 격을 상승시킨다. 이지
를 향한 원굉도의 마음은 그가 이지와의 이별을 슬퍼하면서 지은 시를
보면 더욱 분명해진다.

열흘은 너무나도 가벼이 지나 이별할 때 되니,
다시 온다 기약조차 할 수 없네.
문을 나서자 참았던 눈물 흐르니,
끝내 男兒가 아니로구나.
(73쪽 「別龍湖師・其一」: 十日輕爲別, 重來未有期. 出門餘淚
眼, 終不是男兒.)

원굉도는 이지와의 이별을 못내 슬퍼하였다. 그는 이지와의 이별을
"어렸을 때 한 소녀와 강가에서의 이별만큼이나 괴로운 이별"에 비유
할 만큼 이지와의 이별을 슬퍼하고 있다.53) 그런데 이와 같은 감정은
원굉도만 느끼는 것이 아니었다.

---

53) 210쪽 「王子聲」: 弟屈指平生別苦, 唯少時江上別一女郞, 去年龍湖上別一長老.

> 문을 들어섬에 한 형제 되더니,
> 문을 나섬에 가까운 이웃과 같네.
> (76쪽 「龍湖答詩·其一」: 入門爲兄弟, 出門若比隣.)

> 만남이 없었으면 이별도 없을 것을,
> 그대 오신다고 또 기약할 수 있나.
> 나는 '해탈법'을 알고 있기에,
> 눈물 뿌리며 그대의 시를 읽네.
> (76쪽 「龍湖答詩·其二」: 無會不成別, 若來還有期. 我有解脫法, 灑
> 淚讀君詩.)

위의 시에서 이지 또한 이들과의 이별을 몹시나 슬퍼함을 알 수 있다. 모든 소유와 집착에서 탈피하는 '해탈법'을 체득하였던 그였지만 이들과의 이별만큼은 어쩔 수 없었다. 단 두 번의 만남으로 이들은 '형제'와 '이웃'과 같은 감정의 일치를 경험한다.

이렇듯 만나자마자 순식간에 이루어진 감정의 일치는 여러 가지 측면에서 분석될 수 있다. 우선은 원굉도 자신이 좋은 스승을 만나려는 의지가 있다.[54] 원굉도는 또한 자신의 학문적 공허함을 이지를 통하여 해결하려고 하였다. 그래서 그는 이지에게 보내는 편지 글에서 "요사이 무슨 책을 보십니까? 무슨 잘 되어 가는 일이 있습니까? 부탁컨대 알려 주시지요?"[55]라고 이지에게 학문적 동반자로서의 절박한 기대감을 표시한다.[56] 그러나 이러한 이유들을 모두 포괄하고도 남을 이유는 무엇보다도 이지의 사상적 방대함에 대한 경도이다. 방대한 사상을 바탕으로 당시의

---

54) 196쪽 「識周生淸秘圖後」: "不才之木, 得子而才, 故知匠石不能盡木之用. 嗟
　　夫, 豈獨木哉? ……"라고 하면서 자신의 능력을 알아줄 수 있는 사람의 필
　　요성에 대하여 절대적으로 인식하고 있었다.
55) 771쪽 「李龍湖」: 近日讀何書? 有何得意事? 乞見示.
56) 792쪽 「李龍湖」: 望翁以語言三昧, 發明持戒因緣, 僕當募刻流布, 此救世之良
　　藥, 利生之首事也. 幸勿以僕爲下劣而擯斥之.

보편적인 사고를 뛰어넘을 수 있는 비보편적 사고까지도 가능하였던 이지의 사상적 방대성에 대하여 원중도는 다음과 같이 말하고 있다.

> (이지가) 읽은 책은 …… 동국의 신비한 언어에서 서방의 영묘한 문자에 이르기까지, 『離騷』와 司馬遷·班固의 역사서, 陶淵明·謝靈運·柳宗元·杜甫의 시들, 그리고 아래로는 패관소설의 기이함, 宋元 시기 여러 명인들의 희곡 등에 이르렀다.(袁中道, 「李溫陵傳」: 所讀書 …… 東國之秘語, 西方之靈文, 離騷、馬班之篇, 陶、謝、柳、杜之詩, 下至稗官小說之奇, 宋元名人之曲.)

> 夏道甫에서 이지가 「西廂記」와 「伯喈」를 비평하는 것을 생각해보았더니 지극히 세밀하였다. 이지는 진짜 독서인이다. 우리 같이 조잡하고 깊지 못한 사람들은 단지 옷깃을 여미고 하배할 따름이다.(袁中道, 『珂雪齋集』 1240쪽 「遊居柿錄」 권6: 夏道甫處見李龍湖批評西廂、伯喈, 極其細密, 眞讀書人. 余等粗浮, 只合斂衽下拜耳.)

원굉도는 이상과 같이 이지에 경도되었지만, 이지에 대한 추종이 결코 맹목적이지는 않았다. 이지를 孟軻에까지 비유하는 다른 추종자들의 맹목적 신봉에 대하여 그는 "너무 지나치다고 생각한다"[57]라고 평가한다. 그러나 蘇東坡의 후신으로 비유하는 사람들에게는 "소동파 사후 지금까지 삼백여 년 동안 오직 楊升菴과 이지가 그에 비길만하지만, 이지가 소동파 보다 훨씬 비참하다"[58]라고 말하면서 비교적 객관적인 태도를 견지하고 있다.

이렇듯 젊은 시절의 원굉도를 사로잡았던 이지는 1602년 북경의 감옥에서 자살을 한다. 다음의 시는 1604년 더 이상 이지를 만나지 못하는 원굉도의 섭섭한 마음을 그린 것이다.

---

57) 1634쪽 「枕中十書·序」: 或說卓禿翁, 孟子之後一人, 予疑其太過.
58) 같은 글: 自子瞻迄今又三百餘歲矣, 吾于楊升菴、李卓吾見之. …… 或說爲蘇子瞻後身, 李卓吾生平歷履, 大約與坡老暗符, 而卓老爲尤慘.

좋은 짝, 청산은 주인 노릇하고,
떠돌이 스님은 먼지처럼 떠나갔네.
법당의 풀은 자라서 세 척이나 되는데,
다시 함께 허리에 낫 꽂고 한 바퀴 돌았으면.
(1004쪽 「德山遇大智, 龍湖舊侶也·其二」: 好伴靑山作主人,
門前衲子去如塵. 法堂草長深三尺, 更與腰鎌走一巡.)

　이지와 원굉도의 관계는 이지의 사후에까지 계속되어 원굉도는 이지의 유고를 발견하여 『枕中十書』라는 이름으로 간행한다. 원굉도가 이지의 유고를 발견한 것은 1609년 陝西의 향시를 주관하고 돌아오던 중 三敎寺에 묵었을 때였다. 그는 절의 낡은 궤에서 원고 뭉치를 발견하고 읽던 중 놀라서 원고의 출처를 묻자, 스님은 이지가 체포되었을 때 준 것이라고 대답한다. 이 원고를 받아든 원굉도는 이지가 그의 유고를 통하여 아직도 살아 있음을 확인하고 "이지 선생님은 아직 죽지 않았구나!"라고 말한다. 그리하여 원굉도는 이지가 역사 속에서 영원히 살아 있을 것임을 확신하며 책으로 출판한다.[59]

2. '現實'과 '理想'의 乖離期(27세~29세)

　원굉도는 1592년 進士에 등제했으나 2개월 만에 휴가를 청하여 고향으로 돌아와 외할아버지·외삼촌 등과 南平社를 결사하고 서로의 학문을 논하며 현실과 유리된 삶을 살아간다.[60] 그리고 1593년 평생의 스

---

59) 1635쪽 「枕中十書·序」: 己酉, 予主陝西試事畢, 復謝, □天子恩命, 夜宿三
　　敎寺, □寺高閣敝篋中, 獲其稿讀之, 不覺大叫驚起. 招提老僧, 執光相顧. 予
　　遽詢曰: "是稿何處得來, 束之高閣?" 老僧曰: "鄕者溫陵卓吾被逮時寄我物
　　也, 囑以秘之枕中, 毋令人見. 今人已亡, 書亦安用!" 予曰: "噫! 奇哉! 不意
　　今日復睹卓吾也, 卓吾其不死矣!"

승으로 모시게 되었던 이지를 두 번째로 방문하여 사상적 기초를 다지고, 1594년 겨울 北京으로 가서 12월에 있을 보직 발령을 기다리며 湯顯祖 등과 교류한다.[61]

원굉도는 28세 때(1595년) 吳縣의 知縣으로 관직 생활을 시작하였지만 1년도 못되어 사직원을 제출하고 관직에서 일탈하고자 노력하였다.[62] 그러나 그는 사임한지 1년도 못되어 북경의 順天府敎授로 다시 관직에 올랐다. 세 번째는 6년여에 걸친 柳浪亭에서의 은거생활을 끝내고 儀曹主事 등을 역임하였다.

이를 통하여 알 수 있듯이 원굉도의 청·장년기는 관직생활과 은둔생활의 교체 반복이었다. 이는 그가 지향하고 있던 지향점인 이상과 현실의 갈등 때문에 야기된 것이다. 원굉도 자신도 현실에서의 괴리감 때문에 많은 좌절감을 느꼈지만 이러한 현실과 이상의 조화를 이루기 위해서도 많은 노력을 기울였다.

1) 관직을 통한 '이상' 실현 추구

원굉도는 오현의 지현으로 임명되어, 1595년 2월 북경을 출발하여 3월에 부임하였다. 부임 초 원굉도는 이지에게 "오현의 지현을 지내는 것은 자못 간단하고 쉬운 일입니다마는, 바쁜 것은 어쩔 수 없습니다"[63]고 말한다. 이렇듯 그는 누구보다도 자신만만한 젊은 관리였으며

---

60) 「行狀」: 壬辰, 擧進士, 不仕, 復與伯修還故里, 家居石浦之上. 偕外祖所春冀
　　公, 及舅惟學、惟長輩, 終日以論學爲樂.
61) 湯顯祖, 『湯顯祖詩文集』 495쪽 上海古籍出版社, 1982: 「乙未計逸二月六日
　　同吳令袁中郎出關懷王衷白石浦董思白」 시를 보면 원굉도가 이들과 교류했
　　음을 알 수 있다.
62) 243쪽 「劉子威」의 "走非不願作官, 奈事與心違耳"를 보면 현실생활이 자신의
　　의지와는 무관하게 진행되는 데 대해 불만을 가지고 있었음을 알 수 있다.
63) 221쪽 「李宏甫」: 作吳令亦頗簡易, 但無奈奔走何耳.

자신이 담당한 관직에 스스로 만족하고 있었다.[64] 특히 그는 지현의
직책을 '이상적인 도리'에만 의해 풀려 하지 않고 '간략함'만으로 풀어
나가는 등 관직 수행을 체계화한다.[65] 그래서 원굉도는 관리의 길인
'吏道'와 군자의 길인 '학문'을 양분하여 생각한다.

(1) '學問'과 '吏道'의 분리

　　주자학적 사고체계는 『大學』을 통하여 정치생활을 도덕생활의 종속
관계로 만들어 놓았다. 이 때문에 모든 정치지망생은 우선 도덕적으로
완성된 경지에 이르도록 강요되었다.[66] 그리고 이러한 강요는 모든 지
식인들의 행태를 '예법'의 범주 속에서만 이루어지도록 하였다. 만일 정
치를 개인 도덕의 연장선상에서만 파악한다면 현실 속에서 '정치'라는
영역의 특성을 부정하는 것이다. 그리고 현실 속에서 현실적으로 우위를
점하고 있는 한 분야를 이상속의 종속물로 만들어 버리는 우를 범하는
것이다.
　　원굉도 역시 유가적 사고의 소유자이다.[67] 그러나 그는 유학을 치세
의 학문으로 인식하지 않고 儒子들의 수양 학문일 뿐이라고 여겼기 때
문에 정치란 기술에 불과하다고 생각한다. 그래서 그는 "관직과 사람
됨은 두 가지로 나누어 있지 않았으나 '시대적인 상황' 때문에 둘로 나
누어지지 않을 수 없게 된 것"[68]이며, "명말의 혼탁한 시대에 말단관
리의 길을 걸으면서 중후한 長者의 도를 행하려 하면 '必敗'한다"[69]고

---

64) 201쪽 「寄同社」: 弟已令吳中矣. 吳中得若令也, 五湖有長, 洞庭有君, 酒有主
　　人, 茶有知己. 生公說法石有長老, 但恐五百里糧長, 來唐突人耳. 吏道縛人,
　　未知向後景狀如何, 先此報知.
65) 224쪽 「湯義仍」: 作令無甚難事 …… 吳地宿稱難治, 弟以一簡恃之, 頗覺就緒.
66) 守本順一郎 지음, 김수길 옮김, 『동양정치사상사연구』 25~28쪽 참조, 동녘.
67) 623쪽 「己亥元日晨起」: 鷄鳴拜聖人, 同官六七輩. …… 古柏老於儒, 共揖向庭內.
68) 191쪽 「題初簿罷官册」: 官與人非二也, 有不得不二者, 時也.

말한다.

> 유가이면서 관리의 길을 걸으면 안 되는 점이 세 가지 있다. '군자'로써 자기자신을 대하여 이 세상에 소인이 있다는 것을 믿지 않는 것이 첫 번째 안되는 것이다. 선비의 강직하고 소탈한 습성을 고집하지만, 간혹 세태에 아부하고 교태를 부리기도 해 이르러야하니 두 번째 안되는 것이다. 나는 그 사람의 마음을 믿지만 다른 사람들이 그 사람의 행적을 의심하면, 나는 다시 그 사람의 마음을 드러내고 행적을 꾸밀 수 없게 되니 세 번째 안되는 점이다.(191쪽 「題初簿罷官册」: 夫儒而吏者, 有三不可: 以君子待其身, 而不信世間之有小人, 一不可也; 任書生骯髒脫略之習, 而少脂韋婾媚之致, 二不可也; 我信其心, 人疑其迹, 我復不能暴其心而文其迹, 三不可也.)

원굉도는 유가이면서 관리의 길을 걷는 사람이 '必敗'하는 세 가지 이유를 위와 같이 들고 있다. 유가의 도덕적 이상이 明末에 이르러 이미 학문적·사회적으로 효과적인 적응력을 상실했다는 그의 인식을 단적으로 드러내고 있다. 원굉도의 이 글을 반추하여보면, 확실한 관리가 되기 위해서는 확실한 속인이 되어야 한다는 뜻이 들어 있다. '必敗'라는 단어에는 자신을 포함한 동시대 지식인들이 견지하여온 '치세의 학문'인 '유가'에 대한 강렬한 회의가 담겨있다.

원굉도는 吳와 같이 일이 많은 곳에서는 지현에게도 책략이 있어야 한다고 주장한다.[70] 이는 당시 치세의 기본 철학이었던 성리학적 공리공담만을 가지고는 더 이상 직무 수행이 불가능하다는 그의 현실 인식을 반영한 것이다. 원굉도가 지현으로서 직속 관원이었던 初簿를 파면하면서 「題初簿罷官册」을 지은 이유도 그가 충실한 하급관리의 길을

---

69) 같은 글: 夫居今之時, 處簿書會稽之間, 而欲以重厚長者之道行之, 必敗.

70) 같은 글: 夫吳門者, 百冗紛厖, 民情險惡, 變幻機詐之極者也. 爲令者尙不能無畵方畵圓之苦.

걷지 않고 '君子然'하는 태도 때문이었다.

원굉도가 수양의 덕목과 관리의 덕목을 구분한 것은 당시의 치세철학인 유학이 가지고 있던 모순점에 대한 지적이기도 하다. 이론과 그 이론의 적용 문제는 사회가 혼란하면 할수록 그 틈이 벌어지기 마련이다. 원굉도가 살던 시기는 거대한 明 제국의 쇠퇴가 이미 절정에 이르렀을 때였다. 그렇기 때문에 원굉도는 보다 효율적으로 治民할 수 있는 실용적인 관리의 길을 '成德'의 학문으로부터 분리해내려고 하였다.

> 세상의 폐단은 정치를 하는 사람들이 영화와 명예만을 잡으려 하면서, 성을 쌓고 연못을 만들고 돈과 곡식을 관리하는 일은 모두 俗吏의 일로 여기는 것이다.(1107쪽 「監司周公實政錄敍」: 世之敝也, 爲政者獵華譽, 而以城池錢穀爲俗吏事.)

원굉도는 관리들이 현실 문제를 도외시하기 때문에 당시의 폐단이 생겨났다고 생각했다. 그렇기 때문에 그는 "누구나가 관리가 되기만 하면 자신이 배워왔던 학문을 내버리고 서리들의 말을 우선적으로 들으니 經術과 政事는 두 가지 일"[71]이라고 주장한다. 원굉도는 '性命之學'에 대한 갈망이 있었지만, "'道'를 배우는 것이 관리의 길을 가는데 이롭지 못한지 오래되었다"[72]라고 말하는 등, 관직에 임하는 태도는 지극히 '현실'에 기반하고 있었다. 또한 유교적 공리공담에만 근거한 '이상주의자'가 아니었기 때문에 이상과 같이 관리의 길과 선비의 길을 양분하여 제시할 수 있었다. 이는 당시의 수많은 선비들이 범하고 있던 모순—그래서 오히려 이상적이기만 한데서 파생되는 문제점을 해결할 수 있는 유일한 현실적 해결책이다.

---

71) 1124쪽 「送徐太府見可入計序」: 今之握鉛槧者, 其檢括陳言, 而一旦爲吏, 遂欲舍所學而聽於胥, 故經術與政事貳.
72) 1237쪽 「黃平倩」: 學道之不利官久矣.

(2) ‘吏道’의 실천

원굉도를 “국가와 사회에 대한 책임감이 없고, 자신의 기분에 따라 벼슬도 하고 사직도 하고, 산수를 유람하는 등 어떠한 틀에도 얽매이지 않았다”[73]는 주장도 있지만 필자가 생각하는 원굉도는 결코 이런 ‘무책임한 불기지사’가 아니었다.

> 대개 백성들은 사치하면 방탕해지고 방탕해지면 궁해진다. 백성이 커지면 반드시 교만해지고 교만해지면 제멋대로가 된다. 백성이 궁하면서 제멋대로가 되면 혼란이 이를 좇아 일어난다. 때문에 세상을 다스리는 자는 남모르는 근심이 없을 수 없다.(184쪽 「歲時紀異」: 夫俗奢必蕩, 蕩則窮; 民泰必驕, 驕則僭. 民窮而僭, 亂從生焉. 司世道者, 不能無隱憂矣.)

위의 인용문에서와 같이 원굉도는 在上者인 관리로서 ‘남모르는 근심’을 가지고 있을 만큼 그의 사고는 현실에 기초하고 있었다. 그리고 전절에서 살펴보았듯이 ‘현실’에 근거한 행정을 펼치는 ‘현실적 행정가’였으며 在下者와 함께하는 어진 ‘在上者’였다. 그는 하는 일 없이 과도한 인원으로 민간에게 폐해만을 일삼는 아전들을 과감하게 숙정하는 등 행정 조직의 비효율적인 면을 과감하게 개혁하였다.[74] 뿐만 아니라 그는 행정 전문가가 아닌 知縣의 비전문성을 악용한 서리의 농간을 분쇄하고 백성의 부담을 덜어주기 위하여 과도한 잡부금을 덜어주는 등 백성의 편에 서서 많은 노력을 기울였다.[75] 또한 民怨의 대상이었던

---

73) 高八美, 『袁中郎及其小品文研究』 24쪽.

74) 「行狀」: 縣胥隷之類, 或三四爲曹, 共一役, 不食縣官, 惟借公事漁獵里閭. 先生揀其宜用者食之, 無所差遣, 終日兀坐, 不能餬口, 皆逃去歸農.

75) 같은 글: 吳賦甲於天下, 猾胥朱紫其籍, 莫可致詰, 飛灑民間, 溢於額. 而不知先生一目了然, 摘其隱射之條若干, 呼猾胥曰:“此何爲者?” 胥不敢欺, 皆俯首曰弊. 凡十餘詰, 皆不敢隱, 皆俯首曰弊. 先生俱置之法, 而清額外之征凡巨萬, 吳民大悅.

세금의 징수와 관리를 효율적으로 수행하는 방법을 강구하고 건의하여
서 다른 고을들이 吳縣을 본받게 하였다.[76] 이를 보면 그는 다른 道學
者들처럼 이상적으로만 현실을 인식하지 않았으며 '실질적인 행정가'로
서 지현의 직책을 수행하였음을 알 수 있다.

> 나는 가뭄을 살피기 위하여 산등성이를 지나 허둥지둥 산에 올
> 라 아래를 내려다보는데 (그 경치를) 음미하지도 못하였다. 아!
> 아! 지난날의 푸르른 밭두둑엔 지금은 흰 물결만 이는구나! 父老
> 들과 어울려 한숨 쉬고 있는 터에 무슨 겨를에 갈포로 만든 두건
> 쓰고 허리띠 느러뜨리며 인간세상의 風流와 文雅를 즐기겠는
> 가?(173쪽 「橫山」: 余以勘災過山下, 草草登臨, 未及領略. 嗟夫, 往
> 日綠疇, 今日白浪, 方與父老咨嗟, 何暇葛巾緩帶, 作人間風雅事乎?)

위의 인용문은 1596년 吳지방에 한발이 들자 백성의 고통에 동참하
려는 원굉도의 심정을 나타내고 있다. 그는 한발이 계속되자 지방관의
신분으로 소위 '영험하다'고 하는 사당에서 기우제를 지내기까지 한
다.[77] 뿐만 아니라 천수답을 경작하는 백성들의 고충을 듣고는 삶의
의욕을 상실해가는 그들의 생업 의지를 북돋우고자 세금의 50%를 감
면해 준다.[78] 이는 당시에 파산 일보직전까지 이른 중앙정부의 재정확
보책으로 대두된 중과세 시책에 정면으로 위배되는 것이었다.

> 세금 안낸 놈들 색출하나,
> 세금 안낸 놈들 찾을 수 없네.
> 內庫의 말 값으로 다하니,

---

76) 같은 글: 不折征收之封, 惟苛兌者, 許民告白之, 而以其所贏代輸者爲傾瀉費.
   上官聞而便之, 以其例下諸邑, 悉如吳縣.
77) 167쪽 「陽山」: 今年六月, 旱魃爲災, 余與江進之隨太府乞靈祠下.
78) 174쪽 「穹窿」: 余旣勘得其實, 乃爲減其正額, 每年課稅, 征十之五, 漕兌不及
   焉, 民稍稍有起色矣.

> 백성의 너무나 힘 없음을 관리인들 어찌하랴.
> 蘇州의 옛 세금 70만전에,
> 황제가 쓰는 것이 반이네.
> …… ……
> 아! 백성은 날로 어렵고, 관리는 날로 고달픈데,
> 대나무에 꽃이 피고,
> 광산에선 흙만 나네.
> (334쪽 「逋賦謠」: 索逋賦, 逋賦索不得. …… 內庫馬價支垂盡,
> 民固無力官奈何? 蘇州舊逋七十萬, 漕折金花居其半. …… 嗟乎!
> 民日難, 官日苦, 竹開花, 鑛生土.)

원굉도가 오현의 지현으로 재직하고 있을 때까지만 해도 지방관들을 제일 괴롭혔던 '광세'의 어려움은 아직 없었지만,[79] 위의 시를 통하여 세금의 과중함과 관직 수행의 어려움을 잘 알 수 있다.

위에서 살펴 본 遊記를 포함하여, 지현 시절의 유기는 대부분 관리 생활의 연장이었다. 그렇기 때문에 그의 대민사상이 잘 나타나 있다. 원굉도는 유기 「虎丘」에서 오현의 유원지였던 호구에서 지현과 현민이 동락하지 못하는 섭섭한 마음을 담고 있다.[80] 「靈巖」에서는 蜀의 멸망원인을 군주의 무능함 때문이라고 지적하며 在上者의 책임성을 강조하였다.[81] 또한 「東洞庭」에서는 물질적인 풍요에도 불구하고 각박한 삶을 살아가는 東山民에 대한 그의 마음을 실음으로써,[82] 충실하게 官道를 수행하려고 하는 원굉도의 현실 인식을 반영하고 있다. 이렇듯 당시의 보편적 사고와 궤를 달리하는 원굉도의 '휴머니즘'적 사고가 관직 생활을 더욱 힘

---

79) 706쪽 「送楡次令張元漢考積序」: 往余令吳, 碌碌二載, 幾至委頓, 然是時礦稅
    之難未有也.
80) 158쪽 「虎丘」: 最後與江進之、方子公同登, 遲月生公石上, 歌者聞令來, 皆避
    匿去. 余因謂進之曰: "甚矣, 烏紗之橫, 皂隷之俗哉!" 他日去官, 有不聽曲此
    石上者如月.
81) 165쪽 「靈巖」: 蜀宮無傾國之美人, 劉禪竟爲俘虜. 亡國之罪, 豈獨在色?
82) 163쪽 「東洞庭」: 獨東山民倍饒裕耳. 所可恨者, 民競刀錐, 俗鮮風雅.

들게 하는 원인 중의 하나였는지도 모른다. 특히 현실에 안주하지 않고
-비록 혁신적인 개혁이 아닌 개량의 차원에 불과하지만- 현실을 개선하
기 위해 노력하였던 그는 외직인 지현의 권한이 현실을 개량하기에도 부
족함을 깨닫고 그에서 떠나려고 노력한다.

> 지금 외직의 어려움 중에서도 지현의 어려움은 극에 달해 있다. 지
> 현의 책임은 막중한데도 지현의 권한은 너무나 가볍다. 책임이 중한 것
> 은 한 읍의 공물과 세금을 비롯하여 백성들의 굶주리고 추위에 떠는
> 문제에 이르기까지 모두가 지현의 손을 거쳐야하지만 그 권한이 가볍
> 기 때문에 때때로 자신의 소신을 다하지 못하게 되는 병폐가 있
> 다.(705쪽「送楡次令張元漢考積序」: 今時外吏之難, 至縣令極矣. 縣令之
> 責甚重, 而權甚輕. 責重, 則一邑之一供一賦一饑一寒, 皆倚辨於我; 而權
> 輕, 則時有掣肘之患.)

원굉도가 관직에서 일탈한 이유는 여러 가지가 있다. 그러나 위의
인용문에서 비교적 명확하게 드러나는 이유 중의 하나는 현실개혁 의
지를 충족할 수 없는 하급관리로서의 무력감 때문이다. 개혁의 칼자루
조차 쥘 수 없는 '힘없는 권력'과 '막중한 책임감' 속에서 갈등하던 원
굉도는 사직의 뜻을 밝혔고 현민들은 모두 부모와 헤어지는 심정으로
원굉도를 만류하지만 끝내 사직한다.83) 이는 吳縣의 현민만의 생각이
아니었다. "청렴84)과 소신으로 한 고을을 다스렸던" 원굉도를 재상이
었던 申公은 "명조가 성립한 이백 년 동안에 원굉도와 같은 지현이 없
었다"라고 평가하고 있다.85)

---

83) 「行狀」: 吳民聞其去, 駭叫狂走, 凡有神佛處 …… 其得人心如此, 而先生終不
　　肯留.
84) 같은 글: 爲吳令, 不取一錢, 貸而後裝.
85) 같은 글: 先生爲令淸次骨, 才敏捷甚, 一縣大治. 宰相申公聞而嘆曰: "二百年
　　來, 無此令矣!"

2) 이상과 '吏道'의 괴리

전술한 바와 같이 원굉도는 결코 '사회와 현실에 무책임한 불기지사'가 아니었다. 그는 도리어 자신에게 주어진 한계 내에서 백성과 고통을 함께 하고, 백성의 고통을 덜어주기 위해 노력하는 '개량가'로서의 면모를 보여주었다. 그러나 왕조의 말기에 해당하는 당시의 시대적 상황은 원굉도의 개량을 받아들이기에는 너무나 견고한 벽을 가지고 있었다.

(1) 反性命之學적 '吏道'

서문에서도 잠시 언급하였지만 明末의 강남은 이전과는 구분되는 사회의 재구성기였다. 특히 吳縣은 강남 경제의 중심지로서 전국에서 세금을 제일 많이 내는 고장이었다.[86] 이러한 지방에서 그는 자신의 '이상'이기도 한 '性命之學'을 우선으로 하는 관리생활을 하고자 하였다.[87] 그렇지만 그는 전절에서 살펴본 바와 같이 현실에 뿌리를 내린 '행정가'의 길을 걸을 수밖에 없었다. 이는 내적 성찰이 우선인 性命之學을 이상으로 하는 원굉도의 사상구조와 모순관계를 형성할 수밖에 없었다.[88] 관직 생활이 얼마나 원굉도를 속박하였는가 하는 점은 다음 편지를 보면 분명해진다.

오현에 들어간 이후로는 마치 새가 조롱에 갇힌 듯 날개와 깃이 모두 아교로 붙인 듯하여 움직일래야 움직일 수 없었으며, 울적함이 극도에 달해 마음을 상하였기 때문에 이런 더러운 병에 걸렸습니다. 대

---

86) 같은 글: 吳賦甲於天下.
87) 같은 글: 先生始以學試之政.
88) 같은 글: 吳門繁劇, 而先生超脫, 或足以困先生.

저 병은 억눌린 데서 생겼으며 억눌림은 관직에서 비롯되었으니, 관직을 떠나지 않으면 병은 반드시 낫지 못할 것입니다.(297쪽 「朱司里」: 一入吳縣, 如鳥之在籠, 羽翼皆膠, 動轉不得, 以致鬱極傷心, 致此惡病, 大抵病因于抑, 抑因于官, 官不去, 病必不痊.)

나이 삼십이 되어 머리털은 성겨지는데 설령 鸞새와 鶴으로 곁말을 매어 구름바다에서 노닐지는 못하더라도 또한 마땅히 가슴속에 품은 대로 마음대로 행하여 인간세상의 즐거움을 다할지어다. (그러나) 어찌하여 고개를 숙이고 다른 사람을 섬겨서 소나 말도 감당하기 어려운 일들을 수고하며, 아녀자도 부끄러워하는 모습을 합니까? (그러한 일을) 제가 하고 있습니다.(292쪽 「管東溟」: 年生三十, 頭毛種種, 縱不能驂鸞駕鶴, 消搖雲海, 亦當率行胸懷, 極人間之樂. 奈何低眉事人, 苦牛馬之所難, 貌妾婦之所羞乎? 不肖行矣!)

이 당시에 원굉도를 괴롭히고 있던 병은 각혈을 동반한 결핵과 학질이었다.[89] 이러한 병이 관직 때문에 걸린 것인지는 확인할 수 없지만 위의 편지에서 보이듯이 원굉도는 '영예와 이익榮利'을 좇을 수밖에 없는 관직생활에서 오는 고통 때문에 병이 났으며, 이러한 고통을 그는 "소나 말과 다를 바 없는 생활"[90]이라고까지 이야기하고 있다. 그렇기 때문에 그는 현실에서의 고통은 물론이거니와 '性命之學'을 함께 이야기할 수 있는 친구를 절실히 원하였다.

---

89) 247쪽 「朱虞言司理」: 連牘不得請, 嘔血癥瘕大作, 近已作床褥中物, 不知可得起否?
   같은 쪽 「曹以新·王百穀」: 連日頭眩目昏, 嘔血數斗, 恐遂不能起.
   268쪽 「吳曲羅」: 走病瘧, …… 南方之焰山, 北方之氷國, 一朝殆遍矣. ……, 毒哉!
   318쪽 「乞改稿二」: 職八月十三日病瘧來, 經今五月.
   614쪽 「閒居·其二」: 腮毛未老隨霜換, 肺病無根見獵生. 이상을 종합해 보면 원굉도가 학질에 심하게 걸렸음을 알 수 있으며, 각혈은 폐병에서 기인한 것임을 추론할 수 있다.
90) 240쪽 「王以明」: 人至苦莫令若矣 …… 不異牛馬, 何苦如之.

오현의 지현을 하는 것은 심히 괴롭지만 이미 지현을 하는 방법
은 알고 있습니다. 吳中에는 나에게 性命을 말해주는 사람이 한 사
람도 없습니다. 선생님께 털구멍 하나라도 구해보지만 얻을 수 없
으니 法友를 얻기는 너무나도 어렵습니다.(223쪽 「王以明」: 作吳令
甚辛苦, 然已知作令矣. 吳中人無語我性命者, 求以明先生一毛孔不可
得, 甚哉法友之難得也.)

원굉도는 지현의 어려움보다도 자신과 함께 '性命之學'에 대하여 논
의할 진정한 친구가 없음을 더욱 괴로워하고 있다. 이는 후에 "이지는
친구와 사귀는 것을 '性命'으로 여겼기 때문에 진실로 '不虛'할 수 있었
습니다"[91]라는 편지글에서도 드러나듯이 뜻 맞는 친구인 法友와의 관
계 또한 '性命'으로 여겼기 때문이다.

유객들 중에서 함께 이야기할 수 있는 사람은 屠長卿 한 사람뿐입니
다. …… 대저 吳中에서 시를 쓰고 그림을 그리는 사람은 숲처럼 많고
'山人'이라는 사람들은 모기처럼 많고, 갓과 수레 덮개는 구름 같지만
말이 통하는 사람은 한 사람도 없습니다. 이 원중랑 한 사람이, 지겨
녹여짐을 얼마나 감당할 수 있겠습니까?(223쪽 「王以明」: 遊客中可語
者, 屠長卿一人. …… 夫吳中詩畵如林, 山人如蚊, 冠蓋如雲, 而無一人解
語. 一袁中郎, 能堪幾許煎?)

원굉도가 생각하기에 屠長卿 한 사람을 제외하고는 모두가 다 '榮利'
를 추구하는 현실적인 사람들이며, 이러한 분위기 속에서는 그 자신도
불가항력적으로 이들과 같아질 수밖에 없다. 때문에 원굉도는 자기 자
신을 "기름이 배어드는 밀가루"에 비유하면서 "자신의 타락을 방지하
기 위해서라도 지현을 사직하여야 한다"[92]고 말했다. 그렇기 때문에

---

91) 1274쪽 「陶周望祭酒」: 李龍湖以友爲性命, 眞不虛也.
92) 223쪽 「王以明」: 油入麪中, 當無出理, 雖欲不墮落, 不可得矣.

지현직을 수행하면서 겪던 괴로움 속에서도 '성명지학'을 논의할 친구
와 만날 제면 그 괴로움을 잊기도 했다.

> 전에 顧天埈과 함께 하루저녁을 이야기했는데 너무나도 유쾌하
> 였습니다. 불교에서 나와 유교로 들어가니 책이 있어도 보지 못했
> 던 것들이었습니다.(214쪽 「吳因之」: 前與顧湛菴談一夕, 甚快. 出禪
> 入儒, 有書冊來所未睹.)

이렇듯 원굉도는 儒·佛·道 삼교합일을 통한 '성명지학'을 이야기할
수 있는 친구들과 어울리기 원했기 때문에 "비록 吳의 지현을 하는 것
이 심히 괴롭지만 좋은 친구들과 모이는 것 또한 즐거운 일"[93]이라고
했다. 그러나 원굉도는 자신의 '성명지학'을 끝내 현실 속에서 실천하
지 못했으며 이루지 못한 꿈 때문에 관리의 길을 더 괴로워하였다.

(2) 官路 일탈

이상 살펴본 바와 같이 원굉도는 관리의 무력함과 성명지학에 반하
는 관도 때문에 관직 수행에 심한 불만을 나타내었다. 그래서 그는 그
러한 관리의 길에서 일탈하고자 노력하였다. 필자는 원굉도가 관직에
서 도망하려고 했던 이유 중 外庶祖母의 노환과 자신의 병약함도 무시
할 수 없는 이유였다고 생각한다. 원굉도는 관직에 발을 들여놓은 지
일년 여가 지나자마자 사직서인 「乞歸稿」를 제출한다. 그는 이 「걸귀
고」에서 어릴 때 어머니 이상으로 자신을 키워준 외서조모의 병환 때
문에 사직을 원한다고 하였다. 그리고 이 「걸귀고」에 외서조모와의 어
린시절을 회고하는 애절한 내용을 담음으로써 자신의 일탈기도가 정당

---

93) 212쪽 「江長洲進之」: 雖說吳令煩苦, 其實良朋相聚, 亦是快事.

한 이유를 가질 수 있도록 하였다.

> 陶淵明처럼 떠나지 않으려,
> 공연히 李密의 정을 이야기하였네.
> 가슴에 품은 감정은 개나 말에 비기기도 부끄럽지만,
> 신명께 표달할 길조차 없네.
> 대나무 그림자는 서로 뒤섞여 '愁'字를 그리는데,
> 꾀꼬리는 원망의 소리로 울어제끼네.
> 단지 '因'과 '果'가 있음을 믿으니,
> 피눈물 흘리며 來生을 기약하네.
> (118쪽 「乞歸不得」: 不放陶潛去, 空陳李密情. 有懷慚狗馬, 無
> 路達神明. 竹影交愁字, 鶯啼作怨聲. 但憑因果在, 隕血誓來生.)

위의 시에서 원굉도는 물론 도연명처럼 떠나지 못하는 자신에 대한 회의도 담고 있지만, 그보다는 오히려 외서조모의 위급 소식을 듣고도 찾아뵐 수 없는 자신의 처지에 대한 주체할 수 없는 슬픔을 담고 있다. 봄 꾀꼬리 울음소리와 대나무 그림자에까지 자신의 심정을 의탁하고 있으며, 외서조모를 찾아뵐 수 없는 자신의 비참한 감정을 개와 말에 비유하며 내생에서나 만날 것을 기약한다. 이상을 살펴보면 원굉도가 「乞歸稿一」에서 사직의 이유로 밝혔던 외서조모의 병환이 단순한 핑계 이상의 의미를 가지고 있음을 알 수 있다. 이 「걸귀고」를 포함하여 원굉도는 도합 7번에 걸쳐 사직서를 제출한다.[94]

> 간 쓸개는 모두 다 알았건만,
> 허리와 사지는 저마다 쉴 줄 모르네.
> 하루살이 같은 인생은 '五斗米'를 좇지만,
> 헛되이 또다시 隱人이 사는 곳을 생각하네.

---

94) 『去吳七牘』

(108쪽 「舟中同黃綺石、沈廣乘、湯隮陸賦」: …… 肝膽皆知盡,
腰肢各未休. 浮生尙五斗, 空復念滄洲.)

  위의 시는 관직 생활이 가져다주는 정신적·육체적인 고통과 함께,
그 고통에서 탈피하고자 하는 원굉도의 심정을 잘 그려내고 있다. 원
굉도는 '먹고 살기 위하여'[95] 어쩔 수 없이 관직 생활을 했지만, 생존
만을 위하여 살아가야 하는 '현실'에서 벗어나고자 갈망한다. 이와 같
이 현실 속에서 괴로워하는 원굉도는 29세(1596년)에 각혈과 학질을
경험하는 큰 병을 앓았다.[96] 그는 이 병 때문에 거의 죽을 고비를 넘
겼지만 이를 계기로 인간의 삶을 다시 한 번 음미할 수 있는 기회를
가졌다.

        嵇叔은 언제나 꼿꼿이 굽힘이 없었고,
        陶淵明은 언제나 진실되었지.
        단지 간략한 일만을 하려했기에,
        집이 가난한 것도 원망하지 않았네.
        관사에선 즐거움이 없고, 고향소식은 대부분이 부음 뿐.
        세상이 온통 올가미인데,
        어디라야 이 한 몸 편히 할 수 있으랴?
        (123쪽 「偶成」: 嵇叔終疑傲, 陶潛總任眞. 祇因圖事簡, 不敢恨
        家貧. 官邸爲歡少, 鄕書報死頻. 彌天都是網, 何處有閑身?)

---

95) 744쪽 「答范光父水部」: 入山不深, 出宰不效, 不得已爲餬口計, 只乞得一片寒
    氈, 而京師燒桂煮玉, 終不免凍餒其妻子.(이 글은 2차 출사시인 1598년 북경
    에서 지은 것이지만, '가난' 문제는 원굉도가 시급히 해결해야 할 문제 중
    의 하나였다.)
96) 앞의 각주 89) 참조.

1596년에 쓴 위의 시는 인생의 전환기를 맞이하게 된 원굉도의 모습을 잘 보여 준다. 현실은 관직에서 비롯된 괴로움의 연속이었고 작은 이상 세계라고 할 수 있는 고향조차도 추상적 갈등의 올가미로 구속하고 있다.

그러나 원굉도에게 있어 지현 생활은 인생관 전반을 새롭게 재정립하는 계기를 마련해 주었다. 지방관의 무기력함과 현실에서 모순만을 자아내는 성명지학의 이상지향성 때문에 야기된 패배주의는 막연한 '이상'에의 그리움뿐 아니라 삶의 지향점을 축소한 개인주의의 형태로도 나타났다. 이러한 현실인식은 그를 이상세계로 회귀하도록 하였으며 관직에서 놓여 난 원굉도는 '자연'이라는 이상세계로 침잠한다.

3. 隱遁期(30세~38세)

본 절에서는 소극적 태도로 일관한 2차 관직 생활과 柳浪亭에서 은거시, 원굉도의 사고 전개 과정을 고찰해 보고자 한다. 또한 吳縣의 知縣을 막 끝내면서 시작한 원굉도의 산수유람벽은 그가 죽기 1년 전까지 계속된다. 이러한 산수에의 탐닉과 유랑정에서의 은거생활이 그의 인생사에 어떠한 의미를 가지고 있는가 하는 점도 고찰해보고자 한다.

1) 참여와 은둔의 갈등

원굉도는 언제나 현실에 참여할 것인가 은둔할 것인가로 고민하여 왔다. 전 절에서도 서술하였지만 관직을 통하여 '이상'을 실현하고자 했던 원굉도의 추구는 이상과 현실의 괴리 속에서 갈등을 유발하였고 관직에서 일탈하는 것으로 끝이 난다. 그리고 다시 관직에 올랐지만 이전과 같은 열정은 없고 오직 피동적이며 소극적으로만 관직을 수행한다. 필자는 이러한 변화를 참여의지와 은둔의지의 갈등 때문에 유발된 것이라고 간주하여 이 당시 원굉도의 사고 양태를 추론하고 그 의미를 부연해보고자 한다.

(1) 과도적 吏路

전절에서 서술한 대로 원굉도는 한 때 자신만만한 젊은 관리로서 부패한 행정을 개량하고자 많은 노력을 기울였다. 그러나 1597년 봄 원굉도는 2년여에 걸친 첫 번째 관직 생활을 끝냈다. 원굉도는 관직에서 사직하기 위해 7차에 걸쳐 사직서를 제출하는 등 많은 노력을 기울였다.

외서조모의 위급을 알리는 편지를 받고 시작된 원굉도의 사직 이유에 대해서 필자는 전 절에서 4가지 이유를 제시하였다. 다시 한 번 요약하면, 지방관의 무력감에서 야기된 패배주의와 외서조모에 대한 그리움, 그리고 지방관의 격무를 견뎌낼 만큼 좋지 못한 건강 상태 때문이었다. 그러나 무엇보다도 큰 이유는, 知縣직의 수행이 '성명지학'에 반하는 것이었기 때문에 현실과 이상 속에서 야기된 심적 갈등이었다.

> 저는 최근 관직에 대한 감정이 전날 당신을 만났을 때 보다 더욱 더 식었습니다. 이미 丘壑이나 길이 지키며 관리직을 벗어던지고 세상의 큰 '自在人'이나 할 생각입니다. 어렸을 때는 관리 바라보기를 신선 바라보듯 하였는데 …… 일단 손에 넣고 나니 재미가 도리어 書生만도 못했었습니다.(310쪽 「李本建」: 弟近日宦情, 比前會兄時, 尤覺灰冷. 已謀一長守丘壑計, 擲却烏紗, 作世間大自在人矣. 少時望官如望仙, …… 一朝到手, 滋味乃反儉于書生.)

위의 인용문은 원굉도가 지현에서 사퇴한 뒤 無錫에서 쓴 편지다. 이를 보면 그는 어린시절에 관리를 소위 '신선놀음'을 하는 사람 정도로 알고 있었던 것 같다. 그리고 원굉도가 지현을 사직하고 江進之와 헤어질 때, 강진지가 원굉도를 위하여 쓴 「袁中郞以病南歸」 시의 시제에서도 알 수 있듯이 1차 사직은 단순한 '병' 때문이었다는 것이 주변의 공통된 인식이었다. 즉 '오현의 지현'이라는 외관을 사직하는 것이지 결코 관직 자체를 사직한 것은 아니었기 때문에 오현의 지현과 같은 "성명지학에 반하여 영리를 추구하는" 직책이 아닌 다른 관직은 언제든지 다시 수락할 여지가 있었다.

> 사람 살아가는데 관리의 길은 너무나 괴롭지만 지현을 하는 것은 더욱 더 괴롭습니다. 그리고 오현의 지현을 하는 것은 그 괴로움이 억배나 되기에 소나 말만도 못합니다.(242쪽 「沈廣乘」: 人生作吏甚苦, 而作令爲尤苦, 若作吳令則其苦萬萬倍, 直牛馬不若矣.)

위의 인용문에서 원굉도는 일반적인 관리의 길보다는 외관인 지현의 직책을 더욱 더 싫어했고, 그 지현의 직책 중에서도 지역경제의 중심지인 오현의 지현이라는 직무에 굉장히 불만을 느끼고 있었음을 알 수 있다. 또한 그는 지현직이 소나 말보다 못한 이유를 "지현의 직책으로 야기된 고통 때문이 아니라 도망할 여지조차 주어지지 않는 몰개성적인 삶 때문"이라고 말한다. 그리고 예외 없이 강요되는 몰개성은 "단순한 괴로움의 차원을 넘는 견디기 힘든 일"[97]이라고 이야기한다. 위의 편지는 지현직에 있을 당시에 쓴 글이지만 사임 후 1년도 안되어

---

97) 242쪽 「沈廣乘」: 上官如雲, 過客如雨, 簿書如山, 錢穀如海, 朝夕趨承檢點, 尙恐不及, 苦哉, 苦哉! 然上官直消一副賤皮骨, 過客直消一副笑嘴臉, 簿書直消一副强精神, 錢穀直消一副狼心腸, <u>苦則苦矣, 而不難. 唯有一段沒證見的是非, 無形影的風波, 靑岑可浪, 碧海可塵, 往往令人趨避不及, 逃遁無地, 難矣, 難矣.</u>(굵은 문자 및 밑줄은 필자)

'비교적 개성적인 삶이 보장되는 직위'인 북경의 順天府教授에 오르고
그 직책에 상당한 만족감을 표시한 것은 결코 이상한 일이 아니다.[98]
이는 원굉도 스스로도 이전부터 그 가능성을 암시하고 있었다.[99]

> 제가 지현을 할 때 지현의 직책을 즐겁게 여기지 못하였기 때문
> 에 너무나 울적하여서 병이 나고, 병이 나서 떠나고, 떠난 후에 사
> 직하였습니다. 사직은 구하였지만 또 다시 물러난 자의 본분을 즐기
> 지 못하고, 호수와 산하를 방랑하고 吳와 越을 두루 돌아다니다가
> 해가 다 가도록 돌아올 줄 몰랐습니다. 돈이 다 떨어지자 입에 풀칠
> 할 길조차 없어 또 다시 관리의 길에 뛰어들어서 '교학선생'을 구했
> 습니다. …… 教授와 知縣을 비교해 보면, 결국 마음이 한가롭고 아
> 무 할 일이 없으니 명륜당은 세상사를 피할 수 있는 곳이 아니라고
> 할 수 없습니다.(742쪽 「答朱虞言司理」: 僕作知縣, 不安知縣分, 至鬱
> 而疾, 疾而去而後已. 旣求退, 復不安求退分, 放浪湖山, 周流吳、越,
> 竟歲忘歸, 及計窮囊盡, 無策可以餬口, 則又奔走風塵, 求教學先生.
> …… 教官比知縣, 畢竟心閒無事, 明倫堂上不可謂非避世之地也.)

원굉도는 생계를 위해서 어쩔 수 없이 또 관직에 올랐지만 '教授'직
을 '避世'의 자리로 간주하고 있다. 어쨌든 충실한 상급자와 하급자의
역할을 동시에 수행해야 하는 한 고을의 방백보다는 독립된 직위와 사
고의 여유까지도 제공하는 순천부의 '교수'직은 원굉도에게 상당히 만
족스러운 직위였다. 중앙의 관리가 된[100] 원굉도는 이제 더 이상 적극
적이고 실질적인 행정가가 아니었다. "게으른 맘은 조정 일들 생각하
는데 습관이 되지 않으니, 관복은 공연히 야인을 감싸고 있네"[101]라는
시구에서도 드러나듯이, 자신의 직위 안에서 소극적이고 '피세'적인 생

---

98) 634쪽 「暮春同謝生、汪生、小修遊北城臨水諸寺, …… 其二」: 無才終是樂官
閒.
99) 135쪽 「贈江進之・其三」: 閑官亦可爲.
100) 1598년 順天府教授로 재기용된 원굉도는 1599년 國子監助教로 승진한다.
101) 614쪽 「閒居・其四」: …… 懶心不慣思朝事, 法服無端裹野人 ……

활만을 바라고 있다.

> 현재 나랏일이 어지러우니 동산(조선)을 조야가 함께 바라봅니
> 다. 그렇지만 시절을 어쩔 수 없기에 호걸도 어디서부터 손을 대야
> 할지 모릅니다. 진실로 산에 은거하는 즐거움만 못합니다.(782쪽「
> 馮琢菴師・又」: 近日國事紛紜, 東山之望, 朝野共之. 但時不可爲, 豪
> 傑無從着手, 眞不若在山之樂也.)

원굉도가 중앙 관리로 재직하고 있던 당시, 조정의 가장 큰 문제는
조선에서 발발한 임진왜란의 처리문제였다. 이에 대해서 원굉도는 "은
거의 즐거움만 같지 못하다"고 자기 외의 문제로 돌림으로써 이전의
원굉도와는 전혀 다른 모습을 보이고 있다.

> 아해들조차 조선의 일 이야기하고 알아 듣거늘,
> 전쟁은 왜 북쪽 이웃을 괴롭히는가?
> 하루종일 날리는 흙먼지 물리칠 곳 없으니,
> 한 층 쌓여, 불어 버리고 나면 또 한층 쌓이는 먼지.
> (615쪽「閒居・其五」: 兒童也解談東事, 簫鼓何因動北隣? 竟日飛
> 霾無却處, 一層吹了一層塵.)

위의 시 또한 임진왜란에 대한 원굉도의 감정을 이야기하고 있다.
그러나 당시의 어려운 현실을 "한층 쌓여 불고 나면 또 한층 쌓이는
먼지"로 비유하였듯이, 아무리 자기 외의 문제로 돌리려 하지만 시제
에서도 나타나듯 "조용히 혼자 있을 때면" 혼란한 세사에 대한 근심을
떨칠 수 없었다.[102] 그러나 그는 독서와 모임을 통하여 현실과는 일정

---

102) 622쪽「戊戌除夕」에서도 "時事不堪書, 下筆每驚悸"라고 하면서, 時事에
　　대한 불만을 조심스럽게 나타내고 있다.
　　劉大杰은「袁中郎的詩文觀」,『中國古代文論研究論文集1919〜1949』459쪽
　　에서 "원굉도는 현실 사회에서 도피적이고 소극적인 태도로 일관했지만

한 거리를 유지하려고 노력한다.

> 저는 요사이 尊經閣에 앉아서 제자들과 時藝를 논하는데, 즐거움
> 또한 덜하지 않습니다. 閣에는 『二十一史』와 『十三經』을 비롯한 다
> 른 책들이 굉장히 많습니다. 가난한 관리가 책을 살 필요가 없으니
> 이는 제일 즐거운 일입니다.(745쪽 「答梅客生」: 僕近日坐尊經閣,
> 與弟子談時藝, 樂亦不減. 閣中有二十一史、十三經及他書甚多. 窮官
> 不必買書, 是第一快活事.)

이와 같이 그는 관청에 있는 많은 책들을 통하여 자신의 사고의 폭
을 넓혀나갔을 뿐 아니라 당시 북경에 있던 많은 지식인들과 교류하면
서 '전기 성령파'의 기틀이 되는 '蒲桃社'를 결성한다.103) 이 포도사 구
성원은 대체로 원굉도와 같이 '方外'적인 삶을 추구하였다.

> 북경에 거처하고서는, 蒲桃棚下에서 社를 결성하고, 선비들이 모
> 여서 날마다 '方外'의 말들을 일삼았으며 시 짓는 일은 세속적인
> 것이라고 여겨서 지을 겨를조차 없었다.(1485쪽 「西京稿序」: 已居
> 燕, 結社蒲桃棚下, 諸韻士日課方外言, 以詩爲塵務, 不暇搆也.)

원굉도는 포도사의 社員들과 어울리면서 자신의 사고체계에 대한 자
신감을 얻었다. 그래서 그는 이 자신감을 바탕으로 道家에 대한 새로
운 해석과 삼교합일 사상을 담은 『廣莊』을 1598년 겨울에 저술하였다.
그리고 불교에 대한 잘못된 이해를 바로잡기 위해 龍樹·天台·智者·
永明 등의 설법을 바탕으로 한 『西方合論』을 1599년 겨울104)에 각기

심중에는 열렬한 격분을 가지고 있었기에 현실을 완전히 일탈하지는 못
했다"고 평가한다.

103) 「行狀」: 時伯修官春坊, 中道亦入太學, 復相聚論學, 結社城西之崇國寺, 名
日蒲桃社.

104) 1638쪽 「西方合論·引」: 今之學者, 貪嗔邪見, 熾然如火, 而欲爲人解縛, 何

저술하면서 '성명지학'을 바탕으로 한 자신의 사고체계를 집대성한다.

(2) 산수 유람

흔히 알고 있는 원굉도는 시인이자 문학 이론가다. 그러나 다른 일면
에서는 遊記를 통한 산문작가로서도 뛰어난 업적을 남기고 있다. 원굉
도가 산수 유기를 짓기 시작한 것은 그가 吳縣의 知縣으로 있던 1596
년부터였다. 그러나 이때의 유기는 그가 지방관의 신분으로 旱魃상황을
둘러보기 위하여 들렀던 靈巖·陽山·天平 등지를 대상으로 한 것이었
다. 때문에 본격적인 산수에의 탐닉은 원굉도의 사직이 허가된 1597년
봄부터 4개월여에 걸쳐 虞長孺·陶望齡·陶奭齡 등과 함께 杭州·會
稽·諸暨·富春·新安 일대를 여행하며 禹穴·蘭亭·鑑湖·五泄·天
目·釣臺·黃山·齊雲·白嶽 등지를 둘러볼 때부터였다고 볼 수 있다.
원굉도가 산수에 탐닉한 이유는 여러 가지로 분석될 수 있겠지만
"인간의 생활하는 모습에 가까이 가면 불가피하게 정치적이 될 수밖에
없기 때문"이다.105) 원굉도는 의식적으로 관조하며 세상의 모습에 가
까이 가지 않으려고 노력하였고, 의식적으로 먼 이상의 세계를 추구하
려고 노력하였던 것이다. 원굉도가 관직 수행에 대해 회의한 원인 또
한 "인성의 조작, 인정의 구속, 인리의 상실" 등으로 들고 있는 학자도
있듯이,106) 관직 생활을 하면서 자제하고 억제되었던 것에서 일탈하고
자 하는 욕구였다고 볼 수도 있다.107) "丘壑을 가까이 하면 할수록 관

其惑也! 余十年學道, 墮此狂病, 後因觸機, 薄有省發. …… 取龍樹、天台、
智者、永明等論 …… 勒成一書, 名曰西方合論. 始於己亥十月二十三日, 成
於十二月二十二日.

105) 김우창, 「순결과 객관의 미학」, 『창작과 비평』, 1979년 봄호, 196쪽.

106) 張弘, 「性靈的解脫」, 『晚明文學革新派公安三袁研究』 112쪽 華中師範大學
出版社, 1986.

107) 이러한 기분은 2차 출사 시 北京에서 지은 游記에 잘 묘사되어 있다. 632

리의 길은 멀어진다"[108)]는 원굉도의 말 대로 관직을 사임하고 4개월여 동안 산수에 맹목적으로 탐닉한 것은 어쩌면 이전에 하지 못하였던 것에 대한 반발인 동시에 해탈(일탈)한 기분을 십분 즐기는 것이라고 할 수 있다. 그래서 그는 餘杭에 가는 것을 "한가롭고 담백한 方丈을 찾아가는 것일 뿐[109)]이라고 이야기한다.

> 오늘 오는 비는 원망스럽지 않다만,
> 전날 맑았던 것이 도리어 원망스러울 뿐.
> 무단히 내려 쪼이던 갈래 빛이,
> 나를 餘杭 길에 나서도록 유혹했지.
> 餘杭에는 무슨 재미 있나?
> 몰락하는 절에 늙은 화상 뿐.
> (375쪽 「餘杭雨・其一」: 不恨今日雨, 却恨前日晴. 無端放隙光,
> 誘我餘杭行. 餘杭有何趣? 敗寺老和尙.)

위의 시를 통하여 2년여의 관직 생활 동안 원굉도가 얼마나 심리적으로 피폐해져 있었는지를 잘 알 수 있다. 그는 화려함과 아름다움을 추구하는 대신 음울함 속에 은둔하고 있는 또 다른 '趣'를 찾고 있다. 이는 원굉도가 지현으로 재직하면서 출간한 작품집 이름이 『錦帆集』이라는 화려한 이름을 좇았던 반면, 위의 시가 수록되어 있는 작품집을 『解脫集』이라고 명명한 데서도 알 수 있다.[110)] 이렇듯 원굉도는 관직 생활 기간 동안 몰자아적으로 추구해 왔던 것들로부터 일탈하고자 노력하였다. 그리고 그는 세속에서의 '화려함'이라는 의미에 대해서도 많

쪽 「遊高梁橋」에서 교외로 나온 자신을 "우리를 나온 원숭이出郭猶如出檻猿"로, 681쪽 「萬井游記」에서는 "새장을 빠져나온 고니若脫籠之鵠"로 비유하고 있다.
108) 494쪽 「趙無錫」: 丘壑日近, 吏道日遠.
109) 308쪽 「江進之」: 弟意欲往杭, 無他, 不過欲尋閑淡之方丈.
110) 袁中道, 「解脫集序」, 『珂雪齋集』 451쪽: 旣解官吳會, 於時塵境乍離, 心情甚適. …… 遂以成書.

이 회의하였다. 아름다움과 화려함을 추구하던 시인의 의식의 한계는 몰락한 절과 늙은 화상에게서 '趣'를 추구하는 경지로 넓어졌다. 이와 같은 변화를 통하여 원굉도는 이룰 수 없는 것을 통한 욕망 충족을 포기하고, 이룰 수 있는 것만을 통해서 욕망을 충족시키려 했다고도 볼 수 있다.111) 이는 그의 자연에 대한 동경인 동시에, 현실에서 벗어날 수 없었던 관직 생활에 대한 반동이기도 하였다. 또한 전절에서도 이 야기하였지만 관직 생활은 그에게 현실과의 충돌에서 비롯된 심각한 허무함을 안겨주었다.

> 삼십년동안 무엇을 이루었나!
> 힘들여 힘들여 허망함만을 찾을 뿐이었네.
> 물살을 거슬러 오르는 배처럼,
> 한 척을 나가면 두 척을 물러서네.
> (576쪽 「濟寧舟中」: 三十何所成, 勞勞覓虛妄. 如彼上水船, 進
> 尺而失兩.)

위의 시는 1598년 2차로 관직에 오르기 위해 북경에 입경하면서 지은 시다. 이 시에서 그는 첫 번째 관직에 오를 때처럼 자신만만하지 않고, 오히려 지나가 버린 인생에 대한 허무함과 현실을 헤치고 나가야 하는 생활의 어려움을 묘사하고 있다. 1597년 儀徵에서 은거할 때 "이전의 일들을 돌이켜보니 모두가 허무할 뿐이네"112)라고 지나온 과거의 허무함을 말한다.게다가 현실에서 헤어날 길 없는 지친 자기 자신의 모습을 "서리 맞은 잎사귀와 입춘 지난 어름덩어리처럼 이전까지의 웅대한 뜻이 모두 없어졌다"113)고 묘사하는 등, 오현의 지현에서

---

111) 큰 것을 포기하고 작은 것들을 통하여 욕망을 충족시키고자 하는 추구대
　　상의 축소현상은 826쪽 「瓶史·十好事」에서 잘 나타난다.
112) 548쪽 「丁酉十二月初六初度·其五」: …… 檢點從前事事虛.
113) 512쪽 「桑武進」: 弟如霜後之葉, 入春之水, 壯心消耗已盡.

물러난 이후 모든 것에 회의적이기만 했다. 이는 "한 걸음 나아가면 두 걸음 물러서야 하는" 현실과의 충돌 속에서 형성된 그의 소극적인 태도로서, 이러한 심화된 허무주의야말로 그를 소극적 관리생활과 함께 은둔생활로 몰아넣었다.114)

2) 유유자적의 추구

거대한 중국 제국의 건축적 견고성과, 그 건축적 견고성을 더욱 확실히 유지할 수 있도록 하여준 성리학의 이념적 견고성은 중국이라는 대제국을 외면적으로는 합리성과 보편타당성을 갖는 조직체로 유지시켜 주었다. 그러나 사회적으로 신분적 차별성에 기초하는 성리학은 계층적 모순을 가질 수밖에 없으며, 선과 악의 대립으로 양분되는 세계는 개인에게 내면적 갈등을 유발시키고 자신이 속한 사회적 계급에 맞는 위선적인 행동양태를 강제할 수밖에 없다. 본 절에서는 강제되는 위선적인 행동 양태에서 탈출하기 위한 원굉도의 삶의 한 태도를 고찰해보고자 한다.

(1) 유람에서 은둔으로

이상과 같은 사회적 분위기 속에서, 원굉도는 소극적인 태도로 일관한 제2차 관직 생활을 청산하고 고향으로 돌아와 은거생활을 시작한다. 본 소절에서는 이러한 은둔생활을 있게 한 사상적 배경이 어떻게 형성, 전개되었는가에 대해 고찰해보기로 한다.

---

114) 이와 같은 회의는 모든 추구에 대한 회의로까지 이어질 정도로 심각하였다. 655쪽 「和江進之雜詠・其二」: 煉佛求仙事總虛.

원굉도는 관리이며 시인인 동시에 茶연구가였다.[115] 분재이론가였으며[116] 곤충 싸움에 대해서도 일가견이 있었다.[117] 『金瓶梅』에 관심을 가질 정도로[118] 민간문학에 조예가 깊었다.[119] 그의 사소한 취미생활은 이루 다 말할 수조차 없을 정도였다. 이런 다양한 그의 취미는 전 소절에서도 언급했지만 '성취할 수 없는 큰 욕구'를 대신하여 '성취할 수 있는 작은 것'만을 통한, 욕망충족의 대리상대가 필요했기 때문이었다. 즉 중세적 분위기 속에서 상대적 왜소함이 가져다주는 허무함 때문에 이런 다양한 취미생활을 가지게 되었다. 그리고 이러한 욕망 충족 방식들은 당연히 현실에서 유리된 '유유자적'한 삶의 형태로 표출될 수밖에 없었고, 현실에서의 갈등 정도에 비례하여 이러한 소극적 삶의 형태의 표출 또한 강력해질 수밖에 없었다.

> 남산에 있는 새는 그 字를 '希有'라 하고,
> 북산에 있는 새는 그 이름을 '鳳凰'이라 하네.
> 두 마리 모두 구름을 뚫고 안개를 헤치며 허공을 날지만,
> 허공은 너무도 넓어 사방을 둘러보아도 벼나 메조도 없네.
> 땅위엔 어찌 일곱촌 되는 멥쌀은 없스리오마는,
> 점 점 무늬 박힌 망라는 어째 언제나 높게 드리워져 있는지.
> (404쪽 「別石簣·其六」: 南山有禽, 其字曰希有; 北山有鳥, 其
> 名曰鳳凰. 兩鳥排雲抉霧入虛空, 虛空莽莽四顧絶稻粱. 下界豈無
> 七寸之粳米, 爭奈網羅繢繢常高張.)

---

115) 419쪽 「遊惠山記」에 나타나는 차에 대한 조예.
116) 817~828쪽 『瓶史』에 나타나는 분재와 꽃꽂이에 대한 조예
117) 727~730쪽 「畜促織」·「鬪蟻」·「鬪蛛」 등.
118) 『金瓶梅』의 成書시기에 대한 현대학자들의 고찰과정에서, 원굉도가 董其昌에게 보낸 편지글(289쪽 「董思白」)이 成書시기를 결정하는 중요한 자료가 되고 있다.
119) 원굉도는 시창작에 樂府詩의 생명력을 많이 이용하고 있으며, 민간시가의 脫律格과 생명성에 대하여 찬사를 보내고 있다. 4-3-4)절 「雅俗共賞論」 참조.

원굉도의 인식은 이와 같이 소위 '인간세계'인 현실에 대한 회의와 이상세계의 추구로부터 출발한다. 원굉도는 현실생활에 대한 자신의 회의적 태도를 위의 시에서 '希有'와 '鳳凰'의 일탈욕구로 표현하고, 현실에서의 자그마한 만족보다는 이상세계의 더 큰 만족을 추구하고 있다. 더 큰 만족을 위한 '이상'을 추구하기 때문에, "부질없는 속세에서 다툴만한 것도 없으며 다투어 얻음 또한 공허할 뿐이네"120)라며 경쟁적 인간관계를 부정한다. 이는 "나그네 인생은 부싯돌 불과 같으니 영원할 수 있는 것은 무엇인가"121)라는 싯구에서도 엿보이듯, 인간의 불영속성으로 야기된 허무주의 때문이었다. 이러한 허무주의를 배경으로 한 경쟁적 인간관계의 부정이야말로 '유유자적'한 삶을 추구하는 또 다른 원인이었다.

이상에서 필자는 원굉도의 '유유자적'한 삶의 추구 원인을 '현실에서의 대리만족'과 '이상추구'라는 두 가지로 나누어 살펴보았다. 이 두 가지 원인 중 전자는 후자의 한계성 속에서 대두된 것이다. 원굉도는 불교에 굉장히 조예가 깊었으며, 그 자신도 불교 계율을 지키며 살려고 많이 노력하였다.122) 한때는 출가까지도 심각하게 고려하였지만123) 출가할 수 없는 현실적인 제약을 인정한다.124) 그래서 그는 현실적인 제약 없이 이상만을 추구하는 사람들을 부러워하였다.

孤山의 處士는 매화를 아내삼고 학을 자식으로 삼았으니 세상에서 제일 편한 사람이다. 우리들은 단지 처자가 생겼기 때문에 …… 헌 솜옷을 입고 가시나무 덤불을 가듯 걸음마다 걸리적거립니다.(427쪽 「孤

---

120) 947쪽 「柳浪雜詠・其三」: 浮塵無可競, 競得也空虛.
121) 121쪽 「惜日」: 浮生如石火, 何物可長年?
122) 934쪽 「余蔬食三年矣, …… 」라는 시제. 「行狀」: 伯修下世, 先生感念, 絶葷血者累年.
123) 379쪽 「贈海禪」: …… 豈無眞法友, 畢竟所依誰? 余亦貪佛去, 因君乞聖師.
124) 879쪽 「舟中偶成」: 出世我不能.

山」: 孤山處士, 妻梅子鶴, 是世間第一種便宜人. 我輩只爲有了妻子 ……
如衣敗絮行荊棘中, 步步牽掛.)

이를 통하여 알 수 있듯이 원굉도는 결코 모든 것으로부터 자유로운 삶을 영위한 것은 아니었다. 단지 현실의 불만을 이상세계로 도피함으로써 해결하려 했을 뿐이었다. 원굉도는 이와 같이 가족이라는 현실적인 제약을 무시할 수 없었을 뿐 아니라, 가족이 없는 사람들을 동경하였기 때문에[125] 현실에서 완전히 벗어날 수는 없었다. 그래서 그가 전형으로 삼은 것이 바로 인간세상에서 유유자적하는 '陶淵明的 삶'이었다.

원굉도가 도연명을 좋아하던 이유 중의 하나가 집착과 추구를 포기한 도연명의 유유자적하는 생활이었다. 또한 "도연명은 언제나 자연만에 의지하였었지!"[126]라 하며 그의 '자연스러움'을 이상적 형상으로 삼아 갈망한다. 원굉도가 도연명적 인간을 이상적 전형으로 삼은 것은 도연명의 유유자적하는 순수함 때문이었다고 생각한다.[127] 원굉도 또한 도연명처럼 '가난'의 문제를 초월할 수 있었으며,[128] 황원에 은거하는 도연명처럼 일탈욕구를 현실에서 실현한 것이 바로 '柳浪亭'이었다

(2) 柳浪亭에의 은둔생활

원굉도의 일생을 통하여 계속된 산수유람이 그의 '적극적인 욕망 충족'이었다고 한다면, 柳浪亭에서 유유자적하면서 은둔하는 생활은 보다 '소극적이고 둔세적인 충족'이라 할 수 있다. 원굉도를 이상적인 학문에 눈뜨게 했던 袁宗道는 1600년 북경에서 숨을 거두었다. 당시에 원굉도는 禮部의

---

125) 499쪽 「王百穀」: 此翁無子, 身後得無他慮, 是人間第一快活事.
126) 122쪽 「偶成」: 陶潛總任眞.
127) 『晉書·陶潛傳』에 "穎脫不羈, 任眞自得, 爲鄕隣之所貴."라고 기록되어 있다.
128) 123쪽 「偶成」: 不敢恨家貧.

主事로 승진하여 일시 귀향했었는데,[129] 형의 죽음은 그에게 많은 충격을
주었으며 6년여에 걸친 은거생활로 들어가는 계기가 되었다.[130]

> 庚子年에 …… 伯修가 죽었다. 선생께서는 너무 충격을 받아서
> 몇 년 동안 향기나는 채소와 고기를 먹지 않으셨으며 관직에 대한
> 미련 또한 더 이상 없었다. 이 때에 城南에 下窪地를 얻으시니 300
> 畝가 족히 되었다. 겹둑을 두르고 버들 일만 그루를 심어서 '柳浪'
> 이라 이름지어 불렀으며, 선생께서는 中道와 몇몇 이름난 스님들과
> 함께 거처하였다.(「行狀」: 庚子 …… 伯修下世, 先生感念, 絶葷血者
> 累年, 無復宦情. 時于城南得下窪地, 可三百畝, 絡以重堤, 種柳萬株,
> 號曰柳浪, 先生偕中道與一二名僧共居焉.)

「行狀」의 기록과 같이, 원종도의 죽음은 원굉도가 유랑정에서 은거
하게 되는 직접적인 계기가 되었지만 이러한 은둔이 갑작스럽게 결정
된 것은 아니었다. 그는 이미 (1599년) 현실에서의 도피를 구상하고
있었으며, 원종도의 죽음을 통하여 이를 실행하였다고 볼 수 있다.

> 저는 요사이 이 道에서 한발자국씩 물러섬을 조금 알게 되었습니다.
> 세상 물정이든 학문이든, 번뇌든 기쁨이든, 한발자국씩 물러서게 되자
> 바로 온당하고 확실하게 되었습니다. …… '물러섬'이라는 한 단어는
> 사실 안락의 法門입니다.(770쪽 「龔惟長先生」: 甥近來于此道稍知退步,
> 不論世情學問, 煩惱歡喜, 退得一步, 卽爲穩實. …… 退之一字, 實安樂法
> 門也.)

이와 같이 그는 '물러섬'이라는 소극적 방법을 통하여 '세계'와 충돌
하지 않고 살 수 있는 방법을 강구한다. 그렇기 때문에 그는 산수의
침잠이라는 '공유의 즐거움'보다는 유랑정이라는 자기만의 소유의 즐거

---

129) 「行狀」: 庚子, 補禮部儀制主事. 數月, 卽請告歸. 歸未幾, 伯修下世.
130) 袁宗道가 죽은 후 「告病疏」를 내고 사직을 청하였다.

움을 택하게 되었다. 그래서 그는 "일각을 떠나지 않으면 일각의 고통이 있을 뿐"[131]이라고, 죽은 형과 大姑를 그리워하며 한시라도 빨리 현실에서 도피하여 은둔하고 싶은 자신의 심정을 노래하였다.

> 靑氈은 아무리 한가하다고 해도, 손님들을 맞이해야할 뿐 아니라 무리하게라도 대답하여야 할 괴로움이 있으니, 산 속에 은거하는 안온한 삶만은 끝내 같지 못합니다.(787쪽 「答王百穀」: 靑氈雖閒, 要亦有拜客及不情應答之苦, 終不若山居之穩貼也.)

원굉도가 유랑정에 은거한 까닭은 물론 현실에서 도피하기 위한 것이었다. 그리고 은둔의 이면에는 전절에서 이야기한 대로, 지나가 버린 인생에 대한 허무함을 담고 있음 또한 부정할 수 없다. 스스로 '은자'의 의미를 담은 '농부'와 '중'으로 자처하며[132] 현실 속의 삶의 의미를 애써 축소하지만 이는 "일상적이고 '쉬운 길'을 추구한 것은 결코 아니었다. 오히려 추구할수록 더욱 멀어지는 도를 구하려고 하는, 더욱 '어려운 길'을 추구하는 것"이었다.[133] 때문에 유랑정에서 추구한 그의 삶은 이전부터 바라왔던 "현실에서의 삭막함이 배제된 유유자적하는"[134] '도연명적 삶' 그 자체였다.[135] 이는 그 자신도 바라고 있던 '도연명적 삶'의 실현이었지만[136] 도연명과 같은 무목적적인 삶만을 원한 것이 아니라 삶을 위한 유유자적을 원한 것이었다.[137] 이와 같은 유유자적

---

131) 877쪽 「八月六日舟中, 憶去年此日, 與大兄都城歸義寺別, 泫然念及大姑, …… 哀哉·其四」: …… 一刻未離一刻苦 ……

132) 947쪽 「柳浪雜詠·其二」: 焦衫烏角巾, 半衲半村民.

133) 1244쪽 「答陶周望」: 往只以精猛爲工課, 今始知任運亦工課. 精猛是熱鬧, 任運是冷淡, 人情走熱鬧則易, 走冷淡則難, 此道之所以愈求愈遠也.

134) 114쪽 「登焦山逢道人」: 潮去潮來分子午, 花開花落驗春秋.

135) 992쪽 「偶成」: 白頭學得一無成, 倦卽抛書飽卽行. 漸老始知窮本草, 多間方喜讀淵明.

136) 547쪽 「丁酉十二月初六初度」: 淸溪半曲田三畝, 只待陶公與結鄰.

137) 838쪽 「香光林卽事」: 作意爲農去, 湖田怕長萊. 이는 陶淵明의 「歸園田

하는 삶[138]을 원굉도는 '自在'[139]라는 단어로 표현하고 있다. 그래서 그는 유랑정을 자기만의 공간으로 꾸미며[140] 이러한 삶을 그 어떤 부귀영화로도 바꾸지 않으리라 맹세한다.[141] 그리고 농사짓는 법도 배워보았지만[142] 그마저도 처자식들에게 모두 넘겨버리고[143] 집착 없이 詩作에 전념할 뿐이었다.[144] 그리고 이러한 유유자적하는 생활이야말로 인간세상에서 가장 편의로운 일일 뿐 아니라, 자신이 그러한 일을 행하고 있다고 자부한다.[145]

유랑정 생활은 원굉도가 마음속 깊이 가지고 있던, 출가하고 싶은 욕구와 은거하고 싶은 욕구를 동시에 충족할 수 있는 가장 좋은 방법이었다. 그래서 그는 은거 기간 동안 불교의 계율을 지키며 세속과의 인연을 끊으려고 노력하였을 뿐 아니라[146] 날아가는 들새와 벗하며 혼자임을 방해받지 않으려 노력하였다.[147] 고독 속에서, 유유자적하는 생활 속[148]에서, 그는 顔回와 曾點과 같은 유유자적하는 생활을 추구한다.[149]

居·其五」의 "帶月荷鋤歸, 道狹草木長."과는 상반된 삶의 형태이다.
138) 884쪽 「人日同度門發足上玉泉」: 是壑卽吾居, 是雲卽吾市.
139) 1244쪽 「答陶周望」: 山居頗自在.
140) 「行狀」: 居柳浪六年, 睡或高歌而醒. 好修治小室, 排當極有方略.
141) 870쪽 「白門逢焦師座主」: 醒卽讀書倦卽枕, 不將無事換公卿.
142) 992쪽 「淸明」: 老學耕田法.
143) 1239쪽 「陶周望宮諭」: 十畝秫田, 已付之妻兒管理.
144) 968쪽 「散木和前詩, 仍用韻答·其二」: 山居無可好, 只是好吟詩.
145) 1111쪽 「識伯修遺墨後」: 世間第一等便宜事, 眞無過閒適者. 白、蘇言之, 兄嗜之, 弟行之.
146) 1237쪽 「黃平倩」: 旣持釋子戒, 口斷葷血, 身斷冶淫, 心中斷却了子孫田宅之想.
147) 959쪽 「九月二日盛集諸公郊遊, 至二聖寺, 乃用散木韻·其七」: 偶然深樹裏, 乍得野鷗親. 蔓棘衣閒路, 松風聒靜人.
148) 1254쪽 「蕭允升祭酒」: 獨地朴人荒, 泉石都無, 絲肉絶響, 奇士雅客, 亦不復過, 未免寂寂度日. 然泉石以水竹代, 絲肉以鶯舌蛙吹代, 奇士以蠹簡代, 亦略相當, 舍此無可開懷者也.
149) 顔回와 같은 안빈낙도의 삶은 985쪽 「和散木韻·其二」에서 "蔬水雖貧聊自解"라고 하고 있으며, 曾點과 같은 삶은 979쪽 「浣溪莊落成, 同社中諸友賦」에서 "溪上唱歌隨孺子, 樓頭作客盡仙人"이라 하고 있다.

이렇듯 원굉도는 '無我'와 '無欲'의 세계에서 초연한 '유유자적'하는 '自在'의 경지야말로 인간 최고의 경지라고 생각한다. 그러나 원굉도가 추구하는 이상에의 갈구가 아무리 크더라도 그는 16세기를 살아온 중세의 한계를 고스란히 간직하고 있었다. 이는 원중도의 불우함을 가슴 아파하는 시들 속에서, 그리고 원종도의 품계조정을 상주하려는 글150) 속에서 그의 가족 중심적이고 국가중심적인 한계를 분명하게 드러내고 있다. 현실에서 벗어나려는 강한 욕구에도 불구하고 중세를 살아온 그의 한계성은 또 다시 그를 참여의 길로 들어서게 한다.

4. 參與期(39세~43세)

이상을 통하여 이상과 현실의 모순 속에서, 그리고 은둔과 참여의 명분 속에서 갈등하는 청·장년기 원굉도의 모습을 조명해 보았다. 원굉도는 이러한 이상과 현실의 모순을 해결하려고 적극 노력하는 대신 현실의 소용돌이 속에서 거의 언제나 소극적이기만 했다. 吳縣의 知縣을 사임하고는 산수에 탐닉했으며, 중앙 관직을 사직하고는 柳浪亭에서 6년여를 은거했다. 그러나 이 은거 기간들이 결코 무의미한 것만은 아니었다. 산수에 탐닉한 후 중앙 관직으로 나갔으며, 유랑정 은거생활 후 또 다시 출사한다. 본 절에서는 유랑정 은거생활 후 원굉도의 사고가 적극적이고 현실적으로 변화하는 과정과, 3차 출사 시 그가 행했던 개량론의 배경을 고찰하고자 한다.

---

150) 1242쪽 「馮尙書座主」: 伏念先兄講讀四年, 竟以此卒. 生平修謹, 無纖毫過, 講明聖學, 似亦朝賢之所許可, 儻荷特恩, 蔭郵贈諡, 皆例所有, 是在尊師主持耳, 然亦未敢必疏之當上否也?

1) 은둔에서 참여로

원굉도는 6년여의 유랑정 생활을 청산하고 또 다시 관리의 길로 들어선다. 본 소절에서는 원굉도가 다시 관직으로 들어서게 되는 심적 변화 과정을 고찰하고자 한다.

원굉도가 6년여 동안 은거하고 있던 '유랑정'은 경관이 수려하였으며, 원굉도의 이상을 '人間'에 풀어놓은 것이었다.[151) 원굉도의 이상을 향한 끊이지 않는 갈등이 6년여에 걸친 은거기간 중 언제부터 변화하였는지는 분명하지 않다. 그토록 갈망하던 은둔생활을 마감하게 되는 동기는 여러 가지로 분석될 수 있지만 필자는 다음과 같이 분석한다.

첫째, 적극적 입세주의자인 아버지[152)의 강압 때문에 어쩔 수 없이 관직에 다시 나아갈 수밖에 없었다.[153) 둘째, 생계를 잇지 못할 만큼 악화된 원굉도의 경제사정이다. 원굉도는 은둔 기간 중 의도적으로 경제문제를 과소평가해왔지만, 자신의 작품집인 『瓶花齋集』과 『瀟碧堂集』을 내기 위해서 그 자신의 '은둔처'였던 柳湖莊을 거의 처분할 만큼 경제능력을 상실했다.[154) 셋째, 유교 교육의 영향 하에서 현실세계를 완전히 부정할 수 없었다.

---

151) 원굉도가 유랑정에 집착한 이유는 '적극적 참여'보다는 '소극적 은둔'을 택한 것이었다. 유랑정의 경관과, 원굉도가 유랑정에 쏟은 애정은 袁中道 531쪽 「柳浪湖記」에 잘 나타나 있다.

152) 袁中道 708쪽 「石浦先生傳」: "移家長安里中, 栽花薙藥, 不問世事. 癸未, 大人强之赴試."라고 부친의 현실지향성을 이야기하고 있다.

153) ⅰ. 1240쪽 「蕭允升庶子」: 弟已絶意仕進, 而家父意尙果然, 未便驅弟出山.
　　ⅱ. 1238쪽 「陶周望官論」: 家父迫弟出, 而弟懶於世事, 性僻而疎, 大非經世料材 …… 弟公然一方外人也.
　　ⅲ. 1271쪽 「潘茂碩」: 家大人迫弟甚, 入秋當强顏一出. 辟之胡孫入籠, 豈堪跳擲?

154) 1272쪽 「蘇潛夫」: 近日刻瓶花、瀟碧二集, 幾賣却柳湖莊.

陶石簣가 근래에 보낸 편지에서 "벼슬에 대한 감정이 식었다"라
고 하였습니다. 저는 "우리 유학자들은 '뜻을 세우고 이룸'을 이야
기하며, 禪宗에서는 '모든 것을 넘어섬'을 이야기합니다만, 모두 다
약간의 따스한 기운이 우주에서 행해짐에 의지하고 있습니다. 만약
이런 '냉담함'만을 계속한다면 아마 석가모니 또한 이러한 말씀은
안하셨을 것입니다"라고 생각합니다. 蘇軾이나 白居易가 불교적 인
물이 아닙니까? 지금 그 두 사람의 문집을 읽어보면 세상을 사랑
하는 마음이 얼마나 간절한지요. '냉담함'으로써 학문을 삼는다는
말은 들은 바가 없습니다.(1595쪽 「與劉雲嶠祭酒」: 陶石簣近字, 道
其宦情灰冷. 弟曰: "吾儒說立達, 禪宗說度一切. 皆賴些子煖氣流行宇
宙間, 若直恁冷將去, 恐釋氏無此公案." 蘇玉局、白香山非彼法中人
乎? 今讀二公集, 其一副愛世心腸, 何等緊切. 以冷爲學, 非所聞也.)

현실에서의 갈등 속에서 산수에 탐닉하고, 형 종도의 죽음을 겪은
후 유랑정에서 은거하는 동안 원굉도는 현실과 유리되려고 했다. 그
이면에는 전절에서 서술한 바와 같이 지식인의 패배주의적 허무함이
함께 있었다. 그래서 그는 이러한 허무함이 해소되자 "세상의 진정한
보살은 세상을 구제할 수 있으니 空山에서 두려워하며 눈과 귀를 틀어
막는 것은 소인배나 할 일"155)이라고 당시 지식인의 안일함과 개인주
의적 행위를 비판하고 있다. 이와 같이 원굉도는 당시 지식인들의 일
탈 정서와 안일함에 경종을 울리기 위하여 현실 참여의 길을 택하였다
고도 볼 수 있다.

넷째는, 혼자서 추구하는 '道'에 대한 회의이다. 「'現實'과 '理想'의 乖
離期」에서도 이야기했듯, 원굉도는 관직에서의 괴로움조차도 친구들과
의 진심어린 대화를 통하여 잊어버리곤 하였으며 친구들과의 사귐 또
한 '性命'으로 간주하였다. 때문에 6년여에 걸친 외로운 은거생활은 친
구들에 대한 애절한 그리움을 느끼게 하였다.156)

---

155) 1281쪽 「王觀察」: 世間眞菩薩, 乃能濟世, 踽踽空山, 閉眼塞耳, 此是小夫行徑.

집에 앉아 '道'를 배울 수 없는 것은 벼슬자리에 앉아 '道'를 배울 수 없는 것과 같습니다. 관직에 있으면 친구가 있다 해도 여가가 없으며 집에 있으면 여가는 있다 해도 혼자이기 때문에 오직 유람만이 이 둘을 겸하여 얻을 수 있습니다.(1237쪽 「黃平倩」: 家之不可學道, 猶官也, 官有友而不暇, 家則暇而孤, 唯遊可兼得之.)

첫 번째와 두 번째의 외부 요인이 아무리 강하게 작용했다 하더라도 그것은 외적 강제에 지나지 않는다. 그에게 있어 보다 중요한 것은 세 번째와 네 번째 원인과 같은 내적 변화 즉 자발적인 변화의 계기였다. 필자는 원굉도에게 이러한 자발적 변화의 계기가 주어진 것은 德山과 桃花源을 다녀온 1604년(37세)부터였다고 생각한다.

계곡의 새와 꽃은 모두 音信을 전하지만,
桃花源엔 들길 없어, 단지 헛된 걸음일 뿐.
陶淵明은 고기잡는 늙은이에게 속아,
헛되이 청산을 가지고 후생들을 괴롭히는구나.
(1008쪽 「答君御諸作 · 其二」: 溪鳥溪花盡寄聲, 花源無路只空行. 陶潛老被漁翁恨, 枉把靑山累後生.)

원굉도는 이 시의 끝에 "桃花源에 들지 못한 나를 시로써 조소함(來詩嘲余不入花源)"이라고 自注를 붙이고 있다. 이는 원굉도가 이상세계와 현실세계는 엄연히 구분될 수밖에 없는 양단의 세계라는 것을 깨달았음을 증명해주는 것이다.

---

156) i. 1260쪽 「與友人」: 弟明春決意泛舟北行 …… 中秋夜可得共踏射堂佳月, 談別後最得意事也. 近日所與遊者何人?
  ii. 1596쪽 「與謝在杭」: 弟山中差樂, 今不得已, 亦當出, 不知佳晤何時? 葡萄社光景, 便已八年, 歡場數人如雲逐海風, 倏爾天末, 亦有化爲異物者, 可感也!

> 눈앞의 봉우리와 계곡, 제멋대로 들쭉날쭉,
> 나에게서 나를 찾으니 도리어 혼미할 뿐.
> 무릉계곡에 살고 있기에,
> 또다시 무릉계곡을 찾지 말지어다.
> (1006쪽 「答龍君御見憶之作·其二」: 眼前巒壑任高低, 身裏尋身却
> 是迷. 正在武陵溪上住, 不須更覓武陵溪.)

위의 두 시에서 살펴본 대로 원굉도는 이상과 현실의 갈림길에서 이상에의 지향력 또한 컸지만 결국은 자신이 존재하고 있는 현실을 인정할 수밖에 없게 된다. 원굉도는 위의 시에서 이상세계는 찾을 수 없는 단순한 이상임을 고백한다. 현실의 이곳이 이상세계임도 고백한다. 이렇듯 원굉도는 현실 속에서 이상의 단계를 찾아내고, 현실에서의 이상 실현을 위해 노력한다. 이상 지향은 내적 침잠을 우선하는 소극적 형태인데 비해 현실지향은 삶의 형태를 적극적으로 바꾸어 놓는다. 이는 은둔과 도피를 통해 삶의 영역을 축소하는 것이 아니라 적극적 참여를 통해 삶의 의미를 자발적으로 찾아가려고 노력하기 때문이다. 원굉도의 桃花源 遊覽期는 그의 인생관뿐 아니라 시의 풍격까지 변화시킬 정도로 큰 의미를 가졌다.[157] 따라서 필자는 원굉도가 현실로 회귀한 보다 근본 원인을 외부 요인인 부친의 강권과 경제 문제에서 찾지 않고 자발적인 심적 변화에서 그 원인을 찾고자 한다.

2) 개량의 한계

관직에 처음 올랐던 원굉도는 제2절에서 살펴보았듯이 明末의 현실에 상당한 애정과 불만을 동시에 가지고 있었다. 그리고 그 불만을 해소하

---

157) 「行狀」: 蓋自花源以後詩, 字字鮮活, 語語生動, 新而老, 奇而正, 又進一格矣.

기 위해 자신에게 주어진 한계 안에서나마 개량을 하고자 노력하였다.
그리고 이는 전 소절에서의 이유와 함께 또 다시 현실에 참여하는 계기
로 작용한다. 일단 현실에 참여한 원굉도는 직책을 성실히 수행하며 일
련의 '현실개량론'을 제시한다. 이는 지극히 저차원적인 명분론적 개량론
에 불과하지만 원굉도가 단순히 '현실에 무책임한 불기지사'가 아니었다
는 점을 증명하는 중요한 부분이다. 본 소절에서는 그가 만년에 제창했
던 개량론과 그 한계성에 대해 고찰해보고자 한다.

원굉도의 현실로부터의 일탈 기도 또한 현실에서의 '이룸'을 실현할
수 없었던 데서 기인하고 있었듯이, 현실에 대한 원굉도의 기본적인
태도는 '인정을 통한 불만'이었다. 원굉도는 지현으로 근무하던 시절에
도 백성을 진정으로 이해하고 사랑하려는 태도를 견지하고 있었다. 이
러한 태도는 유랑정에 은거할 때도 마찬가지였다. 그는 "지현은 자신
을 겸손히 하여 엄한 집안의 보모가 울보 아이를 안듯이 늘 두려워하
며 백성을 섬겨야한다"158)고 在上者의 在下者에 대한 의무를 강조하였
다. 그러한 생각에서 그는 명말 백성이 겪는 괴로움을 "백성의 기름이
골짜기를 메우고도 부족하지 않을까 걱정한다"159)라고 적고 있으며,
현재의 위기상황을 상하의 불통과 민심의 탄압160) 탓으로 인식하고 있
다. 백성들에 대한 그의 애정은 다음의 시에 잘 드러난다.

> 담비, 호랑이가 횡행한 뒤,
> 열 室의 금전, 아홉 室이 비었구나.
> (893쪽 「竹枝詞・其二」: 自從貂虎橫行後, 十室金錢九室空.)

> 푸른하늘 곳곳엔 불알없는 호랑이 횡행하니,

---

158) 706쪽 「送楡次令張元漢考績序」: 爲縣令者, 日降心抑志以事百姓, 如嚴家之
　　保母, 慄慄然抱易啼之嬰, 若之何能罰必而令行也?
159) 1555쪽 「十方院碑記」: 百姓之膏塡谿壑, 而唯恐其不足.
160) 1511쪽 「策・第一問」: 地天之不交已極, 而人心之幽抑亦而甚矣.

女息 팔고 男兒 보태 세금 갚는구려.
(895쪽 「竹枝詞・其十二」: 靑天處處橫瑠虎, 鬻女陪男償稅錢.)

아! 하늘이시어! 백성을 대함이 어찌 그리 야박하신지요?
야인은 扶白하여 골짜기나 찾으리.
(896쪽 「荊州後苦雪引」: 吁嗟天公待民何其薄! 野人扶白覓溝壑.)

위의 시들은 원굉도가 유랑정에 은거하고 있을 때 지은 시들이다. 광세를 징수하는 환관을 두고 "날개 단 호랑이"[161]라고 말한 적이 있듯이, 위의 시에 등장하는 '담비'와 '호랑이'는 중앙에서 파견된 환관을 비유하는 것이다. 그는 이 시에서 환관의 폐해와 함께 이들을 맹수에 비유함으로써 백성이 느끼는 공포를 효과적으로 나타내고 있다. 또한 인간의 힘으로는 도저히 어찌할 수 없기에 하늘의 무심함을 원망하고 현실문제에서 지식인이 느끼는 허무함이 도피로 밖에 이어질 수밖에 없음을 그리고 있다.

오현의 지현으로서 행정업무를 개량했던 원굉도는 만년에 이르러 당시 明王朝가 지니고 있던 근본 문제점이 과연 무엇인지 깨닫게 되었다. 그것은 바로 "신하된 자로서는 차마 입에 담을 수 없는 내우"와, "신흥 만주족의 발흥이라는 외환"이었다.[162] 당시의 만주족은 이미 漢族에게 큰 골치거리로 등장했다.[163] 국방전문가가 아니었던 그는 국방문제에 있어서는 원론적인 해결책만을 제시할 뿐이었다.[164] 그러나 "예부터 써오던 방식은 아니더라도 나라가 공허해지는 것보다는 나으

---

161) 앞의 각주 21) 참조.
162) 1623쪽 「上孫入亭太宰書」: 所謂變者, 一曰內, 二曰外. 在內非臣子之所忍言, …… 在外則東北之虜是已.
163) 『明實錄』: 二月, 建州衛努兒哈赤久不貢, 遣使詰之. 東北邊境不穩之機已露.
164) 1623쪽 「上孫入亭太宰書」: 爲今之計, 莫若起一二曉暢軍事曾經戰陣者, 分領薊遼, 毋以寸朽爲棄. 而又取監司五品以上才望出類者, 盡補京卿, 以實朝廷. 有缺則實補, 無缺則添註, 無補大僚之名, 而有人賢之實, 庶幾得旨猶易.

니 작은 일에 얽매이지 않아야 한다"고 주장하여[165] 명분보다는 실제를 중시하는 현실적 사고의 한 단면을 보여주고 있다. "차마 입에 담을 수 없다"고 하던 내정 문제에 있어서는 오히려 다양한 해결책을 제시한다. 그 첫 번째가 인재등용 관문인 과거제도의 부정 척결이다.

> 저희들이 選人에게서 듣기에 매번의 大選에서 都吏와 當該가 얻는 돈이 수천여 금에 이른다고 합니다. 처음에는 오히려 지나치게 과장되었다고 생각했으나 지금 (시험관을 무시하고 자의로 시험을 조작하는) 國梁의 이 일을 보고, 그 후에 그들이 받은 액수가 選人들이 말하던 액수 이상이었음을 알게 되었습니다.(1504쪽 「摘發巨奸疎」: 職等聞之選人, 每次大選, 都吏、當該, 所得不下數千餘金, 始猶以爲過, 及目擊國梁此事, 然後知其所得, 有過于選人所云者.)

원굉도의 이와 같은 주장이 당시의 현실적 인식에 근거한 것인지는 알 수 없다. 그러나 "관직에 나선지 20여 년 동안 이와 같이 흉교하고 허수아비 같은 관리가 있음을 보지 못했다"[166]라고 그들을 공격하는 것을 보면 공직자의 도리를 저버린 부패한 관리에 대한 공적인 증오가 앞서 있었다고 보여진다. 국가유지의 근간이라고 할 수 있는 관리선발제도가 이와 같은 지경에 이른 이유를 그는 "법의 기강이 제대로 서지 못하였기 때문"[167]으로 인식하고 있었다. 때문에 이들의 '의법정죄'를 주장하는 것은 왕조의 체제를 유지하기 위해 '관리의 청렴'을 유지하고자 하는 것이다. 따라서 이러한 주장은 관리 입문과정인 과거제도부터 근본적으로 개혁해야 한다는 현실에 적합한 개량론이라고 생각한다.

원굉도는 이러한 문제점을 간파하고 그 문제점을 개량하기 위하여

---

165) 같은 글: 夫添注非舊制也, 然不猶愈于國之空虛乎? 處今日之時, 正古人所謂權以濟事者, 似亦不當拘拘矣.

166) 1504쪽 「摘發巨奸疎」: 職等徘徊仕路, 幾二十年, 實不見天下有如此兇狡之吏, 亦不見天下有如此木偶之官.

167) 같은 글: 似此奸惡, 誠衙門中所未有, 皆因法紀不立, 因循廢弛, 以至于此.

적극적인 태도로 황제에게 疎를 올렸다. 원굉도는 司署貟外郞主事로 재직하던 1609년 '巨奸'을 '摘發'하라는 황제의 칙명을 받고는 국가를 바로 잡을 수 있는 천재일우의 기회168)라고 반가와 한다. 그리고 "'正'을 숭상하는 근본은 적절한 人事에 있으며, 음사한 기운을 누르는 길은 재빨리 끊어버리는 데 있다"169)고 하여, 올바른 人事와 함께 국정의 과감한 개혁이 따라야함을 역설한다. 몰락하는 왕조를 구하기 위해 가장 시급한 것이 바로 人事政策의 개선이다. 허명만을 좇지 말고 인재를 적재적소에 배치하여야 하며,170) 개혁을 위해서는 국론 분열을 절대적으로 막아야하며,171) 훌륭한 인재들이 조정을 떠나면서 야기된 조정의 '空洞化'현상을 막아야만 한다는 것이 원굉도 개량론의 요점이다.

> 명분과 실제를 통괄하여 공과를 따져 考課하면 실속 없이 떠들썩한 것을 막을 수 있고; 政令을 통일하여 맡은 일을 바로하면 조급히 다투는 것을 억제할 수 있으며; 예교를 받들어서 품급을 명확히 구분하면 험한 것을 평이하게 할 수 있으며; 진정한 유학자들을 높여서 바른 학문을 밝히면 은괴한 것을 없앨 수 있습니다.(1513쪽「策·第一問」: 綜名實以課功能, 虛囂可杜也; 一令甲以定職業, 躁競可抑也; 宗禮敎以甄流品, 險巇可平也; 崇眞儒以明正學, 隱怪可伏也.)

위의 인용문은 1609년 陝西의 향시를 주관하면서 策으로 제시한 것이다. 지극히 원론적인 대처방안이지만, 삼교합일적 가치관에서 유교적 가치관으로 다시 경도되었음을 알 수 있다. 그래서 그는 "『六經』과 『論

---

168) 같은 글: …… 奉聖旨 …… 百年陰翳, 一朝可史淸明, 此眞千載一時也.
169) 1623쪽「上孫入亭太宰書」: 崇正之本, 在于擇人; 抑陰之道, 在于速斷.
170) 같은 글: 目今考選一事, 尤爲喫緊, 詢之宜周, 而行之宜速. 其人當取其心地平而議論正者, 若但取赫赫之名, 而不論其心, 以才濟佞, 其奸乃毒, 是不可不急辨也. 所謂擇人者此也.
171) 같은 글: 今之議論, 紛紜已極, 除奸之道, 在辨其魁而斷之獨. 또한 1512쪽「策·第一問」에서도 "宋之衰也以議論."이라 하여 宋의 멸망 원인을 지나친 議論 때문이라고 보고 있다.

語』·『孟子』에서 나온 말은 일상적인 말이고, 仁·義·孝·友에서 나온 행동은 일상적인 행동"172)이라고 말할 정도로 지극히 '평범한' 유학자적 사고를 하게 된다.

이러한 사고의 변화에 따라 제기된 것이 '은둔'에 대한 그의 근본적인 인식 변화이다. "종적을 감추고 세상을 버려두는 것이 '淸'인가 '濁'인가?"173)라는 이분법적 질문에서 지식인의 은둔으로 발생하게 되는 국가의 '空洞化'현상을 바라보는 따가운 시선이 드러난다. 원굉도는 현실에 참여한 禹·稷·契·伊尹·中虺와 周代의 말기에 난세를 구하기 위해 바삐 활동하던 사람, 秦의 포악함을 몰아낸 사람들을 '君子儒'로서, 현실에서 도피하였던 巢父·許由·卞隨·務光과 「鳳凰歌」를 부르고 은일의 편함만을 추구하던 사람, 또 '심산유곡에서 나물 캐던 사람들'을 모두 '小人儒'로 분류하고 있으며,174) 고향에 돌아가 은거하는 東林黨貝 顧憲成 때문에 「過劣巢、由」를 陝西 鄕試의 策題로 내고 있다.175) 이러한 이분법적 분류는 원굉도의 사상적 근간을 이루어 오던 동질론적 사물인식176)과는 완전히 상치되는 사고 방법이다. 그 뿐 아니라 그 자신이 부정하여왔던 '好'와 '惡'에 의한 이분법적 사고관177)이라는 점에서, 현실로의 참여에 멈추지 않고 그 현실을 개혁하고자 했

---

172) 1513쪽 「策·第一問」: 言出於六經、語、孟, 常言也, …… 行出於仁義孝友, 庸行也.
173) 1510쪽 「錄遺佚疏」: 遁迹長林甘心遺世者, 淸邪濁邪?
174) 1516쪽 「策·第三問」: 當堯之世, 則禹、稷、契爲君子儒, 而巢父、許由爲小人儒; 當夏之世, 則伊尹、仲虺爲君子儒, 而卞隨、務光爲小人儒; 當周之末, 則栖栖皇皇者爲君子儒, 而歌鳳曳尾之流爲小人儒; 當漢之興, 則驅秦暴虐者爲君子儒, 而採之深谷者爲小人儒.
175) 「顧端文公年譜」
176) 3-1-2)절 「사물과 현상의 동질적 인식」 참조.
177) 만년의 비슷한 시기에 쓴 「錄遺佚疏」에서도 '正'과 '邪', '忠'과 '奸', '淸'과 '濁'이라는 이분법으로 재단하는데, 이러한 서술법이 의식의 변화 없이 수사학적 효과만을 높이기 위해 사용되었다고 볼 수만은 없기 때문에 필자는 의식의 변화라고 간주한다.

던 원굉도의 사고변화를 알 수 있다.

만년의 원굉도는 경우에 따라서는 자기모순에 빠지는 이상적 명분론이기까지 한 충실한 현실 노선을 걷는다. 王朝의 말기현상으로 관리의 사직·도망·은둔현상이 나타나기 시작하자 그는 이에 대하여 강력하게 제동을 건다. 明朝의 몰락을 재촉할 수밖에 없는 '인재의 고갈 현상'을 두고 원굉도는 "역사상 최악"[178]이라고 말하고 있다. 그의 이러한 언동은 '그토록 관직에서 도망하고자 했던', 은둔을 갈구하던 원굉도가 아니었다. 이와 같은 태도는 왕조의 말기를 막연하게나마 예상하고 있었음을 시사해주는 것이기도 하다. 그는 "국가에 일이 생긴다고 해서 신하가 핑계를 대고 도망한다면 나라가 텅 비게 될 것"[179]이라고 하면서 관리의 자의에 의한 관직 이탈을 방지할 것을 황제에게 간한다. 아울러 이러한 '국가의 공동화'현상에는 "나무가 자라기도 전에 시도 때도 없이 꺾어버리는" 神宗 또한 그 책임을 면하기 어려움을 간접적으로 밝힌 바 있다.[180]

원굉도는 이상세계에 대한 동경에서 오는 '은둔욕구'와 현실세계에의 '참여욕구'라는 상반된 추구를 반복하였다. 그러나 그것이 혼돈된 카오스의 형태로 존재한 것은 결코 아니었다. 내적인 침잠을 이루고 나면 이상세계에 대한 동경보다는 현실세계에의 '참여욕'이 강해지고, 현실세계의 일원이 되었을 때는 다시 이상세계에 대한 갈구라는 상반된 형태로 나타났다.[181] 원굉도가 현실세계에 참여하면서 이상과 같은 현실

---

178) 1621쪽 「答郭美命」: 方今人才凋落之甚, …… 國之空虛, 未有甚于此時者也.

179) 1508쪽 「查參擅去諸臣疏」: 萬一國家有事, 人臣將以言爲託逃之媒, 響奔影散, 必且空國.

180) 1509쪽 「錄遺佚疏」: 皇上臨御以來, 如天之網, 未見擴于先朝, 而不時之摧折, 殆二百年所未有, 是故有以指斥乘輿去者, …… 此等皆科目之俊, 辟之木有杞梓豫章.

181) 원굉도는 이와 같은 상반된 추구를 747쪽 「蘭澤、雲澤兩叔」에서 "寂寞之時, 旣想熱鬧; 喧囂之場, 亦思閒靜. 人情大抵皆然. 如猴子在樹下, 則思量樹頭果; 及在樹頭, 則又思量樹下飯."이라고 말하고 있다.

개혁의지를 보여주었지만 그의 은둔에의 욕구는 일단 '과거에 대한 회고'182)로부터 대두되었다. 이러한 '과거에 대한 회고'는 그 자신의 이야기대로 "늙은이의 푸념"183) 정도는 아니었다.

이는 모든 것에서 초탈하려 했고, 또한 어느 정도 그 경지에 이르렀던 그로서는 너무나 뜻밖의 태도이지만, 현실의 일원으로서 자신의 무기력함을 느끼면서 배태된 패배의식은 모든 부분에 걸쳐 좌절감을 심어주었다. "홍진은 바다와 같아 나의 젊은 모습 삼켜버렸네"184)라고 젊음을 그리워하지만, 그의 모든 열정은 "바다가 삼켜버렸기 때문에" 젊은 시절을 회고만 할 뿐이다. 그리고 그는 "千澗水에서 마음껏 세속의 때를 벗고 싶지만, 얼음을 만져볼 기회조차 없는 여름 벌레"185)처럼 인생의 불영속성을 덧없어 한다.

> 해마다 해마다 車馬는 지치는데,
> 힘들고 힘들어 이 곳에서 쉴꺼나.
> 정신은 점점 희미해지는데,
> 명성이라는 것 더욱 더 공허키만 한데.
> (1437쪽 「次定州, 和壁間韻」: 歲歲疲車馬, 勞勞憩此州. 精神漸耗減, 名字益虛浮.)

위의 시를 보면 참여를 통해 얻고자 했던 것에 허망함을 느끼고, 이제는 쉬고 싶어하는 원굉도의 심정이 얼마나 강렬했는지 잘 알 수 있다. 1610년 그는 吏部의 稽勳郎中으로 승진하였지만 2월 24일 그만두고 고향으로 돌아온다.186) 고향에 돌아온 원굉도는 문을 걸어 잠그고

---

182) 신구지감의 교차와 生死·會別에 대한 有感은 1602쪽 「答劉雲嶠祭酒」에 잘 나타나 있다.

183) 1608쪽 「與段青園憲副」: 諺云: "老人好述遠事." 夫老人閱歷多, 觸目生感, 自無暇及近事, 尊兄見此, 便知弟老態可掬也.

184) 1456쪽 「望嵩少·其一」: 紅塵如海沒朱顔.

185) 1456쪽 「望嵩少·其二」: 縱有洗塵千澗水, 夏蟲那可叩堅冰.

'자폐증 환자처럼' 어떠한 현실로부터도 도피하고자 한다.187) 그리고는 '仙人'의 경지를 갈망하였지만188) 1610년 9월 6일 43세의 나이로 숨을 거두며189) 현실로부터 영원히 벗어난다.

---

186) 袁中道, 『珂雪齋集』 601쪽 「南歸日記」 참조.
187) 1627쪽 「與朱玉槎」: 弟歸來便杜門, 如脫籠鸚鵡, 見綠條翠篠, 尙以爲籠也, 入山唯恐不深矣.
　　1628쪽 「與沈冰壺」: 弟歸來便杜門, 如逃學小兒, 見人便縮.
188) 1632쪽 「遊仙詩」: 但憑閨艶作仙人.
189) 「行狀」: 卒于萬曆庚戌之九月初六日, 享年僅四十有三.

제3장 性靈思想論

　명분이나 방법이 아무리 타당하고 정의롭다 하더라도 극단은 또 다른 극단을 낳는다. 明末, 사상의 획일화와 표준화의 극단을 극복하기 위하여 대두된 李贄나 袁宏道의 문학사상을 포함하는 諸思想 역시 또 다른 극단의 창시였는지 모른다. 그러나 性理學이라는 이성주의의 극단과 前後七子 아류의 복고주의의 극단을 극복하기 위해서, 이들이 그와 반대되는 또 다른 극단의 길을 걸을 수밖에 없었다는 선입견은 극복되어야 한다.

　앞으로 전개되는 논의를 통해서 밝히겠지만 원굉도는 결코 극단주의자는 아니었다. 前後七子에 대한 필자의 이해부족으로 그들 모두에 대한 단정적 결론은 삼가하지만, 전후칠자 본인들보다는 말류로 가면서 점차 극단적인 경향을 더해갔다고 생각한다. 본 장에서는 원굉도가 주창한 '性靈'을 사상적 측면에서 고찰함으로써, 그가 '心'이나 '性'에 매료된 극단주의자[1]가 아니라, '자아 확립'을 주장하는 보편적 주관주의자(자아주의자)임을 밝히고자 한다. 그리고 원굉도가 주관적 오류와 사회의 고정 관념을 극복하기 위해, 주체성을 가지고 끊임없이 회의하며 창신을 추구하였음을 증명하고자 한다.

　필자는 원굉도가 주장한 '성령'은 '생명성을 가진 자아'로서 '주체적인 자아'라고 생각한다. 즉 현상세계의 속박과 고난 그리고 부자유를 해탈한 '眞我'로서의 자아이다. 이러한 자아는 경험적 자아(Empirical Self) 또는 현상적 자아(Phenomenal Self)로서, 아무런 생명성 없이

---

1) 明代는 '善한 性'만을 절대적 가치기준으로 삼는 성리학자의 극단뿐 아니라, 王守仁 이후 '心'만을 절대적 기준으로 하는 극단적 陽明學主義者의 '反理性主義' 또한 또 다른 극단이라고 할 수 있다.

‘잠시 있는 나’ 또는 ‘假我’가 아니라, 스스로의 존재성을 확신하게 하는 생명력을 갖추고, ‘최고 자유’를 가지고 있는 ‘眞我’이다. 따라서 원굉도의 자아론을 그가 심취하였던 불교 용어로 말한다면, 자각적 노력을 통하여 ‘주체’ 자신으로 하여금 ‘최고 자유’를 가지고 있는 ‘眞我’를 실현하는 것이다. 그렇기 때문에 속박에 대하여 주체적으로 ‘해탈(mokka)’ 또는 ‘열반(nirvana)’할 것이 강조된다.[2]

원굉도는 강요되는 ‘절대’를 ‘상대’적인 것으로 평가하였을 뿐 아니라, 자아가 매몰된 맹종적 추종이 아닌 ‘살아있는 자아의 확립’과 ‘회의적 사고’를 통한 ‘보편적 평등론’을 도출해내었다. 특히 동시대 전후칠자 말류들의 문풍과는 전혀 다른 원굉도의 문학론은 ‘자아론’의 산물이라는 점에서, 그의 ‘자아론’은 다음 장에서 논의할 ‘문학론’ 만큼이나 중요한 의미를 가지고 있다. 따라서 본 장에서는 원굉도 자아론의 형성과 전개 과정을 고찰해 보고 그의 삶과 문학의 정확한 지향점을 규명해보고자 한다.

1. 인식의 보편성

1) ‘주관적 오류’의 극복

본 절에서는 주관적 오류에서 탈피하기 위해 노력한 원굉도의 인식 과정을 고찰하려 한다. 원굉도는 당위적이고 절대적인 것들에 대한 맹목적인 추종을 극복하기 위해 ‘자아론’을 제시했다. 그래서 그는 주관적 독단의 벽을 뛰어넘고 마비된 사고에 생명성을 부여하기 위해 인간

---

2) 勞思光 지음, 정인재 옮김, 『중국철학사』 한당 편 229~230쪽 참조.

의 감관을 통한 '인식의 완전성'에 우선 회의한다. 그는 비교적 고정적이고 영속적인 외재적 형상을 인간의 가변적이고 한정된 잣대로 인식하고 평가하기에 앞서, 우리의 수용감관이 얼마나 부정확한 것이며 우리의 의식이 어떠한 한계를 가지고 있는가에 대하여 회의한다. 그리고 주관적 편견이 강요하는 표준화된 획일성을 불식하고, 모든 존재물에 '선악'과 '우열'의 구분을 두지 않음으로써 존재물의 다양성을 인정하려고 노력한다. 원굉도의 이와 같은 노력들은 인간의 표준화에 반대하여 다양한 개체의 차별성을 인정하고자 하는 노력의 일환이었으며, 원굉도의 이러한 태도야말로 '性靈思想'의 근간을 이루고 있다.

(1) 感官의 부정확성

인간의 인식 능력에 대한 袁宏道의 견해는 지극히 회의적이다. 불교에서 이야기하는 인식 과정을 살펴보면 우선 대상이 존재하고(色), 이 대상을 감각기관(六根)이 수용하여(受) 표상화(想)한다. 그러나 원굉도는 인간의 감각기관의 정확성 자체를 회의하기 때문에 부정확한 감각기관을 통하여 수용된 존재물에 대한 표상(想)과 인식(識)은 당연히 부정확할 수밖에 없다고 생각한다. 따라서 자신의 감각기관을 통해 받아들인 대상을 지극히 정확하다고 생각하는 것이야말로 '주관적 오류'이며, 부정확한 감관을 통해 이루어진 부정확한 인식을 고집하는 것이 바로 주관적 오류의 강요라고 간주한다. 이는 인간은 자신의 가문이나 교육 정도 등의 '차별성' 때문에 누구나 자신만의 독특한 인식 영역을 가지고 있기 때문이다. 그렇기 때문에 자신의 인식 한계를 인정하지 않고, 자신의 인식 능력에 의해 형성된 세계만을 고집하는 것은 주관의 오류성을 인정하지 않는 것이다.

원굉도는 인간의 일반적인 직관이나 감성을 지극히 부정확한 것으로 생각하고 있다. 이는 대상을 받아들이는 六根 자체가 다분히 주관적일 수밖에 없으며, 인간이 직관할 수 있는 대상 자체도 시간과 공간의 변화에 따라 변화하기 때문에 항상성을 유지하지 못하기 때문이다.

사물의 겉모습은 햇빛, 달빛, 촛불, 색깔, 그리고 보는 눈에 따라 다르니 사물의 겉모습은 항상됨이 없다. 들리는 소리는 타악기냐 관악기냐 현악기냐에 따라 다르며, 폐활량에 따라 그리고 혀와 잇몸에 따라 다르니, 소리는 항상됨이 없다. 생각은 色聲香味觸法에 따라 다르며, 시제에 따라 사람에 따라 서책에 따라 다르니 항상됨이 없다.(798쪽 「廣莊·齊物論」: 色借日月, 借燭, 借靑黃, 借眼, 色無常. 聲借鐘鼓, 借枯竹竅, 借鎚, 借肺中風, 借舌腭, 聲無常. 想借塵緣, 借去來今, 借人, 借書冊, 想無常.)

위의 인용문에서 원굉도는 眼根을 통하여 받아들여지는 '色'뿐 아니라, 耳根을 통하여 받아들여지는 '聲' 또한 시간과 공간에 따라 가변적이기 때문에, '想' 또한 가변적일 수밖에 없다고 이야기한다. 노장철학에서의 '未定性'을 '자유'라고 하는 이유는 감각기관인 '六根'을 통한 인식과 판단에 의해 주관의 오류가 생기기 때문이다.

지금 불로 익힌 음식을 먹지 않는 사람들은 십리 저쪽을 볼 수 있지만 한 척 앞은 볼 수 없다. 그러나 訓狐라는 새는 밤에는 모기나 명충까지도 살피지만 낮에는 丘嶽도 분별하지 못하니 눈이 과연 항상한가? 跋難陀龍은 귀가 없어도 듣고, 虯龍은 손바닥으로, 소는 뿔로 들으니, 귀가 과연 항상한가? 입은 말을 담당하고 있지만 해외에 形語를 가진 나라에서는 말(馬)은 서로 코로써 이야기하니, 입이 과연 항상한가?(798쪽 「廣莊·齊物論」: 今夫不食烟火者, 目見十里, 短視隔尺; 訓狐之鳥, 夜察蚊蟆, 晝不辨丘嶽, 目果可常乎哉? 跋難陀龍, 無耳而聞; 虯聽以掌, 牛以角, 耳果可常乎哉? 口可言也, 而海外有形語之國, 馬相謂以鼻, 口果可常乎哉?)

원굉도는 대상을 표상화 하는 능력인 감성에 의한 인식을 지극히 불완전한 것으로 간주하고 불완전한 감각기관을 통한 인식을 배제해야 한다고 주장한다. 이는 인간의 감각은 시간과 공간의 제약을 받기 때문이다. 따라서 원굉도는 사회적으로 시비판단의 기준이 되는 사상도 모두 인간의 부정확한 六根의 소산이라고 생각한다.

> 시비의 저울대는 육근에 의해 저울질 되며 육근의 항상된 것을 잡아서 도리로 삼는다. 유가와 묵가의 성현들의 立論을 따져보면 모두가 이것에 근거하였다.(같은 글: 是非之衡, 衡於六根, 六根所常, 執爲道理, 諸儒墨賢聖, 詰其立論, 皆准諸此.)

원굉도가 감관에 의한 인식의 정확성을 부정한 것은 위의 인용문에서 그 의도가 명확히 드러난다. 이는 당시에 강제되어지던 절대적인 논리들에 대한 역논리를 제시하는 전 단계로서, 입론의 근간이 되는 인식과정 자체에 대한 회의의 제기에 있었다.

(1) 인식의 범위 확대

李贄는 인간의 이상적인 단계로서 '童子'와 '童心'을 제창했다. 이지는 '童心'을 인간의 '絶假純眞'한 최초의 생각으로 보고 있으며, 이러한 '絶假純眞'한 童心이 시간과 공간 속에서 변형됨으로 해서 인간은 가장 순수한 인식의 세계를 잃는다고 보았다.[3] 이는 아무것도 모르는 어린아이와 모든 것을 다 알아버린, 그래서 아무것도 모르는 것 같이 보이는 聖人의 유사성 때문이다.[4] 원굉도 또한 '嬰兒'의 단계야말로 인간 최고의 단계라고

---

3) 李贄, 「童心說」, 『焚書』 98쪽: 夫童心者, 眞心也 …… 絶假純眞, 最初一念之本心也 …… 童子者, 人之初也; 童心者, 心之初也. …… 蓋方其始也, 有聞見從耳目而入, 而以爲主于其內而童心失.

말하고 있으며 그 단계를 본받아야 한다고 이야기한다.[5]

李贄와 袁宏道類의 반통적 문인들이 주장했던 '동심'이나 '영아의 마음'은 그 자체로서 완전성을 지니는 것은 아니다. 그렇지만 동심으로의 회귀를 역설한 것은, 이를 통하여서만 '추구에 의한 착오'를 해소할 수 있으며 인간의 가장 원초적인 '생명성'을 회복할 수 있다고 생각했기 때문이다. 즉 완전한 '느낌'을 느낄 수 있는 그 순간은 어떤 감각과 배움에 의한 것이 아니라, 가장 원초적인 순수한 마음을 통한 '느낌'의 순간일 뿐이다. 일체의 사고가 성리학적 바탕에서 이루어지고 있었던 상황에서 원굉도가 부정하였던 것은 획일적인 표준화로 이루어진 '성리학적 신앙'이었다. 따라서 원굉도는 그러한 '무비판적 신앙'의 파괴를 위해서 '嬰兒의 단계'로 회귀할 것을 주장했다.

> 대개 나이가 점점 들고 官品이 점점 높아지고 커짐에 따라 …… 모두가 보고 들은 지식에 구속되어, '理'에 깊이 빠져들수록 趣(자연적 본성, 情)와는 멀어진다.(463쪽 「敍陳正甫會心集」: 夫年漸長, 官漸高, 品漸大, …… 俱爲聞見知識所縛, 入理愈深, 然其去趣愈遠矣.)

순수한 이성이란 우리의 감관을 통한 인식이 아니라 감각적 경험으로부터 독립된 인식이며 정신의 고유한 본성을 통한 인식일 뿐이다. 그러나 우리의 모든 인식은 자신의 고유한 본성뿐 아니라 교육정도, 생활정도, 심지어는 인식할 당시의 외적 분위기 등 시간과 공간에 의해 절대적으로 좌우된다. 그러므로 자신의 인식이 완전하고 절대적이라고 믿지만 우리에게 비쳐지는 사물은 존재물의 본 모습과는 거리가 멀다. 즉 모든 사물은 나의 '인식의 거울'에 비쳐지고 있는 '허상'일 뿐이기 때문에, 위의 인용문에서와 같이 '어린아이의 마음'조차도 절제와

---

4) 라즈니시 지음, 석지현 옮김, 『반야심경』 94쪽 참조, 일지사, 1982.
5) 813쪽 「廣莊·應帝王」: 嬰兒激之不嗔, 譽之不喜, 太山摧於前而目不瞬, 天之至也, 故法嬰兒也.

조화를 배움으로써 그 순수성을 상실한다. 따라서 원굉도는 이미 절제와 조화에 물든 "'竪儒'들이 인식하고 있는 '크고 작음'이라는 개념조차도 모두 자신의 '情量'이 미치는 데까지 이야기한 것일 뿐"이라고 주장한다.6) 그러나 이를 반추하여 보면 자신의 '情量'이 미치는 이상의 것들까지 포용할 수 있는 능력이 있는 자는 '진정한 유가'의 반열에 들 수 있음을 의미하고 있기 때문에, 원굉도가 결코 유가 전체를 공격한 것은 아님을 알 수 있다. 이는 받아들일 수 있는 세계만을 고집하고, 받아들일 수 없는 것들은 가차 없이 배척해버리는 유가적 독단에 대한 혐오의 표출이며 획일적인 표준화에 대한 반발이다.

　　나보다 큰 것을 '크다'고 한다. 이 때문에 큰 산을 이야기하면 믿고 큰 바다를 이야기하면 믿는다. 그러나 새가 산보다 크고 물고기가 바다보다 크다고 하면 믿지 않는다. 무엇 때문인가? '情量'이 미치는 데까지 말한 것이 아니기 때문이다. 나보다 작은 것을 '작다'고 한다. 그러한 까닭에 땅강아지나 개미를 이야기하면 믿고 蟭螟을 이야기하면 믿는다. 그러나 개미가 나라를 가지고 있고 그 나라에 임금과 신하, 어리고 나이듦의 구분, 옳고 그름, 다툼과 양보 등의 일들이 있고, 蟭螟의 속눈썹 위에 수없이 많은 벌레가 있으며, 그 벌레가 수없이 많은 군읍과 도시와 촌락을 가지고 있다고 하면 믿지 않는다. 무엇 때문인가? '情量'이 미치는 데까지 말한 것이 아니기 때문이다.(795쪽「廣莊·逍遙遊」: 大於我者, 卽謂之大. 是故言大山則信, 大海則信; 言鳥大於山, 魚大於海, 卽不信也. 何也? 以非情量所及言故也. 小於我者, 卽謂之小. 是故言螻蟻則信, 蟭螟則信; 言蟻有國, 國有君臣少長是非爭讓之事, 蟭螟睫上, 有無量蟲, 蟲有無量郡邑都鄙, 卽不信也. 何也? 以非情量所及言故也.)

원굉도는 위의 인용문에서 인간의 인식의 한계를 '정량'이라는 단어

---

6) 795쪽「廣莊·逍遙遊」: 竪儒所謂大小, 皆就情量所及言之耳.

로 표현하고 있으며, '정량'의 테두리 속에 자신의 인식 범위를 한계짓는 것에 반대한다. 이는 자신의 '情量'의 범위를 확대하는 길만이 지식인으로서의 올바른 삶의 길이라는 믿음에서, '敎外之指'인 성명지학을 추구하였던 자신의 학문적 정당성의 증거이기도 하다.[7]

> 천지는 크고 큰데 무엇이 없겠는가? 내가 그를 어여삐 여기면 그도 또한 나를 어여삐 여길 것이며 내가 그를 나무란다면 그 또한 나를 나무랄 것이다. 시비의 본질은 무엇을 좇아서 판별한 것인가? 긴 것을 가지고서 짧은 것을 의논하는 것은, 머리카락의 길고 많음으로써 콧수염의 꾸불꾸불 매듭지어짐을 기롱하는 것이다. …… 中國 것을 가지고서 夷狄 것을 비난한다면, 이는 楚와 蜀의 말을 가지고서 閩과 甌의 사투리를 바로잡는 것이다.(799쪽 「廣莊·齊物論」: 天地之大, 何所不有? 我憐彼, 彼亦憐我; 我憐彼, 彼亦憐我. 是非之質, 惡從而辨之? 是故以長非短者, 是以髮之若若, 譏髭之虯結也. …… 以中國非夷狄者, 是以楚、蜀之土音, 正閩、甌之鄉語也.)

위의 인용문에서 원굉도는 세계의 방대함을 전제한 후, 존재하는 모든 것들이 서로 상대적일 수밖에 없음을 이야기한다. 원굉도가 대상의 상대성을 인정하는 것은 「제 관념의 동질적 인식」에서 자세히 언급하겠지만, 세계의 거대함과 인간의 왜소함을 대비하여 인간의 한계성을 지적하는 것이야말로 원굉도 인식론의 핵심이라고 생각한다. "세계는 너무나 크고 '相'과 '識'은 너무나 많은데",[8] "한 사람의 신체라고 해야 머리끝에서 발끝까지 다섯 척에 불과할 뿐이며, 삼백 육십 개의 뼈마디에 삼만 육천종의 尸蟲이 있을 뿐"[9]이라고, 인간의 존재를 축소하여 버림으로써 인간의 靈長性을 부정한다.

---

7) 성명지학의 추구를 통한 '情量'의 확대 주장은 2-2절 「사상의 구축기」 참조.
8) 1261쪽 「與友人」: 世界如此之大, 相識如此之多.
9) 795쪽 「廣莊·逍遙遊」: 嗟乎, 一人身量, 自頂至踵, 五尺耳. 三百六十骨節之中, 三萬六千種尸蟲族焉.

하늘과 땅은 그 큰 것을 얻었지만 남는다 여기지 않고, 사람은 그 작은 것을 얻었지만 부족하다 여기지 않는다. 벌레들은 인간 안에 거처하지만 죄이거나 좁다고 여기지 않으며, 인간은 그 밖에 거처하지만 넓고 크다고 여기지 않는다. 하늘과 땅은 만들어지고 존재하고 무너지고 없어짐을 劫으로 여기고, 벌레들은 나고 늙고 병들고 죽는 것을 劫으로 여긴다.(795쪽 「廣莊·逍遙遊」: 天地得其大, 不爲有餘; 人得其小, 不爲不足, 蟲處其內, 不爲逼狹; 人居其外, 不爲廣廓. 天地以成住壞空爲劫, 蟲以生老病死爲劫.)

원굉도는 위의 인용문에서 어떤 절대적인 기준이 있을 수 없음을 다시 한 번 강조하며, 모든 것이 자신의 기준에 맞춘 자신의 세계임을 이야기하고 있다. 그는 자기의 기준에 맞추어 작은 것에 얽매여 상대를 비방하는 행위를 "팔꿈치 안에 들어 사는 벌레가 손가락 마디를 夷狄이라고 비웃는 행위"에 비유한다.10) 또 "자신의 몸 밖에 사람이 있다는 것도 믿지 않는데 하물며 사람 몸 밖에 있는 하늘과 땅을 믿겠는가"11)라고, 자신만의 절대적인 기준에서 탈피하는 길만이 인식의 범위를 확대하는 길임을 이야기한다. 그렇기 때문에 원굉도는 알려지지 않은 어떤 것을 모른다고 해서 배척하지 않는다.

가위에 눌린 사람은 자기 손으로 자기 가슴을 누른다. 손은 제3의 물건이기 때문에 '나'라는 것은 애초부터 '다른 것'이 아니지 않았다. 聖人이라도 담장 밖을 볼 수 없기 때문에 '지혜로움'이 애초부터 몽매하지 않은 것은 아니었다. 바로 서고 넘어짐은 나로부터 시작되고 좋고 거스름은 '다른 것'으로부터 시작된다면, 根塵을 유희함에 거리낄 것이 없으니 모든 聖人들이 어떻게 …… '人'과 '蟲'의 구분 밖으로 확연히 나올 수 있겠는가?(「廣莊·逍遙遊」: 魘者以手壓胸, 手卽物, 故我未始不彼也. 聖不能見垣外, 故智未始不蒙也. 正倒由我, 順逆

---

10) 같은 글: 肘間之蟲, 笑指節爲夷狄.
11) 같은 글: 尙不信身外有人, 又況人外之天地邪?

自彼, 遊戲根塵無罣礙, 盡聖人者, 豈有 …… 廻然出於人與蟲之外哉?)

　위의 인용문에서 원굉도는 불교로써 莊子의 설을 풀이하고 있다. 공간 내에 존재하는 것이 단순한 상상력의 산물만은 아니지만, 대상의 표상은 시간과 공간에 따라 변한다. 따라서 현실세계가 존재한다고 인식하는 것 또한 현실세계가 존재하고 있다는 것을 증명하지는 못한다. 왜냐하면 사물에 대한 인식 또한 꿈 등에서 나타나는 무의식 세계, 즉 상상력이 만들어낸 세계일 수도 있기 때문이다. 그렇기 때문에 원굉도는 우리가 완전하다고 맹목적으로 믿고 있는 인식들이 자신의 독단적 편견일 수도 있다고 주장한다. 즉 감관을 통한 경험과 상상력을 통하여, 대상을 자신만의 주관적 관념으로 환원시키기 때문이다.[12] 그래서 원굉도는 가장 초보적 구분인 '我'와 '彼'의 구분조차도 인식의 한계가 빚어낸 한계라고 생각한다.

　　지금 '神'이 '箕'에 내리면 속삭이는 말이라도 듣는 것은 '귀'가 있기 때문이며, 사주단자에 올리면 아는 것은 '눈'이 있기 때문이며, 사실을 증명하면 글로 표현하며, 대상을 만나면 表識하는 것은 '사려'가 있기 때문이다. '귀'나 '눈'이나 '사려'라는 것들이 어찌 '箕'가 한 것이겠는가? '神'이 한 것이다. '神'은 '箕'의 형성과 파괴를 스스로의 存亡으로 삼지 않는다. 그런즉 사람도 껍데기의 있고 없음을 마음의 근심이나 기쁨으로 삼아서는 안 된다.(808쪽 「廣莊・德充符」: 今夫神之赴箕也, 密語則聽, 是有耳也; 呈帖則知, 是有目也: 證事則書, 遇物則題, 是有思慮也. 夫其耳目思慮者, 豈箕之爲哉? 神也. 神不以箕之成壞爲己之存亡, 則人亦不當以殼之有無爲心之憂喜.)

---

12) Frederik Copleston 지음, 임재진 옮김, 『칸트』 135～136쪽 참조, 중원문화, 1991년 7판.

  원굉도가 위에서 이야기하고 있는 ‘神’은 인간의 ‘六根’을 통한 인식 밖에 있는 초월적인 존재이며, 인간의 인식 여부에도 불구하고 언제 어디서나 존재한다. 그러나 인간이 인식하기 위해서는 ‘箕’라는 ‘껍데기’가 필요하다. 이는 “인간이 ‘神’을 잘못 알고 있기 때문이며, ‘神’의 껍데기만을 인식하는 단계를 면하지 못하기 때문”[13]이다. 그러나 ‘神’은 ‘箕’의 존재여부에 관계없이 존재하고 있기 때문에, 인간은 ‘箕’라는 ‘껍데기’가 있든 없든 ‘神’의 ‘항상성’을 인식하여야 한다.

  원굉도는 ‘空’에서 ‘氣’가, ‘氣’에서 ‘根’이, ‘根’에서 ‘識’이 나온다고 보고 있다.[14] 전술한 바와 같이 태어난 순간, 즉 ‘赤子’와 ‘嬰兒’의 마음은 백지와 같이 ‘空’한 상태이다. 그러나 ‘氣’가 ‘감각’을 만들어 내고 ‘감각’은 ‘기억’과 ‘관념’을 만들어 낸다. 원굉도는 부정확한 ‘根(감각)’의 산물인 ‘識’ 또한 당연히 부정확할 수밖에 없다고 여기기 때문에, ‘識’을 ‘六根’이 만들어낸 “여섯 가지 인연의 헛된 허상”이라고 간주한다.[15] 인간은 六根을 통하여 자기의 心所에서 인식의 六法으로 色聲香味觸 등을 창출한다. 실제로 우리가 보고 듣는 것과 같은 현상이 있는지 없는지조차 모름에도 불구하고, 마치 외계에 그와 같은 모든 현상들이 현존하는 것처럼 倒錯하고 있다. 그리고 현상의 차별적인 여러 모양에 집착하여 온갖 망상을 일으키기 때문에,[16] 원굉도는 시간과 공간에 따라 달라질 수밖에 없는 ‘대상의 未定性’에도 회의한다.

  달은 하늘에 있지만 강과 하천과 샘물과 산골짜기를 흐르는 물에도, 항아리에도, 몰동이에도, 변소간에도 어디에나 있다. 보는 사람에 따라 淸과 濁이 있기 때문에 달은 때에 따라 친하게 또는 멀리 느껴지기도 하지만 달 자체는 이러함이 없다.(1614쪽 「答黃竹實」: 夫月

---

13) 489쪽 「與仙人論性書」: 旣誤認神, 便未免認神之軀殼.
14) 807쪽 「廣莊·德充符」: 空俄而有氣, 氣俄而有根, 根俄而有識.
15) 같은 글: 識者六緣之虛影.
16) 박원서, 『대우주와 인간』 118쪽 일조각.

之在天, 江河泉澗, 甁盎恓厠, 皆有之. 自見者有淸濁, 則月有時而可親,
亦有時而可疏, 而月無是也.)

대상 자체는 정형성을 가지고 있다 하더라도, 받아들이는 시간과 공
간에 따라 우리에게 전혀 다른 모습의 달이 되어 버린다. 즉 '달'이라
는 '因'은 강·하천 …… 변소 등이 '緣'이 되지만 강·하천 …… 변소
등은 또 다른 제2의 '因'이 되고, 그것을 받아들이는 인간의 인식은 제
2의 '緣'이 된다. 그렇게 '인식되어진 달'은 또 다른 '因'이 되고, ……
등등의 '因'과 '緣'의 순환적 고리가 형성된다. 그렇기 때문에 원굉도는
인간의 온전한 인식은 표상만을 통한 '因'과 '緣'의 순환 고리 속에서는
결코 이루어질 수 없다고 보고 있으며 '因'과 '緣'의 고리에 앞서 있는
'眞常'을 아는 것이 '진정한 인식'이라고 주장한다.

> 파초가 떨어지면 '心'이 '空'해지고 '緣'이 없어지면 '識'도 없어진
> 다. 뜨거움이 내려쪼이면 세균이 말라죽고 습기가 없어지면 형태가
> 파괴된다. 만일 '眞常'이 그 가운데 나그네처럼 깃들어 있는 것을
> 깨닫지 않으면 …… 비유컨대 기둥없는 집이며 뿌리없는 나무와
> 같으니 하루라도 이 세상에 서 있을 수 있겠는가?(1614쪽 「答黃竹
> 實」: 蕉落心空, 緣去識亡; 熱謝菌枯, 濕盡形壞. 向非覺明眞常客於其
> 中 …… 辟則無柱之宇, 無根之樹, 其能一日立於天地間哉?)

파초의 잎은 둥글둥글 말리면서 '心'을 만들어낸다. 때문에 '心'이 있
는 것 같지만, 잎이 펴지면 그 '心'은 더 이상 존재하지 않는다. '心'은
원래부터 존재하지 않는 '空'이기 때문에, 존재한다고 인식하는 것은
인식의 한계가 만들어낸 '虛影'이다. 감관인 '根'을 습기를 좇아 모여
이루어진 세균 덩어리에 비유한다면, '습기'라는 '因'을 '열을 쪼여 끊어
버리면' 인식의 '因'과 '緣'의 순환고리가 끊어져 버린다. 따라서 원굉도
는 '眞常'을 추구하지 않고 피상적인 '因'과 '緣'의 순환고리만을 좇는

것을 '기둥없는 집'이나 '뿌리없는 나무'에 비유한다. 즉 '껍데기'의 추구에서 탈피하여, '眞常'을 찾는 길만이 인식의 한계를 극복하는 길이다. 그러나 '眞神'이나 '眞性'은 인식 가능한 범위 안에 존재하는 것이 아니기 때문에 인식으로 얽어낼 수 없다. 원굉도가 인식의 한계 속에서 우리가 인식할 수 있는 '구구한 형태'만을 가지고 행하는 것들을 주관적 오류에 지나지 않음을 역설하는[17] 까닭이 여기에 있다.

> 내가 『金剛經』 가운데 ⓐ"云何爲人演說, 不取于相, 如如不動."이라는 부처님의 말씀을 보았는데, 부처님께서 말씀하신 '聲'이나 '色'은 '相'을 취하지 않는 '聲'과 '色'임을 알아야 한다. 또 ⓑ"發阿耨多羅三藐三菩提心者, 於諸[18]法不說斷滅相"이라고 말씀하셨는데, 부처님께서 말씀하신 '無相'이라는 것은 '聲'과 '色'을 끊어버리지 않은 '無相'임을 알아야 한다.(712쪽 「金剛證果引」: 余觀經中佛言: "云何爲人演說, 不取于相, 如如不動." 當知佛所謂聲色者, 不取相之聲色也. 又云: "發阿耨多羅三藐三菩提心者, 於諸法不說斷滅相." 當知佛所謂無相者, 不捨聲色之無相也.)

지금까지 '色'과 '聲'을 부정하는 원굉도의 입론을 살펴보았지만 원굉도 또한 완전히 '色'과 '聲'을 부정한 것은 아니다. 원굉도는 위의 인용문에서 석가모니 또한 완전히 '色'과 '聲'을 부정하지는 않았다고 말한다. 그러나 이 '聲'이나 '色'은 시공의 한계 속에서, 인식의 '대상'인 현상으로서의 '聲'이나 '色'은 아니다. ⓐ는 "어떻게 다른 사람을 위하여 연설할까? '相'에서 취하지 아니하여서 '생긴 모습 그대로' 움직이지 아니함이다"로 직역된다. ⓑ는 "'阿耨多羅三藐三菩提心'을 發한 사람은 모든 '法'에서 斷滅相을 말하게 되지 않는다"라고 직역된다. 따라서 인

---

17) 490쪽 「與仙人論談性」: 若夫眞神眞性, 天地之所不能載也, 淨穢之所不能遺也, 萬念之所不能緣也, 智識之所不能久也, 豈區區形骸所能對待者哉?

18) 여타 필자가 참고한 『金剛經』에는 '諸'가 없으나 『袁宏道集箋校』에는 '諸'가 있다.

식의 한계를 극복한 바른 깨달음을 얻은 사람이라면 모든 법에 있어 '斷滅相'을 이야기하지 않는다. 모든 '法'은 '因'과 '果'가 각기 다르기 때문에 서로 다른 相을 갖지만, '因'과 '果'는 서로 계속되어 끊어질 수 없기 때문이다. '無相'이라는 것은 '聲'이나 '色'과의 관계를 끊어버리지 않은 '無相'임을 알아야 한다고 원굉도가 강조하는 이유는 이 때문이다. 따라서 원굉도는 자기만의 '情量'을 가지고서 크고 작은 것을 다투지 않는 삶, 즉 주관적 편견을 강요하지 않고 강요받지 않으면 逍遙하지 않음이 없을 것이라고 주장한다.[19] 즉 자기만의 '情量'인 인식의 한계를 극복하지 못한 주관적 오류를 버리는 길만이 초월적인 절대자유를 누리며 사는 길이라고 제시하고 있다.

2) 사물과 현상의 동질적 인식

전절에서는 인식의 한계를 극복하지 않을 뿐 아니라 자신만의 독단적 인식을 세계의 전부인양 고집하는 주관적 오류에 대한 원굉도의 비판을 살펴보았다. 그리고 이와 같은 부정확한 인식체계를 극복하는 방법으로서, '바른 깨달음'을 얻어야 한다는 원굉도의 극복 노력도 살펴보았다. 원굉도는 인식의 보편성을 추구하는 또 다른 방법으로서, 제 사물과 현상을 동질 인식으로, 즉 '상대적'이고 '등가적'으로 인식하였다.

(1) 相對性 인정

"밝은 달이 높아지면 청산은 낮아지고: 꽃가지가 붉어지면 봄기운은

---

19) 796쪽 「廣莊·逍謠遊」: 惟能安人蟲之分, 而不以一己之情量與大小爭, 斯無
　　往而不逍遙矣.

이지러지며; 녹봉이 많아지면 치아는 다 빠지고; 姬妾이 많아지면 안색은 점점 나빠진다."[20) 이렇듯 모든 사물이나 현상은 대립적이라고 할 만큼 지극히 상대적인 양면성을 가지고 있다. 이는 "'我'의 '我'됨만을 고집하며, 모든 사물이 '我'가 될 수 있다는 상대성을 인정하지 않는 儒家的 인식론"에 대한 거부의 표시일 수도 있다.[21) 그래서 원굉도는 "教理는 '圓'일 수밖에 없으며 教體는 '方'일 수밖에 없다"[22)고, '圓'과 '方'의 '절대성'을 주장하는 官東溟에게 '定圓'과 '定方'의 경지에 이르면 서로가 상통할 수 있듯이 '圓'과 '方'은 결코 상대되는 개념이 아니라고 반박한다. 사물이 가지는 양면성을 부정하고 편면성만을 부각하여 재단하면, 객관을 가장한 주관적 오류에 빠질 수밖에 없기 때문에[23) 大道는 道가 아니며 大德은 德이 아니라고 간주한다.[24)

원굉도의 이와 같은 상대주의적 인식론이 단순히 중국 안의 비중국적인 요소를 간직하고 있는 楚지방의 인식체계를 따른 것인지는 알 수 없다.[25) 그렇지만 원굉도는 제 사물과 현상이 가질 수밖에 없는 상대성과 양면성을 인지하기 위해서는 '회의적인 사고'가 절대적으로 필요하다고 역설한다. 이러한 회의적 사고는 절대성의 기준이라고 할 수 있는 '天地'의 완정성에 대한 부정과 함께 '人間世'의 '완정성'에 대한 총체적인 부정이다.[26) 이는 또 유가의 숭배 대상인 天神과 地祇의 무

---

20) 115쪽 「漸漸詩戲題壁上」: 明月漸漸高, 靑山漸漸卑; 花枝漸漸紅, 春色漸漸 虧; 祿食漸漸多, 牙齒漸漸稀; 姬妾漸漸廣, 顔色漸漸衰.

21) 1289쪽 「德山塵譚」: 儒子但知我爲我, 不知事事物物皆我; 若我非事事物物, 則我安在哉?

22) 黃宗羲, 『明儒學案』 권32, 총쪽수 348쪽 中國書店, 1990년.「泰州學案・序」: 教理不得不圓, 教體不得不方.

23) 235쪽 「官東溟」: 若見定圓, 則圓亦是方, 此一箇圓字, 便是千劫萬劫之繫驢橛 矣, …… 見若定圓, 見必不深, 教若定方, 教必不神, 非道之至者.

24) 804쪽 「廣莊・人間世」: 大道不道, 大德不德.

25) 808쪽 「廣莊・德充符」에서 "楚俗尙鬼, 其致鬼之物不一, 推之皆有至理."라고, 원굉도는 楚人들이 절대성을 부정하고 모든 존재물들의 존재 가치에 대해 비교적 동등하게 인식하고 있음을 이야기하고 있다.

오류성에 대한 부정적 시각을 드러내는 것이라고 할 수 있다. 따라서 그는 道를 배우는 사람이 의문점을 가지는 것은 보배를 얻는 것과 같다[27]고 회의적 사고를 강조한다. "의문이 있으면 깨지지 않은 것이 없었고 깨져서 깨닫지 않은 것이 없었다"[28]고, 회의적 사고를 통하여 획일적 사고에서 탈피할 것을 주장한다.

필자는 전절에서 원굉도가 인식의 범위를 확대하기 위하여, 장자적 사고체계와 불가의 인식체계를 취하여서, '我'와 '彼'의 구분을 없애려고 하는 과정을 살펴보았다. 마찬가지로 그는 '삶' 자체에 대하여도 불가지론적인 태도를 취함으로써 회의적 사고의 깊이를 더하였다.

> 꿈속에서 누군가 나를 욕하고 물어뜯는 사람이 있었다면 이는 나인가 아니면 다른 사람인가? 꿈속에서의 영화나 고달픔이 깨어나면 계속되지 않으며, 깨어있을 때의 기쁨이나 슬픔이 꿈속에서는 계속되지 않으니 무엇이 참되고 무엇이 환상인가?(799쪽 「廣莊·齊物論」: 夢中之人物, 有嗔我者, 有齧我者, 是我是人? 夢中之榮瘁, 醒時不相續, 醒中之悲喜, 夢時亦不相續, 孰眞孰幻?)

위의 인용문에서도 드러나듯이 '삶'에 대한 원굉도의 태도는 지극히 불가지론적이라고 할 수 있다. 즉 『莊子』에 등장하는 '나비'처럼, 참과 환상의 구분도 모르면서 아옹다옹하지 말자는 것이 '삶'에 접근하는 그의 기본 태도이다. 그러나 '삶'에 접근하는 원굉도의 이와 같은 태도가 불가지론적인 회의만을 심화시키기 위한 것은 아니다. 유학자의 주관적 인식 오류를 비판하고, 나아가 획일적 표준화를 강요하는 유가적 인식의 구속성에서 탈피하기 위한 것이라고 할 수 있다.

---

26) 115쪽 「漸漸詩戲題壁上」: 天地有缺陷, 人世總參差.
27) 775쪽 「答陳正甫」: 學道人得一疑情, 如得一眞寶.
28) 같은 글: 未有疑而不破, 破而不悟者.

人外의 이치를 궁구하려면,
먼저 세상의 의심을 파헤쳐라.
五行은 왜 일어나며,
천지는 왜 높고 낮은가?
고니와 까마귀는 어째서 희고 검으며,
해와 달은 어째서 차고 이지러지나?
태어나면 어째서 오고,
죽으면 어째서 돌아가는가?
하늘은 어째서 기뻐하며,
귀신은 어째서 슬퍼하는가?
사물에는 궁구하지 않을 미세함은 없으며,
말에는 기이하지 않은 소리가 없네.
(131쪽 「陶石簣兄弟遠來見訪, 詩以別之」: 欲窮人外理, 先剖世
間疑. 五行何因起? 天地何高卑? 鵠烏何白黑? 日月何盈虧? 生
胡然而至? 死胡然而歸? 天胡然而喜? 鬼胡然而悲? 事無微不究,
語無響不奇.)

원굉도는 위의 시에서 人外의 이치를 탐구하려면 인간의 보편적 사
고부터 먼저 회의하라고 이야기하고 있다. 또한 인간세에서 아무리 미
세한 사물이나 말이라도 모든 것이 회의를 통한 궁구의 대상이 될 수
있음을 암시하고 있다. 현세에 대한 원굉도의 이와 같은 회의는 顏淵
과 屈原의 비정상적인 죽음의 이유에서부터 문인의 창작동기와 자연현
상에까지 이르고 있다.[29] 이와 같은 원굉도의 언급을 유추하여 보면
원굉도가 추구한 회의적인 사고는 단순한 불가지론적인 삶의 태도가
아니라, 당시의 무비판적 학문 수용 풍토에 회의를 제기하는, 문제의

---

29) 138쪽 「哭臨漳令王子聲·其二」: 顏淵魯高士, 胡爲三十二而死休? 靈均楚直
臣, 云何枯槁江潭望君門而媒蹇修? 雲何爲而投閣? 賀何爲而賦樓? 渴何爲而
病馬? 癲何爲而疾牛? 龍何愚而觸網? 鼈何細而隨釣? 山何卑而戚水? 海何升
而爲丘?

보다 근본적인 해결 고리였음을 알 수 있다.

그래서 원굉도는 "불을 끄는 것은 물이지만 물이 많으면 홍수가 나고, 생물을 내는 것은 햇빛이지만 햇빛이 지나치면 말라 타버린다. 如來의 가르침 또한 이와 같다"[30]고 하는 등, 사물이나 현상은 절대적인 편면성만을 가진 것이 아니라 상대적인 동시에 양면성을 가지고 있다고 주장한다. 이와 같은 맥락에서 원굉도는 '吉祥'한 신만을 좇으며 추한 모습을 하고 禍를 불러일으키는 黑暗女를 쫓아버리는 주인을 향해, 하늘의 목소리를 빌어 '善'과 '惡', '好'와 '惡'는 동전의 양면과 같이 서로 교차하면서 나타나는 것이라고 이야기한다.

> 하늘이 말하기를 "그렇지 않다. 나를 섬기는 자가 있다면 또한 마땅히 저도 섬겨야 한다. 나와 저는 형체와 그림자, 물과 물결, 수레와 바퀴 같은 사이이니, 내 아니면 저가 없고 저 아니면 내가 없다."(802쪽 「廣莊·養生主」: 天曰: 不然. 有事我者, 亦當事彼. 余與彼如形之影, 如水之波, 如車之輪, 非我無彼, 非彼無我.)

형체와 그림자라는 양면을 올바로 볼 수 있어야만 올바른 인식을 갖추고 있다고 할 수 있다. 원굉도의 이와 같은 상대주의적 인식론은 구체적인 일상생활에까지 미친다. 그래서 그는 吳縣의 知縣으로 재직하다 병이 들었을 때 "관직의 즐거움이 있으면 관직의 괴로움이 있고, 병의 괴로움이 있으면 병의 즐거움이 있다. 관직으로 병을 얻었으면 이것은 관직의 괴로움이지만, 병 때문에 관직을 물러날 수 있었으니 이는 병의 즐거움"[31]이라고, 생활 속에서 괴로움과 즐거움의 양면성을 긍정한다. 그는 이와 같은 양면성을 '영고성쇠의 이치' 내지 '윤회의 趣'

---

30) 1637쪽 「西方合論·引」: 滅火者水, 水過卽有沈溺之災; 生物者日, 日盛翻爲枯焦之本. 如來敎法, 亦復如是.

31) 294쪽 「王孟夙」: 有官之樂, 卽有官之苦; 有病之苦, 卽有病之樂. 以官得病, 此官苦也; 以病得歸, 此病樂也.

라고 하며 인간세의 지극히 당연한 것으로 생각한다.[32] 이와 같은 원
굉도의 사물에 대한 상대성 내지 양면성의 인정은 더욱 범위를 확대하
여 인간의 보편적인 '개념'들에까지도 적용한다.

> (또 다른 관점에서 보면) 일찍 죽음이 오래 삶일 수 있으며, 굵음
> 이 가늚일 수 있으며 짧음이 긺일 수 있다. '我'는 '彼'일 수 있으며
> 지혜는 우매함일 수 있다. 하루살이는 저녁에 죽는 것도 오래산다고
> 여기니 일찍 죽음이 장수함 아닌 것은 아니다. 소는 돼지 보다 크지
> 만 코끼리보다는 작다. 그러한 까닭에 큼이 작음 아닌 것은 아니다.
> 십년을 꿈 꾼 사람도 一刻을 넘어서는 것이 아니니, 짧음이라는 것
> 이 긺 아닌 것은 아니다.(796쪽 「廣莊・逍遙遊」: 殤可壽, 巨可細, 短
> 可長, 我可彼, 智可蒙. 蜉蝣以暮死爲長年, 故殤未始不壽也. 牛大於豕,
> 小於象, 故巨未始不細也. 夢十年者, 不出一刻, 故短未始不長也.)

그는 위의 인용문에서 인간이 만들어낸 추상적인 '개념'들이 결코 절
대적인 기준을 가질 수 없음을 이야기하고 있다. '개념'이라는 것은 모
두 인간의 기준에 의해 만들어진 것이기 때문에 결코 절대적일 수 없
으며 상대적일 수밖에 없기 때문이다. "인간의 몸속에 사는 벌레는 몸
속을 좁다고 여기지 않지만, 인간은 벌레의 몸 밖에 거하지만 도리어
넓다고 여기지 않는다."[33] 그래서 원굉도는 인간의 판단을 '情'과 '意'
의 움직임에 따른 것으로 간주한다.[34] 따라서 "피부에 기생하는 벌레
가 牙甲을 괴이하다고 여기듯",[35] "화병 속의 공간과 잔 속의 공간을
비교하며 크고 작음을 따지듯",[36] 오십보백보의 입장에서 시비를 가리

---

32) 같은 글: 官病相隨, 是消息理; 苦樂相生, 是輪廻趣.
33) 795쪽 「廣莊・逍遙遊」: 天地得其大, 不爲有餘; 人得其小, 不爲不足, 蟲處其
　　內, 不爲逼狹; 人居其外, 不爲廣廓. 天地以成住壞空爲劫, 蟲以生老病死爲劫.
34) 1287쪽 「德山塵譚」: 如飯內有不淨物, 他人私取去, 我初不知, 便不作惡, 以意識
　　未起故. 若自己從盞內見, 決與飯俱吐. 可見吐者, 是吐自己之見, 非吐物也.
35) 796쪽 「廣莊・逍遙遊」: 膚間之蟲, 語以牙甲, 叱爲怪誕.
36) 799쪽 「廣莊・齊物論」: 以大議小者, 是以瓶中之空, 質杯中之空也.

고 비판하는 태도에서 탈피하여 서로를 긍정하고 이해하는 삶의 태도
를 가져야 한다고 역설한다. 마찬가지로 "'眞常'내지 '形'과 '神'의 연결
고리를 자기 자신이 이해하지 못한다고 하여서 불신하고 비웃으며 '이
단'이라고 공격하지 말아야" 하듯,[37] 제 사물과 현상을 긍정하고 이해
하는 마음을 가져야한다고 강조한다.

> 세상에서 괴로운 처지에 처하지 않은 사람은 한 사람도 없다. 그
> 지경은 해마다 변하고 달마다 같지 않은데, 괴로움도 역시 이에 기
> 인한다. 그런 까닭에 관리를 하면 관리의 괴로움이 있고, 신선을
> 하면 신선의 괴로움이 있고, 부처가 되면 부처의 괴로움이 있다.
> …… 세상에 어찌 철저하게 즐거운 것만이 있을 수 있겠는가?(240
> 쪽 「王以明」: 世上未有一人不居苦境者, 其境年變而月不同, 苦亦因
> 之. 故作官則有官之苦, 作神仙則有神仙之苦, 作佛則有佛之苦, ……
> 世安得有徹底甘者?)

원굉도가 위의 인용문에서 이야기하는 것도 "괴로움이 있으면 반드
시 즐거움이 있으며 고통이 있으면 반드시 즐거움이 있다"[38]는 류의
양면성에 대한 긍정이다. 원굉도는 일반 사람들은 사물의 겉껍질 즉
'形骸'를 보고 그 사물을 인식하기 때문에 사물의 이러한 양면성을 알
지 못한다고 생각한다. 그리고 莊周나 列禦寇 같은 사람만이 이러한 형
해를 벗어난 인식을 하고 있다고 생각한다.[39] 그래서 원굉도는 괴로움
이 있으면 반드시 즐거움이 생길 것을 이미 알기 때문에 즐거움을 추
구하지 않으며, 즐거움은 괴로움에서 생겨나는 것을 알기 때문에 괴로
움을 두려워하지 않는다.[40] 원굉도는 이렇듯 모든 형해에서 탈피하여,

---

37) 807쪽 「廣莊・德充符」: 至於覺明眞常, 形神之蒂, 聽其机陧, 恬不知怪. 有言
　　及者, 互相嗔笑, 指爲異端. 噫, 何其頑鈍昏劣, 抑至此耶?
38) 240쪽 「王以明」: 人有苦必有樂, 有極苦必有極樂.
39) 294쪽 「王孟夙」: 觀苦于樂先, 故曰不爲福始; 耽樂于苦中, 故曰行乎患難. 若
　　我輩則必待情景旣至, 而後識之, 其去莊周、列禦寇遠矣.

대립하는 사물의 이중적 구조를 관찰하면서 어느 한 편에 서지 않는 것을 眞人의 태도라고 생각한다. 이러한 이유 때문에 원굉도는 사물의 한 단면만을 좇지 않았으며, 형해에서 탈피한 脫形骸的 인식을 추구하였고, 현상에 집착하지 않는 觀賞的인 존재가 되려고 노력하였다.

(2) 等價性 인정

필자는 전 소절에서 제 사물과 현상의 양면성을 인정하는 원굉도의 '상대적 인식론'을 고찰하였다. 원굉도의 상대적 인식론은 노장적인 요소가 강하게 작용하고 있다. 본 소절에서 고찰하고자 하는 '脫形骸의 等價的 가치 추구'라는 측면 또한 노장과 불교적 사고갈래의 산물이다. '탈형해'라는 것은 말 그대로 '껍질'에서 탈피하고자 하는 노력으로서 유가의 외적 중시경향에서의 탈피라고 할 수 있다. "아름답고 추한 것은 사람들의 눈동자에 달린 것"[41]이라는 그의 시구와 같이 '탈형해'하여 인식할 수 없는 것 또한 인간의 인식 한계이다. 원굉도는 모든 물질은 근본적으로 동등하게 존재하고 있기 때문에, 인간의 능력으로 동등하게 할 수 있는 것이 아니라고 보고 있다.[42] 그래서 聖人은 하늘과 땅의 높고 낮음조차도 구분하지 않았다고 이야기한다.[43] 원굉도의 이와 같은 등가성의 추구는 시간과 공간마저도 초월하고자 하는 것이다.

 時나 劫은 본래 일정함이 없다. 그렇기 때문에 찰나적인 순간과 十劫은 똑같이 하나이니 오래됨과 잠깐의 분별이 아니다. 만일 두 사람이 같은 장소에서 자는데, 잠든 시간도 같고 깬 시간도 같지만, 한

---

40) 240쪽 「王以明」: 知苦之必有樂, 故不求樂; 知樂之生于苦, 故不畏苦.
41) 984쪽 「甲辰會榜題名至時, 舊友及諸弟在場屋者皆被落, 因及之」: 了知妍醜任瞳人.
42) 799쪽 「廣莊·齊物論」: 物本自齊, 非吾能齊.
43) 같은 글: 故聖人不見天高地下, 亦不言天卑地高.

사람은 꿈속에서 여러 날을 지냈고, 한 사람은 일각만을 지냈다면, 이 두 사람에게서 오래됨과 잠깐을 나눌 수 있겠는가?(1285쪽「德山塵譚」: 蓋時劫本無定, 故一稱與十劫, 同是一樣, 非分久暫. 如二人同在此睡, 睡時同, 醒時亦同, 而一人夢經歷數日, 一人夢中止似過了一刻, 此二人可分久暫邪?)

이와 같이 시간과 공간에 대하여 탈형해적 등가성을 추구하는 것은 물론 장자적 사고의 갈래이다. 원굉도 스스로도 '身外之身'을 추구하였다고 이야기한다.44) 원굉도는 "장자의 학문 중 반을 얻어서 逍遙함은 오히려 가하다"고 장자의 학문에 대한 자신감을 보이지만 "모든 형해에서 일탈한 등가적 가치를 인정하는 '齊物'은 어렵다"고45) 말하고 있다.

파리는 거꾸로 매달릴 수 있는데 이것은 파리의 신통이다. 새는 허공을 날아오를 수 있는데 이것은 새의 신통이다. 役夫는 하루에 백여 리를 갈 수 있는데 나는 그럴 수 없으니 이것은 役夫의 신통이다. 보통 사람들은 자기가 할 수 있는 것을 근본적인 것으로 여기며 자기가 할 수 없는 것은 신통으로 여기지만 사실은 서로 다르지 않다.(1291쪽「德山塵譚」: 蠅能倒棲, 此蠅之神通也; 鳥能騰空, 此鳥之神通也; 役夫一日能行百餘里, 我却不能, 役夫之神通也. 凡人以己所能者爲本等, 己所不能者爲神通, 其實不相遠.)

위의 인용문은 "많은 先人들의 신통력이 무엇 때문이었는가"를 묻는 질문에 대한 대답이다.46) 원굉도는 '신통'이라는 평가도 자신의 '情'과 '意'의 움직임에서 나온 것이라는 관점에서 이야기하며, 파리나 새가 가지고 있는 그 나름의 '신통' 또한 인정해주어야 한다고 주장한다. 그래서 그는 長·短·濃·纖도 각기 그만의 본바탕을 가지고 있기 때문

---

44) 553쪽「大遊仙詩」: 外身而身存, 此是長壽考.
45) 330쪽「閒居雜題·其四」: 十分漆園學得五, 逍遙猶可物難齊.
46) 1291쪽「德山塵譚」: 古來諸師, 何爲多有神通?

에,[47] 형해에 불과한 자태의 빼어남을 취하지 아니하고 오직 神骨의 핍진함만을 구한다고 하였다.[48] 이는 원굉도가 형해에 의해 사물을 판단한 것이 아니라 형해 때문에 보이지 않는 '본바탕'인 '神骨'을 추구하였음을 말해주는 것이다.

諸事物에 대한 등가적 인식 또한 '세계'가 하나라는, '세계'에 대한 등가적 인식에서 기인했다. 그래서 원굉도는 "천지는 한 세계지만 합쳐서 娑婆라 하고 쪼개어서 四州라 하며 경계지어서 華夷라 하고 찢어서 郡縣이라 하며 어지럽게 얽어서 聚落이라 한다"[49]고 말한다. 원굉도의 이와 같은 말은 애초에 한 세계였던 것을 인간이 인식작용을 통해 분할하고 갈래지었음을 말하는 것이다. 원굉도의 이와 같은 인식은 모든 물질의 절대적인 등가성을 추구하는 것이 아니라 개별적인 존재의의를 인정하는 상대적인 등가성을 추구하는 것이다. 그래서 그는 "性은 하나일 뿐이지만 相은 수없이 많으며, 수없이 많은 것에서 떠나 하나만을 구한다면 그 하나 또한 이룰 수 없다"[50]고 이야기한다. 하나뿐이라고 함은 절대적인 것을 의미하며 여러 개가 있다는 것은 상대적인 것을 의미한다. 이와 같은 원굉도의 사고는 절대성에서 탈피하여 상대적 가치를 추구하고자 하는 원굉도 인식론의 한 단면을 보여주는 것이다.

원굉도는 인간에게 있어서도 존재하는 모든 인간의 등가성을 인정하고 있다.[51] 이지는 "하늘이 한 사람을 낳음에 그 한 사람의 쓰임이 있으며"[52] "인간의 서로 다른 마음을 획일화할 수는 없다"[53]고 인간의

---

47) 550쪽 「題潘稺恭小像·其一」: 當年曾見虎頭眞, 長短濃纖各有神.

48) 1447쪽 「經太華·其二」: 不取色態妍, 唯求神骨肖.

49) 702쪽 「八識略說敍」: 夫天地爲一世界也, 合而爲娑婆, 剖而爲四州, 界而爲華夷, 裂而爲郡縣, 芬而爲聚落.

50) 같은 글: 性一而已, 相惟百千. 離百求一, 一亦不成.

51) 1576쪽 「題如賢淨社册」: 凡十方之疥癩膿垢腥臊葷膩者, 皆當作菩薩想. 以此爲淨, 盡十方界衆生, 皆吾社中人也.

52) 李贄, 「答耿中丞」: 天生一人, 自有一人之用.

53) 李贄, 「復鄧石陽」: 人各有心, 不能皆合.

개별적인 등가성을 인정하고 있다. 원굉도는 이에서 한 걸음 더 나아가, "풀 한 포기, 나무 한 그루, 털 한 가닥, 먼지 하나가 모두 다할 수 없는 法界를 가지고 있기 때문에 부처와 중생은 구분이 없으며",54) "사람이나 짐승, 聖人과 賢人, 신선과 부처 또한 모두 세계를 구성하는 한 요소로서 동등하다"고 주장한다.55) 이는 눈과 귀는 서로 다른 두 가지 사물이지만 크게 보면 '머리'이며, 손가락과 손바닥 또한 크게 보면 '손'이라는 거대한 일원론적 세계관56)을 배경으로 한 무차별적 평등론의 시발이다. 따라서 이는 모든 물질과 인간과의 차별성을 두지 않고, 존재물의 존재 자체에 의의를 두는 원굉도적 齊物論의 근간이라고 생각한다.

> 만물은 모두 사람이 될 수 있다. 이 때문에 '水'의 성질을 얻은 사람은 지혜롭고 '火'의 성질을 얻은 사람은 세차다. '金'의 성질을 얻은 사람은 강하며 '木'의 성질을 얻은 사람은 합리적이다. 사람은 모두 만물이 될 수 있다. 이러한 까닭에 '相生'을 만나면 나고 '相剋'을 만나면 죽는다. 혼돈을 만나면 어리석고 바름을 만나면 현명하다. 초목은 온통 相生相剋이기에 사람은 단지 초목 가운데 지혜있는 것에 불과하다. 기와나 자갈은 온통 '水'와 '火'이기 때문에 사람은 단지 기와나 자갈 중에 움직일 수 있는 것에 불과하다.(807쪽 「廣莊・德充符」: 萬物皆可爲人, 是故得水者知, 得火者烈, 得金者强, 得木者理. 人皆可爲萬物, 是故値其生則生, 値其剋則死, 値其駁則愚, 値其正則賢. 草木一生剋也, 人特草木之有知者也; 瓦礫一水火也, 人特瓦礫之能動作者也.)

원굉도는 인간을 단순한 초목・기와・자갈과 동등하다고 말한다. 이는 인간의 영장성을 보고 이야기한 것이 아니라 인간의 생리적인 현상

---

54) 1639쪽 「西方合論・第一刹土門」: 一草一木, 一毛一塵, 各各皆具此無盡法界. 佛及衆生, 無二無別.
55) 795쪽 「廣莊・逍遙遊」: 人物鳥獸, 賢聖仙佛, 非其三萬六千中之一種族耶?
56) 1289쪽 「德山塵譚」: 耳不到眼, 以眼耳雖兩形, 同是一頭; 指不到掌, 以指掌雖兩形, 同是一手.

만을 두고 이야기한 것이다. 그렇기 때문에 "毛孔骨節에 부처아닌 곳이 없으며, 貪嗔慈忍에 부처아닌 생각이 없으며, 천당이나 지옥, 무정이든 유정이든 부처아닌 부처는 없다"[57]고 모든 존재물의 '悉有佛性'을 인정한다. 그래서 그는 '地'·'水'·'火'·'風'이라는 불교의 '四大'에 인간의 생리적인 현상을 비유하며 인간 또한 形骸를 제거하면 만물과 동일하다는 것을 다시 한번 강조한다.

> 경전에 이르기를 머리카락·털·손톱·이빨·가죽·고기·뼈마디·뼈 등은 모두 '地'로 돌아간다. 나는 이 때문에 '地'라는 것이 단지 머리카락이나 털의 큰 것임을 안다. 침·눈물·피·액·거품 등은 모두 '水'로 돌아간다. 나는 이 때문에 '水'라는 것이 단지 침과 눈물의 큰 것임을 안다. 몸의 따슨 기운은 '火'로 돌아가며 움직임은 '風'으로 돌아간다. 나는 이 때문에 '風火'라는 것은 단지 숨쉬는 것의 큰 것임을 안다.(795쪽 「廣莊·逍遙遊」: 經曰: 髮毛爪齒, 皮肉筋骨, 皆歸於地. 吾是以知地特髮毛之大者. 唾涕濃血, 津液涎沫, 皆歸於水. 吾是以知水特唾涕之大者. 煖氣歸火, 動轉歸風. 吾是以知風火特喘息之大者.)

이상 살펴본 바와 같이 원굉도의 동질론은 인간과 인간, 인간과 만물, 만물과 만물 등의 절대적 동질이 아니라, 형해를 벗어나 본질을 추구한다면 상대적으로 동질일 수밖에 없다는 상대적·차별적 동질론이다. 이는 내적·외적 차별성을 바탕으로 한 동질이다.[58] 대자연의 시각에서 보면 몸속의 이(蝨)와 같이 하찮고 많은 사람들의 외형적인 곱고 미움을 어떤 형태로도 나눌 수 없기 때문이다.[59] 그래서 원굉도는 물거품이 터지면 바다와의 구분이 없어지듯이 물거품과 바다라는 형해를

---

57) 489쪽 「與仙人論性書」: 毛孔骨節, 無處非佛, …… 貪嗔慈忍, 無念非佛, …… 天堂地獄, 無情有情, 無佛非佛.
58) 253쪽 「曹魯川」: 人心不同, 有如其面.
59) 378쪽 「浩歌登天目峯頂」: 茫茫蠛虱人, 妍醜分何狀.

통한 구분에 얽매이지 않고, 형해를 탈피하여 모든 것이 일체임을 체득한 사람이야말로 '至人'이라고 주장한다.[60]

또한 원굉도는 진실한 참됨은 나이라든가 지위라는 형해에 따른 것이 아니라 영혼의 참됨이며, 이 영혼의 참됨이야말로 인간을 인간으로 남아 있게 하는 요체라고 생각한다.[61] 時空과 형해에서 일탈하고자 하는 원굉도의 노력은 이상 살펴본 바와 같이 그에게 생명에 대한 참다운 가치를 인식할 수 있게 하였다. 즉 '淨'·'濊'·'大'·'小'라는 '개념'에서 탈피하여, 어떠한 개념에도 얽매이지 않으려는 노력이 초월적 절대자유를 부여함으로써, 생명성을 중시하는 '性靈'의 사상적 요체가 되었다. 형해에 얽매여 '모방'을 중시하는 것이 아니라, 형해에서 탈피하여 새로운 생명을 창조하고자 하는 원굉도의 이와 같은 노력은 문학적으로도 그대로 견지되어, 문학을 문학다울 수 있게 하는 '性靈文學論'의 근간이 되었다.

2. 三教合一論

전장에서 살펴본 바와 같이 袁宏道는 인식에 앞서 감각에 대하여 회의할 정도로 자신을 둘러싸고 있는 모든 것들에 대해 철저하게 회의하였다. 그렇다고 해서 원굉도를 회의주의자로 단순화시켜 버릴 수는 없다. 그의 인식에 대한 회의와 감각에 대한 부정은 당시의 확고부동한 道學者들의 인식체계를 겨냥한 것으로서, 도학자들이 내세우는 모든 절대적 진리의 굴레에서 벗어나기 위한 것이었다. 따라서 감각의 부정확성을 지적하고 부정확한 감각을 통해 형성된 인식체계를 부정한 것은,

---

60) 808쪽 「廣莊·德充符」: 至人脫却浮漚, 通身是海, 又惡有淨穢大少之見?

61) 같은 글: 彭祖之神, 與國殤相遇於道. 殤曰: "兒來!" 祖怒曰: "余壽過若倍 蓰, 何嬰兒?" 殤曰: "兒所謂八百, 形骸也, 非兒也. 夫人僞而鬼眞, 今與若較, 卽眞之日, 予壽先若久矣."

독단적이기만 한 도학자들의 오류와 착오를 밝히고 그 표준화된 획일성에서 탈피하기 위한 일차적인 노력이었다. 본 장에서는 자아를 확립하는 데 있어서의 장애, 즉 인간을 구속하고 획일화하는 '고정관념으로서의 절대적 도리'에 대한 원굉도의 대안인 '三敎合一論'과 그의 '삼교합일적 인식'이 '자아 확립'으로 이어지는 과정을 추론해 보고자 한다.

1) 획일적 사고의 극복

(1) 다양한 가치 추구

'是非' 판단의 기준이 될 수 있는 절대적인 '理'는 존재하지 않지만 이 세계는 어느 것 하나라도 '시비'의 판단을 요구하지 않는 것은 없다. 때문에 '시비' 판단의 기준이 되는 절대적인 '理'는 인간과 함께 있어 왔다. 인간은 언제나 표준에 맞추어지도록 교육받기 때문에 표준에서 일탈하는 것은 '非'일 수밖에 없다. 그래서 원굉도는 天地를 "'시비'의 城"으로, 우리의 몸을 "'시비'의 집"으로, 역사는 "'시비' 판단의 역사"였다고 말한다.[62] 절대적 기준을 따를 수밖에 없는 "'시비'의 城" 또는 "'시비'의 집"에서 일탈하기 위해서는 '시비'의 판단을 일소하여야 할 뿐 아니라 시비판단의 기준이 되는 절대성에서 일탈하여야 한다. 그렇기 때문에 원굉도는 불교에서의 禪 또한 定轍이나 定法 등의 절대적인 기준이 있을 수 없다고 이야기한다.[63]

구속의 발생에 대한 원굉도의 견해는 다음과 같다. 원의적으로 '아무

---

62) 798쪽 「廣莊·齊物論」: 天地之間, 無一物無是非者. 天地, 是非之城也. 身心, 是非之舍也. 智愚不肖, 是非之果也. 古往今來, 是非之戰場墟壘也.

63) 253쪽 「曹魯川」: 禪則遷流無已, 變動不常, 安有定轍, 而學禪者, 又安有定法可守哉?

것도 아니었던' 일상의 관념들이 사회가 발전하고 인간의 분별력이 향
상됨으로 해서, 인간의 자유스러움을 구속하는 절대적인 관념으로 자
리 잡게 되었다. 이에서 한걸음 더 나아가 이러한 관념의 속박에서 벗
어나려고 하는 대신 그 관념의 절대성을 가속화·고정화하였다. 그리
고 그 고정된 절대성을 자기에게 뿐만 아니라 다른 사람에게까지 강요
하는 편집증적 증세를 보이기도 하였다는 것으로 요약할 수 있다.

朱熹는 천지지간의 모든 '理'를 하나로 보고 이 하나의 '理'가 三綱도
되고 五倫도 된다고 하였다. 또한 이 '理'가 적용되어서 존재하지 않는
곳이 없다고 이야기한다.[64] 그러나 원굉도는 "宋學이 홍성하면서 '거짓
된 학문의 금함'이 생겨났으며 '道'를 배우면서도 禍를 얻음이 있다"고
주장하는 등,[65] 절대적인 관념의 본격적인 시발을 주희 이후의 성리학
으로 보고 있다. 물론 편집증의 유발은 외부요인도 있겠지만 원굉도는
모든 것이 스스로 만들어 놓은 것이라고 생각한다.

> 대개 세간에는 일종의 평이하고 실질적이며 '道'와 가까운 것이
> 있다. 그러나 (우리는) 스스로를 매우 평범하고 보잘것없다고 간주
> 하면서, '도'는 높아서 감히 배울 수 없는 것이라고 생각한다. 淸士
> 名流들은 자기가 아니면 '도'를 배울 수 없다고 여기며 矯枉됨이
> 너무나 심하여서 종내는 스스로를 속이고 '도'와는 배치되어서 배
> 울 수가 없다.(1276쪽 「答陶周望」: 大都世間自有一種平易實質, 與
> 道相近者, 而自視庸庸, 以道爲高而不敢學. 淸士名流, 自以爲非吾不
> 能學道也, 而矯厲太甚, 終成自欺, 與道背馳而不可學.)

위의 인용문에서 원굉도는 두 종류의 인간 유형을 제시함으로써 진

---

64) 朱熹, 『朱子文集』 권70: 宇宙之間, 一理而已 …… 其張之爲三綱, 其紀之爲
  五常. 蓋此理之流行, 無所適而不在.
65) 1297쪽 「德山塵譚」: …… 宋朝講聖學, 而有僞學之禁. …… 故學道而得禍,
  非不幸也.

실한 '도'에 접근하지 못하는 것은 외부요인뿐 아니라 스스로의 문제도 있다고 주장한다. 이러한 주장은 문제의 해결 또한 스스로의 손에 달린 것이며, 참된 자아의 확립이 필요한 것 또한 이러한 문제를 해결하기 위함이라는 것을 암시한다.

(2) 未開化된 순수 추구

老子는 인간 순수성의 파괴 원인을 '文明化'에 두고 있다.[66] 袁宏道 또한 인간 생명력의 원천인 순수성은 '관념'이 발생함으로써 파괴되었다고 생각한다. 또한 그 '관념'은 사회가 발전할수록 절대성을 띠며 인간을 옥죄어왔다. 원굉도는 인간을 구속하는 '理', 즉 절대 관념의 발생에 관하여 다음과 같이 이야기한다.

> 눈앞에서 사람에게 장애를 만드는 것은 사물이 아니라 바로 '理'이다. 어짊과 악함이 떼지어 자랐으며 정숙함과 음탕함이 잡다히 늘어 있었으나 무슨 거리낄 것이 있었겠는가? 교활함을 징계하고 사특함을 그치게 한다는, 배웠다는 사람의 말들이 있게 되면서부터 백성들이 비로소 거리끼게 되었다. …… 누런 것은 금이고 흰 것은 은이라 하는데 무슨 거리낄 것이 있겠는가? 배웠다는 사람들의 청렴과 탐욕의 구별, 義理의 구별, 격려하고 진작하는 행위가 있게 되면서부터 財貨가 비로소 거리끼게 되었다.(265쪽 「陳志寰」: 然眼前與人作障, 不是事, 却是理. 良惡叢生, 貞淫蝟列, 有甚麼礙? 自學者有懲刁止慝之說, 而百姓始爲礙矣. …… 黃者是金, 白者是銀, 有甚麼礙? 自學者有廉貪之辨, 義理之別, 激揚之行, 而財貨始爲礙矣.)

원굉도는 인간의 구속과는 아무런 상관관계도 없고 개념 자체도 명

---

66) 『老子』 18장: 智慧出, 有大僞.

확하지 않던 모든 것들이, 소위 '배웠다는 사람'들에 의해 '구분'과 '거리낌'이 생겼다고 생각한다. 그래서 인간의 '文明化'에 대해 심각하게 회의하며 모든 인간의 환난이 문명화됨으로써 생겨났다고까지 생각한다. 짐승과 인간이 서로 서로를 잡아먹는 것도 '智士'가 사냥하는 법을 가르쳐 줌으로 해서 인간과 짐승의 구분이 생겼기 때문이라고 보고 있다. 또한 이러한 '彼'와 '我'의 구분 때문에 약육강식의 지극히 반자연적인 불행이 생겼다고 보는 등 불행의 책임을 모두 '智士'의 소행으로 돌리고 있다.[67]

> '法'이 많지 않았다면 백성은 속이지 않았을 것이며, '道'가 혼란하여지지 않았다면 선비들은 여러 갈래로 나뉘지 않았을 것이다. …… 내가 법을 집행하려 하기 때문에 다른 사람은 법을 가지고 재주를 부린다. 그러니 법은 왜곡하고 부정을 저지르는 것의 시발점이다. 내가 仁義를 행하려 하기 때문에 다른 사람은 (윗사람을) 내쫓고 시해하니 仁義는 내쫓고 시해하는 것의 시발점이다.(812쪽「廣莊·應帝王」: 法不多, 民不譎; 道不棼, 士不歧 …… 吾欲爲法律, 彼卽爲舞文, 法律者, 舞文之始也. 吾欲爲仁義, 彼卽爲放弑, 仁義者, 放弑之始也.)

원굉도는 분별력의 태동과 인간의 불행을 연결지음으로써 인간의 분별력을 통해 생겨난 '道理' 또한 긍정적인 측면보다는 부정적인 측면에서 조명하고 있다. 성현의 가르침으로 백성을 가르쳤지만 전혀 교화되지 않는 백성을 보고, 古人과 당시 사람의 우열을 나누려고 하는 文中子[68]에게,[69] 원굉도는 제자의 말을 빌려 다음과 같이 '문명화'의 해악

---

67) 812쪽「廣莊·應帝王」: 邃古之初, 民物雜處, 有若族屬, 患難不作. 迨其後也, 始有敎民網罟漁獵者, 於是獸相率入於山, 魚相率入於淵, 鳥相率入於深林. 人與禽獸旣不相習, 是故人之强有力者遇獸則殺, 獸之强有力者遇人亦恣其食噉. 故夫民之無辜而不免於齒角之禍者, 智士之敎也.
68) 宇野哲人은『중국의 사상』207쪽(박희준 옮김, 대원사, 1991)에서 文中子(王通)를 "그의 서술 태도는 모두『論語』의 어조를 본떠서 지나치게 聖人인

을 우화적으로 표현하고 있다.

　　선생님의 가르침이 잘못되었지 백성들을 가르치기 어려운 것이
아닙니다. 선생님께서 '慈愛'를 이야기하셨기 때문에, 不肖한 자식
들은 비로소 '자애'를 어버이에게 바라게 되었습니다. …… 그렇기
때문에 선생님께서 가르침을 세우신 이래로 어버이는 자식의 허물
을 보고 자식은 어버이의 허물을 보고 형제는 집안에서 서로 책망
하며 친구들은 들판에서 서로 꾸짖고 있습니다. 선생님의 가르침이
이러하기 때문이지, 이것이 백성들의 죄입니까?(812쪽 「廣莊·應帝
王」: 弟子曰: "先生之敎非也, 非民之難訓也. 先生言慈, 而不肖之子,
始以慈望其父. …… 故自先生立敎以來, 父見子過, 子見親過, 兄弟責
望於家, 朋友譙讓於野. 先生之敎則然, 民之罪哉?")

　　원굉도의 문명화에 대한 회의는, 심지어 사람들의 속임수까지도 숫
자 '一'과 숫자 '二'의 구분 때문에 생겼다고 간주한다. 숫자 '一'과 '二'
를 구분하기 시작하면서 인간의 계산 능력이 발달했고, 계산 능력이
발달함에 따라 기록의 필요성이 생겼으며, 이에 따라 문자가 생겼다고
보기 때문이다.[70] 이상을 통하여 살펴본 원굉도의 반문명적 논리는 지
혜를 이용하여 기교를 부리는 '가짜 세상'을 벗어나 순박한 옛날로 돌

양 행세하기 때문에 읽는 사람으로 하여금 불쾌한 느낌을 갖게 하는 점이
적지 않다. 그래서 옛날부터 의심을 갖는 사람도 있었는데 그가 실재의 인
물임은 의심할 여지가 없는 사람이고 六朝시대에서는 유일한 大儒일 것"이
다라고 평가하고 있다. 그러나 원굉도가 여기서 풍자하고 있는 문중자에 관
한 고사는 사실에 의거한 것이라기보다는 문중자가 지나치게 복고주의적인
입장을 취하면서 禮樂에 힘썼음을 풍자하는 것이라고 생각한다.

69) 812쪽 「廣莊·應帝王」: 文中子謂弟子曰: "余依先聖之言, 敎民慈, 敎民孝, 敎
　　民睦, 敎民信, 講業三十年, 而民之厲滋甚者, 今之人不逮古也? 何訓之難也?"

70) 같은 글: 文王謂鶡冠子曰: "敢問詐之所始?" 鶡冠子對曰: "始於一二." 文王
　　曰: "一二, 奇偶自然之數也, 惡乎詐?" 鶡冠子曰: "有一二卽有千百, 有千百
　　卽有計算, 有計算卽有文字, 有文字而天下之機變不可勝窮也. 記曰: '蒼頡作
　　字, 天雨血, 鬼聚哭.' 憤大樸之漓, 奸巧之生也. 鬼神之不得其所, 獨人哉?"

아가자는 데 그 목적이 있다. 그러나 원굉도가 경험적 지식 자체를 부
정하였던 것은 아니었다.[71] 그는 단지 당시의 사상적 구속이라는 죄악
에서 일탈하기 위한 전제 논리로서 경험적 지식이 없던 과거를 이야기
하고 있는 것이다. 즉 모든 경험적 지식은 죄악의 근본이며 이러한 경
험적 지식이 없었다면 인간의 생명성을 구속하는 죄악은 없었을 것으
로 간주하고 있다.[72]

(3) 상대적 이념 추구

전 소절에서 袁宏道는 인간의 분별력이 형성되기 이전 단계를 '인간다
움이 있었던' 인간적인 단계로 규정하고 있다. 또한 경험적 지식이 축적
되고 분별력이 태동하면서 인간세의 불행이 가속화하였다고 생각한다.
이러한 분별력은 당위적이고 절대적인 이념으로 인간을 구속하는 단계
까지 발전했다. 본 소절에서는 인간을 구속하는 이러한 절대 관념의 형
성에 대해 원굉도는 어떻게 생각하였는지 고찰해보고자 한다.

楚지방 선비들은 활달하고 구애됨이 없었지만, 지금에 이르러서
는 名理를 이야기하는 사람을 반드시 으뜸으로 한다. 俗儒들은 알
지도 못하고 방탄하다고 질타하며 일일이 '理'로써 판단한다. 이에
高明하고 玄曠하고 淸虛하고 澹遠한 사람들을 모두 道家와 佛家로
귀의했다.(1541쪽 「壽存齋張公七十序」: 江左之士, 喜爲任達, 而至今
談名理者必宗之. 俗儒不知, 叱爲放誕, 而一一繩之以理, 于是高明玄
曠淸虛澹遠者, 一切皆歸之二氏.)

---

71) 경험적 지식의 필요성에 대한 문제는 3- 3 -1) -(1)절 「'反理性主義' 비판」
    에서 좀 더 자세히 다루고자 한다.
72) 宇野哲人 지음, 박희준 옮김, 『중국의 사상』, 106쪽 참조.

원굉도는 儒家의 末流들이 '理'를 가치판단의 기준으로 삼았기 때문에 사람들이 유학을 버리고 도가와 불가로 귀의했다고 본다. 이는 유학이 인간의 차별성을 인정하지 않고 절대성만을 강조하였기 때문이다. 그래서 원굉도는 이와 같이 '인간을 구속하는 儒學'이 어떠한 학맥을 계승하였는가 회의한다.[73]

공자나 맹자가 사람을 가르칠 때 역시 일반 사람들이 항상 행동하는 것에 의거하고 약간 '節文'하여서 '理'라 불렀다. 만약 시대가 바뀌고 습속이 달라진다면 절문도 달라져야 하지만, 지금 吳·蜀·楚·閩 사람들이 각기 자기가 익힌 것을 '理'라고 주장하며, 지방을 바꾸어서 행하면 서로 비웃는다.(1293쪽 「德山麈譚」: 孔孟敎人, 亦依人所常行, 略加節文, 便叫做理. 若時移俗異, 節文亦當不同, 如今吳、蜀、楚、閩各以其所習爲理, 使易地而行, 則相笑矣.)

위의 인용문에서 원굉도는 당시 사람들의 '理'에 대한 경직성을 비판한다. 그는 인간의 일상적 행동이어야 할 '理'를 당위적이고 구속적인 것으로 동시대인들이 받아들인다고 말한다. 이와 같은 비판적 인식은 불교의 교리에 대해서도 마찬가지였다. 그는 "모든 經典과 佛典은 병에 따라 약을 투여하는 것이기 때문에 병이 없으면 약을 주지 않는다. 三乘이라는 것도 처방문에 지나지 않은데 무슨 '定理'가 있겠는가?"[74] 라고 말한다. 또한 "사람들이 도리에 집착하기 때문에 '거리낌'이 생겼으나 결국 이러한 '거리낌'에서 헤어나올 수조차 없게 되었다"고 이야기한다.[75] 이와 같은 맥락에서 원굉도는 이 세상에는 어떠한 구속적인 '理'도 없다고 단정한다.

---

73) 1541쪽 「壽存齋張公七十序」: 所謂腐濫纖嗇卑滯局局者, 盡取爲吾儒之受用, 吾不知諸儒何所師承, 而冒焉以爲孔氏之學脈也.
74) 1293쪽 「德山麈譚」: 諸經佛典乃應病施藥, 無病不藥, 三乘不過藥語, 那有定理?
75) 같은 글: 人惟執着道理, 東也有礙, 西也有礙, 便不能出脫矣.

보기에 세상에는 필경 아무런 理도 없으며 오직 현상(事)만이 있다. 하나의 현상이 하나의 살아있는 염라인데, 만일 모든 현상에 '거리낌'이 없다면 十方大地 아무 곳에도 염라가 없을 것이다. 그러니 또한 무슨 수련할 만한 법이 있으며, 무슨 깨달을 만한 깨달음이 있겠는가?(265쪽 「陳志寰」: 看來世間, 畢竟沒有理, 只是事. 一件事是一箇活閻羅, 若事事無礙, 便十方大地, 處處無閻羅矣, 又有何法可修, 何悟可頓耶?)

위의 글에서 원굉도는 이 세상에 절대적인 도리는 없다고 단정한다. 다만 '是非'의 판단이 불필요한 상대적인 사건들만이 존재할 뿐이다. 이는 하나하나에 깊은 진리가 있다고 '집착'한다면 인식의 범위를 결코 넓힐 수 없기 때문에, 하나의 문제를 그 자체로 보자는 뜻이다. 그리고 구속적 개념들은 본질과는 매우 동떨어진 것이기 때문에 "세상 법 중에 어찌 영원한 것이 있겠는가"76)고 단언한다.

(A) '義'란 본래 淺近한 것이었으나 그 말을 어렵고 깊게 하였으니 여러 소인배들이 자신의 마음을 숨기고서 다른 사람을 속이는 것과 같다. …… '理'란 본래 불확실한 것이었는데 孔孟의 껍데기만을 표절하였으니, 가난하여 등에 질 섬(石)도 없는 사람이 부자의 곳집을 가리키며 시골 사람들에게 과시하는 것과 같다.(697쪽 「敍四子稿」: 義本淺也, 而難深其詞, 如斂夫小人之匿其心以欺人也. …… 理本荒也, 而剽竊二氏之皮膚, 如貧無擔石之人, 指富家之囷以誇示鄉里也.)

(B) 후세의 사람들이 (符節의) 모난 것과 둥근 것이 각기 서로 다른 것과, 검고 흰 것이 각기 서로 들어맞지 않는 것을 보고는 古法이 모두 다 廢하여졌다고 여기지만 원래 (쓰임이 같은) 하나의 부절임은 모른다. 부절의 쓰임은 서로의 믿음을 위한 데 있는 것이지 부절

---

76) 294쪽 「王孟夙」: 然則世法豈有常哉?

의 서로 같고 다름에 있는 것은 아니다.(1117쪽 「壇經節錄引」: 後來見
方圓之各異, 黑白之各不相入, 以爲古法廢盡, 而不知本一符也. 其用
在可爲信, 不在符之同異也.)

　위의 두 인용문을 살펴보면 원굉도가 왜 절대적인 도리를 부정하며
그것을 상대화시키기 위해 노력했는지 명확해진다. (A)에서 그는 '義'
와 '理'에 대하여 '본래 淺近한 것' 혹은 '불확실한 것'으로 간주한다. 그
리고 후대의 사람들이 이런 "불확실한 '理'"와 "淺近한 '義'"의 본질적
인 의미를 파악하려 하기는커녕 "절대적인 '義'와 '理'"로서 도그마적
권위를 부여하였다고 생각한다. 또한 이러한 폐단은 '남을 속이는 소인
배와 자기 자신의 과시욕에 사로잡힌 자들의 소행'이라고 간주하여 當
代의 假道學者들을 비난하였다. (B)에서 원굉도는 '당위적인 불가함'과
'편견'의 발생을 '현실에 존재하는 것'에 대한 탐구와 이해의 부족에서
그 이유를 찾는다. 그렇기 때문에 그는 만물(事)의 진실한 본질을 귀
하게 여겼고, 그 진실한 본질이 살아 숨쉬는 생명체인 이상 결코 획일
적일 수 없음을 강조하였다. 그래서 원굉도는 당시 사대부들이 당위성
을 부여하려고 했던 것들에 대하여 부정적인 시각을 보이고 있을 뿐
아니라 각자의 차별성을 인정하려고 노력한다.

2) 제 관념의 동질적 인식

(1) 신앙으로서의 佛敎

　앞에서 살펴본 바와 같이 袁宏道는 획일적 표준을 강요하는 절대성
에서 탈피하려고 노력하였으며, 모든 현상에 비교적 '차별적인 동등성'
을 부여하였다. 자신도 특정 사상에 구속되지 않으려고 노력하였지만

불교에 깊이 경도되었던 것은 의심의 여지가 없는 사실이다. 원굉도
스스로도 자신이 중되지 않았음을 후회하였으며,[77] 전생에 중이었을
것이라고까지 이야기한다.[78] 이와 같은 내적 경도뿐 아니라 불학 자체
에 대한 자부심 또한 대단하였다.

> 저는 詩文에는 한 글자도 통하지 못하지만, 禪宗 한 가지에 있어
> 서만큼은 많이 양보할 수 없습니다. 지금 대적할만한 사람이라고는
> 오직 이지 한사람 밖에 없습니다. 여타의 갈고 닦은 스님이든 오랫
> 동안 참선하여 일가를 이룬 사람이든 제 손에서 맥을 못추는 일이
> 왕왕 있습니다.(503쪽 「張幼于」: 僕自知詩文一字不通, 唯禪宗一事,
> 不敢多讓. 當今勍敵, 唯李宏甫先生一人. 其他精鍊衲子, 久參禪伯, 敗
> 于中郎之手者, 往往而是.)

원굉도는 불학에 대한 자신의 경지가 웬만한 스님보다는 우위에 있
음을 은연중에 자랑하고 있다. 원굉도는 불교에 대한 학문적 자부심뿐
아니라, 불교를 하나의 철학적 대상으로 접근하고 있으며, 신앙의 대상
으로 여기고 있다. 조카 登의 임종을 지켜보면서 염불을 통하여 '佛國'
으로 가는 길만이 인간을 구원하는 길임을 확신할 뿐 아니라, 극락왕
생에 대한 확고한 믿음을 증거함으로써 불교에 대한 자신의 절대적 신
앙을 보여준다.[79] 불교에 대한 이러한 절대적인 신앙은 원굉도 일인에
국한된 것만은 아니었다. 가족 전체가 불교에 대한 절대적인 신앙을
가졌으며,[80] 딸 禪那의 불심은 일반 신도들의 평범한 정도가 아니었

---

77) 95쪽 「宿僧房」: 早知嬰世網, 悔不事袈裟.
78) 340쪽 「得罷官報」: 擬將心事寄烏藤, 料得前身是老僧.
79) 476쪽 「與方子論淨土」: 方子曰: "余聞雲棲諸僧云, 念佛可生淨土, 是不?"
　　余曰: "然, …… 家伯修有次子名登, 年甫十三, 病癖, 自知不救. 將終, 泣問
　　余曰: '姪今日死矣, 有何法可以救我'? 余曰: '汝但念佛, 即得往生佛國, 此五
　　濁世無可戀者, 汝當一意想佛可也.' 余因令姪合掌念佛, 諸眷屬圍繞, 高聲讚
　　揚. 頃之, 姪忽微笑云: '見一蓮花, 如土色而微紅'……."
80) 776쪽 「家報」: 聞大人及一家眷屬, 俱皈心白業, 此人間第一希有事.

다.[81] 원굉도는 불교에 대한 이상과 같은 절대적 신앙을 바탕으로 하여 "觀音의 妙法은 가장 생각하기 어려우며 山僧의 功德은 의론할 수조차 없다"[82]고 불교에 대한 무한한 존중심을 보여준다.

그러나 불교에 대한 원굉도의 이러한 경도 절대 맹목적인 무비판적 수용은 아니었다. 그는 당시의 사찰에 대해서 "그 이름은 비록 '精藍'이지만 사실은 닭이나 돼지 치는 우리에 지나지 않으며 심지어는 사찰의 본분에 어긋난 짓을 서슴지 않는다"고 그 타락상을 비판하였다.[83] 또한 사찰의 외면적인 타락상뿐 아니라 불법의 구속까지도 비판하였다.

> '象法'의 성함은 '佛法'의 쇠함이다. 불법은 梁代보다 성했던 적이 없었지만 양대보다 폐단이 많은 적도 없었다. 양대에 寶刹들은 구름같이 많았으며 뛰어난 스님들은 수풀처럼 많았다. 天子에 이르기까지 노예가 되었으며 卿相들도 계율을 받아 갖추었으니 불교의 성함이 양대만 한 적이 없었다. 그러나 계율은 구속을 이루었으며 意義와 해석은 빌미가 되었다.(401쪽 「祇園寺碑文」: 象法之盛, 佛法之衰也. 佛法莫盛於梁, 亦莫敝於梁. 當是時, 寶刹如雲, 神僧如林, 以至天子爲奴, 卿相授具, 浮屠之盛絶, 古今無兩. 然已戒律成縛, 義解爲祟.)

원굉도가 양대의 불교를 생명성이 없다고 단정하며 그 이유로서 象法과 戒律의 구속을 들고 있듯이, 그의 불교에 대한 경도는 맹목적인 추종만은 아니었다. 불교의 교리나 사찰의 해악성 또한 절대성이나 당위적 편견의 일탈 대상에서 예외일 수 없었다. 이렇듯 원굉도는 종교에 있어서까지 맹목적인 추종과 구속을 혐오하였다. 그가 『西方合論』을 저술한 이유도 이와 같은 맥락에서였다.

---

81) 758쪽 「與李子髥」: 禪那頗通貝典, 一室之內, 所見非焚香面佛, 卽垂髻安禪.
82) 526쪽 「觀音菴爲一心齋上人題」: ……, 觀音妙法最難思, 山僧功德不可議.
83) 1208쪽 「菩提寺疏」: 今之所謂刹者, 名雖精藍, 實則禽檻豕柙也. 又其上, 則糟丘澠汁也. 甚或青豆之房, 以貯黛緣; 雨花之館, 以奏淫哇.

　　지금의 학자들은 邪見을 탐하고 욕함이 불같이 활활 타오르듯
하면서도, 다른 사람의 구속됨을 풀어주려 하니 얼마나 미혹된 짓
인가! 내가 십년동안 '道'를 배우면서 이러한 미친 병에 떨어졌다
가, 후에 어떤 계기 때문에 조금이나마 깨달은 것이 있었다. ……
그래서 龍樹와 天台, 智者, 永明 등의 논의를 취합하여서 마음을 기
울여 읽어나가니 홀연히 의심이 뚫어졌다.(1638쪽「西方合論·引」:
今之學者, 貪嗔邪見, 熾然如火, 而欲爲人解縛, 何其惑也! 余十年學
道, 墮此狂病, 後因觸機, 薄有省發. …… 取龍樹、天台、智者、永明
等論, 細心披讀, 忽爾疑豁.)

　　원굉도는 독단적인 편견을 강요하는 행위를 '미친 병'에 비유하며 자
신도 한때는 이러한 독단에 몰입되어 있었음을 자인하고 있다. 그렇기
때문에 그는 여러 불교사상가의 저작을 두루 섭렵함으로써 병을 치유
할 수 있었다고, 특정 불법에의 맹종을 경고한다. 위의 인용문에서 원
굉도는 永明(904~975)의 설까지도 종합하였다고 이야기하듯이, 그는
永明의 설을 추려서『宗鏡攝錄』을 저술하였고 中道가「敍」를 썼다. 이
는 원굉도의 사상적 근저에 영명의 사상이 어느 정도 자리 잡고 있었
음을 알 수 있다. 영명은 "불법은 바다와 같아서 모든 것을 포함한다.
궁극의 진리는 허공과 같아서 어느 문에서나 들어갈 수 있다"고 하면
서 諸思想의 무차별적 수용을 긍정하고 있다.[84] 필자는 영명의 이러한
견해 또한 부분적으로는 원굉도 형제가 삼교합일적인 사고를 추구하는
데 일조를 하였다고 생각한다.

(2) 가치 척도로서의 三敎

　　袁宏道의 사고체계에 대한 언급은 학자에 따라 다양하다. 田素蘭은

---

84) 木村淸孝 지음, 박태원 옮김, 『중국불교사상』 203쪽 경서원, 1988.

魏晉 玄學의 말류로, 高八美는 儒家를 중심으로 道·佛을 흡수했다고 평가[85]하였으며, 陳宗敏은 儒·佛보다는 老莊 쪽에 오히려 더 큰 비중을 두었다.[86] 그러나 원굉도 자신이 특정 사고에의 맹종을 거부하기 때문에, 불교를 종교로서 신봉하더라도 불교만에 경도되어서 나온 것이라고는 생각하지 않는다.[87] 이는 명대의 불교가 이미 삼교합일의 불교였기 때문이다.

부처나 보살이 중생을 구제하기 위해서 本身을 임시로 여러 가지 모습으로 바꾸어 나왔다고 하는 '本地垂跡說'이 南齊 때 대두된 이래,[88] 三敎一體論的 사상은 北魏의 顔之推, 南朝 劉宋의 劉少府, 梁의 武帝 등으로 이어졌다. 이러한 사상은 隋唐代에 들어서 더욱 강해졌고, 宋代의 張商英은 삼교의 가르침을 솥의 세 다리에 비유할 정도로 삼교 사이에는 아무런 간격이 존재하지 않았다.[89]

삼교합일적 사고의 추구는 전장에서도 서술하였지만[90] 명대 지식인 사이에서는 보편적인 현상이었다. 원굉도 또한 "伏羲氏·文王·周公·孔子 등은 모두 중국의 옛 부처"[91]이며, 석가와 공자가 자리를 바꾸었으면 서로 같았을 것[92]이라고 동일시한다. 또한 「佛骨表」를 통한 韓愈

---

85) 田素蘭, 『袁中郎文學硏究』 18쪽.
　　高八美, 『袁中郎及其小品文硏究』 36〜37쪽.
86) 陳宗敏, 『書和人』 2812쪽 「袁中郎的思想與作品」: "원굉도는 유학으로부터 얻은 것도 적지 않지만 불교에 관한 이야기를 좋아했으며, 더욱이 노장의 책을 좋아하여서 노장의 학문으로부터 얻은 것은 아주 많다."
87) 張良志는 「袁中郎的人品」, 『晚明文學革新派公安派硏究』 95쪽에서 원굉도의 사상을 삼교의 무차별적인 수용으로 간주하고 있다.
　　李健長은 「三袁詩歌初探」, 『武漢大學學報』 1981년 1기 75쪽에서 불가의 同等論과 도가의 自然論 그리고 유가의 『中庸』을 중심으로 한 主觀的 唯心論으로 파악하고 있다.
88) 宇野哲人 지음, 박희준 옮김, 『중국의 사상』 206쪽.
89) 木村淸孝 지음, 박태원 옮김, 『중국불교사상』 213〜220쪽 참조.
90) 2 - 1 - 1)절 「'이상적 학문'에의 개안」 참조.
91) 745쪽 「答梅客生」: 如羲、文、周、孔者, 眞震旦國古佛也.
92) 471쪽 「祇園寺碑文」: 釋迦、孔子易地皆然.

의 본격적인 불교 비판에 대해서도 한유는 껍질만을 공격하였지 오히려 불교의 진수를 즐기고 있었다고 역공하며, 한유야말로 불교의 수호자였다고 말한다.[93] 따라서 명대의 소위 반통파 지식인들의 사상을 儒·佛·道의 어떤 지류로 분류하는 것보다는 삼가의 사상이 혼합된 형태로 존재하였다고 파악하는 것이 타당하다.

이지는 명말의 반체제 지식인이었으며 지극히 비유가적 사고를 하는 지식인이었다고 평가된다.[94] 그러나 이지는 이제까지 알려진 대로 유가를 무조건 반대한 것은 아니었다. 그가 반대하였던 것은 당시 假道學者의 기만적이고 구속적인 여러 가지 '현상'이었지 결코 유가 자체는 아니었다. 그는 명말에 본격적으로 수입되기 시작한 서구문명에 대해서 지극히 배타적이었을 뿐 아니라 자신이야말로 정통유학자라고 자부하였으며, 공자와 맹자의 학설이 중국 사상계의 근간이 되어야 한다는 데는 이견이 없었다.

> 마테오리치는 大西域 사람이다. …… 廣州의 南海로 들어온 후, 大明帝國에 먼저 堯와 舜이 있었고, 후에 周公과 孔子가 있었음을 알았다. …… 그는 매우 뛰어난 사람이고, …… 나는 그에 비견될 만한 사람을 보지 못했다. …… 내가 이미 세 번이나 (마테오리치를) 만났지만, 끝내 여기 와서 무엇을 하려는지 알지 못했다. 그가 배웠던 것으로써 우리의 주공과 공자의 학문을 바꾸려고 한다면 이는 매우 어리석은 일이다.(李贄, 『續焚書』 35쪽 「與友人書」: 利西泰大西域人也. …… 及抵廣州南海, 然後知我大明國土先有堯、舜, 後有周、孔. …… 是一極標致人也. …… 我所見人未有其比 …… 我已經三度相會, 畢竟不知到此何幹也. 意其欲以所學易吾周、孔之學, 則又太愚.)

---

93) 같은 글: 昔韓退之抗表佛骨, 攻擊佛法 …… 功其皮, 嗜其髓. 若退之者, 豈非善護佛法者哉?

94) 黃宗羲는 이지를 『明儒學案』에서 제외함으로써, 유가의 반열에서 제외하였다.

위의 편지글은 중국에 기독교 사상을 전파한 마테오리치에 대한 이지의 감상을 이야기 한 것이다. 마테오리치는 관변 인물에게 과학과 기독교 사상을 깊이 인식시켜 주었다. 이지 또한 마테오리치를 만나고는 '최고의 사람'으로 극찬했다. 그러나 기독교 전교 노력에 대해서는 오히려 '어리석은 짓'이라고 비아냥거린다. 위의 글을 통하여 이지는 그의 사상적 배경이 堯·舜·주공·공자의 체계를 이루어 내려온 학문 즉 유학임을 분명히 밝혔을 뿐 아니라 한걸음 더 나아가 유가의 수호자 역할마저도 자처하였다.

물론 이지는 후에 불교에 귀의하였지만, 그를 탄핵한 죄목에서 알 수 있듯이 결코 '훌륭한' 스님도 되지 못했다. 이와 같은 이유들을 보면 이지는 특정 사상계에 속하여서 그 사상을 전파하고 수호하려 한 것이 아니라, 오히려 성리학자들이 인식하는 공·맹의 모습과는 또 다른 공·맹의 모습 즉 공·맹의 '본질적인 모습'을 추구했다는 것을 알 수 있다. 그렇기 때문에 이지는 사상적 표준으로서 유학만이 득세하는 것을 반대하였다. "유교와 도교와 불교의 가르침은 하나로서 애초에는 모두가 가르침을 들으려는데 있었다"며, 모든 사상은 동질이지만 끝내는 유교로 귀의할 것이라고 주장한다.[95] 이를 통하여 이지가 반대했던 것이 유교 자체가 아니라 유교라는 이름으로 인간을 구속하는 교조화된 道學이었음을 알 수 있다. 이상을 통하여 살펴본 이지의 사상적 경향은 원굉도의 사상 배경에서도 그대로 드러난다.

이 세상에서 '道'를 행하는 사람들이 몇 갈래로 갈라져 있지만 그 '道'는 모두가 우리(儒家)와 비슷한 것을 몰래 가져간 것이다. …… 대저 제자백가에 진실로 우리의 틀을 넘어설 수 있는 것은 없다. 어지럽게 뒤얽혀서 名家와 法家가 되었으며, 한 쪽만을 편들어서 楊朱와 墨翟

---

95) 李贄 『續焚書』 75쪽 「三敎歸儒說」: 儒、道、釋之學, 一也, 以其初皆期於聞道也.

이 되었으며, 세상을 버리고 도망하여 노자와 석가가 되었다. 단지 우리 유가와 비슷한 것을 몰래 가져가서 정도에 지나쳤기 때문에 이들을 가리켜 '異學'이라 하지만 사실은 우리 유가들이 가진 것을 넘지 않는다.(1168쪽 「公安縣儒學梁公生祠記」: 天下之爲道者歧矣, 其道皆竊吾近似者也. …… 夫諸子百家, 固未有能出吾範者也. 梦而爲名、法, 比而爲楊、墨, 遁而爲老、釋, 唯其竊吾似而甚焉, 則指之曰異學而實不出吾之所有.)

이와 같이 원굉도는 스스로를 유가로 분류하며 제 사상의 근간으로 유교를 들고 있다. 따라서 원굉도 또한 이지와 마찬가지로 反儒教的 지식인으로 분류할 수는 없다.

인간의 구속은 자율적 구속과 타율적 구속으로 구분할 수 있다. '윤리'를 통한 어느 한도까지의 구속은 자율적 구속으로 볼 수 있으나, 그 이상의 구속은 타율적 구속이 된다. 명말 사상계는 유교적 이상주의 즉 性理學에 의해 장악되었다. 이는 자율적 구속의 한계를 넘어서는 타율적 강제였음을 제1장에서 이미 밝혔다. 그렇기 때문에 명말의 이지와 원굉도를 비롯한 일부 지식인이 추구하였던 것은 바로 '타율적 강제로부터의 자유'라고 볼 수 있다.

따라서 이들은 자신을 강제하고 있는 宋 이후의 新儒學을 부정하며 原始儒家에서 생기발랄한 진리의 참모습을 찾으려 했기 때문에, 도교와 불교에 대해서도 편견 없이 자유롭게 접근한다. 公安派의 대다수 지식인이 추구하였던 '『장자』의 자유로운 재해석을 통한 유가에의 접근 방식'[96] 내지 불교 심취는 인간의 타율을 강제하는 우주론적 철학만으로 충족할 수 없었던 '자유'에의 갈망을 담고 있다 할 것이다.

원굉도와 이지의 사상체계는 宋代 이후 중국 사상계를 지배해온 성리학(도학)의 형이상학 및 우주론을 위주로 한 철학적 체계에 대한 반론이

---

96) 원종도의 『四書』에 대한 재해석, 원굉도의 『廣莊』, 원중도의 『導莊』, 江進之의 「逍遙遊」 등.

었다. 이들은 송대 유학자들이 자신이 가지고 있던 철학적 체계―형이상학 및 우주론적 체계―에 孔孟의 사상을 재단하여 맞추어 버림으로써, 原始儒家와 거리가 생겨났다고 확신하였다. 宋儒들의 입론과정을 살펴보면 송유가 학설을 세울 때 이들이 의거한 경전 자체가 상이하였기 때문에 처음부터 孔孟과의 상이함이 생겼다. 송유는 모두 『易經』과, 『禮記』 중의 「中庸」과 「大學」을 중시하였는데, 이러한 문헌이 포함하고 있는 사상이 孔孟의 본래 취지와 차이가 있음을 알지 못하였다. 이러한 엉성함과 착오는 명대에 이르러서도 여전히 제거될 수 없었다.[97] 이러한 이유 때문에 원굉도는 『역경』을 유교의 경전으로 간주하지 않고 오히려 처세론적 의미를 강조한 도가의 주요경전으로 간주하였다.[98] 『중용』은 그 心性論的인 의미 때문에, 道·佛의 심성론과 비교할 때 그 대강의 취지를 인용하였다.[99]

이와 같이 원굉도의 경전론은 경전 자체의 의미를 부정하는 것이 아니다. 그는 단지 저자가 명확한 특정 경전을 제외하고는 특정사상의 소유물로 인정하지 않고 모든 사상의 공유물로 확대해석하였다. 그렇기 때문에 원굉도는 공자나 노자는 둘 다 똑같이, 스스로의 독단을 타파하고 만물에 대한 동질적 인식을 하였다고 생각한다. 그래서 공자와 노자 사후, 송유의 성리학 시대를 건너 뛰어 바로 王陽明과 羅近溪에 접맥시켰다.[100] 인간을 구속하는 유가가 아니라, 인간의 '자유'를 추구하는 학문으로서 유가에 대한 기대는 다음 인용문에서 잘 나타난다.

---

97) 勞思光 지음, 정인재 옮김, 『중국철학사』 89쪽.
98) 804쪽 「廣莊·人間世」: 老氏之學源出於易.
99) 「德山塵譚」의 대화는 『中庸』과 道·佛의 비교를 위주로 하고 있다. 3-2 -2)-⑶절 「'道'와 '理'의 일상성」 참조.
100) 1299쪽 「德山塵譚」: 若能打倒自家身子, 安心與世俗人一樣 …… 此意自 孔、老後, 惟陽明、近溪庶幾近之.

물음: 유가와 노장은 같습니까? 다릅니까?

대답: 유가의 학문은 인간의 보편적 정리를 따르지만 노장의 학문은 인간의 보편적 정리를 거스른다. 그러나 인간의 보편적 정리를 거스르지만 이것이 바로 따르는 것이다. 그래서 노장에서는 '因'과 '自然'을 이야기한다. 예를 들어 "현명한 이를 숭상하지 않으며 백성을 다투지 않게 한다"라는 말은 거스르는 것 같지만 사실은 '因'이다. 이것은 생각해보면 알 수 있다. 유자는 인간의 보편적인 정리를 따르는 것 같지만 '是非'가 있고 '進退'가 있으니 도리어 '革'이다. 대개 '革'은 같지 않음을 바꾸어서 '大同'으로 귀일하는 것이기 때문에 이 또한 '因'이다. 그러나 俗儒들은 '因'이 '革'임을 알지 못하기 때문에, 하는 것이 반드시 장황함만을 힘쓴다.(1299쪽 「德山塵譚」: 問: 儒與老、莊同異? 答: 儒家之學順人情, 老莊之學逆人情. 然順人情, 正是順處. 故老、莊嘗曰因, 曰自然. 如"不尙賢, 使民不爭", 此語似逆而實因, 思之可見. 儒子順人情, 然有是非, 有進退, 却似革. 夫革者, 革其不同, 而歸大同也, 是亦因也. 但俗儒不知以因爲革, 故所之必務張皇.)

유교의 精義는 '중용'에 있고, '중용'은 원굉도가 이야기하고 있는 '尙自然'은 아니다. '因'과 '尙自然'은 도교와 불교의 사상이다. 이와 같이 원굉도는 도가와 불가에 기초하여서 유가의 도리를 해석하며 '道'의 근본적인 귀일점을 찾고 있다. 원굉도가 추구하는 것은 위의 인용문에 나타나 있듯이 인간의 '자유의지'를 보장하는 생명력 있는 살아 숨쉬는 '도'였다. 그 도는 영원불변의 상태로 죽어 있는 것이 아니라, 스스로 호흡하며 변화하는 존재이다. 때문에 원굉도는 宋儒들의 '고집' 때문에 원시유가에서 추구하던 '도'의 생명력이 매몰되었다고 하며, '心性論'을 중심으로 하는 원시유가 단계로 회귀한 양명학파의 가르침이야말로 원시유가의 '정수'를 가지고 있다고 재차 강조한다.[101] 그리고는 유자라

---

101) 1226쪽 「爲寒灰書册寄郞陽陳玄郞」: 至近代王文成、羅旴江輩出, 始能抉古聖精髓, 入孔氏堂, 揭唐、虞竿, 擊文、武鐸, 以號叫一時之聾聵. …… 故余

고 일컬어지는 사람들에 대하여 "그들이 의심하는 부분은 말할 것도 없으며, 소위 그들이 믿는다는 것도 그 껍데기에 불과할 뿐이며, 이로써 자신들의 고루함을 수식하고 있을 뿐"[102]이라고 속유의 고루함을 비판한다.

그렇기 때문에 원굉도는 唯識宗의 '識'을 가지고 도가와 유가의 가르침 뿐 아니라 '도'의 근본까지도 파악하려 한다. 그는 노자의 학문을 第七識으로, 유가에서 이야기하는 '格致誠正'을 第六識으로 분류하고, "천지를 낳았다"고 하는 '도'를 第八識으로 분류한다.[103] 唯識佛敎의 가장 중요한 관념인 '阿賴耶(Alaya)라고 불리워지는 第八識'은 모든 '種子'를 갖춘 고정 형상이지만 환하게 드러나지 못하기 때문에 그 자체는 몽매하다. 그래서 인간은 第八識을 제대로 인식할 수 없다. 반면에 원굉도가 유가의 경지로 분류하고 있는 第六識은 환하게 드러나기에 평시에는 분별할 수 있지만, 고정형상을 가지고 있지 않기 때문에 무의식 상태에서는 인식이 불가능하다. 그래서 불완전한 인식체계이다. 그럼에도 불구하고 속유와 소학들은 자신의 불완전한 감관으로 인식한 세계를 전부인양 고집한다. 그러나 第七識은 환하게 드러날 뿐 아니라 고정적인 형상을 갖추고 있기 때문에 '자연'스럽다.[104]

子思는 "率性을 '道'라 하며 修道를 '敎'라 한다"고 했다. 그러니 '性'이 '宗'이며 '敎'는 이 '宗'을 체현한 것이다. '俗儒'와 '小學'은 귀로 듣고 눈으로 본 것을 '性'이라고 한 것이 많았다. …… 이미 率性을 알지 못하여 그 눈을 닫고, 귀를 막고, 혀를 말아 올리고, 그

嘗謂唐、宋以來, 孔氏之學脈絶, 而其脈遂在馬大師諸人.

102) 같은 글: 世之儒子 …… 其疑者固無足言, 所謂信者亦只信其皮貌, 以自文其陋而已.

103) 1288쪽 「德山塵譚」: 老氏之學, 極玄妙處, 唯止于七識. 儒家所云格致誠正, 皆第六識也. 至云道生天地, 亦是以第八識爲道.

104) 같은 글: 第六識審而不恒, 如平時能分別, 至熟睡時則忘, 迷悶時則忘. 第八識恒而不審, 雖持一切種子, 而自體瞢昧. 惟第七識亦恒亦審, 是爲自然.

뜻을 엉기어 막히게 하면서 이른바 '性'이라는 것을 구하지만 '性'
은 더욱 더 멀어진다.(1228쪽 「明敎說」: 子思曰: "率性之謂道, 修
道之謂敎." 性卽宗也, 敎卽體此宗者也. 俗儒小學, 以耳聽目視爲性者
多矣. …… 旣不知率性, 於是閉其眼, 塞其耳, 卷其舌, 凝窒其意, 以
求所謂性, 而性愈遠矣.)

위의 인용문에서도 명확히 드러나듯이 원굉도가 비판하고자 하는 주
된 대상은 인식의 한계를 극복하려 들지 않는 유가들의 태도이다.

유자들은 …… "아침에 도를 들으면 저녁에 죽어도 좋다"고 한
다. 대저 오직 자식이 목숨마저도 내어 던질 수 있는 도를 깨닫고
부모에게 고하여, 그 부모로 하여금 모두가 하루저녁의 즐거움을
있게 하고, 백 년 동안의 근심을 없게 한다. 이것이야말로 지극한
효이다.(1217쪽 「題出世大孝冊」: 儒子曰 …… "朝聞道, 夕死可矣."
夫唯人子得其可以死之道, 以告其父母, 使其父母皆有一夕之樂, 而無
百年之憂, 乃爲至孝.)

원굉도는 효의 개념을 설명하면서 불교의 출세가 결코 유교에서 말
하는 불효가 아님을 강조한다. 원굉도는 유가에서 지적하는 '불가의 불
효'에 대해서, 역으로 그 또한 '至孝'가 될 수 있다고 생각한다. 아침저
녁으로 부모를 공양하는 것보다는 부모에게 대도를 보여줌으로 삶을
더 즐겁게 할 수 있다고 역설하며, 불교에서 말하는 '得道'야말로 유교
에서 말하는 '大孝'와 상통할 수 있다고 본다. 이와 같이 원굉도는 유
학의 부족한 한계를 인정하고 그 한계를 극복하기 위해, 또는 한 사상
의 잣대로 다른 사상을 재단해버리는 것을 배제하기 위해 다른 두 사
상을 포괄하고 있다. 따라서 '속유'나 '小學'이 받아들인 '도'는 독단적이
기 때문에 배척의 대상이 되지만, 원의적으로 삼교는 우열이 있을 수
없다고 본다. 때문에 그를 추종한 張五敎에게 "居士는 儒服을 입고 佛
心을 가졌는가? 아니면 佛服을 입고 儒心을 가졌는가? 거사라고 자처

하면 이와 같은 분별적인 사고를 부디 하지 말라"[105]고 부탁하며 유·
불·도의 분별이 무의미함을 역설한다.[106]

(3) '道'와 '理'의 일상성

"'道'는 무엇이고, 그 '道'는 왜 존재하는가" 하는 문제는 끊임없이
제기되어 왔으며, 많은 사상가들이 해결하려고 노력했던 문제였다.

> 공자 후에 오직 孟軻가 가장 도를 잘 알았다고 할 것이다. 그러나
> 그의 말이라고 해야 사람들에게 뽕나무, 삼베 심고, 닭, 돼지 키우는
> 것을 가르치고, 養生送死하는 것을 王道의 本으로 생각하였을 뿐이
> 다. …… 孟軻가 말한 도를 어찌 도라고 하지 않겠는가?(歐陽修, 『歐
> 陽文忠公集』 499쪽 「與張秀才第二書」, 臺灣商務印書館.: 孔子之後,
> 惟孟軻最知道. 然其言不過於敎人樹桑麻, 畜鷄豚, 以爲養生送死, 爲王
> 道之本. …… 孟軻之言道, 豈不爲道?)

---

105) 1228쪽 「明敎說」: 居士儒服而禪心乎? 抑禪服而儒心乎? 唯居士自命, 第一
　　　莫作分別想也.
106) 『狂言·喜禪問答』에 "儒釋道之不同名者敎也. 至於道無不同也. 無儒釋也."
　　　라는 구절이 삼교합일적 사상을 더욱 잘 표현하고 있지만 『狂言』은 僞書
　　　라는 주장이 있기 때문에 본 연구에서는 인용하지 않는다.
　　　梁容若, 「論依託的袁宏道作品」, 『書和人』 1038~40쪽: 『狂言』은 전부가
　　　후인이 의탁한 것이다. 淸初에 朱彝尊이 『明詩綜』을 편찬하면서 권 57에
　　　원굉도의 시를 실었으며, 그의 시에 대하여 간단하나마 비평을 가했는데,
　　　『狂言』에 있던 「西湖」·「偶見白髮」·「嚴陵釣臺」 등의 시도 포함하였다.
　　　淸代 이후 『明詩綜』은 아주 광범위하게 유파되었으며, 특히 民國 7년
　　　謝无量의 『中國大文學史』, 錢基博의 『明代文學』, 楊蔭深의 『中國文學家
　　　例傳』 등에서 朱彝尊의 말을 아무런 비판 없이 받아들임으로써 『狂言』
　　　중의 「西湖」는 원굉도의 가장 유명한 시가 되었다. 이 『狂言』은 누가 날
　　　조를 하였는지 분명하지는 않다. 그러나 『袁中郎十集』에서부터 등장하기
　　　시작하는데 이때 이 책의 서문을 지은 海鹽人 姚士粦이 僞書의 전문가였
　　　기 때문에 姚士粦의 손에 의해 날조되었을 가능성이 가장 크다.

‘道’와 ‘事’라는 것은 판연히 다른 두 길이 아니다. 공자가 太廟에 들어서는 모든 일을 물었다고 하며, 『詩經』을 배우면 새와 짐승, 풀과 나무의 이름을 많이 알게 된다고 하였으니, 어찌 사물을 도가 기탁할 바로 생각한 것이 아니겠는가!(方孝孺, 『遜志齋集』 권4, 18-b쪽 「讀崔豹古今註」, 臺灣中華書局, (據明刻本校刊本), 1970: 道與事, 非判然二塗也. 孔子入太廟, 每事問; 學詩, 而多識鳥獸草木之名, 豈不以事物爲道之所寓耶?)

이상은 宋代 이후 문학가들의 ‘도’에 대한 관념이지만 일정한 학파를 형성하지는 못했다. 그 후 명말 泰州學派에 이르러서야 하나의 학파를 이루어 “聖人의 ‘도’가 절대적으로 백성을 ‘위하여’ 존재하고 있음”을 역설한다. 명말 태주학파를 계시한 王艮은 “성인의 도는 백성의 일상생활이고 백성의 일상생활의 이치는 바로 성인의 이치”[107]라고 주장했다. 顔山農은 “자연스럽게 행동하는 것이 바로 ‘도’”[108]라고 말했다. 이와 같은 경향은 이지에 이르러 ‘절대성’의 표준인 『六經』에 대한 비판으로까지 이어졌다. 이지는 『육경』과 『논어』·『맹자』의 글을 “史官의 褒崇하는 말” 내지 “신하들이 극도로 찬미하는 언어”라고 말하며 그 ‘절대성’을 부정한다. 그리고 이러한 ‘상대적인 언어’들은 후인들의 맹목적인 추종 때문에 절대적인 구속력을 가지게 되었지만 태반이 성인의 말이 아니라고 주장한다. 그뿐 아니라 유교의 경전들을 “‘道學’의 입에 발린 말” 내지 “‘假人’의 온상”으로 치부해버린다.[109]

이상과 같이 원굉도 성령설의 先聲이라고 할 수 있는 이지와, 이지가 한 때 추종했던 태주학파 사상가들은 ‘道理’의 절대성을 부정하며

---

107) 黃宗羲, 『明儒學案』 권32, 「心離語錄」: 聖人之道, 無異于百姓日用. 百姓日用條理處卽是聖人之條理處.
108) 같은 책, 「泰州學案序」: 平時只是率性, 所行純任自然, 便謂之道.
109) 李贄, 『焚書』 99쪽 「童心說」: 夫六經、語、孟, 非其史官過爲褒崇之詞, 則其臣子極爲讚美之語 …… 後學不察, 便爲出自聖人之口也, 決定目之爲經矣, 孰知其大半非聖人之言乎? …… 然卽六經、語、孟, 乃道學之口實, 假人之淵藪也.

'道'와 '理'를 지극히 상대적인 것으로 보고 있다. 원굉도는 "지극한 이치는 본래 '아님'이 없네, 마음을 좇으면 옳다네"[110]라고 '주관적인 心'을 강조했다. 이지는 "스스로 옳다고 여기지 않으면 堯舜의 '道'에 들어갈 수 없다"[111]라고 했다. 이 두 문장을 비교해 보면, 원굉도의 사상은 당시 태주학파의 '주관적 유심론'의 영향도 받았다고 할 수 있다. 특히 원굉도의 '道'와 '理'에 대한 관념은 이들 태주학파의 주장과 결코 무관하지 않다.

> 길을 가다가 부딪치면 상대방은 이 쪽을 무례하다 하고, 이 쪽은 또 상대방을 무례하다 하여 분쟁이 그치지 않다가 끝내는 격투로까지 이어진다. …… 이것이 어찌 예의를 만들어 놓은 처음 뜻이겠는가? 형세가 그렇게 만들 따름이다.(812쪽 「廣莊·應帝王」: 道而觸者, 彼曰無禮, 此亦曰無禮, 分辯不已, 遂爲格鬪. …… 嗟夫, 此豈制作之初意哉? 勢使然耳.)

이 예문에서 원굉도는 인간을 위하여 만들어진 예가 도리어 인간을 구속하는 상위개념으로 군림하는 전도된 개념을 바로잡으려 한다.

> 시험삼아 길가는 사람에게 "너는 '禮樂'을 아느냐?"고 물어보아라. 그러면 "모른다"고 대답할 것이다. 그러면 "너는 설이 오면 기쁘지 않은가? 너는 너의 친지를 보면 기쁘게 웃으며 나가서 맞이하지 않는가? 먼 여행에서 돌아와 부모와 처자식을 만나, 쳐다보면 눈물이 나고 내려보면 기쁘지 않은가?"고 물으면 모두가 다 "그렇다"고 대답할 것이다. 이와 같은 사람은 비록 '樂'은 모르지만 '樂'의 대체는 이미 갖추고 있다.(1524쪽 「和者樂之所由生」: 試執道之人而問曰: "爾知禮樂乎?" 曰: "不知也.", "爾逢年而有喜色乎? 爾見爾之親故而嬉笑以迎乎? 遠歸而見父母妻子, 仰而洩洩, 俯而喁喁乎?" 皆曰: "然." 若人也, 雖不知樂, 而樂之大體已具已.)

---

110) 116쪽 「戲題齋壁」: 至理本無非, 從心卽爲是.
111) 李贄, 『焚書』 142쪽 「耿楚倥先生傳」: 不自以爲是, 亦不可與入堯、舜之道.

원굉도는 '禮樂'이라는 추상화된 명사의 정의는 사람들이 잘 모르지만 모든 사람이 이미 생활 속에서 구체적으로 그 의미를 실천하고 있다고 생각한다. 그리고 이러한 일상적인 것이 바로 '예악'을 포괄하는 '도'의 근본이다. 그래서 원굉도는 삼교의 '도'와 가르침이 우리의 일상생활에 불과할 뿐이라고, 「壽曾太史封公七十序」112)에서뿐 아니라 「德山塵譚」에서도 되풀이한다.

> 모든 사람은 누구나가 '三敎'를 갖추고 있다. 배가 고프면 밥을 먹고, 피곤하면 잠을 자고, 더우면 바람을 쏘이고, 추우면 옷을 입는 것은 '仙'의 '攝生'이다. 백성들이 왕래하며 서로 공손히 인사하고 존경할 만한 사람을 존경하고 어버이를 대접하며 확실하게 하여 어지럽지 않은 것은 유교의 '禮義'이다. 부르면 응답하고 당기면 가는 것은 불교의 '無住'라는 것이다. 사례에 의거하여 통하니 삼교의 학문은 모두 '나'에게 갖추어져 있다. 어찌 반드시 멀리서 구하겠는가?(1290쪽 「德山塵譚」: 一切人皆具三敎. 饑則餐, 倦則眠, 炎則風, 寒則衣, 此仙之攝生也. 小民往復, 亦有揖讓, 尊尊親親, 截然不紊, 此儒之禮敎也. 喚着卽應, 引着卽行, 此仙之無住也. 觸類而通, 三敎之學, 盡在我矣. 奚必遠有所慕哉?)

삼교합일적 사고론은 전절에서 이미 논했지만, 위의 인용문에서도 원굉도는 삼교의 가르침의 우열을 비교하지 않는다. 삼교의 가르침은 우열의 비교 대상이 아니라, 사안에 따라 우리가 그 가르침 중에서 선택하는 선택 대상이기 때문이다. 마찬가지로 원굉도가 제시하고 있는 삼교의 가르침은 우리의 일상생활을 벗어난 것이 아니기 때문에 가르침의 '정수'조차도 길가는 사람 누구나가 갖추고 있다.113) 이러한 주

---

112) 1533쪽 「壽曾太史封公七十序」: 飢餐倦眠, 夏絺寒裘, 此亦仙之攝生也. 遇于途則揖, 于門則徐, 此亦儒之禮敎也. 呼之卽應, 引之卽行, 此亦禪之無住也.
113) 1533쪽 「壽曾太史封公七十序」: 三敎之至, 途之人誰不具者?

장이 나올 수 있었던 까닭 또한 '도'의 절대성을 추구하지 않고 일상생
활 속에서 찾아내려고 하였기 때문이다. 이러한 맥락에서 원굉도는
"불교에서 이야기하는 '圓頓' 또한 소리도 냄새도 없는 경지의 것만이
아니라 물 뿌리고 청소하는 일과 응대하는 일들도 모두 '圓頓'"이라고
말한다.114)

　이와 같이 '도'는 우리 생활에 너무나도 밀접해 있기 때문에, 達者는
聖人, 充者는 賢人, 날마다 행하지만 그것이 삼교의 지극한 '도'인줄도
모르는 사람을 백성115)이라고 하며, "생활 속에서의 일상적인 '도'를
깨달은 정도"에 따라 인간의 품급을 논하였다. 그리고 '다한' 것을 채
우며 점차 성인의 경지로 나갈 수 있음116)과, 일상적인 생활에서 누구
나가 다 성인의 경지로 들어설 수 있다고 역설한다. 또한 일상생활 속
에서 지켜야 할 것은 공자의 말처럼 인간의 평범한 '情'이며, '정'에 지
나치는 행동을 함으로써 이목을 수식하는 행동을 하지 말아야 한다고
주장한다.117) 그래서 그는 홀아비가 되어 병에 걸린 黃平倩에게, "적막
한 산 속에서의 홀아비 생활 때문에 병에 걸린 것이니, 산에서 나와
새장가를 들면 병이 나을 것이며, 이러한 일상적인 情理 또한 지극한
이치"라고 말한다.118) 이와 같은 맥락에서 원굉도는 "'情'을 거역하는
것을 훌륭하다고 여겼는데, 효과가 없었을 뿐 아니라 '도'에서 날로 멀
어졌으니, 어찌 부끄럽다고 하지 않겠는가"119)라고 말하면서, 자신이
추구했던 '도' 또한 일상적인 '정'에서 크게 벗어났었음을 반성한다.

---

114) 775쪽「答陳正甫」: 但知無聲臭之圓頓, 而不知洒掃應對之皆圓頓也.
115) 1533쪽「壽曾太史封公七十序」: 達者之謂聖, 充者之謂賢, 日用不知之謂百姓.
116) 같은 글: 蓋充其盡而漸至于達者, 余所謂大道止此.
117) 1537쪽 「壽劉起凡先生五十序」: 孔子曰: "道不遠人." 彼所謂端重自守者,
　　　皆人情也. …… 不爲過情之行以飾耳目.
118) 1600쪽「與陶祭酒」: 平倩病體已瘥, 其症非不足, 山居寂寞, 鰥居冷淡, 皆足
　　　以鬱鬱, 皆足以致火, 但一出一娶, 便是一服淸凉散. 此常情曆至理也.
119) 1537쪽「壽劉起凡先生五十序」: 余輩拂情以爲逸, 不惟無效, 而且于道日遠,
　　　惡得無慚?

원굉도는 유가들 또한 '자연스러움'을 숭상했다고 하면서[120] 원시유
가의 '자연스러움'에 대해 다음과 같이 이야기한다.

> 공자가 말한 '絜矩'라는 것은 바로 '因'이요 '自然'이다. 그러나 유
> 가들이 '矩'자를 '理'자로 여겼기 때문에 '不因'하고 '不自然'하게 되
> 었다. 대저 백성이 좋아하는 것을 좋아하고, 백성이 싫어하는 것을
> 싫어하면, 이것이 백성들의 '矩'이니 어찌 불평이 있겠는가?(1290쪽
> 「德山塵譚」: 孔子所言絜矩, 正是因, 正是自然. 後儒將矩字看作理字,
> 便不因, 不自然. 夫民之所好好之, 民之所惡惡之, 是以民之情爲矩, 安
> 得不平?)

공자가 말한 원의는 살아 있는 인간의 감정을 좇는 것이었기 때문에
'자연스러운 것'이라는 이야기이다. 그러나 후인들이 그 '자연스러움'을
'理'로 여겨 자신을 기만하고 인간의 자연스러운 정리를 해치게 되었다
고 보기 때문에 末世의 예법일수록 엄하다고 주장한다.[121] 그리고 '理'
자체의 해악보다도, "'理'가 '情' 속에 내재해 있음을 알지 못하고, 인간
의 자연스러운 감정을 거스르는 것을 '理'라 여기기 때문"에 원의와는
점점 더 멀어진다고 보았다.[122] 이를 통하여 원굉도가 벗어나려 했던
것이 '理' 자체라기보다는, 인간의 자연스러운 감정을 거스르며 인간에
게 '假'의 가면을 부가하여 생명성을 속박하는 "'理'의 구속성" 즉 속유
들이 주장하는 '理'였음을 알 수 있다. 그래서 그는 "曾子의 '絜矩'라는
것과 孔子의 '忠恕'라는 것도 평상시 마음이며, 학문이 투철한 곳에 이
르면 인간의 감정에 가까워지기 때문에 도리에 집착함으로써 구속하지
않았다"고 말한다.[123]

---

120) 1290쪽 「德山塵譚」: 曰: 儒者亦尙自然乎? 曰: 然.
121) 413쪽 「舟中寄江進之, 得珠簾字·其二」: 俗吏貌態工, 末世禮法嚴.
122) 1290쪽 「德山塵譚」: 今人從理上絜去, 必至內欺己心, 外拂人情, 如何得平?
　　　夫非理之爲害也, 不知理在情內, 而欲拂情以爲理, 故去治彌遠.
123) 같은 글: 曾子之絜矩, 孔子之忠恕, 是平心的樣子. 故學問到透徹處, 其言語

孟子는 '性'이 선하다고 말했지만, 단지 '情'의 일면만을 말한 것이니 '性'이 어찌 선하다는 이름을 얻을 수 있었겠는가? 惻隱之心을 '仁之端'이라고 하면서 어린아이가 우물 안으로 들어가는 것을 갑자기 보는 것을 들어 證驗하였다. 그러나 사람들이 아름다운 여인을 갑자기 보면 마음이 뛰고, 금이나 은을 갑자기 보면 마음이 움직인다. 이 또한 마음을 억지로 함에서 나온 것은 아니니 모두가 '眞心'이라고 할 수 있다.(1290쪽 「德山塵譚」: 孟子說性善, 亦只說得情一邊, 性安得有善之可名? 且如以惻隱爲仁之端, 而擧乍見孺子入井以驗之. 然今人乍見美色而心蕩, 乍見金銀而心動, 此亦非出於矯强, 可俱謂之眞心邪?)

원굉도는 '性'이 선하다는 사실만을 고집하지 않는다. 여인과 金銀을 보고 마음이 움직이는 것 또한 인간의 지극히 자연스러운 감정이다. 그래서 "小人行險以徼倖"[124]을 "행위가 평이하지 못하여 너무 높은 것을 좋아하기 때문에 '險'이라 하고 '倖'이라 한다"[125]고 풀이했다. 그리고 '도'의 원의를 왜곡하여 인간의 일상성에서 멀어지게 하는 행위를 '소인'의 행위에 비유하였다. 또한 공자의 "道不遠人, 遠人不可爲道"[126]와 "索隱行怪, 吾弗爲之"[127]를 인용하면서[128] 다음과 같이 이야기 한다.

감당하기 어려운 일을 감당하는 것은 현명하고 지혜 있는 사람의 과실이다. 현명하고 지혜 있는 사람 은 어려운 일을 가지고 스스로를 단속하면서 또 이 어려운 일을 가지고 다른 사람을 책망한다. 그렇기 때문에 '修身齊家治國平天下'함에 곳곳에 장애가 생기니 천하 국가에 禍가 됨이 적지 않다.(1291쪽 「德山塵譚」: 夫難堪處能

都近情, 不執定道理以律人.

124) 『中庸章句』 14章.
125) 1284쪽 「德山塵譚」: "小人行險以徼行", 非趨利也, 只是所行不平易, 好奇過高, 故謂之險, 謂之倖.
126) 『中庸章句』 13章.
127) 『中庸章句』 11章.
128) 1291쪽 「德山塵譚」: 孔子說: "道不遠人, 遠人不可爲道. 索隱行怪, 吾弗爲之."

堪, 此賢智之過也. 賢智之人, 以難事自律, 又以難事責人, 故修齊治平,
處處有礙, 其爲天下國家之禍, 不小矣.)

보편정인 정리를 따르는 것은 오래 갈 수 있지만 거스르는 것은 오래갈 수 없듯이,129) 초학자가 감당하기 어려운 일을 당연히 행해야 할 것으로 이야기하며 행하지만 유종의 미를 거둔 경우는 거의 없다.130) 그렇기 때문에 원굉도는 "'도'라는 것이 사람을 가로막는 물건이라면 무엇 때문에 '도'를 구하겠는가"131)라고 하면서 '도'를 추구하기 위해 인간이 있는 것이 아니라 인간을 위해 '도'를 추구해야 함을 역설한다.

또한 "머리카락은 긴데 수염은 왜 짧은가?" 등등의 문제에 관한 해답은 어떤 형이상학적 지식으로 얻을 수 없는 것이기 때문에, 朱熹의 "사물의 이치를 궁구해 이른다"라는 말을 '徹下語'라고 평가절하 한다. 그러나 曾子가 말한 '格物'이야말로 '徹上徹下語'이기 때문에, 주희의 학문적 성과를 "나비가 밝음을 좇다가 불에 타 죽은 격이며 태양 아래 외로운 등불이 무슨 이익이 있겠는가"고 회의한다.132) 이는 주희의 학문체계가 '心性論'중심의 원시유가의 교의를133) '우주론' 중심으로 바꾸어 버렸기 때문만은 아니며, 이 때문에 파생된 무생명적인 '중세적 구속' 때문이라고 생각한다.134)

---

129) 같은 글: 順人情可久, 逆人情難久.
130) 같은 글: 常見初學道人, 每行人難行之事, 謂修行當如是. 及其後, 得自己亦
    行不去, 鮮克有終.
131) 1244쪽 「答陶周望」: 道實礙人之物, 人亦何用求道耶?
132) 1284쪽 「德山塵譚」: 曾子所謂格物, 乃徹上徹下語. 紫陽謂窮致事物之理, 此
    徹下語也. 殊不知天下事物, 皆知識到不得者. 如眉何以豎, 眼何以橫, 髮何以
    長, 鬚何以短, 此等可窮致否? 如蛾趨明, 轉爲明燒; 日下孤燈, 亦復何益?
133) 697쪽 「敍四子稿」: 聖賢之學惟心與性.
134) i. 810쪽 「廣莊·大宗師」에서 "聖人之道, 止於治世, 卽一修齊已足, 而沾沾
    談性與天, 窮極微眇, 得無迂曲之甚?"이라고 하는 것을 보면 宋儒들이 '聖
    人'의 뜻을 왜곡하여 우주론 중심으로 해석하기 시작한 것에 대해서도 비
    판하고 있음을 알 수 있다.

송대의 유가는 썩은 학문을 가졌을 망정 썩은 사람은 없었지만, 지금은 썩은 사람은 있지만 썩은 학문은 없다. 송대에는 理學을 강론하는 사람이 많이 썩었지만 文章事功은 썩지 않았었다. 그러나 지금 文章事功을 말하는 자는 썩었지만 理學만이 썩지 않았다. 송대에는 군자는 썩었지만, 소인은 썩지 않았다. 그러나 지금은 군자나 소인 대부분이 썩었다. 때문에 나는 현재 前人들을 가릴 수 있는 것이라고는 오직 陽明 일파의 良知학문 뿐이라고 생각한다.(738쪽「答梅客生・又」: 宋儒有腐學而無腐人, 今代有腐人而無腐學. 宋時講理學者多腐, 而文章事功不腐; 今代講文章事功者腐, 而理學獨不腐. 宋時君子腐, 小人不腐; 今代君子小人多腐. 故僕謂當代可掩前古者, 惟陽明一派良知學問而已.)

원굉도는 이와 같이 양명학의 정통성을 인정한다. 그리고 양명학이 '썩지 않은 학문'일 뿐 아니라 '썩지 않게 하는 학문'임도 강조한다. 이는 송대 성리학의 구속성이 인간을 썩게 했다는 의미를 내포하고 있고 있다. 그렇기 때문에 원굉도는 공자와 노자 사후에 이를 계승한 사람은 王陽明과 羅近溪라고 하며, 송대 신유학을 근본적으로 부정하는 태도까지도 보이고 있다.[135] 이는 독단적 편견은 결코 '道理'가 될 수 없다고 생각했기 때문이다.[136] 그래서 원굉도는 "지금 학자들은 공자와 顏回의 '樂'도 모르면서 어찌 '中節의 和'를 알 수 있겠는가"라며[137] 當代 도학자들의 무생명성을 비판한다. 희로애락의 숨김없는 노출이야말로 진정한 '도'라고 간주하기 때문에, 친구 부친에 대한 "기쁨을 감추지 못하고, 슬픔을 억제하지 못하기 때문에 '靜者'가 아니다"라는[138] 세

ⅱ. 1571쪽「行素園存稿引」에서 "有濂洛之理, 無其腐. 百世以後, 歸然獨傳者, 非先生也耶?"라고 하는 것을 보면 宋儒의 학문 자체에 대한 혐오보다는 그 학문을 통하여 나타나는 부조리함을 더욱 싫어한 것으로 추정할 수 있다.

135) 1299쪽「德山塵譚」: 若能打倒自家身子, 安心與世俗人一樣 …… 此意自孔、老後, 惟陽明、近溪庶幾近之.

136) 1293쪽「德山塵譚」: 人情習聞習見, 自以爲有道理, 其實那有道理?

137) 1524쪽「和者樂之所由生」: 今學者不知尋孔、顏之樂, 而安知有中節之和?

인들의 평가에 다음과 같이 이의를 제기한다.

> '道'는 막히지 않는 것이 '靜'이며 침묵하는 것이 아니니, 겉으로
> 는 조용히 앉아 있지만 마음속으로는 분주한 사람을 보지 못했는
> 가? …… 옛 至人들은 모두가 '逍遙'를 '靜'으로 여겼으니 어찌 말
> 라 비틀어진 그루터기를 취하여 일삼겠는가?(1533쪽 「壽曾太史封
> 公七十序」: 道以不滯爲靜, 非沈默也, 不見坐馳者乎? …… 古之至人,
> 皆以逍遙爲靜, 奚取枯株而事之?)

원굉도는 이어서 인간의 성격을 때와 장소에 따라 성격이 달라지는
물에 비유하고 있다. 저수지의 물은 터지면 안 되지만 단지의 물은 고
여 있으면 썩듯이[139] 사람도 획일적일 수 없다. 따라서 '도'는 다양한
인간과 유리되어 존재하는 것이 아니며 인간의 다양성을 '위하여' 추구
하는 것이기 때문에, '인간을 위한 '도'여야지 '도'에 의한 인간'이 되어
서는 안 된다. 아지랑이 기운이 없으면 산이 죽고, 물결이 일지 않으면
물이 썩듯이, '도'를 추구하면서 '韻'이 없으면 세상과는 동떨어진 '도'가
될 수밖에 없기 때문에 '도'를 배우는 데도 '韻'이 있어야 한다.[140] 따
라서 원굉도가 이야기하고 있는 '韻'이야말로 '道'와 '理'가 일상에서 살
아 있을 수 있게 하는 '생명'의 원천이다.

> 옛날에 공자도 '樂' 때문에 顏回를 현명하다고 여겼으며, 어린아이들
> 과 함께 노래를 부르겠다는 말 때문에 曾點과 함께하겠다고 했다.
> 대개 '樂'과 '노래'는 진실로 '도'를 배우는 사람들의 浩博하고 함치

---

138) 1533쪽 「壽曾太史封公七十序」: 曾封公行業醇至, 不可謂非地上仙也. 然公
　　 性嗜動, 花下楸枰, 夜以繼日. 乍勝, 則喜溢眉端, 遶牀而叫; 小失意, 則抑抑
　　 不自得. 耗神思以戰喜怒, 恐非靜者之事也.
139) 같은 글: 夫澤之水盡于決, 甕之水敗于滯
140) 1541쪽 「壽存齋張公七十序」: 山有色, 嵐是也; 水有文, 波是也; 學道有致,
　　 韻是也; 山無嵐則枯, 水無波則腐, 學道無韻則老學究而已.

르르함이다. …… 안회의 '樂'과 증점의 '노래'는 성인 문하의 '眞儒'
라고 말할 수 있다.(1541쪽 「壽存齋張公七十序」: 昔夫子之賢回也以
樂, 而其與曾點也以童冠詠歌. 夫樂與詠歌, 固學道人之波潤色澤也.
…… 顔之樂, 點之歌, 聖門之所謂眞儒也.)

원굉도는 이렇듯 지극히 인간적이기만 한 성인의 가르침에 '理'라고
하는 절대성이 스며들면서, 더 이상 생명성의 표상인 '韻'을 얻을 수
없다고 보고 있다. 그래서 '理'라는 것을 '是非'의 굴택으로, '韻'을 대해
탈의 場으로 간주한다.[141] 이와 같이 일상적 의미의 '道'와 '理'를 추구
하며 다양한 인간의 특색을 숨김없이 드러내고자 하는 원굉도의 노력
이야말로 '생명성' 그 자체였다.

이상 '道'와 '理'에 대한 원굉도의 견해를 고찰해 보았다. 이 과정에서 필
자는 원굉도가 '도'와 '리'의 일상성을 추구한 원인이 當代 도학자들의 몰주
체적인 고루함을 타파하기 위한 것임을 증명하였다. 즉 원굉도는 "'도'를
위해 존재하는 형상"과 같은 전도된 관계를[142] 바로잡기 위하여 '도'와
'리'의 일상성을 부각하였다. 이와 같은 원굉도의 일상성의 추구는 '情感的
眞我의 流露'로 이어지며, 질박하고 진솔한 '자아 표현론'으로 이어진다.

3. '자아'의 확립

본 장의 제1절과 제2절을 통하여 원굉도 '자아론'의 배경을 '인식의
한계를 극복하여 제 관념을 동질적으로 인식해 가는 과정'이라는 측면

---

141) 같은 글: 大都士之有韻者, 理必入微, 而理又不可以得韻. …… 理者是非之
    窟宅, 而韻者大解脫之場也.
142) 812쪽 「廣莊·應帝王」: 道而觸者, 彼曰無禮, 此亦曰無禮, 分辯不已, 遂爲
    格鬪. …… 嗟夫, 此豈制作之初意哉? 勢使然耳.

에서 고찰하였다. 袁宏道의 '동질적 인식론'은 어느 정도 회의주의적
내지는 불가지론적 색채를 띠고 있음을 부정할 수는 없지만, 회의의
확산만은 결코 아니었다. 이는 도학자들의 독단과 그들의 독단을 있게
한 '주관적 오류'에 대한 회의이며, 이러한 회의를 통하여 도학자들의
'독단의 城'을 무너뜨리려는 의도였다.

　이지나 徐渭는 너무나도 독선적인 선을 추구하였기 때문에 당대의
'이단자'가 되었지만, 원굉도 또한 淸代에 자신의 저작들이 금서로 묶
이면서 '이단자'의 대열에 오르게 되었다. 필자는 원굉도가 '이단자'가
되었던 이유는 한 개체로서의 '삶'이 부정되던 봉건제하에서, '삶'의 의
미를 재창출해낸 '자아론' 때문이라고 생각한다. 본 장에서는 원굉도의
'자아확립'에 이르는 노력을 고찰하고자 한다.

1) 집착과 추구에 대한 태도

　袁宏道는 사상의 변환점이었던 30대의 대부분을 산수에 침잠하고 柳
浪亭에서 은둔하였다. 老子가 "하늘의 도는 다투지 않고 잘 이긴다"[143]
고 하였듯이, 싸우지 않고 다투지 않으면 모든 사물에 대해 감정적 편애
를 하지 않을 수 있다.[144] 본 절에서는 원굉도의 침잠과 은둔생활을 人
間世에서 '모든 욕구와 집착에서의 일탈 추구'라는 측면에서 살펴보고자
한다. 인간세에서 '집착'하고 '추구'하는 것은 자기의 욕심을 채우기 위해
서이며 서로의 욕심을 채우기 위해 싸운다. 따라서 원굉도는 '욕심에서
야기되는 다투는 마음'으로부터 탈피하고자 노력했다. 그 첫 번째 노력
이 바로 '자연스러움'을 지향하는 '情感的 眞我의 流露'였다.

---

143) 『老子』 73장: 天之道, 不爭而善勝.
144) 장기근 이석호 옮김, 『老子/莊子』 20~21쪽 삼성출판사.

(1) 眞我의 流露

'眞我'란 '童心' 상태의 '순진무구함'의 전형으로, 명말에 강요되던 '이성'에 반하는 것으로 간주한다. 따라서 원굉도가 주장하는 '진아의 流露'란 감성 세계로의 회귀라고 할 수 있다.

> 속세의 구속을 끊고 신선의 바퀴를 타고, 宦路의 뇌옥에서 나와, 부처의 집에서 사는 것이야말로 속세에서 제일가는 아름다운 취미이다. 대저 앵무새도 금으로 만든 새장을 싫어하고 隴山을 좋아하는 것은 그 몸을 속박하기 때문이다. 수리나 비둘기도 황량한 덤불이나 들풀 사이에서 죽지 않고 벼와 메조 사이에서 죽는 것은 그 본성을 거스르기 때문이다. 뭇 짐승들도 스스로 自適함을 알거늘 인간이 衣冠에 구속되며 祿俸에 사육될 수 있겠는가?(480쪽 「馮秀才其盛」: 割塵網, 升仙轂, 出宦牢, 生佛家, 此是塵沙第一佳趣. 夫鸚鵡不愛金籠而愛隴山者, 桎其體也; 鵰鳩之鳥, 不死于荒榛野草而死于稻粱者, 違其性也. 異類猶知自適, 可以人而桎梏于衣冠, 豢養于祿食邪?)

원굉도는 위의 인용문에서 인간의 감성적 삶에 대하여 이야기하고 있다. 그는 미물조차 자신의 본성을 거스르는 속박을 거부하듯 인간도 스스로의 본성을 거스르는 구속을 자행하지 말아야 한다고 주장한다. 이지 또한 "자신의 본성을 따라서 그 능함을 거스르지 않는다"[145]고 인간적 본능의 불구속성을 이야기한다. 원굉도가 이와 같은 존재가 되기 위해 주창한 것이 바로 '삶의 감성 추구'이다.

① 삶의 감성 추구

원굉도는 천지 만물이 만들어지는 과정을 '自然而然'이라고 생각한

---

145) 李贄, 『焚書』 86쪽 「論政篇」: 順其性不拂其能.

다.[146] 필자는 원굉도가 말한 이와 같은 '자연이연'을 "'무의지'의 '의지'로 이루어지는 '절대자연'"이라고 생각한다. 원굉도는 "대개 꽃의 정제됨이란 바로 불균형 속에서의 천연스러운 모습"[147]이라고 이야기한다. 이는 원굉도의 '자연'관을 단적으로 보여주는 것으로서, 자연스러움이란 '인공적 수식'에 의해 가공되는 것이 아님을 말하는 것이다. 그는 문학에 있어서도 "蘇軾의 문장과 같이 마음대로 끊겼다 이어졌다하며, 李白의 시와 같이 對偶에 구속되지 않는 것이야말로 진정한 '整齊'"[148]라고 말한다. 또한 "꽃 아래 향을 피우면 안 되는 것은 차에 다른 과일을 넣지 않는 것과 같다. 차는 차 나름대로의 맛을 지니고 있으니 쓰거나 단 맛이 아니며, 꽃은 꽃 나름대로의 향기를 지니고 있으니 연기타는 냄새가 아니다. 맛을 빼앗고 향을 줄이는 것은 속인들의 잘못"[149]이라고 하며 '자연스러운 본질'을 추구하고 있다. 원굉도는 이와 같은 맥락에서 인간의 감성은 당시의 절대적이고 획일적인 '善'과 '惡'의 구분에 의하지 않고 자연스럽게 발산되어야 함을 주장한다.[150]

> 畵船에 퉁소와 북, 노래하는 아이와 춤추는 여인네를 태우고 노는 것은 豪客이 할 짓이지 수령이 할 일은 아니다. 奇花異草와 危石孤岺은 幽人이나 보는 것이지 수령이 볼 바는 아니다. …… 수령이 마주 대하는 것이라야 군데군데 기운 남루한 옷을 입은 糧長이고, 재바른 입과 혀를 가진 刁民과, 온 몸에 이와 서캐가 들끓는 죄수들뿐이다. …… 몸이 목석이 아닌 바에야 어찌 하루 종일 허리 굽히고 머리 숙이며, 좋은 것을 버리고 싫은 것을 좇을 수 있겠는가?(211쪽 「蘭澤、雲澤叔」: 畵船簫鼓, 歌童舞女, 此自豪客之事, 非令事也. 奇花異草, 危石孤岺, 此自幽人之觀, 非令觀也. …… 所令對

---

146) 489쪽 「與仙人論性書」: 此識生天生地, 生人生物, 不識不知, 自然而然.
147) 822쪽 「瓶史・宜稱」: 夫花之爲整齊者, 正以參差不倫, 意態天然.
148) 같은 글: 如子瞻之文, 隨意斷續, 靑蓮之詩, 不拘對偶, 此眞整齊也.
149) 823쪽 「瓶史・化祟」: 花下不宜焚香, 猶茶中不宜置菓也. 夫茶有眞味, 非甘苦也; 花有眞香, 非煙燎也. 味奪香損, 俗子之過.
150) 193쪽 「識張幼于箴銘」: 性之所安, 殆不可强. 率性而行, 是謂眞人.

者, 鶉衣百結之糧長, 簧口利舌之刁民, 及 蝨滿身之囚徒耳. …… 身
非木石, 安能長日折腰俯首, 去所好而從所惡?)

위의 인용문은 원굉도가 吳縣의 知縣으로 재직하면서 쓴 편지로서,
지현의 직에서 떠나고자 하는 이유를 "감성적 삶을 추구할 수 없는 구
속성"으로 들고 있다.151)

　　혹자는 주지육림에 빠져, 혹자는 음악과 기생에 심취해 자신의 마
　음대로 행하여 거리끼는 바가 없다. 스스로가 이 세상을 절망적이라
　고 생각하기 때문에 세상 사람들이 모두 그를 비난하고 비웃어도 이
　를 아랑곳하지 않으니 이 또한 한 가지 취미이다.(463쪽 「敍陳正甫
　會心集」: 或爲酒肉, 或爲聲伎, 率心而行, 無所忌憚, 自以爲絶望於世,
　故擧世非笑之不顧也. 此又一趣也.)

이상의 두 인용문에서 원굉도는 본능적 욕망을 인정하고 있다. 그렇
지만 필자는 원굉도가 맹목적 유심주의자 내지 쾌락주의자는 아니라고
생각한다. 이와 같은 이유와 근거는 다음 소절 「反理性主義 비판」에서
언급하겠지만, 가장 큰 이유는 타인을 의식하여 이성적인 삶을 살 수
밖에 없던 당시의 시대적 분위기에 대한 비판이다. 이와 같이 원굉도
는 남의 비난을 아랑곳하지 않는 욕망의 자연스러운 발산을 주장했다.
이는 소위 '인생의 다섯 가지 즐거움'이라고 꼽고 있는 것 중 첫 번째
것을 보면 더욱 뚜렷해진다.

---

151) 304쪽 「徐漁浦」에서 원굉도는 "吏道如網, 世法如炭, 形骸若牿, 可以娛心意
　　悅耳目者, 唯有一唱一詠一歌一管而已矣."라고 노래하고 있는 등, 오현의
　　지현으로 재직하던 후반부에 이와 같은 본능적 욕구의 발산에 대한 언급
　　이 많아지고 있다. 필자는 앞에서 그의 생애를 논하면서 이 당시 원굉도
　　의 심리상태를 패배주의적인 관점에서 서술하였다. 현실에서 관리의 무기
　　력함 때문에 야기된 패배주의적 관점에서 본능적 욕구의 무차별적 발산
　　으로 볼 수도 있다고 생각한다.

인생의 진정한 즐거움이 다섯 가지가 있으니 (이를) 알아야만
한다. 눈으로는 세상의 온갖 아름다움을 만끽하고, 귀로는 세상의
온갖 아름다운 소리를 만끽하고, 몸으로는 세상의 온갖 신선함을
다 즐기고 입으로는 세상의 하고 싶은 이야기를 다하니 이것이 첫
번째 즐거움이다.(206쪽 「龔惟長先生」: 眞樂有五, 不可不知. 目極世
間之色, 耳極世間之聲, 身極世間之鮮,[152] 口極世間之譚, 一快活也.)

원굉도는 본능의 억제가 아닌 발산을 주장한다. 그리고 그는 이러한
쾌락의 종말로서 "기생집 문 앞에서 동냥질하며 외로운 노친네의 밥을
나누어 먹으며, 오다가다 고향사람을 만나도 전혀 부끄러운줄 모르는
것"으로 다섯 번째 즐거움을 삼고 있다.[153] 필자는 원굉도의 이와 같
은 논리 전개는 전술한 바와 같이 인간의 욕망과 그 욕망의 자연스러
운 발산을 부정하는 당시의 시대적 당위성에 대한 역논리로서, 성리학
적 구속에 대한 공격의 일환이라고 생각한다.[154] 주자학에서 이야기
하는 '天理' 또한 인간의 본성(本然之性)에 대한 언급이라는 측면에서
는 원굉도의 '赤子之心'이나 이지의 '童心'과 같은 맥락에 둘 수 있다.
그러나 주자학의 '天理'는 인간의 본성에 극기를 필요로 하는 엄격성을
부여함으로써 인간의 자연스러운 욕구 발산을 부정하고 있기 때문에,

---

152) 『袁中郞全集』에는 '鮮'을 '安'이라 쓰고 있다.
153) 206쪽 「龔惟長先生」: 托鉢歌伎之院, 分餐孤老之盤, 往來鄉親, 恬不知恥,
　　　五快活也.
154) 朱子學의 '당위성을 띤 도덕관념'에 대해서는 守本順一郎 지음, 김수길 옮
　　　김, 『동양정치사상사연구』 27쪽에서 다음과 같이 이야기하고 있다. "도덕
　　　성을 우위에 두고, 도덕이 동시에 '物理'라는 점에 의한 朱子學의 인성론
　　　은 당위적 이상주의적 구성을 취하지 않고 오히려 자연주의적인 낙관주
　　　의가 지배적이지만, 이 낙관주의는 동시에 준엄한 엄격주의를 내포하고
　　　있다. 따라서 보통의 자연성과 인간의 모든 자연적 욕망이 모두 '氣質의
　　　性'에 속해져 있기 때문에, '天理'는 구체적인 실천 단계에서는 모든 자연
　　　성을 상실하고 '절대적 당위'로서 '인욕'에 대립하기에 이른다. 즉 자연주
　　　의적인 낙관주의와 극기적인 엄격주의가 하나는 추상적인 이론구성으로
　　　서, 하나는 구체적인 귀결로서 공존하고 있다."

원굉도의 '적자지심'이나 이지의 '동심'과는 결코 같지 않다.[155] 性理學
의 '理'는 자연의 이치와 인간의 이치를 동일시한다. 그렇기 때문에 '당
연'과 '필연'의 논리로 인간의 개성을 말살하며 '획일화'되지 않은 인간
을 '惡'의 범주로 분류한다. 그래서 원굉도와 이지는 '당연'과 '필연'의
논리에 의해 몰개성적으로 획일화된 인간을 오히려 '假'와 '僞'로 규정
하며, 이에서 일탈하여 '眞'을 '회복'할 것을 주장했다.

원굉도가 인간의 원시적인 생기발랄함을 회복할 것을 주장하면서 강
조한 것이 '자연이연'한 삶의 감성추구이다. 따라서 이 '자연이연'은 모
든 것이 '我'의 '心'에서 시작하여 수식이 가하여지지 않은 가장 원초적
인 감정이라고 할 수 있다. 원굉도와 이지의 '赤子' 내지 '童心'의 근원을
살펴보면 맹자의 "大人은 赤子之心을 잃지 않은 사람"[156]과 노자의 "德
이 厚한 사람은 赤子에 비길 수 있음"[157] 그리고 陽明의 "赤子는 변함
없는 混沌心"[158] 등으로 이어져왔다. 원굉도가 노자와 공자를 동일시하
며 공맹의 심성론 중심의 원시유가 교의를 추구하고, 성리학의 우주론
중심의 교의를 부정하며 孔孟之學의 맥을 王陽明과 羅近溪에 직접 접맥
하였던[159] 이유를 이와 같은 흐름 속에서 파악할 수도 있다. 원굉도는
자기 마음을 좇는 것이야말로 '理'라는 절대성에서 해방되어 인간의 자
연스러운 운취를 회복하는 길이라고 주장한다. 그리고 이 말을 믿지 못
하겠다면 '稚子'나 '醉人'에게 물어보라고 하며,[160] 자연스러움을 상실한

---

155) 원굉도와 이지는 '赤子之心'이나 '童心'의 '추구'가 아닌 '회복'을 주장하지
　　　 만, 朱熹는 『中庸』 20章의 注에서 '誠'을 통한 '추구'에 의해 도달 가능하
　　　 며, 이를 위해서는 극기의 노력이 필요하다고 하였다.
156) 『孟子』, 「離婁下」 12章: 大人者不失其赤子之心者也.
157) 『老子』 55장: 含德之厚, 比於赤子.
158) 『王陽明全書』, 正中書局本, 「詩錄」 권3, 「天泉樓夜坐和蘿石韻」: 赤子依然
　　　 混沌心
159) 1299쪽 「德山塵譚」: 自孔、老後, 惟陽明、近溪庶幾近之.
160) 1542쪽 「壽存齋張公七十序」: 縱心則理絶而韻始全. 公若不信, 則呼稚子醉
　　　 人而問之.

당시 假道學者의 위선적 행위에 대해 다음과 같이 비판한다.

> 절실하지도 정성스럽지도 않은 사람이 있으니, 古人의 양식에 의
> 지하여 옛 성현의 남은 찌거기를 취하여 번드르르하게 한다. 망녕
> 되이 스스로를 존대하다고 여겨 자신과 남을 속이니, 나는 이러한
> 무리들이 孔門의 사이비 도적이라고 생각한다. 후세에 기록으로 남
> 는다 하더라도 나는 하지 않으리라.(218쪽 「徐漢明」: 有種浮泛不切,
> 依憑古人之式樣, 取潤賢聖之餘沫, 妄自尊大, 欺己欺人, 弟以爲此乃
> 孔門之優孟, 衣冠之盜賊, 後世有述焉, 吾不爲之矣.)

원굉도는 자연스러움을 상실한 당시의 道學者然 하는 사람들을 '優
孟衣冠'의 도적이라고 공격한다. 그리고 그는 '망녕되이 스스로를 존대
하다고 여기며 가식적인 행위를 일삼는 假道學者'들 속에서, 이들이 절
대적 가치를 부여하며 추구하는 것이 '眞'이 아니고 '假'임을 비난한다.
그래서 원굉도는 '道'를 추구하면서 구속의 틀을 벗어날 수 없는 것을
꼭두서니 색 위에 붉은 색을 칠하는 것과 같이 무의미하다고 이야기한
다.161)

원굉도와 이지의 '赤子之心'이나 '童心說'을 필자는 전절 「인식의 범
위확대」에서, "'良知'와 '良能'에 가까우면서 견문에 물들지 않은 인간
의 순수한 인식능력"이라는 측면에서 살펴보았다. 그러나 원굉도가 단
순히 인식한계를 극복하기 위한 도구로서 '赤子'의 단계를 이끌어낸 것
은 아니다. 원굉도는 전절에서 살펴본 바와 같이, 학습을 통한 분별력
이 생김으로서, 인간은 자연스러움을 상실할 뿐 아니라 개념에 구속된
다고 보았다. 이러한 이유 때문에 그는 인간의 자연스러움을 회복한
단계로서 嬰兒의 단계를 제시하며,162) 聖王의 다스림은 하늘을 본받고

---

161) 660쪽 「伯修齋中同王參知諸兄公譚」: 學道不出纏, 如以經加茜.
162) 1289쪽 「德山塵譚」: 小孩子明處不多, 故習氣亦少. 今使赤子與壯者較明, 萬
　　　不及一; 若較自在, 則赤子天淵矣.

그 하늘은 영아를 본받는다고 하였다.[163] 그리고 영아를 본받아야 하는 이유를 다음과 같이 제시한다.

> 聖王은 지혜 있는 자, 우매한 자, 현명한 자, 불초한 자 등을 다 포괄하여 '自生自育'을 따르는 사람이다. 그렇기 때문에 하늘을 본받는다. 영아는 화나게 해도 화내지 않으며, 칭찬해도 즐거워하지 않으며, 태산이 눈앞에서 꺾어진다 해도 눈 하나 깜짝이지 않으니, 하늘의 지극함이다. 따라서 영아를 본받는다.(813쪽 「廣莊·應帝王」: 聖王者, 覆智愚賢不肖, 而因其自生自育者也, 故法天也. 嬰兒激之不嗔, 譽之不喜, 太山摧於前而目不瞬, 天之至也, 故法嬰兒也.)

원굉도가 제시한 聖王의 사람됨은 '자연이연'의 극치이다. 성왕은 '自生自育'이라는 삶의 방법을 통하여 '智'·'愚'·'賢'·'不肖'의 모든 측면을 포괄하기 때문이다. '자연'이라는 것은 정해진 기준이 없기 때문에 인위적인 조작은 대자연의 조화를 파괴한다. 인위적인 조작은 부분적으로 혹은 일시적으로는 효능이 있고 소득이 있는 것 같지만, 전체나 영원한 경지에서 볼 때 결국 스스로 멸망하게 마련이다. 인위적인 가공은 비전체적이고 비자연적이므로 결국은 無爲自然의 道에 어긋나서 멸망한다.[164] 원굉도는 이와 같은 관점에 따라 불교조차도 戒律과 禪定이라는 '不自然' 때문에 '貪'과 '嗔'이 생긴다고 보았다.[165] 따라서 그가 예시한 聖王은 무위자연 즉 '자연이연'의 경지를 몸으로 체득하여 실천하는 통치자이기 때문에 인간의 모든 면모를 포괄하고 있다.[166] 원굉도가 '자연이연'의 이상적 단계로 예시하고 있는 '聖王'과 '嬰兒'는 이 때문에 서로 통할 수 있다. 그래서 원굉도는 "맹자가 말한 '赤子之

---

163) 813쪽 「廣莊·應帝王」: 聖王之治何法? 曰法天. 天何法? 曰法嬰兒.
164) 장기근 이석호 옮김, 『老子/莊子』 151쪽 해설 참조.
165) 341쪽 「偶成·其三」: 時時聞戒定, 法法遇貪嗔.
166) 이와 같은 논의는 3-3-2)-(3)절 「'無我'의 완성」편에서 좀 더 자세히 고찰하고자 한다.

心'을 잃지 않는다는 것과 노자가 이야기하는 '영아'가 될 수 있다는 것이 모두 이를 가리키며, 趣의 正等이요 正覺이며 最上乘"[167]이라고 말했다.

원굉도는 영아는 또한 鵠卵을 본받는다고 주장했다. 곡란은 생명성과 무생명성의 교착점이기 때문에 들은 것도 본 것도 없으며 모든 것에 대하여 어둡고 깜깜하다. 그럴 뿐 아니라 뜨겁게 해도 뜨거운 줄 모르고, 물에 적셔도 찬 줄 모른다. 따라서 '몽롱함'의 시발점이며 영아가 본받는 대상이다.[168] 물론 원굉도는 생명의 단계를 배제한 무생명적 측면만을 강조한 것은 아니다. 생명과 무생명의 동시성을 지닌 鵠卵의 '몽롱성'이야말로 인위가 배제된 '자연이연'의 극치이며 '玄同'의 단계이기 때문이다. 이와 같은 맥락에서 원굉도는 "탁주 천 순배 돌면 뜻이 진실되어지지"[169]라고, '술 취한 사람' 또한 그의 '몽롱성' 때문에 '赤子'처럼 '자연이연'하여 삶의 감성을 더욱 잘 流露할 수 있으며,[170] "술자리의 흥을 돋우기 위한 벌주만이 孔孟의 구속을 몰아낼 수 있다"[171]고 한다. 뿐만 아니라 산림 속에 살아가는 사람은 구속없이 스스로 생활하기 때문에 '趣'에 가깝다고 하는 등[172] 원굉도가 추구한 삶의 감성추구는 이와 같이 '자연이연'에 의거하였기 때문에 가끔은 반이성적라고 비난받기는 하지만, 결코 반이성적인 것은 아니었다.

---

167) 463쪽 「敍陳正甫會心集」: 孟子所謂不失赤子, 老子所謂能嬰兒, 蓋指此也. 趣之正等正覺最上乘也.

168) 813쪽 「廣莊·應帝王」: 鵠卵無聞無見, 冥冥漠漠, 爍之不以爲熱, 濡之不以爲寒, 蒙之祖也. 故法鵠卵.

169) 339쪽 「元宵飮華中秘宅上·其二」: 濁酒千巡意轉眞.

170) 1542쪽 「壽存齋張公七十序」: 醉者無心, 稚子亦無心, 無心故理無所托, 而自然之韻出焉.

171) 958쪽 「九月二日盛集諸公郊遊, 至二聖寺, 仍用散木韻·其三」: 觴政黜軻丘.

172) 463쪽「敍陳正甫會心集」: 山林之人, 無拘無縛, 得自在度日, 故雖不求趣而趣近之.

② 反理性主義 비판

필자는 전 소절에서 '자연이연'한 감성을 추구하는 袁宏道의 모습을 살펴보았다. 그러나 그가 추구하였던 '情感的 眞我'의 진솔한 감정은 결코 '도착된 활력주의(vitalism)'의[173] 양태로 나타나지는 않았으며 주관과 객관이 조화를 이루고 있다.[174] 당시 도학자들은 '정감적 자아'를 경시하고 '도덕적 자아'와 '이성적 자아'를 비교적 중시하였다. 그러나 원굉도는 이들 두 가지 측면보다는 문학인의 시각으로 '정감적 자아'를 중시하였지만[175] 창작에 있어서도 반이성적 태도에는 반대한다.[176] 그는 전절에서 살펴본 바와 같이, 모든 가치의 규범화를 통한 획일성과 무비판적 학문 수용을 통한 왜곡된 지식에 반대하였지만, 덕성과 지성을 전적으로 반대하지는 않았다.[177]

아침에는 朱門 大道에 들고,
저녁에는 綠水橋邊을 노닌다.

---

173) R. S. Furness 지음, 김길중 옮김, 『표현주의』 89쪽 서울대학교 출판부, 1985.
174) 張良志는 「袁宏道文學思想中的辯證要素」, 『武漢大學學報』 1986년 1기에서 "세태에 영합한 것이 아니라, '시대'에 순응했으며, 古를 배웠으되 古에 몰입하지는 않았고, 心을 배웠으되 道을 배운 것은 아니며, 悟를 중시했으되 修를 무시하지는 않았으며 文을 숭상하되 質을 홀시하지는 않았다. 그리고 신념에 차있었지만 반성을 게을리하지는 않았다"고 원굉도의 문학사상을 변증법적 대립과 통일로 분석하고 있다. 필자 또한 張良志의 견해에 전적으로 동감하며, 원굉도가 반대한 '도착적 활력주의'는 양자의 통일이 아닌 한쪽만에의 경도이다.
175) 원굉도의 도덕적·이성적 자아의 파괴를 통한 '정감적 자아'의 중시라는 의지는 621쪽 「冬夜同黃平倩兄弟、董玄宰、家伯修、小修集顧升伯齋中劇譚偶成」에서 "格外發狂譚, 一呼醒羣睡."라고 표현하고 있다.
176) 1259쪽 「黃平倩」에서 '窮工極變'이라고 하며, 문학이 올바른 시대의 변화를 담아내기 위해서는 작자의 노력이 필요하다고 주장한다. 특히 이는 극단적인 유심주의를 추종하고 도착적 태도로 창작을 일삼는 公安派 말류에 대한 경계이기도 하다. 또한 786쪽 「答李元善」, 1106쪽 「敍曾太史集」 등에서도 도착적인 창작 태도에 단호히 반대하고 있다.
177) 1260쪽 「與友人」: 學則眼開. …… 未有不學而能濟世者.

술집에선 적게 취해도 십일,

춤추는 계집에겐 한 번에 천냥 씩.

(332쪽 「浪歌」: 朝入朱門大道, 暮游綠水橋邊. 歌樓小醉十日, 舞女
一破千錢.)

위의 시를 보면 원굉도가 긍정한 것이 "魏晉 현학자들처럼 육체적
자아의 정서적 요구였다"는 주장[178]에도 일견 일리가 있는 듯 보이지
만 필자는 이러한 견해에는 전적으로 동의할 수 없다.[179] 원굉도의 이
러한 작품은 단순히 문학인의 '정감적 자아'를 중시한 산물이다. 그래
서 그는 "혈기가 있는 사람은 죽어도 모르고 살아도 모를 정도로 술
취하지 않는 사람이 없다"고[180] 반이성적 태도에 어느 정도는 동조하
고 있다. 그러나 필자는 이는 누누이 이야기되어 온 대로 인간의 모든
감정을 말살해버린 '도학'에 대한 반동의 차원에 불과하다고 생각한다.
그래서 원굉도는 "탐닉이 크면 클수록 참음도 클 것이기 때문에 즐기
지만 한계에까지 이를 수는 없다"고 하며[181] 향락을 포함한 인간의 과
도한 탐닉을 경계한다.

그렇기 때문에 그는 "'浮氣'를 다 없애지 않는다면 제멋대로 넘쳐나
는 병폐가 있을 것이기에, 설익은 자질을 가지고 함부로 시험삼아 불
당기지 말라"며[182] 감정의 여과 없는 발산을 경계한다. 그리고 많은
부분을 할애하여 물욕과 인간적 욕구에서 일탈하고자 하는 의지를 보

---

178) 田素蘭, 『袁中郞文學硏究』 18쪽.

179) 필자는 2 - 2 - 1) - (2)절 「'吏道'의 실천」에서 吳縣의 知縣으로 재직할 당
시 현실 개량을 위해 노력한 원굉도를 살펴보았다. 이뿐 아니라 원굉도는
642쪽 「端陽日集諸公葡萄社, 分得未字」에서 "樂事竟虛無, 勞勞長世味."라
고 魏晉玄學者類의 생활태도를 부정하고 있다.

180) 331쪽 「醉鄕調笑引」: 凡有血氣者, 莫不醉醒醒. 死兮不知死, 生兮不知生.

181) 1484쪽 「遊蘇門山百泉記」: 有大溺者, 必有大忍. …… 余所謂 …… 嗜之而
不能極者也.

182) 1531쪽 「陝西鄕試錄序」: 稍有一毫浮氣未盡, 則其氣必外射而有旁溢之患.
…… 愼毋以未純之質, 而輕于試燄也.

여주었다. 이러한 일탈 과정을 통하여 육체와 외재적인 것을 초월하는 '정감적 자아'를 완성하려고 노력하였다. 그렇지만 "힘써 자애하여 지나친 괴로움과 슬픔을 없애라"[183]고 하는 등 이러한 노력들이 인간의 일상성을 넘어서는 과도한 파괴에까지 이르는 것은 경계하였다.

원굉도는 張幼于를 "任俠 때문에 가난하지만 顚狂 때문에 이름이 날린다"[184]고 평가하였지만, '顚狂'이라는 호칭을 듣기 싫어하는 張幼于에게 별 다른 뜻이 없었음을 사과한다.[185] 그러나 '顚狂'한 인간이야말로 주체적인 인간임을 재차 역설하며 古人도 쉽게 이를 얻지 못했다고 말한다.[186] 그러나 원굉도가 사용한 '顚狂'이라는 단어가 단순한 자기파괴로 치닫는 반이성주의를 의미하는 것은 결코 아니다. 원굉도는 자기파괴가 마음속의 한을 푸는데 아무런 도움이 되지 않음을 직시하고 있었다. 그래서 "과거에 낙제하였다고 바둑두고 술마셔도 마음속 깊이 있는 근심은 결코 풀리지 않는다"[187]고 이야기한다. 원굉도는 신앙의 대상이었던 불교에 이르러서도, 모든 것을 '心'에 기준하면서 五欲의 魔城을 쫓는다고 비판하며, '悟修幷重'과 '乘戒兼行'에 더욱 비중을 두고 있다.[188] 그리고 參禪도 평이하고 실질적인 데 이르러야 '最上乘'[189]이라고 주장하며 반이성주의에는 반대의 의사를 분명히 한다. 이는 張良志의 분석과 같이 주관과 객관, 자아와 무아의 절묘한 통일의 추구과정이라고 생각한다.

---

183) 783쪽 「答謝在杭」: 努力自愛, 無過苦慟.
184) 145쪽 「張幼于」: 家貧因任俠, 譽起爲顚狂.
185) 502쪽 「張幼于」: 顚狂二字甚好, 不知幼于以爲病. 夫僕非眞知幼于之顚狂, 不過因古人有"不顚不狂, 其名不彰"之語, 故以相贊.
186) 같은 글: 不肯恨幼于不顚狂耳, 若實顚狂, 將北面而事之, 豈直與幼于爲友哉? …… 若顚在古人中, 亦不易得.
187) 1294쪽 「德山塵譚」: 好秀才落第歸來, 雖下棋飲酒, 而眞悶未嘗解.
188) 1638쪽 「西方合論·引」: 迨於今日, …… 謬引惟心, …… 趨五欲之魔城. …… 至楞伽傳自達摩, 悟修幷重; 淸規創始百丈, 乘戒兼行.
189) 1601쪽 「與黃平倩書」: 參禪到平實, 便是最上乘.

(2) 觀賞的 存在

유교와 불교의 차이는 '현실세계'에 대한 '긍정'과 '부정'이라는 두 가지 상반된 태도에 있으며, 그 나머지는 모두 그다지 중요한 판별 기준은 아니라고 생각한다. 즉 '현실세계'가 하나의 '합리적인 것'이 될 수 있느냐 없느냐를 판별하는 것이다. 유가들은 세계를 '긍정'하기 때문에 당면하고 있는 '현실세계'에서 '理가 실현될 가능성'을 긍정하며 그 '理'를 고집한다.[190] 원굉도가 보다 현실적이라고 하는 이유는 '理의 실현 가능성'을 억지로 고집하지 않는다는 점이다. 오히려 그는 세계는 '理'가 실현될 수 있는 합리적 기준에 맞지 않는다고 보기 때문에, 이상적인 '군자'상에서 탈피하여 보다 철저한 현실적 인간이 되기 위해 노력하기도 했다.[191] 이러한 사고는 외재적인 어떠한 독립된 실재(External Reality)를 부정하고, 단지 일종의 주체성만을 최후의 근원으로 보았기 때문이다.[192] 그래서 원굉도는 '현실세계'에서 '소유'와 '추구'에 '집착'하지 않는 觀賞的 존재가 되기 위하여 노력하였다. 본 소절에서는 관상적 존재가 되기 위해 노력한 원굉도의 사상적 배경을 살펴보고, 이러한 노력이 현실 속에서 어떻게 구체화되었는가를 고찰하고자 한다.

① '소유'로부터 일탈

필자는 백성의 과도한 부담을 덜어주기 위한 원굉도의 노력과,[193] 과거제도를 개인의 축재 수단으로 이용하는 데 대한 그의 비판[194]을 살펴보았다. 원굉도는 이와 같은 개인적 청렴 때문에 본인 스스로도 가장 초보적인 가정의 경제 문제를 해결하기 위하여 관직에 올랐다고

---

190) 勞思光 지음, 정인재 옮김, 『중국철학사』 漢唐 편 90쪽.
191) 2 - 2 -1)절 「學問과 吏道의 분리」 참조.
192) 勞思光 지음, 정인재 옮김, 『중국철학사』 漢唐 편 226쪽 참조.
193) 2 - 2 -1) -(2)절 「吏道의 실천」 참조.
194) 2 - 4 -2)절 「개량의 한계」 참조.

고백한 바 있다.195) 이렇듯 원굉도는 금전의 '소유' 문제로부터 일탈하려고 많이 노력하였다. 본 소절에서는 원굉도의 이와 같은 물질로부터의 일탈 노력을 살펴보고자 한다.

원굉도는 吳縣의 知縣으로 재직하면서 한 푼도 사사로이 취하지 않았으며, 이 때문에 다른 사람의 돈을 빌려서 이삿짐을 꾸렸을 정도로196) 재물의 소유에는 관심이 없었다. 원굉도는 "조금 빈궁하면 조금 즐겁고 크게 빈궁하면 크게 즐겁다"고 생각했기 때문에 재물의 소유를 추구하지 않았을 뿐 아니라, 남는 의식은 모두 다른 사람에게 주어버렸다.197) 게다가 아무리 좋은 것을 가지고 있더라도 그것을 더 잘 소유할 수 있다고 생각되는 사람에게 주어버렸다.198) 이는 그가 인간의 욕망은 끊임없이 계속되는 것이며199) 부유함은 인간을 교만하게 만든다고200) 생각했기 때문이다. 그는 자신의 가정경제에 대하여 다음과 같이 이야기한다.

> 인생 삼십에, 주머니에 여분의 돈이 없을 수 있으며, 곳집에는 여분의 쌀이 없을 수 있으며, 사는 데 高堂廣廈가 없을 수 있으며, 먹는데 얼큰한 술과 큼직한 고깃덩이가 없을 수 있겠습니까? 부끄럽기 짝이 없습니다.(209쪽「毛太初」: 人生三十歲, 何可使囊無餘錢, 囷無餘米, 居住無高堂廣廈, 到口無肥酒大肉也, 可羞也.)

위의 인용문은 원굉도가 지현을 역임할 당시 毛太初에게 보낸 편지이다. 그는 위의 인용문에서 가난한 자신의 삶이 부끄럽다고 하였지만,

---

195) 742쪽「答朱虞言司理」: 及計窮橐盡, 無策可以餬口, 則又奔走風塵, 求敎學先生.
196)「行狀」: 爲吳令, 不取一錢, 貸而後裝.
197) 1235쪽「龔惟學先生・又」: 小窮則小樂, 大窮則大樂. 衣食僅充, 餘則施之.
198) 939쪽「遊石州」: 間來袖得佳石子, 付與山中好事僧.
199) 295쪽「顧紹芾秀才」: 人生願欲, 決無了時, …… 故終身馳逐而已矣.
200) 1511쪽「策・第一問」當有餘則驕, 驕則塞 …… 人情戒於不足, 而傲於有餘也審矣.

이는 가난을 진정으로 부끄러워하는 것은 결코 아니며 오히려 무소유의 즐거움을 우회적으로 이야기한 것이다. 그는 "오현에서 지현을 하며 무엇을 가지겠는가? 太湖에 높이 솟은 두 봉우리뿐"[201]이라고 자연만을 공유하고자 노래한다. 그래서 그는 "도시든 촌이든 상관없이 집은 비바람을 막으면 족하고, 담은 식구들을 가리면 되고, 牀几는 손님이 앉을 수만 있으면 족하다"[202]고 생을 위한 최소한의 소유만을 긍정한다. 또한 일체의 소유를 부정하였기 때문에 동생이 와도 쌀팔 돈조차 없기 일쑤였으며 겨울에 옷에 넣을 솜조차 없었다.[203]

밭과 집은 더욱이나 살 필요가 없다. 언젠가 은퇴하면 단지 형님네 집에서 노는 땅 한 畝와 세 칸짜리 초가집을 청합니다. 제 바람은 이 뿐입니다. 집안의 여러 畝는 처자에게 남겨주어 생활하게 하며, 나는 간섭하지 않고 그 또한 나를 간섭할 수 없습니다. 인생살이 이와 같을 따름이니 많이 근심한들 또 다시 무엇 하겠습니까?(251쪽 「家報」: 宅田又不必買, 他年若得休致, 但乞白門一畝閑地, 茅屋三間, 兒願足矣. 家中數畝, 自留與妻子度日, 我不管他, 他亦照管不得我也. 人生事如此而已, 多憂復何爲哉!)

위의 편지에서 원굉도의 자득하면서 사는 풍모와 개인주의적인 경향을 잘 느낄 수 있다. 전절에서도 원굉도가 반이성주의에 반대하였다는 점을 밝혔지만 원굉도는 학문의 즐거움을 통해 '소유'의 추구를 없앨 수 있다고 보았다. 그래서 그는 "학문을 배경으로 한다면 새로운 '趣'를 얻을 수 있기 때문에, 顏回가 簞瓢와 陋巷의 괴로움조차 바꾸지 않고 금슬을 연주하였고 팔을 베고 누워 근심을 잊을 수 있었다"고 보았다.[204]

---

201) 119쪽 「紀宦」: 令吳何所有, 震澤兩高峰.
202) 291쪽 「華之臺」: 不擇市邨, 但屋瓦可以蔽風雨, 牆垣可以遮妻孥, 牀几可以坐賓客者皆可.
203) 518쪽 「喜小修至・其四」: 買米錢都盡, 裝衣絮亦無.
204) 1524쪽 「和者樂之所由生」: 學至于樂, 而趣始極. 然則簞瓢之不改, 乃陋巷之

② '추구'로부터 일탈

인간은 한 가지 욕구를 만족시켰을 때 또 다른 욕구를 추구한다. 인간은 이와 같은 끊임없는 추구의 과정에 있기 때문에, 불교에서는 '諸行無常'·'諸行皆苦' 등 인간의 '욕구'인 '行'을 억제하는 교리를 낳았다.[205] 원굉도는 인간은 '의식 추구' 때문에 '인식 착오'가 생긴다고 보았기 때문에 의식의 추구조차도 없어야 한다고 이야기한다.[206]

원굉도는 인간의 구속은 '집착'에서 야기된 것이기 때문에[207] '집착'에서 벗어나지 못하고는 결코 진정한 '自在人'이 될 수 없다고 생각한다. 그가 '집착'에서 벗어나고자 하는 욕구는 이지를 만난 후 '自在함'을 배우면서부터였다.[208] 그래서 그는 작은 일에 '집착'하고 '추구'하며 젊은 날을 허비하지 말라고 徐㫚卿에게 충고한다.[209] 또한 동생 중도의 학문적 배경으로 '自在'를 들고, 자신의 학문도 '闇然日章'을 위주로 하기 때문에 '自在'할 수 있다고 하는 등, '自在'를 생활의 기본 태도로 간주하고 있다.[210] 이러한 '自在'야말로 모든 '소유'와 '추구'로부터 일탈할 수 있었던 근본적 원인이었다.[211]

그러나 원굉도 또한 '道'를 '추구'하지 않은 것은 아니었다. 그는 32세 때인 1599년부터 친구인 無念스님의 충고에도 불구하고 고기도 먹

琴瑟, 而曲肱之忘憂.

205) 勞思光 지음 정인재 옮김, 『중국철학사』 226쪽.

206) 778쪽 「答無念」: 夫貪嗔識也, 貪嗔不行, 卽是意識行不得也, 莫錯認也.

207) 808쪽 「廣莊·德充符」: 百計愛惜, 以愛惜故, 牽纏糾縛, 促局如繭中之蟲.

208) 500쪽 「徐㫚卿」: 僕小時曾于小中立基, 枯寂不堪. 後遇至人, 稍稍指以大定門戶, 始得自在度日, 逢場作戲矣.

209) 같은 글: 天長人短, 鬼多仙少, 安得以浮泛不切之事, 虛費此少壯日子哉?

210) 1611쪽 「與黃平倩」: 小修學問, 以自在爲主; 弟之學問以闇然日章爲主. 蓋惟闇然則自在.

211) 308쪽 「江進之」에서 "窮博士有何好趣? 弟已將進士二字, 抛却東洋大海. 候命下, 卽自上一乞體本, 了却前件, 作世間大自在人."이라고 노래하고 있는 것을 보면, 그가 추구하였던 것이 물질적 소유나 외재적 추구와는 거리가 있음을 알 수 있다.

지 않고 모든 정욕을 끊어 보려고 노력했다. 그러나 그는 결코 파기하지 않을 듯하던 이러한 추구를 얼마 안 가 중단하였다.[212) 이는 원굉도가 '추구'의 대상 대신 단지 '逍遙'와 '觀賞'의 대상만이 있을 뿐임을 알았기 때문이다.

대개 상급의 추구는 梅客生이나 陶石簣처럼 좋은 갓과 옷을 팽개치는 것인데 이는 이미 할 수 없다. 하급의 추구는 누린내를 좇아 파리가 꼬이는 것이다. 벼슬길을 미녀와 같이 달게 여기지만 …… 그것은 더욱 더 할 수 없다. 한 몸으로 머리 둘 달린 말을 타고 가는 것이니 이것이 더욱 괴로운 까닭이다.(788쪽 「答顧秀才紹芾」: 蓋上之欲如梅、陶諸人, 擲冠投袪, 旣不可得; 下之欲羶趨蠅赴, 甘宦途如美女, …… 而又不可得. 一身騎兩頭馬, 此其所以益苦也.)

원굉도는 세속적 추구를 '누린내를 좇아 파리가 꼬이는 것'에 비유한다. 특히 봉건사회를 살아가는 지식인으로서 부와 권력과 명예가 동시에 보장되는 관직에 대한 동경은 당연한 것이고 맹목적이라고까지 할 수 있다. 그는 관리로서의 '추구'라고 할 수 있는 출세 욕구를 다음과 같이 이야기한다.

지금 推知中行하는 사람은 1일이 3년이 아닌 것을 한탄한다. 무엇 때문인가? 삼년이 빨리 되어야만 京官의 이로움이 있기 때문이다. 內閣에 들어있는 관리들은 1일이 8, 9년이 아닌 것을 한탄한다. 또한 翰林院에 있는 관리들은 지금 당장 머리카락이 하얘지고 이빨이 빠지지 않음을 한탄한다. 무엇 때문인가? 內閣의 늙은 관리들은 堂上官의 이로움이 있기 때문이고 翰林의 늙은 관리들은 入閣의 이로움이 있기 때문이다.(295쪽 「顧紹芾秀才」: 今之作推知中行者, 恨不一日旣三載也. 何也? 以促三載, 有京官之利也. 官臺省者, 恨不一日旣八九載; 官翰苑者,

---

212) 2-3-2)-(2)절 「柳浪亭에의 은둔」 참조.

恨不旣時髮白齒落也. 何也? 以老科道有堂鄕之利, 老翰林有入閣之利也.)

　　물론 실상을 풍자한 글이지만, 하급관리나 고급관리의 구분 없이 똑같기만 한[213] 맹목적인 출세지향을 단적으로 드러내어 비판하였다. 그러나 원굉도는 이와 같은 시대상에 영합할 수 없었기 때문에 관직에서 도망하고자 노력하였다.[214] 그래서 그는 번잡함과 고통 때문에 지현의 자리가 시골 늙은이가 술 마시며 바둑두는 즐거움만도 못하다고 이야기한다.[215] 그러나 관리를 하는 것도 逍遙의 일종[216]이기 때문에 관직에서의 일탈욕구 또한 또 다른 '추구'가 될 수 있음을 경계한다. 원굉도는 이와 같은 세속적 추구인 '下之欲'뿐 아니라 '上之欲'에서도 벗어나고자 하였다.

　　中庸의 불가능함을 알지 못하고, 기이함을 표방하고 숭상하여 이를 하려 한다. 이러한 사람의 형적이 비록 보기 좋을지는 몰라도 집착이 너무 심하니 그 마음은 죽은 것이다. 세상에서 이런 사람이 사람을 가장 잘 선동하였기 때문에 孔子가 통한하였다.(1297쪽 「德山塵譚」: 不知中庸之不可能, 而欲標奇尙異以能之. 此人形迹雖好看, 執着太甚, 心則死矣. 世間有此一種人最動人, 故爲夫子所痛恨.)

　　원굉도는 위의 인용문에서 집착이 심한 마음을 '죽은 마음'이라고 이야기한다. 그렇기 때문에 도를 배우는 사람이 才華를 드러내며 명예를 '추구'하는 것을 '正道'에서 꺼렸다고 말한다.[217] 이와 같이 '추구'를 포기하는 이면에는 모든 '道'가 '虛'하다는 인식이 근저에 깔려 있음을 부정할 수 없지만,[218] 그보다는 '추구'가 또 다른 구속을 유발할 가능성

---

213) 613쪽 「冬日雜興・其三」: 卑官與大吏, 一種逐蹄輪.
214) 264쪽 「陶石簣」: 大官誰不願做, 然大官累人, 遠不如閒散之可以適志也. 人生如此而已矣.
215) 209쪽 「毛太初」: 弟已得吳令, 令甚煩苦, 殊不如田舍翁飮酒下棋之樂也.
216) 112쪽 「舟中」: 作吏也逍遙.
217) 1297쪽 「德山塵譚」: 學道人 …… 若逞才華, 求名譽, 此正道之所忌.
218) 616쪽 「戊戌初度・其三」: 消散方知道是虛.

을 깨달았기 때문이었다. 관리는 '利'에, 隱者는 '名'에 속박될 수 있다. 이 때문에[219] 산속에 거처하더라도 '天眞'만을 의지하며, '수고로움'이 없는 것이야말로 '自在身'이다.[220] 원굉도는 완전한 관상적 존재를 이룬 삶을 다음과 같이 표현한다.

> 좀벌레가 나무속에 몸을 숨긴 듯 거처하며,
> 달팽이가 머리에 집을 이듯 다니네.
> 아래로는 송곳 꽂을 땅, 위로는 기와 한 조각 없으니,
> 몸을 오늘은 '空'과 '虛'에 두노니.
> (909쪽 「新買得畵舫, 將以爲菴, 因作舟居詩」: 居如老蠹身藏木,
> 行似蝸牛首戴廬. 下無卓錐上片蝸, 致身今日在空虛.)

위의 시에서 원굉도는 자연과의 합일 속에서 모든 소유와 추구로부터 일탈한 절대 자유를 만끽하고 있다. "이와 같은 은자의 일은 대장부만이 할 수 있는 일이기 때문에 평생토록 선모했어도 아직 얻지 못했다"[221]고 원굉도는 겸손해한다. 하지만 그의 이와 같은 경지야말로 '추구'에서의 완전한 일탈을 이룬 경지이다. 왜냐하면 "다투지 않는 곳에 거처하며, 모든 것을 천하 사람에 양도하는 사람"이라고 원굉도 스스로가 정의한 '幽人韻士'[222]의 실천적 경지이기 때문이다. 그래서 그는 "구름으로 계곡을 가로막고 鴻溝로 세속과의 경계를 그었던"[223] 柳浪亭에서의 은둔 생활 속에서 스스로를 高陽이라고 부르며 만족해했다.[224]

---

219) 411쪽 「湖上別, 同方子公賦」: 官者爲利縛, 隱者爲名囚.
220) 929쪽 「山居」: 山居只索任天眞, 無作無營自在身.
221) 817쪽 「甁史·引」: 此隱者之事, 決烈丈夫之所爲, 余生平企羨而不可必得者也.
222) 같은 글: 夫幽人韻士者, 處於不爭之地, 而以一切讓天下之人者也.
223) 954쪽 「和散木韻·其五」: 請雲遮谷口, 與俗割鴻溝.
224) 958쪽 「九月二日盛集諸公郊遊, 至二聖寺, 仍用散木韻·其四」: 山中無姓字,
   呼我作高陽.

한 시대를 주름잡던 "管仲의 三歸臺 가의 비석도 결국은 무너질 수 밖에 없으며 項羽의 무덤가에도 돌말만이 울어제끼 듯"[225] 관직 추구로 얻어진 권력 또한 무상할 뿐이었다. 따라서 농사짓는 것보다 못한[226] 허무한 권력[227]에서 누구도 스스로 떠날 줄 모른다고 비판한다.[228]

원굉도는 이와 같은 관직 추구에 대한 비판에서 한 걸음 더 나아가, 관직을 떠나는 것보다 명예를 떠나는 것이 어렵다고 생각한다.[229] 이 때문에 "국가의 모든 禍는 소인의 손에서 잉태되지만 禍가 이루어지는 것은 대부분 공과 명예를 추구하는 '군자'에 의해서"라고 이야기한다.[230] 일반 사람의 '명예'에 대한 미련은 어쩔 수 없기 때문에[231] 그도 소년 시절에는 이러한 것을 구하기 위하여 독서를 하였다. 그러나 성년의 원굉도는 아무 것도 가지지 못했어도 스스로 만족할 수 있었다.[232] 이는 관상적 존재인 '소요'의 경지란 관직이 있고 없고의 문제가 아니며 스스로의 마음에 달린 문제라는 것을 깨달았기 때문이다.[233] 그래서 원굉도는 북경에서 관리생활을 하는 도중에도 관리로서의 명예 추구보다는 가부좌를 틀면서 끊임없이 자아성찰을 계속한다.[234] 그리고 이와 같은 소극적인 관리생활을 "부싯돌 불꽃은 차 마

---

225) 106쪽 「東阿道中晩望」: 東風吹綻紅亭樹, 獨上高原愁日暮. 可憐羸馬蹄下塵, 吹作遊人眼中霧. 靑山漸高日漸低, 荒園凍雀一聲啼. 三歸臺畔古碑沒, 項羽墳頭石馬嘶.

226) 617쪽 「戊戌初度·其四」: 六載牽羈成底事, 不如瀟洒學爲農.

227) 151쪽 「歲暮卽事」: 宦意如霜草.

228) 246쪽 「徐少府」: 誰不樂作官? …… 食無味, 兒女子皆知吐之, 官無味而不知吐.

229) 508쪽 「朱司里」: 大約世人去官易, 去名難. …… 戀名猶戀官也.

230) 1121쪽 「送江陵薛侯入覲序」: 自古國家之禍, 造於小人, 而成于貪功倖名之君子者, 十常八九.

231) 220쪽 「沈博士」: 彭澤乞丐子耳, 羞見督郵 …… 但以作吏此中, 尙有一二件未了事欲了, 故爾遲遲, 亦是名根未除.

232) 347쪽 「答內」: 少年讀書求富貴, 白手靑雲能自致.

233) 636쪽 「和韻贈黃平倩」: 逍遙未必是無官, 割累忘情夢也安.

234) 627쪽 「和陸放翁初春遣興, 次原韻」: 疎散庸庸寄一官, 匡床趺坐覺身安.

시는 운치를 돋우고, 솔바람 소리는 부처님의 음성인 듯"[235]이라고 묘사하고 있다. 원굉도는 "산에 오르고 물가에 노니는 것만이 우리가 할 일이지, 세속의 일은 진실로 감당할 수 없다"고[236] 하며 관직과 명예의 추구로부터 일탈한 관상적 삶을 살기 위해 노력한다.

정치란 인정의 좋아하고 싫어함을 따르는 '무위'여야 한다는 것이 원굉도의 기본 관념이다.[237] 그렇기 때문에 그는 자신이 행해왔던 정치상의 헛된 추구에 대해서도 절실히 반성하였다.[238] 따라서 원굉도는 世事에 있어서도 '외재적 존재'를 가지고 스스로를 대한다면 '邪道'를 행하는 것이며, 조급함 때문에 관상적 존재만이 누릴 수 있는 '자아'를 잊곤 했었다고 고백한다.[239] 이와 같은 고백은 자기와 주변의 문제 때문에 관상적 존재인 '자아'가 희생될 수밖에 없었다고 여겼기 때문에 나온 것이다. 즉 원굉도는 '自己愛'라는 추구가 스스로를 구속하는 최고의 적이라고 여겼다.[240] 이와 같이 관상적 존재를 추구하던 원굉도는 다음과 같은 시를 마지막으로[241] 영원한 자유인으로 남게 된다.

> 庾信, 羅含과 이웃하니,
> 귤꽃 흐르는 강물위의 自由身이로다.

---

235) 661쪽 「秋日集江進之、王以明、方子公、王章甫、小修飮崇國寺, 分韻得字」: 石火增茶韻, 松音出梵腔.

236) 1617쪽 「答小修」: 登山臨水, 終是我輩行徑, 紅塵眞不堪也.

237) 1298쪽 「德山塵譚」: 問: "有放有擧, 何名無爲?" 答: "因人情好惡而好惡之, 亦是無爲.

238) 342쪽 「遊惠山作·其二」: 浮生早被微名誤, 遲向人間醉五年.

239) 350쪽 「仲春十八日宿上天竺·其二」: 若以色見我, 是人行邪道. …… 終日忙波波, 忘却自家寶.

240) 원굉도는 776쪽 「家報」에서 '我相'을 없애는 것이 '道'에 이르는 첩경이라고 주장하는 등 '無我'를 통한 '자아'의 완성을 주장한다. 이 문제는 3-3-2)절 「自我의 無我化」에서 자세히 고찰하고자 한다.

241) 錢伯城의 「箋」에 따르면 이 시는 1610년 7월 公安에서 지은 것으로 추정하는데, 8월에 병이 나서 9월에 세상을 떴기 때문에 「集」에 실린 마지막 시이다.

野服만으로는 高士라고 칭하기 어려우니,
단지 내모양 술취한 사람같이 느낄 뿐.
(1594쪽 「又得人字」: 庾信羅含作近隣, 木奴江上自由身. 未容野
服稱高士, 但覺遺形似醉人.)

③ 生死一如

이상 살펴본 바와 같이 袁宏道는 모든 '소유'와 '추구'에서 탈피하고
자 노력하였다. 인간에게 '집착'을 유발하는 모든 외재적인 것으로부터
탈피하고자 했던 원굉도는 '生'과 '死'라는 인생의 가장 큰 문제에서도
마찬가지 태도를 취하고 있다.

　莊周는 孔子가 돌아가신지 얼마 되지 않아서, 『장자』 내편 일곱
편 중 반은 공자의 말을 인용하여서 '생'과 '사'의 모든 표적을 깨
뜨렸다. 만일 『장자』가 사실이 아니라 한다면 『중용』 또한 僞書일
것이다.(810쪽 「廣莊·大宗師」: 莊去孔聖未遠, 七篇之中, 半引孔語,
語語破生死之的, 儻謂蒙莊不實, 則中庸亦僞書矣.)

위의 인용문에서 『장자』에 등장하는 공자에 관한 예화 전부를 원굉
도가 사실로 받아들였는가 아닌가가 중요한 것이 아니다. 원굉도는 공
자의 사생관을 장자가 심화 발전시킨 것으로 생각했다. 특히 당시 성
리학 정통서로 꼽히던 『중용』의 진위 문제를 담보하여 『장자』의 진실
성을 부각한 것은 원굉도가 가지고 있던 장자적 사생관의 정통성을 부
각하기 위한 것이라고 필자는 생각한다. 『장자』의 사생관은 '생'과 '사'
의 구분을 없앰으로써 인간에게 '생'에 대한 집착을 없애는 것으로 요
약할 수 있다.242) 이 때문에 원굉도가 '생'을 추구하지 않고, '사'와 '생'

---

242) 『장자』의 이와 같은 사생관은 『장자·大宗師』에서 子來의 죽음에 관한
　　고사, 子桑戶의 상례를 지켜본 子貢과 공자의 대화, 顔回와 仲尼의 대화
　　등에 잘 나타나 있다.

의 구분을 두지 않은 것은 이와 같은 장자적 사고의 산물이다.

원굉도는 인간이 어떠한 경우에도 뿌리칠 수 없는 가장 절실한 문제가 바로 '생'과 '사'의 문제이기 때문에, 과거로부터 모든 문인들의 좋은 창작 소재가 되었다고 인식하였다.243) 마찬가지로 阮籍이나 陶淵明같이 인생을 달관한 사람도 '삶'과 '죽음'의 문제를 해결할 수 없었기 때문에 부득이 술에 의탁했다는 것이 원굉도의 동생이자 동지였던 원중도의 견해이다.244)

이와 같이 '생'과 '사'의 문제에서 일탈하고자 했던 원굉도는, 자신이 반드시 죽을 것이라는 확신만 있으면 '생'과 '사'의 모든 '추구'로부터 관상적인 태도를 취할 수 있을 것이라고 이야기한다. 그러나 사람들은 자신의 '죽음'을 믿지 않는다. 죽음을 믿게 되는 순간조차도 '죽음'을 수용하지 못하고 '죽음'에서 벗어나려고 발버둥을 친다.245) 모든 생물은 태어나는 순간 이미 '죽음'의 계획이 조물주의 손에 의해 마련되어 있다.246) 하지만 오히려 이 세상의 어떠한 것도 어떠한 순간에도 '삶'에 집착하여 '養生'하지 않는 것이 없다.247) '양생'의 설은 '삶'을 탐하는 데서부터 나왔다고 원굉도는 생각한다.248) 따라서 '삶'을 이롭게 하기 위해서 또는 '삶'을 얻기 위해서 '양생'을 추구하지만 오히려 그 반대의 결과를 낳는다.249) 원굉도는 이 때문에 '삶'에 대해 보다 관상적

---

243) 443쪽 「蘭亭記」: 古今文士愛念光景, 未嘗不感嘆于生死之際. 故或登高臨水, 悲陵谷之不長; 花晨月夕, 嗟露電之易逝. 雖當快心適志之時, 常若有一段隱憂埋伏胸中, 世間功名富貴擧不足以消其牢騷不平之氣.
244) 袁中道, 453쪽 「四牡歌序」: 夫以阮籍、陶潛之達, 而於生死之際, 無以自解, 不得已寄之于酒.
245) 810쪽 「廣莊・大宗師」: 天下皆知生死, 然未有一人信生之必死者. 囹圄之人, 一陷大戮, 寤寤寐寐, 惟脫死是求. …… 何則? 信己之必死故也.
246) 같은 글: 茫茫衆生, 誰不有死, 墮地之時, 死案已立.
247) 800쪽 「廣莊・養生主」: 天下無一物不養生者, 亦無一刻不養生者.
248) 같은 글: 養生之說, 起於貪生.
249) 같은 글: 衆人以利生, 故害生, …… 衆人以得生, 故失生, …… 嗜雞雛者, 養以松子, 灌以漿酪, 雞亦自幸與羣雛異, 而不知鸞刀之先至也.

인 태도를 요구한 것이다.

인간은 '삶'과 '죽음'에 집착하기 때문에 미혹되며, 결국은 두려워하게
된다. 그러나 한 발짝 물러서서 관상하면 모든 것이 아이들 장난과 같
을 뿐이다.[250] 원굉도는 이와 같이 '죽음'에 대한 확신과, '생' '사'의 동
시 병존을 믿었기 때문에 관상적인 인생관이 가능하였다.

> 명예를 좇고 이익에 힘씀에, 날이 부족하여서 머리털이 쇠고 얼굴
> 이 초췌해지도록 하니, 동과 쇠가 단단하지 않다고 우려하는 것과
> 같다. 죽음이 있다고 믿는 사람이 이와 같겠는가?(810쪽 「廣莊·大
> 宗師」: 趨名鶩利, 唯日不足, 頭白面焦, 如慮銅鐵之不堅, 信有死者, 當
> 如是邪?)

원굉도는 '죽음'만은 어쩔 수 없는 것이기에,[251] '죽음'에 대한 확신
을 가져야 관상적인 존재가 될 수 있다고 역설한다. 원굉도가 '양생'의
추구보다도 '죽음'에 대한 확신을 강조한 것은 '죽음'에 대한 확신만이
인간의 추구욕을 끊게 할 수 있다고 생각했기 때문이다.

> 유가에서는 '立言'을 '不死'라 여기기 때문에 책을 저술하고 가르침을
> 내리고 붓과 먹을 일삼아 만진다. …… 도가에서는 '留形'을 '不死'
> 라 여기기 때문에 精氣를 단련하고 『周易』의 괘와 여러 가지 大丹
> 藥物의 술책을 애써 연마한다. 불가에서는 '적멸'을 '不死'로 여기기
> 때문에 애써 禪觀하여 虛無를 좇으며, 일체의 幻垢와 無明을 멀리
> 한다.(810쪽 「廣莊·大宗師」: 文章之士, 立言爲不死, 是故著書垂訓,
> 吮毫舐墨 …… 神僊之士, 以留形爲不死, 是故鍛精鍊氣, 留心龍虎坎
> 離及諸大丹藥物之術. 二乘之士, 以寂滅爲不死, 是故耽心禪觀趨向虛
> 無, 遠離一切幻垢無明.)

---

250) 같은 글: 生有生可戀, 死亦有生可戀. 戀生之生者, 旣迷而畏死; 戀死之生
　　者, 亦必迷而畏生. 若爾則所貪之生, 亦大兒戲矣.
251) 810쪽 「廣莊·大宗師」: 爾我生死, 了不可得.

위의 인용문에서 원굉도는 儒·佛·道 삼가의 사생관을 비교하였다. 그러나 그는 이 삼가의 사생관 또한 공히 '죽음' 자체를 탈피한 것이 아니라 오히려 '양생'을 추구한 것으로 간주한다. 이러한 삶과 죽음에 대한 '추구'든 '도피'든[252] 결국 '有爲'를 유발한다. 그 결과 '죽음'의 의미보다는 '삶'을 지향케 하기 때문에 '관상적 삶'을 지향하는 '大道'와는 거리가 있다고[253] 원굉도는 생각한다. 그래서 그는 자식의 주검을 앞에 하고도 '죽음'을 초월한 태도를 보인다.[254]

> 내가 전에 고요히 앉아 생각해보니,
> 삶과 죽음은 모두가 하나로다.
> 네가 이미 나보다 먼저 죽음의 길을 떠났으니,
> 너는 나의 귀신 선배로다.
> ⋯⋯⋯ ⋯⋯⋯
> 한번 가고 한번 오는 것이,
> 하늘의 장난 아님을 누가 알겠는가?
> (「哀殤·其一」: 我嘗靜坐思, 生死同一例. 子旣先我行, 卽是鬼
> 先輩. ⋯⋯ 一去與一來, 孰知非天戱.)

위의 시는 원굉도가 자식의 주검을 앞에 놓고 쓴 것이다. 원굉도는 위의 시에서 자식의 죽음을 슬퍼하지 않고, '생'과 '사'를 초월한 자세를 보인다. 이는 전술한 바와 같이 '생'과 '사'가 하나임을 알고 있었기 때문에 가능한 것이다.

'생'과 '사'를 하나로 간주하는 원굉도의 사고는, 모든 사물과 현상에 대하여 等價性을 부여하고 相對性을 인정하는 同質論的 사고의 극치이다. 이와 같은 동질론적 사고는 인간이 가장 일탈하기 어려운 삶과 죽

---

252) 같은 글: 種種趨避, 皆屬生死.
253) 같은 글: 夫文章之士, 無足論矣. 十種大仙, 壽千萬歲, 報盡還墮二乘, 雖受三界外變易之身, 終屬有爲, 捨此趨生, 焉知大道?
254) 539쪽 「哀殤·其三」: 吾欲痛哭汝, 恐汝笑我痴.

음의 외적 형태에서 일탈하여 관상적 태도를 견지할 수 있도록 하였
다. 문학적으로도 형식미보다는 내재미를 추구하게 하여 '진의 문학론'
과 '아속공상론'을 펼칠 수 있는 사상적 기초가 되었다.

　이상을 통하여 '집착'과 '추구'에 대한 원굉도의 태도를 살펴보았다.
그 결과 그가 추구하였던 것은 비교적 절제된 感性的 삶이었다. 즉 세
속의 집착과 추구로부터 완전히 일탈하려 했던 '觀賞的 眞我'였다. 원
굉도의 생활은 어느 정도 현실지향적인 색채를 가지기 때문에 완전히
'觀賞的'이었다고는 할 수 없지만 그의 실천의지만은 높이 평가할 수
있다.

　원굉도의 관상적 존재 추구 또한 전술한 바와 같이 당시의 沒自我的
풍토 속에서 '眞我'를 추구하는 것이었다. 동시대를 살았던 대다수 지
식인과 구분되는 것 또한 바로 이 점이다. 즉 자아의 내적 성찰과 인
간의 주체적인 의미를 강조였기 때문에 삼교합일적 사고를 하였으며,
이는 세속에서의 榮利추구보다는 보다 관상적인 존재가 되게 하였다.
그리고 다른 公安派 작가와는 달리 '性靈思想'을 그만이 문학적으로 온
전하게 실천할 수 있었던 것 또한 성명지학의 완전한 체득과 '관상적
존재'의 구체화 속에서 완정한 자아 확립의 의지가 있었기 때문이다.

2) '自我'의 '無我化'

　송대에 이르러 성리학은 불교의 영향을 받으면서 형이상학적 기초를
이루어 유가의 정통 지위에 올랐지만 불교에 대하여 극히 엄격한 비판
적 태도를 취하였다. 이는 무엇보다도 현실세계의 실재성을 부정하고
인생의 적극적 의의를 인정하지 않는 불교의 세계관과 인생관이 유교
와는 서로 용납하지 않기 때문이다.[255] 전술한 바와 같이 불가는 '현실
세계'를 부정하고 유가는 '현실세계'를 인정한다. 불교가 '현실세계'를

부정하여 捨離정신을 제창할 때 萬有는 하나의 장애가 되고 얽매임이
된다.256) 원굉도가 현세의 모든 가치 규범에 대하여 회의하고 부정하
며 일탈하여서 관상적인 태도를 유지하려고 했던 것은 이러한 불교의
捨離정신과 노장의 은둔사상이 빚어낸 것이었다.

　勞思光은 불교를 "석가모니 이래 현실세계를 허망에 의해 생성되는
것으로 간주하여서, 세계를 떠나 '주체'의 초월적인 자유를 추구하는
것"257)이며 "세계의 부정을 통하여 하나의 '완성된 자아'를 추구하는
것"258)으로 간주하고 있다. 원굉도는 말년까지 적극적으로 현실에 참
여하는 등 현실을 완전히 부정하지는 않았다. 그러나 원굉도는 신앙으
로서 불교를, 가치 척도의 기준으로 삼교합일론을 채택하여 '초월적이
고 주체적인 자아'를 확립하려 했다. 즉 원굉도는 당시 대다수 지식인
과는 달리, 현실지향적이기만 한 유학을 科擧를 보기 위한 학문 내지
는 삼교 중의 하나인 선택 대상으로 간주하였다.

　朱子學의 가치 체계는 '주체'에 대한 긍정이라기보다는 사회에 대한
'존재'의 긍정이었다. 이 때문에 지식인들의 주체에 대한 몰가치화 현상
이 가속화되었고, 자아적인 삶보다는 명분적 삶으로 전도될 수밖에 없
었다. 아울러 '我'의 문제보다는 사회의 안정에 기여하는 '개체'의 역할
에 중점을 두었기 때문에 규범에서 벗어나지 않는 인간을 至善한 인간
으로 규정할 수밖에 없었다. 따라서 '理'라고 이름 붙여진 규범에서의
일탈은 '惡'일 수밖에 없으며 '개성'의 발휘 또한 '惡'의 범주일 수밖에
없다. 주자학에 의해 통치되는 사회는 '五倫'을 통하여 극명하게 표출되
는 혈연관계의 연장선상이다.259) 이는 사회를 일방적인 지배와 피지배
의 구조로 만들어 놓았기 때문에, 원굉도 또한 참여와 은둔을 반복적으

---

255) 木村淸孝 지음, 박태원 옮김, 『중국불교사상』 213～220쪽 참조.
256) 勞思光 지음, 정인재 옮김, 『중국철학사』 한당 편, 60쪽 참조.
257) 같은 책, 60쪽.
258) 같은 책, 91쪽.
259) 守本順一郎 지음, 김수길 옮김, 『동양정치사상사연구』 28쪽.

로 추구함으로써 주자학적 합리주의가 정해놓은 사회 규범에서 일탈과
참여를 반복했다. 그리고 이러한 '피획일화'에서 일탈하여 독립된 개체
로 자유로운 삶을 추구한 것이 바로 '자아 완성'의 노력이었다.

(1) 個性과 自我

주자학 또한 '현실적 존재'로서 '인간의 주체성'을 긍정하고 있기는
하지만 완전히 독립된 자유를 가진 개체 확립에까지는 이르지 못한다.
주자학에서 추구하고 있는 '개체 확립'이라는 것은 기껏해야 봉건적인
'分'에 의한 제한적인 개체의 주체성만을 확립해놓은 것이기 때문이
다.[260] 원굉도를 위시한 명말의 소위 '叛統派 지식인'이 주자학적 갈래
보다는 원시유가의 교의를 추구하고 道·佛의 갈래로 경도되었던 것
은, 제한된 개체의 주체성에서 일탈하고자 하는 몸부림이었다고 할 수
있다.[261] 태어나면서부터 받아야 하는 몰주체적 구속의 울타리를 부수
는 것이며 보이지 않는 '힘'에 의한 지배를 거부하는 것이었다.[262] 즉
현세의 파괴와 부정을 통하여 그 부서짐 위에 자유로운 자아를 세우기
위한 것이다. 이들이 개성적인 자아의 생명성을 획득하기 위하여 내세
운 것이 바로 현실적 구속에서 일탈하고자 하는 몸부림이었기 때문에,
원굉도는 古人과 자신을 비교하지 말라[263]며 스스로의 개성을 부각하
고자 한다.

> 매번 도연명을 생각해보건대, 도연명이 관리 생활을 원하지 않은
> 것도 아니었으며, 가난함을 싫어하지 않은 것도 아니었습니다. 그

---

260) 같은 책, 182~186쪽.
261) 518쪽 「喜小修至·其四」: 彌天布鐵網, 不肯找珊瑚.
262) 976쪽 「穀日小集五弟春草堂, 得穀字限韻」: 寧爲去水鷗, 不作在樊鵠.
263) 911쪽 「新買得畫舫, 將以爲菴, 因作舟居詩·其七」: 莫把古人來比我.

러나 관리 생활을 하고자 하는 마음이 유유자적하려는 마음 보다
크지 못했으며, 가난함을 싫어하는 마음이 힘듦을 싫어하는 마음
보다 크지 못했습니다. 그래서 끝내 '歸去來兮'를 부르며 차라리 밥
을 빌어먹을지언정 후회하지 않았을 따름입니다.(215쪽 「湯義仍」:
每看陶潛, 非不欲官者, 非不醜貧者; 但欲官之心, 不勝其好適之心,
醜貧之心, 不勝其厭勞之心, 故竟歸去來兮, 寧乞食而不悔耳.)

위의 편지에서 원굉도는 차라리 밥을 빌어먹을지언정 현실의 속박에
서 일탈하고자 하는 자신의 심정을 그리고 있다. 원굉도는 그 스스로
도 자신의 성격 때문에 당시의 현실과는 영합할 수 없다고 말한다.264)
그리고 개성적 삶을 긍정하며, 자신만의 독특한 삶의 방식을 평생토록
바꾸지 않는 사람이야말로 '名士'라고 주장한다.265)

    저는 인간세상에서는 牛馬가 되고, 하늘에서는 싸움을 일삼는 阿
修羅가 되고, 法 가운데서는 散聖이 되고자 합니다. 비록 大道라는
것이 어떤 것인지는 모릅니다마는 이와 같은 직분을 받아 쓰면 족합
니다. 세상에는 海神이 없기에 河白도 항상 만족했습니다.(214쪽 「吳
因之」: 若弟則願爲人中牛馬, 天中修羅, 法中散聖, 雖不知于大道如何,
然弟受用如此足矣. 世無海若, 故河白傲然自足.)

원굉도는 정통을 자처하는 도학자들과의 타협을 의미하는 세상과의
조화보다도 부조화를 통한 자기만의 독자적인 개성을 추구했다. 위의
글에서 그가 말하고 있는 '牛馬'는 湯顯祖에게 보내는 편지에서 이야기
했던 '인간에게 순종하고 노고를 아끼지 않는 소와 말'266)이 아니다.
소와 말 같이 인간의 허식이 몸에 배지 않은 자연 그대로의 삶을 추구
하고자 하는 소망이다. 그는 당시의 중국과는 결코 조화될 수 없었기

---

264) 293쪽 「孫心易」: 弟性亢藏, 不合于世.
265) 1597쪽 「與潘景升」: 弟謂世人但有殊癖, 終身不易, 便是名士.
266) 215쪽 「湯義仍」: 若其可籠, 必鵝鴨鷄犬之類, 與夫負重致遠之牛馬耳.

때문에 "다른 사람이 기꺼이 원하지 않는 행복을 누리고, 다른 사람이 감히 하지 못하는 말을 하며, 다른 사람들이 하기에 하찮게 여기는 일들을 하려고 한다."[267] 이 또한 개성적인 삶을 살아가고자 하는 그의 사상적 지향성을 보여주는 글이다.

> 지금 내각의 대신을 하는 사람들은 크게는 蔭卿이 貳요, 작게도 二千石 이상이다. 그러니 영화롭고 또한 때를 잘 만났다고 할 것이다. 그러나 뜻있는 선비는 과거를 보거나, 또 秀才가 되어 비록 公車에 몸을 굽힌다 해도, 이것으로써 그것을 바꾸지 않으려하니 그 이유는 무엇인가? '男兒'는 각기 앞으로 나아가는 길이 다르기 때문이다.(244쪽 「潘去華」: 夫今之爲閣部大臣子者, 大則蔭卿貳, 小亦二千石而上, 可謂榮且遇矣, 然而有志之士, 寧求一擧, 寧作一秀才, 雖公車屢詘, 不以此而易彼, 何也? 以男兒各有出身之路也.)

원굉도가 위의 글에서 사용하고 있는 '男兒'[268]는 이미 '自我'가 확립된 사람을 지칭한다. '自我'가 확립된 이러한 인간은 결코 세속적인 인생의 의미를 위하여 살고 있지 않다. 그러나 이들에 대한 평가는 세속적인 잣대로 이루어지기 때문에 언제나 외로움을 느끼며 자신과의 끊임없는 갈등을 겪어야 한다. 그래서 원굉도는 다른 사람의 비웃음을 무서워하는 사람은 연극에 등장하는 傀儡보다도 못하다고 이야기한다. 괴뢰는 결코 다른 사람의 웃음을 두려워하지 않으며 그 웃음을 사랑하기 때문에, 다른 사람의 시선을 의식하는 무중심적인 사람들은 괴뢰보다도 못하다.[269] 그리고 원굉도는 이러한 무중심한 행위를, 파리가 비린 것을 좇는 듯한 소인배의 짓이라고 가차 없이 질타한다.[270] 이와

---

267) 515쪽 「江進之」: 享人世不肯享之福, 說人間不敢說之話, 事他人不屑爲之事.
268) 다른 글에서는 "大人" 혹은 "丈夫"라는 단어를 사용하기도 한다.
269) 1106쪽 「敍曾太史集」: 昔有禪人爲老衲所姍笑, 羞澁不能出一語. …… 汝見登場傀儡乎? …… 汝不及也. …… 愛人笑, 汝畏人笑耳.
270) 786쪽 「答李元善」: 衆人所趨者, 我亦趨之, 如蠅之逐羶, 卽此便是小人行徑矣.

같이 타인을 의식한 몰자아적인 행태를 비판하는 원굉도는 "어찌 傀儡場에 들어가 다른 사람이 조종하는 것이나 배우겠는가"271)라고 말하며, 개성적인 삶을 추구하는 그의 의지를 보여준다.

> 천하의 모든 것이 혼자만 행해진다면 반드시 없어서는 안 된다. 반드시 없어서는 안 되기 때문에 비록 없애려고 해도 그럴 수 없다. 그러나 부화뇌동하면 없어도 된다. 없어도 되기 때문에 비록 존재케 하려 해도 그럴 수 없다.(188쪽 「敍小修詩」: 且天下之物, 孤行則必不可無, 必不可無, 雖欲廢焉不能; 雷同則可以不有, 可以不有, 則雖欲存焉而不能.)

이와 같이 원굉도는 개성적 자아의 생명성이 있는 것은 영원히 인간과 함께할 것이라고 한다. 그러나 自我의 생명성이 없는 삶은 '活地獄'이라고 일축해버린다.272) 원굉도가 비록 '치졸한 듯하지만 자신만의 언어가 실린 것'을 좋아한 것도 이러한 이유 때문이다.273) 원굉도의 이와 같은 개성적인 삶의 의지는 자기에 대한 자부심에서 비롯되었다.

> 선생께서는 "봉황은 뭇새들과 둥지를 함께 하지 않으며 기린은 뭇 말들과 구유를 함께 하지 않는다. 대장부는 마땅히 獨往獨來하면서 그 스스로 자신의 뛰어남을 펼 따름이다. 어찌 세상 돌아가는 대로 울고 웃으며 다른 사람에게 코뚜레 꿰이고 고삐 매어져야 되겠는가"라고 하셨다.(「行狀」: 先生則謂鳳凰不與凡鳥共巢, 麒麟不共凡馬共櫪, 大丈夫當獨往獨來, 自舒其逸耳, 豈可逐世啼笑, 聽人穿鼻絡首!)

원굉도는 이와 같이 중국에서 전통적으로 초월적 의미를 가진 봉황과 기린의 개념을 도입하여 자신에 대한 자부심을 이야기할 뿐 아니

---

271) 713쪽 「浮山九帶敍」: 豈肯入傀儡場, 學他人提弄者.
272) 241쪽 「李子髯」: 每見無寄之人, …… 這便是一座活地獄 …… 可! 可!
273) 187쪽 「敍小修詩」: 卽疵處亦多本色獨造語, 然予則極喜其疵處.

라, 원중도에 대해서도 "깃든 나무에는 凡庸한 새 없나니"[274]라고, 동생의 개성적인 삶에 자부심 넘친 평가를 내린다.

> 사람 중에 "나와 일반 사람이 같다"고 기꺼이 말할 사람이 누가 있겠는가? 비록 백정 아이나 나무꾼 아이일지라도 입만 열면 "나는 이러이러한데 저 사람은 도리어 그렇지 못하다"고 한다. 학문한다는 사람에 이르면 몇 마디 도리를 깨우치고 몇 가지 좋은 일을 행함으로써 세속에 대해 분개하고 증오하는 것이 더욱 심하다. 이러한 것들은 너무나 미미하고 세세한 것들이지만 가장 없애기 어려운 것들이다. 만일 능히 '세속적 자아'를 없앨 수 있다면 세상 사람들과 하나임을 기꺼워할 것이지만 上根宿學이 아니면 불가능하다.(1299쪽 「德山麈譚」: 人誰肯安心謂我與常人一樣者? 雖屠兒樵子, 開口亦曰: "我便如何, 彼却不能." 至於學道之人, 曉得幾句道理, 行得幾件好事, 其憤世嫉俗尤甚. 此處極微極細, 最難拔除. 若能打倒自家身子, 安心與世俗人一樣, 非上根宿學不能也.)

위의 인용문에서 원굉도는 분명히 凡人의 차별적 인식을 배제하려 노력하고 있다. 다음 글을 보면 원굉도가 얼마나 '개인의 차별성에 기초한 개성적인 삶'을 인정하려고 노력하였는지 잘 알 수 있다.

> 사람의 '情'에는 반드시 기탁하는 바가 있은 후에야 즐길 수 있습니다. 그런 까닭에 바둑두는 것에 기탁하는 사람도 있고, 色에 기탁하는 사람도 있고, 자기만이 지닌 재능에 기탁하는 사람도 있습니다. 옛날의 達人이라고 하는 사람들은 다른 사람들 보다 일층 뛰어난데, 그것은 단지 그들이 정을 의탁하는 바가 있어, 浮泛하여 光景을 虛度하려 하지 않았기 때문입니다.(241쪽 「李子髥」: 人情必有所寄, 然後能樂, 故有以奕爲寄, 有以色爲寄, 有以技爲寄. 古之達人, 高人一層, 只是他情有所寄, 不肯浮泛虛度光景.)

---

274) 645쪽 「和小修掃字」: 棲樹無凡鳥.

　위의 편지에서 원굉도는 사람이 반드시 '寄'함이 있어야한다고 이야기한다. 이러한 '寄'가 있어야만 자신의 주관대로 움직일 수 있기 때문이다. 그러나 자신을 현실 세계에서 바로잡아 줄 수 있는 이러한 '寄'가 반드시 어떠한 진리여야만 한다고는 생각하지 않는다.

　　인생에서 어찌 一藝도 이루지 못해서야 되겠는가? 시짓는 것으로 이룰 수 없으면 전심전력하여 바둑을 두면 되니, 소위 小方·小李 등이 바로 그들이다. 또 그것으로도 안되면 공차기나 탄주에 전심전력하면 되니, 소위 八十이나 郭道士등이 바로 그들이다. 모든 기예가 최고로 정교한 수준에까지 오른다면 모두가 그 나름대로의 이름을 얻을 수 있으니, 세간의 절실하지도 않은 시문을 지어내는 것보다 백배는 낫다.(202쪽 「寄散木」: 人生何可一藝無成也? 作詩不成, 旣當專精下棋, 如世所稱小方、小李是也. 又不成, 旣當一意, 蹴鞠趨彈, 如世所稱八十、郭道士等是也. 凡藝到極精處, 皆可成名, 强如世間浮泛詩文百倍.)

　그는 이글에서 당시 사대부들의 전유물이자 계급적 특징이라고 할 수 있는 시문 창작에 전념하는 일과 잡기의 일종인 바둑·공놀이·탄주 등을 동일시하였다. 그리고 자기의 소질에 따라 그 분야에서 제일일 것을 이야기한다.

　원굉도는 인간의 종류로 양극단적인 '放達人'과 '愼密人'을 들고 있다. '放達人'으로는 "모친상을 당하고도 술과 고기를 먹는 阮籍과 같은 인간"을 들고 있다. '愼密人'이란 "측간에 가면서도 관을 쓰지 않으면 죄로 여기는 사람"이다. 원굉도는 이렇게 예를 들면서도 양편 모두에 대해 '善'과 '惡'의 판단이나 '好'와 '惡'의 감정을 보이지 않는다. 한 걸음 더 나아가 이러한 당위성에 얽매이는 것이야말로 융통성 없는 소인배들의 누습일 뿐으로 매도한다.275)

---

275) 193쪽 「識張幼于箴銘後」: 阮籍母喪酒肉不絶口, 若此類者, 皆世之所謂放達

이 두 종류의 사람('放達人'과 '愼密人')은 불과 물 같아서 서로 섞일 수 없으니, 우리 같은 사람은 어디에 머물러야 하는가? 내가 말하노니; "이 두 종류의 사람은 서로 닮지도 않았지만 그렇다고 서로 비웃지도 않으며 각자 그 '性'대로 할 뿐이다. '性'이 편안해 하는 것을 아마도 억지로는 할 수 없으려니, 자기의 '性'대로 행하는 사람을 '眞人'이라고 한다. 지금 만약 '방달'한 사람을 억지로 '신밀'하게 하고, '신밀'한 사람을 억지로 '방달'하게 한다면, 오리의 목을 이으려고 학의 목을 자르는 것이니 크게 탄식할 만하지 않겠는가!"(193쪽 「識張幼于箴銘後」:　兩種若氷炭不相入,　吾輩宜何居? 袁子曰: "兩者不相肖也,　亦不相笑也,　各任其性耳. 性之所安,　殆不可强,　率性而行,　是謂眞人. 今若强放達者而爲愼密,　强愼密者而爲放達, 續鳧項,　斷鶴頸,　不亦大可嘆哉"!)

보편성에 입각하여 자기의 주관없이 부화뇌동하는 사람을 '凡夫'라고 평가하는 것을 보면,[276] 원굉도가 추구하는 진정한 자유는 서로에게 서로를 강요하지 않고 개성적인 삶을 추구하는 것이라고 생각된다. 원굉도는 이와 같은 비성리학적 사고를 근저에 두고 있었지만 불교와 도교에 대해서도 맹목적으로는 추종하지 않으리라 맹세한다.[277]

이와 같은 원굉도의 개성적인 삶의 추구는 당시 사상계의 보편성에서 벗어나 있다. 즉 성리학적 '도덕성 우위'에 대한 도전과 아울러 그의 비성리학적 사고의 한 면을 잘 나타내는 것이다. 또한 성리학적 인성론이 가지는 엄격한 양분론적 세계관에서 탈피하여, 인간의 자연적 욕망 그 자체를 그 사람의 '기질의 성' 즉 '천성'으로 받아들인 그의 '사상적 폭 넓음'의 산물이었다.

　人也. …… 不冠入厠, 自以爲罪, 若此類者, 皆世之所謂愼密人也. …… 若以此矜持守墨, 事櫛物比, 目爲極則, 而嘆古今高視闊步不矜細行之類, 以爲不必有, 則是拘儒小夫, 效響學步之陋習耳.

276) 798쪽 「廣莊·齊物論」: 寄心於習, 寄口於羣, 人嗔則嗔, 人譽則譽者, 凡夫之是非也.

277) 244쪽 「潘去華」: 不肯終要自己尋一出路, 或仙或佛, 決不敢從他人向路.

(2) 無用之用과 自我

袁宏道는 소위 '도'를 배운 사람에는 莊周·列禦寇와 같이 세상을 안 중에도 두지 않는 사람, 達摩와 같이 속세를 떠난 사람, 세상에 화합하는 사람, 그리고 스스로 세상을 自適하는 사람 등 4종류가 있다고 생각한다.[278] 이 중 원굉도가 가장 좋아하는 인간형이 마지막의 '스스로 自適하는' 인간형이다.

> 오로지 세상에서 자적하며 사는 한 종류의 사람이 있으니, 그런 사람은 너무나 기이하고 또한 너무나 한스럽다. 禪人인 듯 생각되지만 戒行이 부족하고, 儒人인듯 생각되지만 입으로 堯·舜·周公·孔子의 학문을 말하지 않으며, 몸으로는 羞惡·辭讓之事를 행하지 않는다. 자기가 맡은 일에 하나의 재주도 뛰어나지 못하고, 세상사에 어느 것 하나 감당할 수 없으니, 세상에서 가장 불필요한 사람이다. 비록 세상사에 거스르고 어기는 바가 없으나 賢人君子라는 사람들이 이를 배척하여, 자기들에게서 멀어지지 않음을 근심한다. 나는 이런 종류의 사람을 제일 좋아한다. 이들은 너무나도 자기마음이 가는대로 유유히 생활한다고 여겨지니 마음으로 삼가 이들을 흠모한다.(217쪽「徐漢明」: 獨有適世一種其人, 其人甚奇, 然亦甚可恨. 以爲禪也, 戒行不足; 以爲儒, 口不道堯·舜·周·孔之學, 身不行羞惡辭讓之事, 於業不擅一能, 於世不堪一務, 最天下不緊要人. 雖于世無所忤違, 而賢人君子則斥之惟恐不遠矣. 弟最喜此一種人, 以爲自適之極, 心竊慕之.)

이들이야말로 세상을 어기거나 거스르지 않고 자적의 극을 달리는 사람이다. 원굉도가 이야기하고 있는 '自適之極'이란 삶의 의미를 상실한 패배주의에 젖은 인간은 결코 아니다. 자기만의 개성 즉 뚜렷한 자

---

278) 217쪽「徐漢明」: 弟觀世間學道有四種: 有玩世, 有出世, 有諧世, 有適世. 玩世者, …… 莊周、列禦寇、阮籍之徒是也. 出世者, 達摩 …… 行雖孤寂, 志亦可取. 諧世者, …… 不能廻脫蹊徑之外, 所以用世有餘, 超乘不足.

아의식을 가지고 살아가는 인간이다. 또한 도학적 이상만을 목표로, 그와 같아지고자 그런체하며 가식적으로 살아가는 사람은 더더욱 아니다. 이들은 자신에게 주어진 능력대로, 자신에게 주어진 개성대로 그리고 주관적인 자아의 잣대로 세상의 '善'과 '惡'이 아닌 '眞'과 '僞'를 판단하며 살아가는 '소박한 인간의 참모습' 즉 개성적인 자아를 구현하는 사람들이다.

> (大鵬을 사로잡아서) 새장 속에 가둘 수 있다면 거위·오리·닭·개와 같은 종류나, 무거운 짐을 지고 먼길을 가는 소와 말에 불과할 뿐입니다. 그 이유는 사람에게 쓰임을 당하기 때문입니다. 그렇다면 大人은 끝내 쓰이지 못한다는 말입니까? 다섯 섬들이 바가지가 江海에 떠다니고, 하늘을 찌를듯한 나무가 광막한 들판에서 소요하고 있습니다. 大人의 쓰임이란 바로 이와 같을 뿐입니다.(215쪽 「湯義仍」: 若其可籠, 必鵝鴨鷄犬之類, 與夫負重致遠之牛馬耳. 何也? 爲人用也. 然則大人終無用哉? 五石之瓠浮遊于江海, 參天之樹逍遙乎廣莫之野, 大人之用, 亦若此而已矣.)

원굉도는 이 글에서 '속박되지 않은 大人'의 고독을 이야기하고 있다. 즉 자신의 주관을 가지는 자유의 대가로서의 고독과, 보호받지 못하고 내팽개쳐진 고독을 이야기하고 있다. 원굉도는 명분론적 절대성에 구속되는 것을 거부하였다. 명분론적 절대성은 현실의 멍에만을 더할 뿐이므로 '無用之用'을 통해서만 현실로부터 완전히 일탈할 수 있다.279) 이러한 일탈의 경지를 그는 '虛'라 하였고, '虛'의 경지를 '추구'하는 것이 아니라 '還'하는 것이라 하였다. '還虛'는 그가 이야기해왔던, 도리와 학식에 때묻지 않은 완벽한 순수성을 지닌 '赤子' 또는 嬰兒의 경지로의 회귀이다. 이 경지 속에서 그는 자신의 마음대로 즐거운 일을 찾고, 입에서 나오는 대로 뭇 책을 해석하고 싶어 하였다.280) 이상을 살펴보면 그의 일탈이

---

279) 121쪽 「任意吟」: 有名終是累, 無用可還虛.

180 袁宏道 문학사상

현실에서의 패배주의적 허무주의의 산물만은 아님을 알 수 있다. 동등한
차원의 회피가 아니라 보다 높은 차원으로의 승화였다. 이런 경지야말로
『장자』에서 추구하는 '무용지용'의 경지이다. 이와 같은 관점에서 원굉도
는 『주역』을 '인간세'에 처하는 제일 뛰어난 책이며, 노자를 인간세에 처
하는 가장 뛰어난 사람이라고 평가한다.[281]

> 『주역』의 '도'는 그 '쓰임'을 잘 감추는 데 있으며, 겸허함을 높이
> 고 도도함을 억누르는 데 있다. 노자의 학문은 원래 『주역』에서 출
> 발하였다. 그렇기 때문에 부드러움과 아래, 암컷과 검음을 귀히 여
> 긴다. 물총새가 자신의 아름다운 깃털을 감추지 않고 물고기가 자
> 신의 비늘을 숨기지 않으면 자기마저도 죽일 수 있거늘, 하물며 사
> 람에게 있어서랴?(804쪽 「廣莊・人間世」: 易之爲道, 在於善藏其用,
> 崇謙抑亢. 老氏之學, 源出於易, 故貴柔貴下, 貴雌貴黑. 夫翠不藏毛,
> 魚不隱鱗, 尙能殺身, 而況於人.)

자신의 좋은 점을 감추고 될 수 있는 대로 자신을 낮추고 겸손해야
한다는 원굉도의 처세론은 여기에서 출발한다. 이와 같은 처세론이 물
론 소극적 遁世 내지 避世 사상에서 출발했다고 볼 수도 있다.[282] 그
러나 필자는 원굉도가 당시의 사상계를 지배하던 현실지향적인 성리학
적 교리와 정면으로 부딪치면서, '無用의 用'을 부르짖는 장자적 인생
관을 실천적 해답으로 제시하고 있다는 데서 의미를 찾고자 한다. 인
간은 자신의 자유를 구가하기 위해서 일체의 세속적 구속으로부터 일
탈하여 비상해야 하듯이, 참으로 유용한 것은 세상의 유용함을 초월해

---

280) 같은 글: 縱心搜樂事, 信口釋群書.
281) 804쪽 「廣莊・人間世」: 周易處人間世之第一書也. …… 老子處人間世之第一
　　　人也.
282) 1299쪽 「德山塵譚」에서 "漢高帝見蕭何治田宅則喜,　及見其作好事則下獄,
　　　恐其收人心也."라고 말하면서, 봉건군주제하에서 신하의 적극적인 치세행
　　　위가 오히려 화를 자초할 수도 있음을 암시하고 있다.

야 한다. 이렇듯 세속의 유용함을 넘어서면 세속에서 無用하다는 것
가운데 진실로 유용한 것이 된다. 그러나 세속인의 눈은 고정되고 습
관화된 기성의 가치체계에 응결되어서 모든 존재물의 자유로운 가치와
참된 유용성을 보지 못한다.[283] 원굉도는 노장의 가르침대로, 세속인들
이 보지 못하는 자유로운 가치와 참된 유용성을 발견하여 홀로 즐기고
逍遙하며 세속을 초월하고자 하였다.

이는 문학적으로도 견지되었다. 원굉도는 세속의 고정화된 문학적
가치체계를 깨뜨리기 위해 '性靈'에 의한 문학을 제창하였다. 무용한
것 가운데 진실로 유용한 것이 되기 위해 문학적 당위성과 효용성을
부정하였다. 자유롭고 참된 유용성을 위하여 '雅'와 '俗'의 구분을 두지
않았다. 이를 통해서도 알 수 있듯이 원굉도의 '자아확립론'은 문학적
으로는 '자아표현론'으로 그 맥을 잇고 있다.

(3) 無我의 완성

① 我見의 극복

袁宏道는 '완정한 자아'를 '有我'의 '無我化'가 이루어진 단계로 간주
한다. 즉 '我見'이 없기 때문에 '때로는 숨기도 하고 때로는 드러나기도
하지만'(時隱時見) 평범한 인간보다는 한 차원 높은 단계이다. 따라서
삶을 위해 다투는 단계[284]가 아니라 스스로의 의도대로 경영하고 만들
어나가는, 삶을 '영위'할 수 있는 단계이다. 그래서 원굉도는 '道'를 추
구하려면 반드시 먼저 '我相'을 제거해야 한다고 말한다.[285] 즉 마음속
에 우상을 그리지 않고 자신의 마음속에 있는 우상을 깨버리는 순간에

---

283) 장기근 옮김 『장자』 213~214쪽 참고.
284) 804쪽 「廣莊・人間世」: 衆人處人間世, …… 同穴則爭, 遇弱卽噉, 此市井小
　　　民象也.
285) 776쪽 「家報」: 蓋學道須先除我相.

참된 자아가 확립된다. '無我'는 이와 같이 자신의 마음속에 있는 우상을 깨쳐버린 상태이다. '無我'에서의 '我'는 바로 나의 독단과 편견에서 야기된 나의 '우상'이기 때문에, 원굉도는 '無我化'하기 위해서 '마음속의 우상'인 '未盡之我'에서 일탈해야 한다고 주장한다.

> 龍逢이 죽임을 당하고, 比干이 심장이 도려내지고, 伍子胥가 潮를 타고, 靈均이 멱라강에 몸을 던진 것은, ⓐ 事君之我를 다하지 못한 것이다. 務光이 蓼水에 몸을 던지고, 伯夷와 叔齊가 말고삐를 잡은 것, 漆室이 스스로 목을 맨 것은 ⓑ 潔身之我를 다하지 못한 것이다. 文王이 羑里에 갇히고서도, 周公이 居東함에도 불구하고 의심을 받은 것은 ⓒ 居聖之我를 다하지 못한 것이다. 孔丘가 匡에서 두려움을 당하고, 宋에서 伐木을 당하고, 陳에서 식량이 떨어진 것은 ⓓ 行道之我를 다하지 못한 것이다.(805쪽 「廣莊·人間世」: 龍逢見戮, 比干剖心, 伍胥乘潮, 靈均自沈者, 事君之我未盡也. 務光投河, 夷、齊叩馬, 漆室自縊者, 潔身之我未盡也. 羑里被囚, 居東見疑者, 居聖之我未盡也. 孔畏於匡, 伐木於宋, 絕糧於陳者, 行道之我未盡也.)

위에서 '我'라고 하는 것은 '인위적인 욕구'로서 '자아의 추구' 또는 '자아의 집착'이라 할 수 있다. 그러나 전절에서 살펴본 바와 같이 원굉도는 집착과 추구로부터 일탈하고자 노력하였다. 따라서 원굉도는 聖人의 경지에 오르기 위해서는 '자아'의 맹목적인 실천만을 고집해서는 안 된다고 생각한다. 맹목적인 실천은 '인위적인 욕구'와 그 욕구의 '추구'를 수반하며 '집착'을 야기시키기 때문이다. 따라서 원굉도가 말하는 '眞人'내지 '聖人'의 단계로 오르기 위해서는 우선 '私我'에 대한 지나친 집착을 극복해야 한다.

ⓐ와 ⓓ는 '我'의 실천적 의지인 외적 의지이며 ⓑ와 ⓒ는 '我'의 내적 의지이다. 이와 같은 외적 의지와 내적 의지에서 완전한 일탈이 이루어져야만 비로소 완전한 자아 확립의 단계인 '무아'에 이를 수 있다.

원굉도는 이와 같이 '能大'만 할줄 아는 사람은 스스로의 몸을 해쳤을 뿐 아니라 '인간세'에서 조화로운 삶을 영위하지 못했기 때문에, '賢'의 경지에만 이르렀을 뿐 '聖'의 경지에는 도달하지 못했다고 보았다.[286] 그래서 원굉도는 '무아'의 경지야말로 완전한 해탈의 경지라고 주장한다.[287] 자아의 완전한 확립은 자아의 소멸로부터 출발한다. 즉, 완전한 해탈에서 얻어진 자아와 깨달음을 통해서 얻어진 자아는, 말과 행동을 통한 자아가 아니라 전절에서 살펴본 무용지용을 실천하는 '무아의 자아'이다.

　이러한 '무아화'가 이루어져야만 '脫魂狀態'에서 '자아'를 꾸밈없이 '吐露'할 수 있다. 그리고 이렇듯 인간의 추구를 배제한 무아의 경지에서 '토로'된 문학만이 자아와 현실을 거울과 같이 '반영'할 수 있기 때문에 문학으로서 영원한 생명성을 가지고 전해질 수 있다.

② '無我'의 완성자

　袁宏道는 전 소절에서 '未盡之我'에서 일탈하여 완전한 '무아화'를 이루어야한다고 주장한다. 본 소절에서는 원굉도가 상정하고 있는 '무아'의 완성자가 어떠한지를 고찰하고자 한다.

　　堯는 '무아'였기 때문에 四嶽을 평정할 수 있었으며, 禹는 '무아'였기 때문에 黃河를 治水할 수 있었으며, 泰伯은 '무아'였기 때문에 夷狄에 의지할 수 있었으며, 석가모니는 '무아'였기 때문에 인간과 하늘을 포함한 三乘과 菩薩諸根을 깨우칠 수 있었다. …… 공자는 스스로 육십이 되어서야 귀가 순하여졌다고 했는데 이는 육십이 되어서야 我見이 다한 것임이 분명하다. 我見이 다하지 못하면 죽임을 당하는 근심 또한 어쩔 수 없거늘 하물며 세상을 다스리겠는가?(805쪽 「廣莊・人間世」: 堯無我故能因四嶽, 禹無我故能因江河, 太伯無我故能因夷狄, 迦文無我故

能因人天三乘, 菩薩諸根. …… 孔子自言六十耳順, 是六十而我見方盡明
矣. 我見不盡, 戮身之患且不保, 何況治世?)

위의 인용문에서 등장하는 요·우·태백·석가모니 등은 원굉도가
생각하는 '무아'의 실천자들이다. 즉, '私我'와 '我見'에 대한 집착에서의
일탈은 그들 자신이 원하는 바에 '能因'하여 '자연'적으로 이루어졌다.
그래서 자신의 육신도 보수할 수 있었을 뿐만 아니라 치세까지도 가능
하였다. 또한 공자가 '聖'의 경지에 이를 수 있었던 것 역시 '사아'와 '아
견'을 내포하고 있는 '未盡之我'에서 벗어날 수 있었기 때문이다. 원굉도
는 이와 같이 '사아'와 '아견'뿐 아니라 '捨生'과 '趨生'으로부터도 자유로
워질 때,[288] 해탈을 추구하는 인위적 자아인 '賢人'에서 승화하여 자유
로운 자아를 갖춘 '聖人'이 된다고 보았다. 이와 같은 성인의 경지를 원
굉도는 다음과 같이 표현한다.

> 성인은 '生'에 대하여 안배함도 없으며 '반드시'라는 절대성도 취
> 함이 없고 요행도 없다. 하늘의 뜻에 따라 행동하며, 자신의 몸을
> 닦아 기다리며, 삶의 자연스러움을 좇으며, 조물주의 뜻에 거스르
> 지 않는다. 이러한 까닭에 아래로는 삶을 해치고 '性'을 해치는 일
> 이 없으며 위로는 삶을 더하고 命을 보하는 행위를 하려하지 않는
> 다.(801쪽 「廣莊·養生主」: 聖人之於生也, 無安排, 無取必, 無徼倖,
> 任天而行, 修身以俟, 順生之自然, 而不與造化者忤, 是故其下無傷生
> 損性之事, 而其上不肯爲益生葆命之行.)

이러한 성인은 스스로를 보수하고 치세에 능하려고 하지도 않지만
현세에서 현재의 삶을 영위하고 있는 현실적인 성인이다. 원굉도는 『중
용』에서의 '時中' 개념으로 성인의 처세관을 설명하며, 완전한 '시중'을
이루는 단계를 '聖人'의 단계로 보았다.[289] 원굉도는 '인간'에 처하는 사

---

288) 811쪽 「廣莊·大宗師」: 夫惟聖人, 卽生無生, 卽生故不捨生, 無生故不趨生.

람을 衆人·賢智人·聖人의 세 가지 형상으로 구분하였는데, 개개인의 본질보다는 '人間世'에 거처하는 태도 여하에 그 분류 기준을 두었다.

　　현인은 鯉와 같고 鯨과 같고 蛟와 같다. 鯉는 神化하여서 江湖를 날아 넘을 수 있지만 승천할 수는 없다. …… 현인과 지인은 커질 수는 있지만 작아질 수는 없고, 채울 수는 있지만 비울 수는 없고, 구속에서 나올 수는 있지만 구속으로 들어갈 수는 없다.(804쪽 「廣莊·人間世」: 賢人如鯉如鯨如蛟. 鯉能神化, 飛越江湖, 而不能昇天. …… 賢智能大而不能小, 能實而不能虛, 能出纏而不能入纏.)

　　위의 인용문에서 원굉도는 현인과 지인을 자율성이 부족하고 일방만을 지향하는 사람으로 보았다. 이러한 형상은 蛟龍이 육지와 강에서는 힘을 쓰지만 바다에 들어가면 물새에게 먹혀 버리듯,[290] 또 다른 일방에 의해 파멸당하는 편면적인 존재일 수밖에 없다.

　　오직 성인의 경지만이 龍과 같아서 굽히고 폄을 예측할 수 없다. 龍은 때때로 미꾸라지가 될 수도 있으며 게·뱀·개구리 그리고 여러 가지 벌레나 지렁이가 될 수도 있다. 그렇기 때문에 말발굽으로 패어진 곳에 괴인 물에라도 龍은 비늘과 깃털을 적시지 않는 경우가 없다.(804쪽 「廣莊·人間世」: 惟聖也如龍, 屈伸不測. 龍能爲鰍爲蟹, 爲蛇爲蛙, 爲諸蟲蚓, 故雖方丈涔蹄之中, 龍未嘗不沂鱗濯羽也.)

　　원굉도는 용과 같이 能大能小할 수 있는 사람만이 참다운 성인이 될 수 있다고 보고 있는데, 이는 天人合一의 경지와 상통하는 것이다.[291]

---

289) 1283쪽 「德山塵譚」: 孔子可以仕則仕, 可以處則處, 可以久則久, 可以速則速, 正是他時中. 小人而無忌憚, 只爲他不能時中. 聖凡之分, 正在於此.

290) 804쪽 「廣莊·人間世」: 蛟地行水溢, 山行石破, 而入海則爲大鳥所啖.

291) 郭慶藩, 『莊子集釋』 235쪽 「大宗師」, 中華書局, 1982.: 天與人不相勝也, 是之謂眞人.

원굉도가 생각하고 있는 이와 같은 성인의 경지는 바로 완전한 자유를
구가하는 경지이며, 역으로 이런 완전한 자유를 구가하는 사람만이 성
인이 될 수 있는 것이다. 이와 같은 관점에서 원굉도는 절대적인 신성
불가침의 성인으로서 生而知之者라 추앙받던 공자마저도, 한 때는 行
道의 추구와 집착에서 벗어나지 못한 賢人, 즉 能大할 수는 있어도 能
小할 수는 없었다고 비판한다.[292]

원굉도는 '出世'와 '住世'를 자유자재로 할 수 있는 자를 성인이라고
상정하고 있듯이,[293] 그가 상정하는 성인관은 전범이 따로 있는 것은
아니다. 즉 특정인을 정점으로 하는 성리학적 성인관에서 탈피하여, 인
간세의 변화무쌍한 현실에 能大能小하게 자신의 세계관과 가치관을 변
환할 수 있는 '자유인'이 원굉도가 상정한 참다운 성인의 존재 방식이
다. 이러한 성인이야말로 '我見'이 없는 완전한 '무아'의 실현자이다.

> 성인은 자기만의 情量으로는 천지의 모든 이치를 궁구하기에 결
> 연코 부족함을 안다. 이 때문에 모든 사물에 대하여 크거나 작게 보
> 는 자신의 견해가 없으며, 옛 것이나 지금 것에 있어 늘어지고 촉급
> 한 견해가 없으며, 衆生相에 있어 彼我의 구분이 없다.(796쪽 「廣
> 莊 · 逍遙遊」: 聖人知一己之情量, 決不足以窮天地也, 是故於一切物,
> 無巨細見; 於古今世, 無延促見; 於衆生相, 無彼我見.)

원굉도는 위의 글에서 성인은 사물의 상대성을 인정하는 사람이라고
단정한다. 원굉도가 상정한 성인은 '무아'의 경지에서 사물의 상대성을
인정할 뿐 아니라 존재하는 모든 것에 대하여 자신의 견해를 가지지
않는다. 따라서 성인은 모든 존재물과 진정한 합일을 이룰 수 있다. 원
굉도는 이와 같은 성인관을 가지고 있기 때문에 모든 사람이 성인이
될 수 있는 가능성을 부여하고 있다. 그래서 그는 성인과 일반사람의

---

292) 805쪽 「廣莊 · 人間世」: 孔畏於匡, 伐木於宋, 絶糧於陳者, 行道之我未盡也.
293) 같은 글: 古之聖人, 能出世者, 方能住世.

구분을 '安心' 여부에 두는 羅近溪의 말을 인용하여, "이야말로 성인의 학문에서 진수를 가려낸 것"이라하였으며,294) "인간의 일반적인 情理를 안다면 모든 사람이 성인이 된 지 오래되었다"고 성인의 보편성을 이야기한다.295) 이는 상술한 대로 모든 인간이 '我見'을 배제하고 '無我化'하면 바로 성인의 경지에 이를 수 있음을 지적한 것이다.

이상으로 원굉도가 제창한 '性靈'의 의미를 '자아확립 의지'와 '자아의 무아화'라는 측면에서 살펴보았다. 이를 통하여 필자는 원굉도의 '성령사상'은 "옛 체계가 가지고 있는 깔끔하고 한정적이며 규율적인 테두리를 벗어나고자 하는 노력"이었음을 증명하였다. 따라서 원굉도의 이런 노력들은 문학적으로는, 생명성을 가진 자아를 '표현'해내고자 하는, '자아표현'을 근간으로 하는 '성령문학론'으로 나타났다. 따라서 원굉도의 '성령문학'은 "비규율적인 美의 체계를 통하여 도학가적 미학체계 및 창작 스타일을 대체할 무엇을 찾겠다는 시험적인 노력의 일환"이었다.

무미건조한 규율, 피상적인 우아미, 생명력을 상실한 형식성, 강제되어진 질서의 존중, 인위적인 관습 등 인간의 '표현'을 제약하는 그 모든 것으로부터 벗어나고자 했던 원굉도의 문학적 추구는, 이상과 같이 기존 사회의 불가변적인 고정관념에 대한 일종의 반작용이었다. 이와 같은 그의 사고는 결코 반봉건적·혁신적 성격을 띠고 있다고는 볼 수 없지만, 전근대적인 도학가들의 사고와는 뚜렷이 구분되는 사고이며, 개체의 다양함을 인정하는 '생명'에 대한 확신의 표현이라고 할 수 있다.

원굉도의 표현의지는 다음 장에서 고찰하겠지만, 그의 문학적인 자질 속에 여과되어 비교적 정제된 테두리를 지니고 있었다. 그러나 그

---

294) 1277쪽 「答陶周望」: 羅近溪曰: "聖人者, 常人而肯安心者也. 常人者, 聖人而不肯安心者也." 此語抉聖學之髓.
295) 736쪽 「答陶石簣」: 知人情之道, 則知兄之證聖, 與一切人之爲聖人久矣.

의 '자아 표현'을 동조·모방했던 당시의 문인들은 그다지 큰 성과를 이루지 못했다. 이 점은 앞으로 더 많은 연구가 병행되어야 할 것으로 사료되지만, 원굉도와 같은 철저한 자기 분석을 통한 진정한 자아 확립이 선행되지 못한데 그 원인이 있을 것으로 사료된다.

필자는 다음 장에서, 지금까지 논의되어 온 원굉도의 '자아론'을 근간으로 한 '性靈文學'의 의미를 본격적으로 연구해보고자 한다. 이는 철학적 사고가 문학적으로 어떻게 표현되어졌는가 하는 점을 살펴본다는 점에서 큰 의미가 있다고 생각한다.

제4장 性靈文學論

　필자는 袁宏道의 사상을 제2장 「생애」에서는 종적 변화 과정으로, 제3장 「性靈思想論」에서는 횡적으로 고찰하였다. 이상을 통하여 필자는 袁宏道가 주장한 '성령'의 사상적 배경은 當代의 我見을 배제한 학문풍토[1]와, 창작 풍토를 개혁하기 위한 '자아 확립'임을 적출해내었다. 사물에 대한 회의로부터 시작하는 원굉도의 '자아확립론'은 '확립된 자아'를 '무아'의 단계로까지 승화시킨다. 본 장에서는 이와 같은 사상을 바탕으로 이루어진 원굉도의 '性靈文學論'을 살펴봄으로써, 그의 '성령문학론'이 생명력과 차별성을 중시하며 '자아'를 진솔하게 '반영'해내고자 하는 문학론이었음을 증명하고자 한다.

1. 문학적 '당위성'의 부정

　明은 異族인 蒙古族의 지배를 물리치고 漢族이 세운 나라였기 때문에 한족 본위의 문화를 회복시킨다는 의식이 강했으며, 이러한 의식은 결국 복고 경향을 강화하였다.[2] 사상적으로는, 胡廣 등에게 명령하여 『性理大全』을 편수하고 程朱의 理學으로 당시의 사상계를 통치하였다. 永樂 연간에는 『永樂大典』 이만여 권을 편집하여서 역대 문헌을 총집성하였다. 이리하여 문화의 부흥과 건설에 다대한 효과를 나타내었으며, 정통문학의 재생으로 복고의 경향이 현저하게 되었다.[3] 그러나 명

---

1) 필자는 明代의 일반적 학문풍토가 『論語·爲政』의 '學而不思'的 태도와 유사하다고 생각한다.
2) 차주환, 『중국시론』 263쪽 서울대학교출판부, 1989.

대의 이와 같은 복고는 오히려 당대의 현실이 요구하는 변화를 외면한
것이며, 재현 가치가 희박한 과거를 현재의 상황에 이식하려는 행위에
불과하였다.[4] 이와 같은 맹목적인 복고의식은 문학에 있어서도 그대로
적용되어, '문학적 준거'를 중시하며 '당위적 규범'을 강조하는 문학론
이 문단을 지배하였다. 원굉도는 문학의 당위적 규범을 강조하는 당시
의 문단에 적지 않은 불만을 표시하였을 뿐 아니라[5] 잘못된 문풍을
바로잡기 위해 노력하였다.[6] 본 장에서는 문학적 당위성을 강조하는
당시의 보편적 문학론에 대한 원굉도의 불만과, 잘못된 문풍을 바로잡
기 위한 그의 노력을 살펴보고자 한다.

1) 當代문학 인식

본 소절에서는 당시 문학론에 대한 원굉도의 인식 배경을 살펴보고
자 한다. 이와 같은 인식 배경을 고찰하기에 앞서서, 원굉도의 작품들
이 어떤 배경을 가지고 창작되었는가를 살펴보고자 한다. 이렇게 하여
야만 당대문학에 대한 원굉도의 인식을 보다 잘 이해할 수 있다고 생
각하기에, 먼저 원굉도 문학의 창작 배경을 고찰한 후 그의 당대문학
론을 살펴보고자 한다.

(1) 창작 배경

필자는 明末의 시대적 산물인 袁宏道의 작품 변화를 네 시기로 대별

---

3) 차상원, 『중국고전문학비평사』 381쪽 범학도서, 1975.
4) 김흥규, 『조선후기의 시경론과 시의식』 4~5쪽 참조, 고대민족문화연구소,
   1982.
5) 袁宗道, 234쪽 「答陶石簣」: 中郎極不滿近時諸公詩.
6) 袁中道, 451쪽 「解脫集序」: 中郎力矯敝習, 大格頹風.

하고자 한다. 周質平은 원굉도 詩를 「The formative period」, 「The creative period」, 「The period of moderation」으로 구분하고 있다.7) 그는 「The formative period」를 1591년 이지를 만나기 전까지로 규정하며, 이 시기의 특징으로 '唐詩風의 응용'을 들고 있다. 「The creative period」는 이지를 만나면서부터 柳浪亭에서의 은거기간까지로 규정한다. 그리고 이 시기의 특징으로 '전기성령파의 문학적 특질을 가장 유감없이 발휘한 시기'라고 규정하고 있다. 「The period of moderation」은 1606년 北京에서의 마지막 관직생활부터 죽을 때까지로 규정하며, 이 시기의 특징으로 '唐詩風으로의 회귀'를 들고 있다. 필자 또한 周質平의 이와 같은 대별에 거의 찬동하며, 본 소절에서는 周質平의 견해와의 상이점만을 간단하게 논술하고자 한다.

제1기는 과거에 급제하여 知縣職을 사직할 때까지로 규정한다. 周質平은 이 시기를 '唐詩風에서의 탈피기'로 규정하는데, 필자는 이 시기를 "전기성령파의 노선을 설정하고, 복고론자와 차별성을 두기 시작하던 시험적 시기"로 규정한다. 원굉도는 이때 민간시의 생명성을 자신의 시가 창작에 응용하여,8) 전후칠자 말류의 무생명적 복제품과 차별성을 두려고 노력하였으며, 전기성령파의 노선 선언이라고 할 수 있는 「敍小修詩」를 써서 "獨抒性靈, 不拘格套"의 대명제를 제시하였다.

즉 원굉도는 이 기간 동안 자신의 창작 노선을 결정하였다. 이전까지의 唐詩風에 의거한 창작에서 탈피하여9) 자기만의 독특한 시풍을 구사

---

7) Chi-p'ing Chou, 『Yüan Hung-tao and the Kung-an School』 73~90쪽.
8) 본장 제3 - 4)절 「雅俗共賞論」 참조.
9) 원굉도의 초기 시에서 발견되는 唐詩風은 동시대의 여러 평자들의 공통된 의견이지만(1690쪽 江盈科, 「解脫集序一」과 502쪽 「張幼于」에서의 張幼于의 원굉도 시에 대한 평가 등), 袁中道 479쪽 「王天根文序」의 "天根與予兄弟, 最相知愛, 而其好先兄中郞詩文也獨甚, 逐字丹鉛, 以自賞適. 去年試省城. 有二三詞客譏訶中郞詩, 以爲不肖唐者. 天根嘿不應, 乃取中郞詩之最肖唐者, 別抄爲一册, 及書之箋間, 以示諸詞客曰: '此類何代人詩?' 詞客曰: '上者盛唐, 次

하려는 선언과 노력의 시기였다. 이러한 변화 과정에서 周質平의 평가대로 이지와의 만남이 중요한 의미를 차지하고 있다고는 하나, 이 시기에 창작된 시가들이 그의 시적 특징을 대표한다고는 할 수 없다. 상술한 대로 후기 시가에는 보이지 않는 민간시를 응용한 시가와, 정치적인 색채가 농후한 시들의 창작에서 그 이유를 찾을 수 있다. 즉 이 시기는 원굉도가 '자신만의 독특한 시'를 창작하기 전, 이를 위한 시험적인 노력을 기울이던 단계였다. 그런 면에서 필자는 이 시기의 성격을 "전기 성령파의 노선을 설정하고 여러 가지 창작 유형을 탐색하여 본 '시험적 탐색기'"로 규정한다.

제2기는 北京에서 葡萄社를 구성하여 활동하던 시기이다. 이 시기의 원굉도는 진보적 지식인과의 모임을 통하여 창작 노선을 확정하였다. 작품의 세련성을 가미하였을 뿐 아니라 전기성령파와 복고파의 차별성을 완성하였다. 이때 원굉도는 『廣莊』과 『西方合論』을 저술하여 三家合一的 사고를 바탕으로 사상적 안정을 이루었다.10) 그뿐 아니라 尊經閣에서 宋代 문인의 작품을 탐독했다. 宋詩에 대한 새로운 인식을 기초로 하여, 복고파의 '尊唐詩卑宋詩' 주장과 상반된 문학적 주장을 펼쳤다. 이는 원굉도의 인생과 창작의 지표가 완성되었음을 의미하는 것이기도 하다. 또 다른 일면을 살펴보면, 원굉도는 사상적으로 이미 道·佛에 침잠하였던 터라, 唐詩보다는 비교적 說理的인 宋詩가 그의 기호에 더욱 적합하였다는 추론도 가능하다.11)

제3기는 형 종도의 죽음을 뒤로 하고 고향에 은거하던 시기로서, 시의 대부분이 신변잡사와 이별·만남을 주제로 하고 있다. 따라서 후세의 비판 대상인 '말류적 현상'이 가장 두드러진 시기였지만, 필자는 전기성령파의 특성을 가장 잘 드러내는 시를 창작한 시기였다고 생각한다.

亦不失中晚.' 於是天根大笑曰: '此卽袁中郎詩.'"에 가장 잘 드러난다.
10) 2-3절 「隱遁期」참조.
11) 이 시기의 사상적 지향은 제2-3-1)절 「과도적 吏路」참조.

제4기는 周質平이 주장한 「The period of moderation」으로서, 세 번째로 관직에 올라 북경에서 생활하던 시기이다. 이 시기의 창작상의 변화는 陝西의 鄕試를 주관하면서 華山과 嵩山을 유람하며 일어난 변화로 대표된다. 이 변화를 원중도는 다음과 같이 묘사하고 있다.

> 형 굉도는 글을 씀에 近人의 시를 배우려고 하지 않았기 때문에, 얕고 쉬운 데서부터 깊은 데까지 침잠하였으며, (시풍이) 매년 한 번씩 변하였다. 작년에 秦中에서 鄕試를 주관하고 돌아와 나(中道)에게 일러 말하기를 "나는 근래에 들어서야 비로소 시 짓는 것을 알았다. 이전에 지었던 것들을 禪家에서는 '語忌十成'이라 하니, 귀하게 여길만하지 못하다. 그러한 까닭에 華山과 嵩山을 유람하면서 지은 시들은 '深厚蘊藉'하여서, '一唱三嘆'하는 운치가 있다."(『珂雪齋近集·文鈔』 36쪽 「花雪賦引」: 予兄中郎, 操觚卽不喜學近代人詩, 由淺易而沈深, 每歲輒一變. 往年自秦中主試歸. 語予曰: "我近日始知作詩, 如前所作禪家謂之語忌十成, 不足貴也. 故今華嵩遊諸詩, 深厚蘊藉, 有一唱三嘆之趣.")[12]

이상, 필자는 원굉도 작풍의 변천과정을 4개 시기로 대별하여 살펴보았다. 그 결과 원굉도의 문학론과 작품이 원굉도만의 독특한 것만은 아니라는 결론에 도달하였다. 모든 사상과 작품이 시대의 작용과 반작용의 산물이듯, 원굉도의 작품 속에 그가 배척하던 요소들이 함유되어 있는 모순성 또한 그의 사상과 작품이 시대의 산물이기 때문이다. 필자가 원굉도의 창작 배경을 唐詩의 계승·배격·계승이라고 주장하는 이유가 여기에 있다.

전기성령파의 특징적인 면을 발휘하기 이전에, 원굉도의 시풍이 唐

---

12) 본 「花雪賦引」은 上海古籍出版社에서 출판한 『珂雪齋集』과 上海書店에서 출판한 『珂雪齋近集』의 내용이 서로 다르다. 필자는 이 부분은 上海書店에서 출판한 『珂雪齋近集』을 따랐다.

詩와 비슷하다고 하는 張幼于의 주장을 그는 강력하게 부인하지만,[13] 원굉도의 가장 절친한 동지였던 江盈科 또한 원굉도의 초기 시풍을 唐詩의 계승 선상에서 파악한다.

　　원굉도는 시를 논할 때 다른 사람의 시를 모사하는 것을 가장 부끄럽게 여겼다. 그렇기 때문에 원굉도가 반드시 李賀의 시를 배우려고 하였던 것은 아니지만, 내가 보건대 그의 우뚝하고 괴특한 곳들은 明代의 李賀가 아니라고 할 수 없다.(1690쪽 江盈科「解脫集序一」: 中郎論詩, 最恥臨摹, 其于長吉非必有心學之, 第余觀其突兀怪特之處, 不可謂非今之長吉.)

　　唐詩의 계승 선상에서 창작하였던 원굉도가 말년에 또 다시 당시풍으로 회귀한 것은 결코 이상한 일이 아니다. 이는 원굉도의 문학적 뿌리가 전후칠자들과 결코 다르지 않았기 때문이다. 원굉도의 문학적 배경에 대해서 郭紹虞는 다음과 같이 이야기하고 있다.

　　명대 전후칠자와 공안파는 모두 元代 楊維楨의 ‘鐵崖體’의 변형된 형태이다. 元代 사람들이 시를 논한 것은 모두 약간은 ‘性靈的’인 경향을 띠고 있으며 철애체는 奇奇怪怪하다. 철애체의 작품을 피상적으로만 이야기하면 기기괴괴하여서 성령설과 서로 저촉되는 것 같지만 사실은 기기괴괴한 것이 바로 양유정의 성령의 표현이다. 그래서 그의 주장은 성령설과 서로 모순되는 것이 아니다. 양유정은 다음과 같이 이야기했다. “詩라는 것은 사람의 情性이다. 사람은 각기 자신의 情性을 가지고 있기 때문에 사람은 각기 자신의 시를 가진다. 선생에게서 얻은 덕이 어떻게 자기 자신의 시가 될 수 있겠는가?” 라고 하였는데, 이것은 틀림없는 성령의 주장이다. 그러나 그는 平易淺俗에 흐르지 않고 奇怪로 치우쳤을 뿐이며, 高古한 작품을 배

---

13)　502쪽「張幼于」: 公謂僕詩亦似唐人, 此言極是. 然要之幼于所取者, 皆僕似唐之詩, 非僕得意詩也. …… 去唐愈遠, 然愈自得意.

양하여 성령 중에 다시 격조의 색채를 가하였다. 따라서 고고한 격
조와 성령이 철애체 중에 같이 있다. 따라서 전후칠자와 공안파는
모두 철애체의 서로 다른 형태일 뿐이다.14)

곽소우는 위의 인용문에서 원굉도의 문학적 주장이 결코 그만의 고
립된 사고의 산물이 아니라 前代의 발전적 계승이라고 주장한다. 원굉
도와 전후칠자는 결코 완전한 적이 될 수 없으며, 그들의 문학적 주장
또한 완전히 상반될 수 없다. 이러한 점에서 원굉도가 배척했던 복고론
은 단순한 복고의 주장이 아니라 我見을 배제하고 자아를 상실한 '맹목
적 복고론'이었음을 알 수 있다. 원굉도는 이와 같은 문학적 뿌리 속에
서, 그가 생활하던 당대의 문학에 대하여 다음과 같이 인식하고 있다.

(2) 當代문학론

필자가 본 장을 시작하면서 명대의 특징으로 복고론이 대두되었음을
이야기하며, 초기의 복고는 이민족의 지배에서 벗어나 漢族의 고유문
화를 회복하기 위한 노력의 일환이었음을 지적하였다. 그러나 복고론
은 시대를 거치면서 점차 '복고를 위한 복고'로 변질되어 시대 변화를
유기적으로 반영할 수 없을 정도로 경직되었다. 원굉도가 '복고'를 반
대한 이유는 바로 현실을 도외시한 맹목적인 복고론 때문이었다.

洪武와 永樂 시기의 문장은 간단하면서도 질박하였다. 당시의 풍
습은 검소하였고 진실함이 지극하지 아니한 것이 없었다. 弘治와
正德 시기 이후에 물질이 약간 풍부하여지자 風氣가 점차로 번성
하여졌다. 사대부의 장중하고 법도에 맞는 것이 그 문장과 같았으
며, 백성의 넉넉하고 완정함이 그 문장과 같았으며, 천하의 모든

---

14) 郭紹虞, 『中國文學批評史』 317쪽~320쪽 참조, 上海古籍出版社, 1979.

일이 질박함에서 시작하여 우아함으로 나아가는 것이 그 문장과
같았다. 嘉靖·隆慶 시기에 이르러 정치가 구멍나기 시작하자 사람
들의 꾸밈이 비로소 시작되었다. 그러나 그 구멍남은 근본적인 것
에 累가 되지 않았고, 꾸밈은 이치에 어그러지지 않았으며, 선배들
의 기풍이 그래도 반 이상은 남아 있었는데, 지금은 그렇지 못하
다.(1530쪽 「陝西鄕試錄序」: 洪永之文簡質, 當時之風習, 未有不儉素
眞至者也. 弘正而後, 物力漸繁, 而風氣漸盛, 士大夫之莊重典則如其
文, 民俗之豊整如其文, 天下之工作由朴而造雅如其文. 嘉隆之際, 天
機方鑿, 而人巧方始. 然鑿不累質, 巧不乖理, 先輩之風猶十存其五六,
而今不可得矣.)

위의 인용문을 통하여, 원굉도가 파악하고 있는 明代의 상황은 다음
세 가지로 요약할 수 있다. 첫째, 원굉도는 자신과 가장 근접한 시기적
준거로서, 明初를 제시하고 있다.15) 둘째, '文'은 인간이 살아가는 시대
와 그 인간의 반영이다. 셋째, 明末의 문풍에는 과거의 좋은 전통을 조
금도 발견할 수가 없다. 원굉도는 문학 속에서 이상 세 가지 문제점을
개혁하기 위해 '性靈'을 주장했다. 첫 번째 문제를 해결하기 위해서 질
박하고 진실한 문학을 주장하였으며,16) 두 번째 문제를 해결하기 위해
서 모방과 표절이 아닌 자아와 사회의 '반영'을 주장하였으며,17) 세 번
째의 문제를 해결하기 위해서 '문학 변화론'을 주장하여, 문풍의 전반
적인 개혁을 꾀하고 있다.18) 본 소절에서는 원굉도의 명말 문학 인식
을 세부적으로 살펴봄으로써 원굉도가 주창했던 '성령론'이 바로 명말

---

15) 원굉도는 吳의 문풍을 예로 들면서 隆慶·萬曆을 기준으로 한 문풍의 변
    화를 예시하고 있다. 696쪽 「敍姜陸二公同適稿」: 大抵慶、曆以前, 吳中作
    詩者, 人各爲詩; 人各爲詩, 故其病止于靡弱, …… 慶、曆 以後, 吳中作詩者,
    共爲一詩. 이를 보면 원굉도가 明初를 비교적 이상적 시기로 간주하고 있
    었음을 부인할 수는 없다.
16) 이 문제는 본 장의 3 -3)절 「眞의 文學論」에서 다루고자 한다.
17) 이 문제는 본 장의 3 -2)절 「自我 反映論」에서 다루고자 한다.
18) 이 문제는 본 장의 1 -2) -(2)절 「문학우열론 비판」에서 다루고자 한다.

의 시대적 산물임을 증명하고자 한다.

> 宋·元 이래로 詩文이 거칠어지고 문드러져서 상스럽고 잡다해졌다.
> 明代에 들어와 諸君子들이 이를 바로잡아서 문장은 秦·漢을 준칙으로
> 삼고, 시는 盛唐을 준칙으로 삼으니, 사람들이 비로소 '古法'이 있
> 음을 알게 되었다. 그러나 후세에는 표절하고 뇌동하여서 鼎과 瓿
> 의 모조품처럼 단지 형태의 비슷함만을 취하였을 뿐 神骨과는 무
> 관해졌다.(袁中道, 521쪽 「中郞先生全集序」: 自宋、元以來, 詩文蕉
> 爛, 鄙俚雜沓. 本朝諸君子, 出而矯之, 文準秦漢, 詩則盛唐, 人始知有
> 古法. 及其後也, 剽竊雷同, 如贗鼎僞瓿, 徒取形似, 無關神骨.)

위의 인용문은 원굉도의 동생이자 동지였던 원중도가 인식하고 있던
명말 문학 상황이다. 이 글에서 원중도는 비교적 이상적인 시기적 준
거로서, 원굉도와 같이 明初를 제시하고 있다. 그리고 전후칠자의 복고
론에 대해서도 비교적 긍정적 반응을 보이며, 표절과 뇌동만을 일삼은
후세 문인들 즉 전후칠자 '말류'로 비판의 대상을 한정하였다. 이를 통
하여 그가 비난한 대상은 '복고론' 그 자체가 아니라, '복고론'을 신봉
하여 자아가 배제된 작품만을 '복제'해 내는 '말류'에 대한 비판임을 알
수 있다.

모방과 복제를 통하여 조합된 시는 비록 시적 외양을 갖출지 몰라도
개성적인 생명성을 가질 수는 없다. 원굉도가 모방과 복제에서 탈피할
것을 적극 주장한 이유가 이에 있다.[19] 명말 문인들이 唐代의 시를 준
칙으로 삼는다고 하면서, 盛唐의 몇몇 시인의 작품에만 국한시키고 그
나머지는 모두 外道라고 배척한, 준거의 편협성과 배타성에 기인한
다.[20] 이와 같은 '學而不思的' 학문태도와 자아를 상실한 모방풍조를

---

19) 754쪽 「答張東阿·又」: 近時學士大夫, 頗諱言詩; 有言詩者, 又不肯細玩
　　唐、宋人詩, 强爲大聲壯語, 千篇一律. 須一二賢者極力挽回, 始 此巢窟.
20) 袁中道, 458쪽 「蔡不瑕詩序」: 詩以三唐爲的, 舍唐人而別學詩, 皆外道也. 國

원굉도는 다음과 같이 비판한다.

> 아! 지금의 문장은 전해지지 않으리로다. 嘉靖·隆慶 이래의 뛰어나고 재예 있는 문인의 시문을 모두 읊고 읽어 보았지만 깊이 좋아할 만한 것은 없었다. 뜻이 높은 것은 위조한 듯하고, 재주 있는 것은 粗略한 듯하며, 기이한 것은 수고로운 듯하다. 모방을 통하여 씌어진 것임에도 스스로는 더할 수 없는 경지에 이르렀다고 생각하니, 질박함을 구한다고 해도 있지 아니하다.(1571쪽 「行素園存稿引」: 噫, 今之文不傳矣. 嘉隆以來, 所爲名工哲匠者, 余皆誦其詩讀其書, 而未有深好也. 高者如贗, 才者如莽, 奇者如喫, 模擬之所至, 亦各自以爲極, 而求之質無有也.)

위의 인용문에서 원굉도는 嘉靖·隆慶 이래의 모든 작품이 모방을 통해 창작되어졌다고 진단하면서, 문제는 모방 그 자체가 아니라 모방의 문제점조차 인지하지 못하는 세태에 있다고 주장한다.

> 근대 문인들은 '복고 주장'을 가지고서 모든 것을 압도하려 들었다. 대저 복고가 옳다고 하더라도, 남의 것을 표절하는 것을 복고라 여겨, 每字每句 마다 타인의 것을 모방하여 끌어다 일치시키는데 힘썼으니, 눈앞의 정경을 버리고 진부한 말을 고르는 데까지 이르렀다. 재주 있는 사람은 '法'에 굽어 들어서 자기의 재주를 펼 수 없으며, 재주가 없는 사람은 한두 마디 浮泛한 말을 주워 가지고는 조합하듯 시를 만들기에, 똑똑한 사람은 익혔던 것에 구애되지만 어리석은 자는 그 쉬움을 즐긴다.(710쪽 「雪濤閣集序」: 近代文人, 始爲復古之說以勝之. 夫復古是已, 然至以剿襲爲復古, 句比字擬, 務爲牽合, 棄目前之景, 撫腐濫之辭. 有才者詘于法, 而不敢自伸其才, 無之者, 拾一二浮泛之語, 軒湊成詩. 智者牽於習, 而愚者樂其易.)

初何李變宋元之習, 漸近唐矣. 隆萬七子輩亦效唐者也. 然倡始者, 不效唐諸家, 而效盛唐一二家, 若維若頎.

원굉도는 위의 인용문에서 동시대 문인들이 구속과 모방의 풍조에서
헤어나지 못하고 있을 뿐더러, 오히려 모방을 즐기는 계층도 있음을
지적한다. 따라서 보다 근본적인 病因을 제공하여 이와 같은 지경에까
지 이르도록 한 세간의 학문적 분위기도 마땅히 쇄신되어야 한다고 원
굉도는 생각한다.21) 원굉도는 이와 같은 견지에서 모방에 의해 창작된
작품을 '문학'이라는 반열에 올리기를 단호하게 거부한다.

> 난숙한 고사 몇 개를 기억하고는 박식하다고 하며, 기존의 문구
> 몇 개를 사용하고는 문인이라고 한다. 杜甫를 속이려고 생각하며,
> 李夢陽을 모아 매어놓았다. 한 개에 팔촌 삼 분짜리 모자를 사람마
> 다 쓰고 있는 것을 시라고 말한다면 시 아닌 것이 어디 있겠는
> 가?(502쪽「張幼于」: 記得幾個爛熟故事, 便曰博識; 用得幾個見成字
> 眼, 亦曰騷人. 計騙杜工部, 囤紮李空同, 一個八寸三分帽子, 人人戴得.
> 以是言詩, 安在而不詩哉?)

모방을 통한 복제는 자아에서 발로한 것이 아니기 때문에 팔촌삼분
이나 하는 모자를 쓰고 있는 듯 어울리지 않는다. 이와 같은 것을 '시'
라고 한다면 '시' 아닌 것이 없기 때문에, "'性靈'에 의거한 창작"이야
말로 이와 같은 잘못된 폐단을 바로잡기 위한 길이라고, 자신의 문학
적 주장의 정당성을 설파한다.22) 명말 문단에 대한 원굉도의 인식은
梅子馬의 말을 인용한 다음「敍」에 잘 드러난다.

> 詩道의 황폐해짐이 지금과 같은 적이 없다. 재주 있는 사람은 형
> 식에 사로잡혀, 깃촉을 제거당한 새와 같아서 날고 싶어도 날지 못
> 한다. 그러나 재주 없는 사람은 그림자나 메아리처럼 그대로 표절
> 하니, 노파가 분을 찍어 바르는 것과 같다.(699쪽:「敍梅子馬王程

---

21) 769쪽「馮侍郎座主」: 慨摹擬之流毒, 悲時論之險狹, 思一易其弦轍.
22) 502쪽「張幼于」: 不肯惡之深, 所以立言亦自有矯枉之過.

稿」: 詩道之穢, 未有如今日者. 其高者爲格套所縛, 如殺翮之鳥, 欲飛
不得; 而其卑者, 剽竊影響, 若老嫗之傅粉.)

재주 있는 사람들은 경전과 역사서를 대하는 태도로 문학을 대했기
때문에[23] 도리어 구속당하는 결과를 낳았으며, 재주 없는 사람은 늙은
노파가 분을 찍어 바른 것과 같은 결과를 낳았다. 그래서 원굉도는 이
러한 사람이야말로 시가 어떠한 것인지도 알지 못하는 사람이거니와[24]
이들 때문에 詩道가 침체되고 약화되었다고 생각하여, 이들을 시의 노
예에 불과하다고 비판한다.[25] 원굉도는 명말의 미술계에까지 만연된
모방의 풍조로, "진정한 그림이 없다"는 玄宰의 주장을 듣고, 이 말이
"'도'를 깨달은 말"이라며 찬동하고 있다.[26] 이는 당시의 전 예술계가
모방의 풍조에 길들여져 있다고 생각했기 때문이다.

> 지금 작자들은 다른 사람이 사물을 흡사하게 본뜬 말 한마디를
> 보고는 '新詩'라 여기고, 古人들의 한두 마디 진부한 말을 가지고
> 字句의 規矩로 삼으며, 복고라고 잘못 말한다. 이는 그 '法'을 따르
> 는 것이지, 그 뛰어남을 따르는 것이 아니니 망하는 길이다.(700쪽
> 「敍竹林集」: 今之作者, 見人一語肖物, 目爲新詩, 取古人一二浮濫之
> 語, 句規而字矩之, 謬謂復古, 是迹其法, 不迹其勝者也, 敗之道也.)

위의 인용문에서 원굉도는 당시의 詩道가 침체되고 약화한 원인을
자아를 상실한 맹목적 복고 때문이라고 주장한다. 그리고 갈수록 심해
지는 문체에 대한 구속이라는 점을 상정하기도 하지만[27] 이는 표면상

---

23) 516쪽 「江進之」: 將經史海篇字眼, 盡意抄謄, 謬謂復古, 不亦大可笑哉!
24) 같은 글: 盧楠諸君不知賦爲何物, …… 作字時, 適案上有賦, 故偶及此, 不知
    話之長也.
25) 695쪽 「敍姜陸二公同適稿」: 剽竊成風, 萬口一響, 詩道寢弱. …… 共爲一詩,
    此詩家奴僕也.
26) 700쪽 「敍竹林集」: 玄宰曰: "近代高手, 無一筆不肖古人者. 夫無不肖, 卽無
    肖也, 謂之無畫可也." 余聞之悚然曰: "是見道語也."

의 이유에 불과하다. 그는 당시 문인의 문학적 소양 부족과 時論의 流
弊가 보다 근본적인 문제라고 생각하고 있기에,[28] 당시의 문풍을 근본
적으로 개혁하고자 하는 의지를 보인다.

> 저의 재주가 보잘 것 없지만, 지금 횡행하는 시의 고루한 습속을
> 일소함에 이르러서는 말세의 선구가 되어, 歐陽修와 韓愈의 더할
> 나위 없는 원통함을 밝히고 둔적의 소굴을 들이침에, 저 이전에 앞
> 섰던 사람들이 없었다는 사실 또한 제가 자부심을 느끼는 일입니
> 다.(763쪽 「答李元善」: 弟才雖綿薄, 至于掃時詩之陋習, 爲末季之先
> 驅, 辨歐、韓之極寃, 搗鈍賊之巢穴, 自我而前, 未見有先發者, 亦弟得
> 意事也.)

위의 인용문에서 원굉도는 개혁에 임하는 자신의 심정을 말하고 있
다. 그는 자신의 포부를 이야기하며, 한유와 구양수에서 비롯된 고문운
동을 거론하고 있다. 물론 唐宋時期 고문운동은 복고를 주장하였고, 원
굉도는 반복고를 주장하였다는 점에서 언뜻 상반된 것처럼 보인다. 그
러나 원굉도의 반복고운동은 표절의 폐습을, 당송시기의 복고운동은
유미주의의 폐습을 일소하기 위한 것이라는 점에서 정신적 맥을 같이
하고 있다고 본다. 이와 같이 원굉도는 자신의 개혁론이 지니는 문학
사적 당위성을 구양수와 한유의 고문운동의 당위성에 비견함으로써 당
시의 문학이 개혁되어야한다는 강한 의지를 보이고 있다.

2) 반복고론의 제창

"文必秦漢, 詩必盛唐"이라는 복고파의 문학적 주장으로 臺閣體와 八

---

27) 697쪽 「敍四子稿」: 今世禁文體者日益厲.
28) 696쪽 「敍姜陸二公同適稿」: 今之爲詩者, 才旣綿薄, 學復孤陋, 中時論之毒,
    復深于彼, 詩安得不愈卑哉!

股文의 천편일률적인 경향이 분쇄되었다는 점은 어느 정도 현실적인 의의를 가질 수 있다. 그러나 문제가 되는 것은 단지 주자학(성리학)의 철학적 근거인 '규범화'와 '절대화'가 작품에서도 그대로 반영되는 현상이다. 도학자는 객관적이며 외재적인 절대적 진리인 '理'를 문학에까지도 적용하여 작품이 지향해야 할 객관적·외재적 규범을 만들어내었다. 그것이 바로 '盛唐의 詩'와 '秦漢의 文'이다.

그러나 이미 외재적인 절대화를 거부하고 주관적인 상대화를 선언한 명말의 '반통파' 시인들에게는 이러한 명제 자체가 불필요한 것일 수밖에 없다. 따라서 이들이 주장한 '진화론'은 '퇴화론'에 반대하기 위한 것이 아니다. 사회는 진보하고 있으므로, 이를 참답게 '반영'한 문학은 자연히 참된 진보를 '반영'한다. 따라서 이들의 문학적 진화론은 인위적인 추진에 의한 진화가 아니라, 구속적 요소의 제거를 통한 '방임', 즉 '진심'·'동심' 등으로 표현되는 순수성 회복만이 사회 발전에 순행하는 문학을 반영·생산한다고 보는 것이다.

(1) 모방의 準據 부정

필자는 원굉도가 참된 인식을 추구하는 과정에서 특정 사상을 인식의 준거로 삼지 않고, 三敎의 사상을 필요에 의해 선택적으로 수용하고 있음을 살펴보았다. 명말은 사상적으로 성리학에 의해 통일되어 획일적인 사고를 강요당하는 시기였다. 이와 같은 구속은 물론 정부에 의해 규정된 틀 속에서 체제의 규범을 따르도록 강요되기도 했지만,[29] 지식인들 스스로의 자발적인 구속 또한 무시할 수 없었다. 당시의 지식인들은 주희의 책만을 존중하여서 『五經』이나 공자·맹자의 책이 아니면

---

29) 『大明律』의 「禁止搬做雜劇律令」을 보면 배역의 범위 등과 이를 어길 시의 처벌 조항 등이 명시되어 있는 등, 문학작품 또한 통치 집단의 이념 속에서 이루어지도록 하였다.

읽지 못하게 하고, 濂·洛·關·閩의 학술 사상이 아니면 강설하지 못하게 할 정도로 편협하고 배타적이었다.[30] 원굉도는 이와 같은 세태를 아무 문제의식 없이 수용하는 사람들을 장님으로, 이들의 논의를 우물 안 개구리로 비유하며 비판한다.[31] 편협하고 배타적인 것을 부정하는 원굉도의 이와 같은 태도는 문학에 있어서도 그대로 견지되었다.

문학에 편협성과 배타성을 요구하는 '준거'에 두 가지가 있다고 생각한다. 첫째는 당시의 보편적인 복고론에 의한 盛唐과 秦漢이라는 시대적 준거이다. 둘째는 중국시의 외재적 특징을 결정짓는 율격의 준거이다. 문학적 준거에서 탈피하고자 하는 원굉도의 노력을 고찰하자면 이 둘을 분리하여 다루어야 하겠지만 후자는 전자의 틀 속에 포함될 수 있다고 생각한다. 이는 律詩가 盛唐 시기에 외형적 틀이 완성되었기 때문에, 성당의 시를 준거로 삼는 데는 이미 시대적 준거뿐 아니라 율격이라는 형식적 준거까지가 포함되기 때문이다.

대개 시와 문장은 근대에 이르러서 극도로 저속하여졌다. 문장은 반드시 秦代와 漢代를 준거로 삼으려 하며 시는 반드시 성당을 준거로 삼으려 한다. 베껴 쓰고 모방하여 그림자와 메아리처럼 그대로 따라하며, 다른 사람들이 한 마디라도 서로 모방하지 않은 것을 보면 '野狐外道'라고 함께 손가락질 한다. 문장은 진대와 한대를 준거로 삼는다면서, 진대와 한대의 사람들이 어찌 일찍이 한 글자 한 글자를 『六經』에서 배웠으며, 시는 성당을 준거로 삼는다지만, 성당 사람들이 어찌 일찍이 한 글자 한 글자를 한대와 魏代의 시에서 배웠는지를 모르는가? 진대와 한대의 문장이 『육경』의 문장을 배웠다면 어째 또 진대와 한대의 문장이 있을 수 있으며, 성당의

---

30) 陳鼎, 『東林列傳』: 一宗朱子之書, 令學者非五經孔孟之書不讀, 非濂洛關 之 學不講.: 黃淸泉, 「略論'性靈'說與明中後期文化思潮」, 湖北公安派硏究會編, 『晩明文學革新派公安三袁硏究』 10쪽에서 재인용.

31) 509쪽 「管東溟」: 世人眼如豆, 見如盲, 一切是非議論, 如甕中語日月, 塚中語 天, 糞擔上語中書堂裏事.

시가 한대와 위대의 시를 배웠다면, 성당의 시가 어찌 또 있을 수
있겠는가?(188쪽 「敍小修詩」: 蓋詩文至近代而卑極矣, 文則必欲準于
秦漢, 詩則必欲準于盛唐, 剿襲模擬, 影響步趨, 見人有一語不相肖者,
則共指以爲野狐外道. 曾不知文準秦漢矣, 秦漢人曷嘗字字學六經歟?
詩準盛唐矣, 盛唐人曷嘗字字學漢魏歟? 秦漢而學六經, 豈復有秦漢之
文? 盛唐而學漢魏, 豈復有盛唐之詩?)

위의 인용문에서 원굉도는 문학 창작에 특정한 시대적 준거가 있을 수
없음을 분명히 밝힌다. 즉 명대 문학의 시대적 준거라고 할 수 있는 진한
의 문장과 성당의 시는 결코 문학적 준거에 의거한 모방이나 표절에 의
해 창작된 것이 아니다. 그렇기 때문에 唐代의 시는 성당의 시 뿐 아니라
初・中・晩唐의 시들도 나름대로의 존재 의의를 가진다. 李白과 杜甫뿐
아니라 唐代의 다른 모든 시인들 또한 존재 의의를 가지고 있으며, 마찬
가지로 當時에 배척되던 송시조차도 존재의의를 가진다.[32] 이는 當時 문
인들의 맹목적인 尊盛唐 풍조에 대한 비판의 일면을 가진다.[33] 미래의
시각에서 보면 현재 또한 과거가 될 수 있다는 생각[34]은 '尊古卑今'의 전
통적인 사고를 불식하고[35] '복고'의 준거를 타파함으로써 각 시대의 존
재의의를 인정하였다. 이지의 다음 문장을 보면 이와 같은 논의가 각 시
대의 개성적인 문학을 인정하는 데 있음을 잘 알 수 있다.

시는 어째서 반드시 옛적의 『文選』이어야 하며, 문장은 어째서
반드시 先秦 시대의 문장이어야 하는가? 아래로 내려와 六朝의 시
와 문장이 되었으며, 변하여서 近體가 되었고, 또 변해서 傳奇가

---

32) 284쪽 「丘長孺」: 唐自有詩也, 不必選體也; 初、盛、中、晩自有詩也, 不必
初、盛也. 李、杜、王、岑、錢、劉, 下洎元、白、盧、鄭, 各自有詩也, 不必
李、杜也. 趙宋亦然.
33) 같은 글: 今之君子, 乃欲槪天下而唐之.
34) 184쪽 「諸大家時文序」: 夫以後視今, 今猶古也.
35) 285쪽 「丘長孺」: 古何必高, 今何必卑哉?

되었다. 변해서 院本이 되었고, 雜劇이 되었으며, 『西廂記』가 되고, 『水滸傳』이 되었으며, 지금의 擧子業이 되었다. 이 모두가 古今의 지극한 문장이니, '時'와 '勢'의 선후를 가지고 논할 수 없다.(李贄, 『焚書』 99쪽 「童心說」: 詩何必古選, 文何必先秦? 降而爲六朝, 變而爲近體; 又變而爲傳奇, 變而爲院本, 爲雜劇, 爲西廂曲, 爲水滸傳, 爲今之擧子業, 皆古今至文, 不可得而時勢先後論也.)

이상에서 본 바와 같이 원굉도는 명말을 '古文'의 폐단이 극도에 다다른 시기로 진단하면서, 그 가장 주된 이유를 시대적 준거를 절대시하는 當時의 풍조에 두었다. 그는 한대의 노예가 된 것을 문장이라고 하지만 문장이 아니며, 唐代의 노예가 된 것을 시라 하지만 시가 아니라 하며,36) 시대적 준거에 의거한 문학창작을 부정하고 있다. 원굉도는 형식적 준거 또한 부정한다.

　　지금에 이르러서는 시장 가게의 머슴들도 노래함에 서로가 모방하기를 다투니, 格을 벗어난 말을 보거나, 句法이나 事實이 일찍이 본 적이 없는 것이면 '野路詩'라고 극력 비방한다.(695쪽 「敍姜陸二公同適稿」: 至于今市賈傭兒, 爭爲謳吟, 遞相臨摹, 見人有一語出格, 或句法事實非所曾見者, 則極詆之爲野路詩.)

위의 인용문에서 원굉도는 "가장 자유스럽기 때문에 후세에 전해질 것"이라고 했던37) '민가'조차도 형식적인 준거에 구속되어 개성을 잃어가고 있음을 안타까워한다. 원굉도는 이 논리를 음악적 준거의 부정에도 적용하여, '聖人의 음악'이 '聖人의 음악'일 수 있는 것은 인간의 성

---

36) 184쪽 「諸大家時文序」: 且所謂古文者, 至今日而敝極矣. 何也? 優于漢謂之文, 不文矣; 奴于唐謂之詩, 不詩矣.

37) 188쪽 「敍小修詩」: 吾謂今之詩文不傳矣. 其萬一傳者, 或今閭閻婦人孺子所唱劈破玉、打草竿之類, 猶是無聞無識眞人所作, 故多眞聲, 不效顰於漢魏, 不學步於盛唐, 任性而發, 尙能通于人之喜怒哀樂嗜好情欲, 是可喜也.

정을 그대로 드러낸 데 있는 것이지, 결코 어떠한 격률적 준거 때문만은 아니라고 주장한다.[38] 이와 같은 견해는 이지에게서와 마찬가지로,[39] 當代文學의 문학사적 당위성을 포괄하는 것이기도 하다. 과거시험 준비를 위한 선생이었던 王以明의 시를 "'不法'을 '法'으로 삼고 '不古'를 '古'로 삼았다"고 극찬한데서도,[40] 문학적 준거에서 탈피하고자 하는 그의 의지가 잘 나타난다. 이와 같이 원굉도는 복고의 시대적 준거뿐 아니라, 외형적 준거의 구속 또한 '문학'을 해치는 요인으로 작용한다고 보았다. 그런 점에서 필자는 원굉도가 주장하였던 '性靈'을 이상과 같은 두 가지 외재적인 문학적 준거를 타파하기 위해 제시한 새로운 내재적인 문학적 준거라고 규정한다.

(2) 문학우열론 비판

필자는 전 소절에서 복고파의 문학론이 단순한 '퇴화론'은 아니라는 점을 간단하게나마 언급하였다. 그렇다고 이지를 위시한 전기성령파의 문학론을 '진화' 내지는 '발전'이라는 관점에서 바라보는 학자들의 견해에도[41] 결코 찬동할 수가 없다. 이는 이지를 비롯한 전기성령파의 문학론이 결코 문학 자체의 '진화'와 '퇴화'를 논하고 있는 것이 아니라고 생각하기 때문이다.

본 소절에서는 원굉도의 문학론이 시대적 특성과 개성을 '반영'한 '眞'의 문학을 추구하였을 뿐이라는 사실을 증명하는데 초점을 맞추고자 한다. 모방과 표절을 통한 '假'의 가면을 벗고 나서야 비로소 시대

---

38) 1523쪽 「和者樂之所由生」: 天下見聖人之樂, 有時走百靈而儀鳳皇, 遂以爲有鬼工神授, 而不知聖人非有加于性情之外也, 本人心自有之和, 而宣節之耳.

39) 李贄, 『焚書』 97쪽 「雜說」: 若夫結搆之密, 偶對之切; 依於理道, 合乎法道; 首尾相應, 虛實相生: 種種禪病皆所以語文, 而皆不可以語於天下之至文也.

40) 701쪽 「敍竹林集」: 王以明先生爲余擧業師, 其爲詩能以不法爲法, 不古爲古.

41) 田素蘭, 『袁中郞文學研究』 97쪽.

를 살아가는 작가 자신의 특성이 살아있는 '絶假純眞'한 문학이 탄생할
수 있다. 따라서 이러한 문학론을 가지고 문학의 '발전론' 내지 '진화론'
으로, 이에 반하는 前後七子의 문학론을 '퇴화론'으로 정의하는 것은
명백한 잘못이라고 생각한다.

　문학이 시대에 따라 진화한다고 본다면 중국 최초의 문학작품집이라
고 할 수 있는 『詩經』의 작품들은 이제 존재 가치조차 없는 것일지 모
른다.42) 문학 그 자체를 '質'로, 문학적 기교를 '文'으로 상정한다면,
'質'은 시대에 따라 발전하거나 퇴화하는 것이 아니기 때문에 'One of
the bests'의 형태 즉 '여러 가지 최고들 중의 하나'일 뿐이다. '文'인 문
학적 기교는 '質'을 '반영'하여 '표현'할 뿐이다. 따라서 발전하고 변화하
는 것은 문학적 기교인 '표현'일뿐 문학 그 자체는 아니다. 원굉도는
음악의 '文'이라고 할 수 있는 '音節'은 음악의 '質'이 아니기 때문에 시
대에 따른 존망이 있지만, '質'인 '음악 그 자체'는 존망이 있을 수 없
다고 본다.43) 원굉도가 인식하고 있던 '質'로서의 '문학'은 '음악'과 마
찬가지로 존망이 있을 수 없기 때문에 그 자체는 '진화'도 '퇴화'도 할
수 없다. 단지 '文'인 문학적 형식이나 기교만이 '音節'과 마찬가지로
시대에 따라 발전된 형태로 또는 퇴화된 형태로 나타날 뿐이다.

　　대저 시의 기운은 갈수록 약해지기 때문에 옛날엔 풍부하였지만
　지금을 메말랐다. 그러나 시의 기이함 오묘함 공교함은 극도에 이
　르지 않은 것이 없어 갈수록 풍부해졌다. 이 때문에 예전에는 표현
　하지 못하는 감정이 있었지만 지금은 표현하지 못하는 정경이 없

---

42) 劉再復은 「文學史的悖論」에서 "4, 50년대 대륙의 문학사관은 '直線進化論'
　　이 주종을 이루었는데 이는 後一代의 문학이 前一代의 문학보다 뛰어난
　　작품으로 진화발전한다는 것"이라고 평가하며 첫 번째 문제로서 "문학이
　　발전하느냐 아니냐"를 다루고 있다. 필자가 본 절에서 다루고자 하는 것은
　　문학사적 논쟁이 아니라 원굉도의 사고에 국한시켰음을 밝힌다.
43) 1522쪽 「和者樂之所由生」: 故樂之音節代有存亡, 而樂未始存亡也. 夫音節者,
　　樂之宣洩, 而非樂之本也.

다.(284쪽 「丘長孺」: 夫詩之氣, 一代減一代, 故古也厚今也薄. 詩之
奇之妙之工之無所不極, 一代盛一代, 故古有不盡之情, 今無不寫之景.
然則古何必高, 今何必卑哉?)

위의 인용문에서도 드러나듯이 원굉도가 언급하고 있는 '퇴화' 또는
'발전'은 단지 시의 '氣'와 '奇'·'妙'·'工' 등의 요소에 국한한 것이며,
'문학 그 자체'의 발전을 의미하는 것은 아니다. 오히려 '質'인 '문학 그
자체'는 서로 우열을 가지고 논할 수 없다며, 當時까지 論詩의 전형으
로 간주되어 오던 '貴 …… 不貴 ……'의 논리 형식에 반기를 들었다.

　각 시대에 따라 상승하고 하강하지만, 法을 因襲하지 않고 각기
　그 변화를 다하고 그 '趣'를 窮盡하는 것이 귀하니, 원래 우열을 가
　지고서 논할 수 없다.(188쪽 「敍小修詩」: 唯夫代有升降, 而法不相
　沿, 各極其變, 各窮其趣, 所以可貴, 原不可以優劣論也.)

위의 예문을 살펴보면 원굉도가 결코 문학 자체의 발전을 주장하고
있지 않음이 명확해진다. 만일 문학을 발전하는 것이라고 가정한다면
뒤 시대의 문학은 앞 시대의 문학보다도 우수해야 한다. 즉 '優'와 '劣'
이 분명해야한다. 그러나 위의 인용문에서 원굉도는 분명히 "優와 劣
을 가지고 논할 수 없다"고 못을 박고 있다. 이상을 통하여 원굉도가
결코 문학 발전론을 주장한 것이 아님을 알 수 있다. 따라서 문학에
있어 '優'도 없고 '劣'도 없다는 원굉도의 관점을 '발전' 내지 '진보'라는
이름으로 정의할 수 없다.

물론 표현기법의 발전 또한 문학 발전의 한 갈래라고 주장하는 학자
도 있지만,44) 그것은 문학이 담고 있는 제요소 가운데 하나에 불과하다.
이에 필자는 '진보' 내지 '발전'이 아닌 '변화'로 대신코자 한다. 원굉도는

---

44) 孫建模·嚴國安, 「袁宏道文藝思想的探討」, 『晚明文學革新派公安三袁硏究』
　　84~85쪽.

문학의 '발전'은 부정하였지만 문학의 '변화'는 인정하고 있다. 원굉도는 江盈科에게 보내는 편지에서 "'古'가 '今'이 될 수 없는 것은 '勢'이기 때문에 『周書』의 「大誥」이나 「多方」 등의 옛 告示들도 시대의 변화에 따라 변할 수밖에 없으며, 『詩經』의 「鄭風」이나 「衛風」 등의 淫詞媟語들도 시대의 변화에 따라 「銀柳絲」나 「掛鍼兒」 등으로 변할 수밖에 없다. 더구나 이들 민가들은 결코 『시경』을 모방한 것이 아니다. 세상의 도가 이미 변했으면 문장 또한 이를 따라야 하듯, '今'이 '古'를 반드시 모방할 필요가 없는 것은 '勢'이기 때문"이라고 이야기한다.45) 그리고 「雪濤閣集序」에서는 "문장이 '古'일 수 없으며 '今'일 수밖에 없는 것은 '時'의 소치"46)라고 말하고 있다. 이 두 문장에서 원굉도는 문장의 '변화'를 '勢'와 '時'에 의한 필연적인 결과로 간주하고 있으며, 丘長孺에게 보내는 편지글에서는 '氣運'이라며, 반복고적 '변화'의 필연성을 강조하고 있다.47) 이는 인간의 생활과 언어는 시대에 따라 변하는 것이기 때문에, 현실과 자아에 충실한 문학은 반드시 시대에 따라 변화하며, 그 시대의 문학을 '반영'할 뿐이라는 것이 원굉도의 문학관이기 때문이다.48) 그래서 원굉도는 현실의 변화에 따른 변화를 거부하고 모방만을 일삼는 문인들의 태도를

---

45) 515쪽 「江進之」: 古之不能爲今者也, 勢也. …… 周書大誥、多方等篇, 古之告示也, 今尙可作告示不? 毛詩鄭、衛等風, 古之淫詞媟語也, 今人所唱銀柳絲、掛鍼兒之類, 可一字相襲不? 世道旣變, 文亦因之, 今之不必摹古者也, 亦勢也.

46) 709쪽 「雪濤閣集序」: 文之不能不古而今也, 時使之也.

47) 284쪽 「丘長孺」: 趙宋亦然, …… 至其不能爲唐, 殆是氣運使然, 猶唐之不能爲選, 選之不能爲漢、魏耳.

48) 필자가 이와 같은 결론을 내리는 근거는 515쪽 「江進之」에서 원굉도는 "人事物態, 有時而更, 鄕語方言, 有時而易, 事今日之事, 則亦文今日之文而已矣"라고 문장의 시대반영을 주장하고 있다.
李健長은 「三袁詩歌初探」, 『武漢大學學報』 1981년 1기 67쪽에서 "원굉도의 문학이론을 '眞'과 '變'으로 파악하고 있다. 그리고 '眞'을 출발점으로 삼는다면 '變'은 '眞'의 구체화·형상화라고 말하면서, '變'을 단순한 현상으로 파악하고 있다.

'엄동설한에 여름 갈옷을 껴입은 짓'이라고 비판하며 시대의 변화에 따른 문학의 '변화'를 주장한다.[49] 이와 같은 맥락에서 개성적인 문장을 창작한 徐渭를 명대의 이백과 두보라고까지 추앙한다.[50]

田素蘭은 원굉도의 문학변화론을 발전론으로 파악하면서 다음 세 가지 특징을 들고 있다. 첫째, 문학과 시대는 밀접한 관계를 갖기 때문에 서로 다른 시대에는 서로 다른 문학이 있다. 둘째, 문학을 시대의 필요조건에 맞추는 것이 '變'이다. 셋째, 변화의 방식은 고인의 폐단을 바로잡는 것인 동시에 시대적 요구에 부합하는 '更新'이어야 한다.[51] 문학이 시대의 산물임은 공리라는 점에서 첫 번째 주장은 논외로 한다. 그러나 두 번째와 세 번째의 주장은 '變'을 일종의 '사회적 제 운동의 결과로 나타나는 현상'으로 간주하느냐 아니면 '변화시키고자 하는 운동의지'로 간주하느냐의 차이를 간과하고 있다.

필자는 위의 두 관점이 전후칠자와 원굉도의 분기점이라고 생각한다. 전후칠자는 문학을 변화시키고자 하는 의지의 대상으로 간주하였기 때문에 문학의 당위성과 준거를 제기하였다. 그러나 원굉도는 문학의 서로 다른 차별성을 인정하며, 이러한 차별성에 기초하였기 때문에 문학은 '변화하는 시대의 반영' 내지는 '서로 다른 자아의 반영'이라는 견해를 견지하고 있다.[52] 그러나 전소란씨는 원굉도의 문학변화론을 '문학인의 운동의지'로 간주하여 "使文學合乎 ……"라고 기술하고 있는데, 이는 문학을 '문학인의 의지의 대상'으로 파악하였기 때문이다. 원굉도는 3장에서 전술한 바와 같이 '자연' 그 자체이고자 하였다. 이들이 추구한 '자연'은 '인공적'인 것에 반한 '자연적'인 것으로, 인간의 의

---

49) 709쪽 「雪濤閣集序」: 夫古有古之時, 今有今之時. 襲古人語言之迹, 而冒以爲古, 是處嚴冬而襲夏之葛者也.

50) 746쪽 「孫司李」: 徐文長, 今之李杜也.

51) 田素蘭, 『袁中郎文學硏究』 110쪽.

52) 이 문제는 본 장의 3 −2)절 「自我反映論」에서 좀 더 자세히 고찰하고자 한다.

지마저도 자연스럽지 못한 것으로 간주했다. 이런 '자연'관은 이지의 다음 말에서 잘 나타난다.

> 소위 '자연'이라고 하는 것은 자연스럽고자 하는 뜻을 가져서 자연스럽게 되는 것이 아니다. 만약 자연스럽고자 하는 뜻을 가진다면 억지로 하는 것과 무엇이 다르겠는가?(李贄, 『焚書』 133쪽 「讀律膚說」: 所謂自然者, 非有意爲自然而遂以爲自然也. 若有意爲自然, 則與矯强何異?)

이상과 같은 '자연관'을 가진 이들이 억지로 '變'을 추구했다고 할 수는 없으며, 구속됨을 싫어하였던 이들이 스스로 '변'이라는 구속을 자초했다고도 볼 수 없다. 결국 '변'이란 운동의지를 가지고 운동하는 '변'이 아니라 결과적인 형태 즉 "변화된 형태로 나타난 '변'"으로 간주해야 한다. 즉 모든 것이 '자연'스럽다면 그 시대에 맞는 그 시대의 문장이 '자연'스럽게 도출될 수밖에 없다. 단지 문학적 형태와 기교에 따라 서로 다른 형태로 존재할 뿐이다. 과거보다는 현재가 더 나음을 함의하는 '발전'이란, "無貴賤, 無優劣"과는 모순되는 관계에 있을 수밖에 없기 때문에, '발전론'은 "無貴賤, 無優劣"의 '변화론'과는 병립될 수 없다.[53] 그러므로 변화론을 발전적 진화론으로 재단한다는 것은 논리적으로 어긋나는 일이다.

> 대저 法은 피폐한 데서 因하여 過한데서 이루어진다. 六朝시대 변려문의 짝을 맞추어 늘어놓는 습속을 바로잡자 유려함이 빼어나게 되었다. 짝을 맞추어 늘어놓는 것 때문에 유려함이 '因'하였지만

---

53) 이와 같은 '변화론'의 관점에서 원굉도의 '變'을 인식하고 있는 연구가인 王曉平은 「袁宏道的性靈說和山本北山的淸新詩論」, 『古代文學理論硏究』 14집 206쪽 上海古籍出版社, 1989: 에서 郭紹虞의 『中國文學理論批評史』 424쪽을 인용하여, 원굉도의 '變'을 풍격의 변화인 '同體之變'과 體制의 변화인 '異體之變'으로 양분하여 보았으며, 이 두 '변화'는 모두 '예술기교상의 진보'라고 주장한다. 그리고 郭紹虞 또한 『中國文學理論批評史』 423쪽에서 원굉도 문론의 핵심을 '眞'과 '變'이라고 주장하며 변화론적인 관점을 견지하고 있다.

가볍고 갸날픈 것이 '過'였다. 盛唐의 여러 문인들이 '闊大함'으로써
바로잡았는데, 闊大해지자 '闊大함' 때문에 꼼꼼하지 못함이 생겨났
다. 이 때문에 盛唐을 잇는 사람들은 충실함으로써 바로잡았지만,
충실함 때문에 속됨이 생겨났다.(709쪽 「雪濤閣集序」: 夫法因于敝
而成于過者也. 矯六朝騈麗釘餖之習者, 以流麗勝, 釘餖者固流麗之因
也, 然其過在輕纖. 盛唐諸人, 以闊大矯之. 已闊矣, 又因闊而生莽. 是
故續盛唐者, 以情實矯之. 已實矣, 又因實而生俚.)

위의 인용문에서 원굉도가 제시하고 있는 것은 문학의 '변화 원인'이
다. 원굉도는 이와 같은 변화의 원인과 결과를 '主義'와 '體裁'의 발전
한계로 간주하였다.54) 즉 『詩經』의 「雅」로는 담아낼 수 없었던 원망의
감정이 『離騷』를 탄생시켰으며, 蘇武와 李陵의 이별시55)와 『古詩十九
首』 등도 騷體에서 변화되어 나온 것이므로 마땅히 '眞騷'로 받아들여
야 한다는 것이다.56) 원굉도의 이와 같은 변화론은 각 시대의 문학을
긍정적·부정적 편견 없이 동등하게 파악할 수 있게 했으며, 속문학에
대해서도 동등한 가치를 부여하는 근거가 되었다. 원굉도가 當代 문학
론의 근간을 이루고 있는, 宋代 문학에 대한 고의적인 폄적을 바로잡
고자 송대 문학에 대한 새로운 인식을 시도하게 된 배경도 이와 맥락
을 같이 하고 있다.

---

54) 朱維之는 「李卓吾與新文學」, 『中國古代文論硏究論文集』 441쪽에서 '法'을
   '主義' 내지 '體裁'로 풀이하고 있다. 필자 또한 朱維之의 견해에 따른다.
55) 원굉도는 李陵과 蘇武의 離別詩를 五言詩의 효시로서 이들의 친작으로 생
   각하고 있지만, 이들 시는 후인의 의탁이라는 것이 현재의 정설이다. 본
   연구에서는 원굉도의 언급을 수정 없이 인용하였음을 밝힌다.
56) 709쪽 「雪濤閣集序」: 騷之不襲雅也, 雅之體窮于怨, 不騷不足以寄也. 後之人
   有擬而爲之者, 終不肖也, 何也? 彼直求騷于騷之中也. 至騷、李述別及十九等
   篇, 騷之音節體致皆變矣, 然不謂之眞騷不可也.

(3) 宋詩의 재평가

앞에서 살펴본 대로 袁宏道는 당시의 문단 상황에 대하여 비판적이고 회의적이었다. 이는 당시의 당위적인 문학적 준거에 대한 반발이었다. 당시의 문단은 '盛唐'과 '秦漢'이라는 이상을 상정해 놓고, 그 이상에 모든 것을 귀납시키려고 하는 몰개성적 복제론이 주종을 이루었다. 公安派와 복고파의 문학이론의 차이를 尊唐詩와 尊宋詩의 차이로 보는 경우도 있듯이,[57] 원굉도가 中唐과 宋代 문학에 대해 새로운 이해를 추구한 것은 전술한 바와 같은 범문단적 흐름에 대한 반기였다.[58]

宋詩가 부정되는 가장 큰 이유는 송시가 가지는 '主理的'인 측면 때문이다.[59] 이점은 陳子龍이 "宋人들은 참다운 시가 어떤지도 모르면서 억지로 시를 지었기 때문에, '理'만을 말하고 '情'을 말하지 않았다"고 혹평하며, "宋代 내내 참다운 시가 없었다"고 송시의 존재 의의를 부정하는 데서 잘 나타난다.[60] 그러나 원굉도는 송대의 문학을 읽음으로써 비로소 '문학'에 눈뜰 수 있었다고 이야기하며,[61] 송시를 啓導하였던 蘇軾과 歐陽修[62]의 식견을 재평가함으로써[63] 송대 문학에 대한 비

---

57) Chi-p'ing Chou, 『Yüan Hung-tao and the Kung-an School』 42쪽.

58) 743쪽 「答陶石簣」에서 "弟近日始遍閱宋人詩文."이라고 말하고 있고, 750쪽 「與李龍湖」에서 "近日最得意, 無如批點歐蘇二公文集."이라고 말하고 있는 것을 보면, 北京에서 順天府敎授로 재직하고 있던 1598년부터 본격적으로 宋詩를 읽고 宋詩에 매력을 느꼈던 것으로 추정할 수 있다.

59) 陳子展은 「什麼叫做公安派和竟陵派? 他們的作風和影響怎樣?」, 『中國古代文論研究論文集』 467~8쪽에서 "明人들의 宋元代 작품 홀시 경향은 宋朝의 무능함과 異族이 통치한 元代文學에 대한 부정심리"로 간주하고 있다.

60) 陳子龍, 「與人論詩」, 『中國文學發達史』 655쪽에서 재인용.: 宋人不知詩而强作詩, 其爲詩也, 言理而不言情, 終宋之世無詩.

61) 772쪽 「答王以明」: 近日始學讀書, 盡心觀歐九、老蘇、曾子固、陳同甫、陸務觀諸公文集, 每讀一篇, 心悸口呿, 自以爲未嘗識字.

62) 歐陽修와 蘇軾에 대한 원굉도의 평가의 정도는 778쪽 「答陶石簣」의 "放翁詩, 弟所甚愛, 但闊大處不如歐蘇耳."와 734쪽 「答梅客生開府」의 "邸中無事, 日與永叔坡公作對. 坡公詩文卓絶無論, 卽歐公詩, 亦當與高岑昭穆, 錢劉而下,

판을 일축한다. 그리고 송시에 대한 명대의 부정적 편견은 당대 문인들의 편벽된 독서 경향에서 비롯된 것이라고 비판한다.[64]

원굉도의 시가 唐詩의 풍격을 지니고 있음을 부정할 수는 없지만,[65] 원굉도는 애써 이를 부인하며, "唐詩의 풍격에서 멀어질수록 자아가 더욱 잘 반영된 작품을 쓸 수 있다"는 견해를 제시한다.[66] 이에 원굉도의 송시에 대한 새로운 인식의 추구와 추종이 맹목적인 것만은 아님을 알 수 있다. 특히 송시의 문학성 때문만은 결코 아니었으며, 이 또한 '盛唐'이라는 모방의 준거를 타파하기 위한 한 방편이었다.[67] 원굉도는 송시를 다음과 같이 새롭게 조명한다.

> 송시는 격조가 뛰어나지만 운취가 부족하며, 산문은 持論은 빈틈 없지만 문장의 체제를 사용함은 거칠다. 그러나 그 가운데 실제로 秦漢의 문장을 넘어서고, 盛唐의 詩를 능가하는 것도 있다.(743쪽 「答陶石簣」: 宋人詩, 長于格而短于韻, 而其爲文, 密于持論而疏于用裁. 然其中實有超秦、漢而絶盛唐者.)

이 당시 원굉도는 歐陽修와 蘇軾의 문집에 批點을 가하는 것이 최고의 즐거움이라고 이야기한다. 그리고 구양수를 문장뿐 아니라 시에서까지 杜甫에 버금가는 문인으로, 소식을 '중국 최고의 유일무이한 시인'으로 평가한다.[68] 그는 소식의 시뿐 아니라 그의 모든 잡문을 '活祖師'

斷斷乎所不屑."이라는 말에서 잘 알 수 있다.

63) 515쪽 「江進之」: 近日讀古今名人諸賦, 始知蘇子瞻、歐陽永叔輩見識, 眞不可及.

64) 778쪽 「答陶石簣」: 世間騷人全不讀書, 隨聲妄詆, 欺侮先輩. 前有詩客謁弟, 偶見案上所抄歐公詩, 駭愕久之, 自悔從前未曾識字.

65) 袁中道 465쪽 「吳表海先生詩序」: 先兄中郎之詩若文, …… 其實得唐人之神.

66) 본장의 각주 9)와 13) 참조.

67) 284쪽 「丘長孺」: "今之君子, 乃欲槪天下而唐之, 又且以不唐病宋."을 역으로 유추해보면 알 수 있다.

68) 750쪽 「與李龍湖」: 近日最得意, 無如批點歐蘇二公文集. …… 歐文之佳無論, 其詩如傾江倒海, 直欲伯仲少陵. …… 蘇公詩高古不如老杜, 而超脫變怪過之,

라며 잡문의 전범으로 받아들인다.[69] 그 이유는 晚唐에 이르러 거의 없어졌던 詩文의 道를 구양수와 소식이 바로잡는 등[70] 송시가 중국시의 경계를 보다 넓혔다고 생각했기 때문이다.

　　송대에 구양수와 소식이 나와서 만당의 습속을 크게 변화시켰다. 사물에 있어서는 소재로 삼지 않는 것이 없었으며, 방법론적으로는 사용하지 않는 방법이 없었다. 감정에 있어서는 표현하지 못하는 감정이 없었으며, 경계에 있어서는 취하지 않는 것이 없었으니 광대하고 넓은 것이 江河와 같았다.(710쪽 「雪濤閣集序」: 有宋歐、蘇輩出, 大變晚習, 于物無所不收, 於法無所不有, 於情無所不暢, 於境無所不取, 滔滔莽莽, 有若江河.)

　　원굉도는 송시가 '표현'의 극치를 이루었다고 이야기한다. 물론 송시가 가지고 있는 '以文爲詩'라든가, '理學'을 위주로 한 창작 등의 치명적인 약점을 원굉도도 부정하지 않는다.[71] 그럼에도 소식의 잡문에 간혹 섞여 있는 '主理的'인 요소는 모방과 현학의 산물이 아니라 진정한 깨달음의 산물이라고 변호할 뿐 아니라,[72] 스승인 이지가 선정한 소식의 시조차도 올바른 이해를 하지 못하였다고 불만을 나타낸다.[73] 원굉도는 송시를 문학사적 흐름 속에서 존재 의의를 긍정하였으며 唐詩의 발전 선상에서 그 발전의 결과물로 파악하였다.[74]

　　有天地來, 一人而已.

69) 1220쪽 「識雪照澄卷末」: 余嘗謂坡公一切雜文, 活祖師也.

70) 743쪽 「答陶石簣」: 夫詩文之道, 至晚唐而益小, 歐、蘇矯之.

71) 710쪽 「雪濤閣集序」: 然其敝至以文爲詩, 流而爲理學, 流而爲歌訣, 流而爲偈誦, 詩之敝又有不可勝言者矣.

72) 1220쪽 「識雪照澄卷末」: 其說禪說道理, 世諦流布而已.

73) 734쪽 「答梅客生開府」: 宏甫選蘇公文甚妥, 至於詩, 百未得一.

74) 710쪽 「雪濤閣集序」: 今之人徒見宋之不唐法, 而不知宋因唐而有法者也.

　　구양수는 산문의 빼어남은 말할 것도 없으며, 詩는 揚子江이 바다에 흘러드는 듯 하여, 杜甫에까지 비길만 합니다. 우주 간에 이와 같은 특출한 볼거리가 있지만, 지금 사람들이 '惡詩'에 사로잡혀 마음을 비우고 읽을 수 없는 것을 한탄할 뿐입니다. 소식 시의 고매하고 옛스러움은 두보만 못하지만 속세를 뛰어넘음과 독특함은 두보를 능가하니, 이 세상이 생긴 이래로 오직 한 사람일 뿐입니다. 저는 일찍이 六朝에 詩가 없다고 하였습니다. 도연명만 시적 매력을 가지고 있고 謝靈運만 시적 내용물을 갖추고 있지, 나머지 시인들은 평범하기 그지없으며 볼만한 것이 없습니다.(750쪽 「與李龍湖」: 歐文之佳無論, 其詩如傾江倒海, 直欲伯仲少陵. 宇宙間自有此一種奇觀, 但恨今人爲先入惡詩所障難, 不能虛心盡讀耳. 蘇公詩高古不如老杜, 而超脫變怪過之, 有天地來, 一人而已. 僕嘗謂六朝無詩, 陶公有詩趣, 謝公有詩料, 餘者碌碌, 無足觀者.)

　　원굉도는 물론 李白과 杜甫에 의해 중국시의 새로운 경계가 열렸음을 부정하지는 않는다.75) 단지 '尊盛唐'이라는 복고의 준칙을 타파하기 위해 송시와 당시의 우열을 논하지 않으려 할 뿐이다.76) 그래서 그는 구양수와 소식의 업적을 두보의 업적과 동일선상에서 평가한다. 원굉도는 명대의 시를 위하여는 漢代의 司馬遷과 班固, 中唐의 韓愈·柳宗元·元稹·白居易와 송대의 구양수·소식 등이 문단의 선배로서 존재하고 있음을 확신하며77) 한유·유종원·원진·백거이와 구양수 등을 詩聖으로, 소식은 詩神으로 추앙한다.78) 이러한 노력은 중국문학의 종적 '흐름'을 인정하는 원굉도의 문학사적 시각에서 나온 것이며, 복고

---

75) 743쪽 「答陶石簣」: 至李杜而詩道始大.
76) 623쪽 「贈黃平倩編修」에서 "詩有餘師禪有友, 前希李白後東坡."라고 唐과 宋을 분리하지 않고 이야기하는 것을 보면, 원굉도의 宋詩에 대한 새로운 이해의 추구는 '盛唐詩'라는 복고의 준거를 타파하기 위한 것임을 알 수 있다.
77) 781쪽 「答馮琢菴師」: 宏近日始讀李唐及趙宋諸大家詩文, 如元白歐蘇與李杜班馬, 眞足雁行. 坡公尤不可及, 宏謬謂前無作者.
78) 750쪽 「與李龍湖」: 韓、柳、元、白、歐, 詩之聖也; 蘇詩之神也.

의 준거를 타파하고자 하는 자신의 정당성을 입증하는 것이기도 하다.
그래서 그는 진정한 시문은 송대와 원대의 대가들의 작품 속에 있다고
주장한다.[79)]

> 소식의 시 중에서 한 글자도 잘되지 않은 것이 없다. …… 出世와
> 入世, 거친 말과 섬세한 말들이 모두 불가사의한 오묘함으로 귀납하며,
> 황홀한 듯한 변화의 괴이함 등이 실제 상황이 아닌 것이 없다.(734쪽
> 「答梅客生開府」: 蘇公詩無一字不佳者. …… 蘇公之詩, 出世入世, 粗言
> 細語, 總歸玄奧; 恍惚變怪, 無非情實.)

위의 인용문에서 원굉도의 소식에 대한 이해 정도를 엿볼 수 있다.
그는 같은 글에서 이백은 '虛'에만, 두보는 '實'에만 주력했기 때문에
詩語의 운용이 변환의 극을 이루지 못했다고 했다.[80)] 반면 소식의 시
어 운용에 대하여서는 위의 인용문처럼 극찬해 마지않을 뿐 아니라 소
식의 시를 학습하기도 하였다.[81)] 원굉도는 또한 이백과 두보를 능가하
는 소식의 시어 운용력은 이들 두 사람을 능가하는 재주뿐 아니라 학
문적인 식견을 바탕으로 하고 있음을 강조함으로써,[82)] 이백과 두보를
정점으로 한 복고의 준거의 오류성을 제기한다.

원굉도는 송시가 당시만 못하다는 평가는 보는 사람의 견해일 따름
이지만 시의 본질을 제대로 꿰뚫은 견해라고는 볼 수 없다며[83)] 盛唐詩
추종을 힐난한다. 그리고 李夢陽의 작품조차도 두보 시의 노예로서 송
시에는 미치지 못한다고 신랄하게 비판한다.[84)] 이상 살펴본 바와 같이

---

79) 501쪽 「張幼于」: 世人卑宋黜元, 僕則曰詩文在宋、元諸大家.
80) 같은 글: 靑蓮唯一於虛, …… 工部唯一於實, 故其詩能人而不能天, 能大能化
　　 而不能神.
81) 540쪽 「偶作贈方子」: 近日裁詩心轉細, 每將長句學東坡.
82) 734쪽 「答梅客生開府」: 蓋其才力旣高, 而學問識見, 又廻出二公之上, 故宜卓
　　 絶千古. 至其遒不如杜, 逸不如李, 此自氣運使然, 非才之過也.
83) 750쪽 「與李龍湖」: 彼謂宋不如唐者, 觀場之見耳, 豈直眞知詩何物哉?

원굉도는 송시의 추종만을 위하여 唐詩를 반대한 것은 아니며, 當時의
맹목적인 唐詩 추종을 이성적으로 반대하기 위한 또 다른 근거를 제시
하기 위해 송시를 제창했다. 따라서 '송시에 대한 새로운 이해의 추구'
또한 반복고론의 한 갈래로 수렴될 수 있다.

2. 문학적 '자아'의 확립

원굉도가 자아부재의 당시의 학문풍토에 일침을 가하면서, '자아'의
확립을 역설하고 '자아'를 확립하는 과정을 제2장과 제3장에서 고찰하
였다. 그리고 前節에서는 당시의 문단에 대한 부정적 인식을 바탕으로
'反復古論'을 제창함으로써, 당시의 잘못된 문학관을 개조하려는 원굉
도의 노력을 살펴보았다. 본 절에서는 원굉도가 인식하고 있는 '문학적
자아'의 실체를 규명해보고자 한다.

1) '性'·'情'의 융합인식

袁宏道 문학론의 특징은 '문학적 자아의 확립'이다.[85] 그러나 그의
주장을 좀 더 명확히 이해하기 위해서는 원굉도뿐 아니라 당시의 소위
'叛統派' 문인들이 파악하고 있던 문학적 '情'과 '性'에 대한 검토가 먼
저 선행되어야 할 것이다.

---

84) 734쪽 「答梅客生開府」: 空同才雖高, 然未免爲工部奴僕, …… 噫, 何可令有
　　宋諸君子見哉!

85) 李健長은 「三袁詩歌初探」, 『武漢大學學報』 67~68쪽에서 원굉도의 문학의
　　핵심을 "眞人의 眞聲"으로 파악하고 있다. 이는 필자가 주장하는 '문학적
　　자아의 表現'과 같은 맥락이라고 생각한다.

중국시론에서 '情'은 중요한 문제였다. 고대의 전적을 살펴보면, 「詩序」에서는 '發乎情', 陸機의 『文賦』에서는 '詩緣情', 『文心雕龍·體性』에서는 '吐納英華, 莫非性情'이라 하였다. 「詩序」의 '詩言志'와 뒤에 이어지는 '情動於中而形於言'을 살펴보면, '志'란 '인간의 보편적 감정'의 범위를 벗어나는 것이 아님을 알 수 있다. '詩緣情' 또한 시란 '情' 즉 '인간의 보편적 감정' 내지 '정서'의 표현이라는 점을 강조하는 등, '情'을 문학의 근원으로 해석하고 있다. 이와 같이 문학의 근원으로서의 '情' 또는 '性'에 대한 견해는 고대에서부터 있어왔으나 뚜렷한 분화를 보였던 것은 아니었으며, 오히려 '性'보다 '情'에 더 큰 비중을 두었음을 알 수 있다.[86]

그러나 '性則理'를 주장한 朱熹가 『詩集傳』의 「序」에서 문학에 '性'의 개념을 도입하면서부터 문학에 있어서 '性'과 '情'의 개념이 분리되기 시작했다.[87] 주희는 "사람이 태어나면서부터 가진 고요함은 하늘의 '性'이며, 사물에 감응하여 움직임은 '性'의 욕구"라고 정언하였다.[88] 또한 '性'을 하늘이 사람에게 부여한 '心'의 본체로서 純善한 것으로, '性'의 욕구인 '情'은 '性'이 사물에 감응하여 일어나는 작용으로서 선할 수도 악할 수도 있는 것으로 각각 구분 정의하여 놓았다.[89]

따라서 성리학에 의한 사상계의 통일과 함께, 이후 문학계의 모든 논의 또한 '선'과 '악'의 대립으로 양분되었다. 또한 '志之所之'의 '志'를 인간의 도덕적 이상과 정신적 취향의 표현으로 파악하여 '도덕적 이상'

---

86) 黃繼持는 「泰州學派對文學思想之影響」, 『東方文化』 150쪽에서 "漢人들의 '才性'과 六朝文人들의 '情性'은 宋儒의 '尊性抑情'과는 다르다"고 말하면서 宋儒의 '性'은 도덕성 자체일 뿐이라고 평가하고 있다.
87) 김흥규, 『조선후기의 시경론과 시의식』 26쪽.
88) 朱熹, 『詩集傳·序』 中華書局香港分局, 1977: 或有問於予曰: "詩何爲而作也?" 余應之曰: "人生而靜, 天之性也. 感於物而動, 性之欲也. 夫旣有欲矣, 則不能無思, 旣有思矣, 則不能無言."
89) 『詩傳大全』 卷頭: 朱子曰: "其未感也, 純粹至善, 萬理俱焉. 所謂性也, 感於物而動, 則性之欲出焉, 而善惡於是乎分矣. 性之欲卽所謂情也."

과 일치시키고자 하는 도학가적 문학가들과, '마음의 바람'으로 파악하여 '욕망' 내지는 '정서'와 동일시하며 시를 '마음의 표현'으로 간주하는 개성주의자들로 나뉘어졌다. 이와 같은 인식의 차이는, 도학가들에게는 시의 '효용', 개성주의자들에게는 도덕적인 고양과는 무관한 '情'과 '性'의 '표현'을 최고의 선으로 삼게 하였다.[90] 따라서 원굉도가 갖고 있던 '情'과 '性'에 대한 인식은 그의 문학론이 가지는 叛統性을 명확히 파악하는 관건이 된다.

원굉도는 문학을 '性'에 근거하여 서술하더라도 인간의 보편적인 정서에 통할 수 있는 것으로 파악하였다. 따라서 그가 말하는 '性'은 당연히 주자학에서 논의되는 '至高至善'의 '絶對善'과는 본질적으로 다르며, 인간을 인간답게 만들어 주는 '本性'으로 이해해야 한다. 즉 '性'은 '악'에 물들지 않은 '善'이 아니라 허위에 감염되지 않은 '眞'이며, '보편적인 인간의 감정'인 '七情'을 가진 '인간 그 본연'이다. 원굉도는 '情' 또한 '性'의 개념과 상반된 '악'의 개념으로 보지 않았다. 편의상 원시문론에서의 '情'을 情1로, 性理學的 문론에서의 '情'을 情2로, 원굉도가 주장하던 '情'을 情3으로 구분하여 보면, 情3은 情1과 情2와 '性'이 모두 포괄된 개념, 즉 '情'과 '性'이 합일된 또 다른 경계로 승화된 단계이다. 원굉도는 '情'과 '性'을 다음과 같이 이야기하였다.

㉠ '情'과 '境'이 결합할 때는 잠깐 동안 천 마디 말을 하는데, 물이 동쪽으로 흐르는 것과 같이 사람들 혼을 빼앗는다.(188쪽 「敍小修詩」: 有時情與境會, 頃刻千言, 如水東注, 令人奪魄.)

㉡ 대개 '情'이 지극한 말은 스스로 다른 사람을 감화시킬 수 있으니, 이를 일러 '眞詩'라고 하며 후세까지 전해질 수 있다.188쪽 「敍小修詩」: 大槪情至之語, 自能感人, 是謂眞詩, 可傳也.)

---

90) 劉若愚 지음, 이장우 옮김, 『중국시론』 99～100쪽 참조.

ⓒ '性'에 따라 표현하면 오히려 인간의 七情과 통할 수 있으니, 이것이야말로 즐거운 일이다.(188쪽 「敍小修詩」: 任性而發, 尙能通于人之喜怒哀樂嗜好情欲, 是可喜也.)

ⓔ 각자가 자신의 '性'에 따를 뿐이다. '性'이 편안해 할 수 있는 것은 억지로 할 수는 없으니, '性'에 따라 행동하는 사람을 '眞人'이라 한다.(193쪽 「識張幼于箴銘後」: 各任其性耳. 性之所安, 殆不可强, 率性而行, 是謂眞人.)

이상 원굉도의 '情'과 '性'에 관한 네 가지 언급을 분석해보면, 원굉도가 사용한 '情'과 '性'의 개념이 당시 보편적으로 인지되고 있던 것과는 완전히 성격을 달리하고 있음을 알 수 있다. 우선 인용문 ⓒ과 ⓔ을 살펴보면 원굉도는 '性'을 일반적 의미인 '인간의 본성'으로 사용하고 있다. 이는 '性'을 '絶對善'의 개념으로 사용하던 당시의 일반적 경향에 반하는 것이며, 오히려 '인간의 보편적인 정서'라고 할 수 있는 '情'의 개념으로 전용하여 사용하고 있다. 이러한 인식 위에서 원굉도는 당시의 道學的 '假'에 반하는 인간의 보편적 정서를 '眞'으로 규정하고, 인간의 보편적인 '情'인 '性'을 따르는 사람을 인용문 ⓔ에서 '眞人'으로 규정한다. 또한 인용문 ⊙에서 사용하고 있는 '情'의 개념은 원시 문론에서 사용되던 情₁의 개념이다. 그러나 같은 글인 ⓛ에서 사용하고 있는 '情'의 개념은 情₁도 情₂도 아니다. 이는 바로 '인간의 보편적 정서'인 의미로 사용되는 情₃의 개념이다. 이상을 보면 원굉도는 '情'과 '性'을 구분하는 주자학적 사고를 거부했음이 분명하며, 오히려 원굉도가 사용하고 있는 '情'이라는 단어는 情₁과 情₂와 '性'까지도 포괄하는 또 다른 차원의 '情'이라고 할 수 있다.

필자는 이를 명대에 본격적으로 대두하기 시작한 '心'의 문제에서 비롯한 새로운 개념의 '情'으로 본다. 철학에서 대두된 '心'의 문제는 '心則理'라는 새로운 학설의 정립에까지 이르렀다. 이와 마찬가지로, 문학에서도 '性'과 '情' 즉 '선'과 '악'의 절대적인 대립에서 탈피하였고, 좀 더 운신의 폭을 넓히는 과정에서 '心'의 개념을 도입한 情₃이 대두되었다. 즉 원굉도가 사용한 '情'이란 단어는 인간의 사고와 행동의 모든 부분을 다 수용할 수 있는 또 다른 대체 개념이다. 필자는 원굉도의 '性靈' 또한 이와 동등한 개념으로 파악하고자 한다.

동시에 '보편적 정서'로서의 '情'은 '자아'를 의미한다. '자아' 즉 '주체'로서의 '情'은 외부의 자극(境)에 의해 반응하며 '文'을 만들어 낸다.[91] 상황에 따른 인간의 감정은 제3장 「性靈思想論」에서 살펴본 바와 같이 서로 같을 수 없기 때문에, 작품 또한 결코 서로 같을 수 없다는 것이 원굉도의 '문학적 자아확립론'의 핵심이며, 전절 「反復古論의 제창」의 핵심이기도 하다.

이와 같이 '性과 情의 융합적 인식'에 따른 새로운 '情'의 개념을 도출해낸 사람이 원굉도 혼자만은 아니었다. 명말의 희곡작가이며 원굉도의 文友였던 湯顯祖의 '情'에 대한 인식 또한 원굉도와 대동소이하다. 탕현조는 "詩言志, 歌咏言, 聲依咏, 律和聲"이라는 『書經』의 문론에 대하여 다음과 같이 평하고 있다.

> '志'라고 하는 것은 '情'이다. 이전의 사람들이 "'情'에서 나와서 '禮'와 '義'에서 머문다"고 말한 것이 바로 이것이다. 아! 만물의 보편적인 감정은 각기 자신의 '志'를 가지고 있다. 동해원은 자신의 '情'으로써 崔鶯鶯과 張生의 情을 꽃과 달 사이에서 배회하는 데 끌어내었다. 나 또한 나의 '情'으로써 동해원의 情을 글 속에 끄집어낸다.(湯顯祖, 『湯顯祖詩文集』 1502쪽 「董解元西廂題辭」, 上海古籍出版社, 1982.: 志也者, 情也. 先民所謂發乎情, 止乎禮義者, 是也. 嗟乎, 萬物之情各有其志. 董以董之情而索崔、張之情於花月徘徊之間, 余亦以余之情而索董之情於筆墨烟波之際.)

---

91) 188쪽 「敍小修詩」: 情隨境變, 字逐情生.

위의 인용문에서 탕현조가 사용하고 있는 '情'의 개념 또한 현대의 수사학자 周振甫의 견해처럼 '情'과 '志'의 결합이라 하겠다.[92] 이 글에서 탕현조가 이야기하는 '情'과 '志'는 작자와 주인공과 독자를 연결시켜주는 고리이며, '인간의 보편적 정서'를 의미하는 '情'이다. 따라서 원굉도가 시도한 '情'과 '性'에 대한 새로운 이해는 탕현조의 경우와 마찬가지로 인간의 보편적 정서의 문학적 지향으로서, 당시의 죽은 문학에 대항하는 '개성적·생명적 자아'의 추구였다.

2) 자아문학의 당위성

전 소절 「'性'·'情'의 融合認識」에서 살펴본 원굉도의 '情'에 대한 새로운 이해는 바로 '개성적 자아'를 도출하기 위한 것이었다. 본 소절에서는 이상과 같은 인식을 바탕으로 한 원굉도의 '자아문학'에 대한 갈망을 고찰하고, 이 또한 당대의 문학적 풍토를 개혁하기 위한 하나의 대안이었음을 증명하고자 한다.

원굉도는 문학적 준거에 의거한 모방과 표절로 창작된 당시의 작품들 대부분을 문학적 가치가 없는 모조물로 일축해버렸다. 원굉도가 "자신의 자아를 표현하고 마음에 따라 말하고 입에서 나오는 대로 쓸 수 있는 사람"[93]을 강조하며 자아표현의 당위성을 역설한 것은 바로 이와 같은 상황을 타개하기 위함이었다. 원중도는 원굉도의 문학적 특징으로 '형식'보다 '자아'의 중시를 들고 있다.[94] 이와 같은 모방의 준거에 대한 부정과 자아의 강조를 통한 탈형식의 주장은, 당시의 주류

---

92) 周振甫, 『中國修辭學史』 398쪽 商務印書館, 1991.
93) 699쪽 「敍梅子馬王程稿」에서 원굉도는 "其能獨抒己見, 信心而言, 寄口於腕者, 余所見蓋無幾也"라는 梅子馬의 말에 적극 동의하고 있다.
94) 袁中道, 521쪽 「中郞先生全集序」: 先生出而振之, 甫乃以意役法, 不以法役意.

였던 문학적 효용론에 대한 반발에서 나온 것이었다. 당시의 보편적 주장과 궤를 달리하는 이와 같은 문학적 주장이 세인의 호감을 사지 못할 것이라는 점을 원굉도 본인도 분명히 알고 있었다.[95] 그러나 이는 무가치한 모조품만을 양산해 내는 당시의 창작 풍토에 대한 반발로서,[96] 당시의 보편적 추세에 대한 맹종을 거부하고[97] '자아'를 확립하기 위한 갈구였다.[98]

이렇듯 원굉도가 문학인의 '자아확립'을 강조한 저변에는 '자아'가 확립된 후에야 비로소 가치 있는 문학을 창작할 수 있을 것이라는 신념이 깔려있기 때문이다.[99] 百粵의 빼어난 산수를 본 한유와 유종원이 서로 다른 평가를 내렸듯이,[100] 모든 사물은 관찰자의 관점에 따라 다양한 모습을 갖게 된다. 원굉도가 모방과 표절 대신에 자아의 표현을 강조한 것은 바로 이와 같은 점 때문이다.

옛날에 老子는 聖人을 없애려고도 했고, 莊周는 孔子를 헐뜯고 욕했지만 지금까지도 그 책들은 없어지지 않았다. 荀卿은 性惡說을 주장하였지만 『孟子』와 함께 전해질 수 있었다. 무엇 때문인가? 생각이 자신으로부터 나와서 조금도 古人을 모방하지 않았기 때문에 하늘을 떠받치고 땅위에 우뚝 설 수 있었다. 그래서 지금 사람들이 비록 헐뜯고 욕한다 할지라도 도리어 없앨 수가 없다. 그렇지 않으

---

95) 699쪽 「敍梅子馬王程稿」: 余論詩多異時軌, 世未有好之者.
96) 506쪽 「吳敦之」: 弟遊覽詩章, 近亦成帙, 其中非驚人語, 則嗔人語, 嗔人者 爲人所嗔也.
97) 699쪽 「敍梅子馬王程稿」: 人情安于所習, 故雖至美, 亦以至惡掩也.
98) 袁中道, 1317쪽 「遊居柿錄」 권9: 錦帆、解脫、意在破人之縛執, 故時有游戱語.
99) 필자가 이와 같은 견해를 가지는 근거는 다음과 같다. 雷思霈는 1695쪽 「瀟碧堂集序」에서 "夫惟眞人, 而後有眞言"이라고 문학창작에 우선하여 자아 확립을 강조하고 있으며, 袁宗道 또한 『白蘇齋類集』 285쪽 「論文下」에서 "有一派學問, 則釀出一種意見, 有一種意見, 則創出一般語言. 無意見則虛浮, 虛浮則雷同矣"라고 자아의 확립을 강조하고 있다.
100) 1599쪽 「與張日觀小參」: 百粵山水淸佳, 然韓退之以爲靑羅碧玉, 而柳柳州 擬之劍芒, 美刺殊遠.

면 똥 속에서 찌꺼기를 되새김하며, 입을 대고 방귀 냄새를 맡으며 세력을 믿고 떠세하여 양민을 업신여기는 것이니 지금 蘇州의 投靠家들과 같다.(502쪽 「張幼于」: 昔老子欲死聖人, 莊生譏毀孔子, 然至今其書不廢; 苟卿言性惡, 亦得與孟子同傳. 何者? 見從己出, 不曾依傍半箇古人, 所以他頂天立地. 今人雖譏訕得, 却是廢他不得. 不然, 糞裏嚼查, 順口接屁, 倚勢欺良, 如今蘇州投靠家人一般.)

위의 인용문에서 원굉도는 복고만을 중시하는 당시의 문학적 풍토를, 세력가에게 자신의 몸을 의탁하여 狐假虎威하는 投靠家에 비유하였다. 그리고 『노자』·『장자』·『순자』가 공맹의 가르침에는 어긋나지만 후세에까지 전해질 수 있었던 이유로 '자아 확립'을 바탕으로 한 '자아 표현'을 들고 있다. 그런 점에서 위의 인용문은 모방과 표절을 거부하는 자아문학의 필요성에 대한 원굉도의 선언적 문장이라 할 수 있다. 唐詩가 문학적 가치를 인정받고 전해질 수 있었던 것은 前代의 시를 전혀 모방하지 않았기 때문이다.101) 만일 唐詩에서 본받을 것이 있다면 前代의 시를 모방하지 않던 그 마음일 뿐102)이라고 말한 데서도 그가 '자아 표현'을 얼마나 중시했는지를 엿볼 수 있다. 원굉도는 예술가의 창조행위는 '자아'와 '사물'의 결합일 뿐이며 이 둘의 결합 사이에 규범이란 있을 수 없다는 자유주의적 인식을 바탕으로 하고 있다.103) 그래서 그는 고대 문인의 시문을 '자아 표현'의 산물로 파악하고, 속될지언정 모방을 일삼은 생명 없는 시문의 조합은 단호히 거부하겠다는 의지를 천명하였다.104)

---

101) 753쪽 「答張東阿」: 唐人妙處, 正在無法耳. 如六朝、漢、魏者, 唐人旣以爲不必法: 沈、宋、李、杜者, 唐人雖慕之, 亦決不肯法. 此李唐所以度越千古也.
102) 700쪽 「敍竹林集」: 法李唐者, 豈謂其機格與字句哉? 法其不爲漢, 不爲魏, 不爲六朝之心而已. 是眞法者也.
103) 같은 글: 善畫者, 師物不師人; 善學者, 師心不師道; 善爲詩者, 師森羅萬象, 不師先輩.
104) 781쪽 「馮琢菴師·又」: 古人詩文, 各出己見, 決不肯從人脚根轉, 以故寧今

　　원굉도는 자기 자신만의 독창적인 것이 있느냐 없느냐 즉 자아 '확
립' 여부에 따라 문학 작품의 존재 가치 여부가 결정된다고 생각했다.
그래서 그는 작가의 문학적 개성이 전혀 반영되지 않은 명말의 시와
문장은 모조 골동품에 지나지 않기 때문에 결코 후세에 전해지지 않을
것이라고 단언한다.105) 이는 원굉도가 자아 확립을 '개성에 근거한 독
창성의 실현'으로 간주하고 있으며, 문학을 문인 각자의 기질과 기호
그리고 종교 등의 차별성에 기초한 '자아 표현'으로 보는 데서 연유한
다.106) 독창성이라고 할 수 있는 '문장의 新奇'란 일정한 격식이 있는
것이 아니라 자기 자신만이 말할 수 있는 것이며, 句法이나 字法·調
法 등이 자기 자신에게서부터 나온다면 이것이야말로 '진짜 新奇'라고
주장한다.107) 이러한 '진짜 新奇'인 '本色獨造語'에 의해서만이 자아가
가장 잘 표현될 수 있으므로, 자아부재의 세련됨보다는 자아가 실린
미숙함을 더 좋아한다고 말한다.108) 즉 문학은 타인과의 차별성에 기
초한 '개별적 자아의 실현'이어야 한다는 것이다. 원굉도가 명대 최고
의 시인으로 徐渭를 들고 있는109) 이유 또한 서위의 문학적 '자아'를
높이 산 까닭이었다.

　　저는 최근 들어 시인 한명을 알게 되었는데 서위라고 합니다. 그
　의 시는 상투적인 것을 몽땅 엎어버리고 자신의 '자아'를 보여주고
　있습니다. 李賀의 기이함이 있지만 말을 진솔하게 하였으며, 杜甫

　　寧俗, 不肯拾人一字.
105) 188쪽 「敍小修詩」: 吾謂今之詩文不傳矣.
106) 1527쪽 「雷太史詩序」: 何思與余同氣類, 而各有所嗜. 何思嗜仙, 余嗜佛, 兩
　　　者若分途而不相笑, 然皆有詩癖. 余癖而拙, 何思癖而工.
107) 785쪽 「答李元善」: 文章新奇, 無定格式, 只要發人所不能發. 句法字法調法,
　　　一一從自己胸中流出, 此眞新奇也.
108) 187쪽 「敍小修詩」: 其間有佳處, 亦有疵處. 佳處自不必言, 即疵處亦多本色
　　　獨造語. 然予則極喜其疵處; 而所謂佳者, 尚不能不以粉飾踏襲爲恨, 以爲未
　　　能盡脫近代文人氣習故也.
109) 506쪽 「吳敦之」: 徐渭殆是我朝第一詩人.

의 骨은 가지고 있지만 그 껍질은 벗어던졌으며, 蘇軾의 辨說은 가
지고 있지만 그 기상은 뛰어납니다. …… 선생님께서도 그의 시를
보신 적이 있는지요?(769쪽 「馮侍郎座主」：宏于近代得一詩人曰徐
渭. 其詩盡翻窠臼, 自出手眼. 有長吉之奇, 而暢其語；奪工部之骨, 而
脫其膚；狹子瞻之辨, 而逸其氣. …… 不知師曾見其詩否?)

　　서위의 작품은 이하·두보·소식의 장점을 단순하게 물리적으로 결
합한 것이 아니라, 화학적 융합을 통하여 자신의 '문학적 자아'와 접목
시켰다. 그래서 원굉도는 그의 작품이 모방과 의론으로 인한 질적 저
하 없이 당시의 문학적 폐습을 일소할 수 있었다고 평가한다.[110] 이러
한 평가는 화학적 융합을 도외시하고 물리적 결합만을 중시하였던 李
夢陽을 "杜甫의 노예에 불과하다"고 평가한 것[111]과 그 맥을 같이한
다. 이는 시의 가치를 논하는 기준이 바로 시인의 "자아확립과 확립된
자아의 표현"이라는 그의 문학관을 단적으로 말해주는 것이다.
　　원굉도가 주장한 '反復古論'의 주안점은 문학의 독창성에 있으며, 작
가의 '자아'야말로 독창성의 근원이다. '문학적 자아'가 확립된 작가는
단순한 겉만을 모방하지 않는다. 원굉도는 서위뿐 아니라 두보와 소식
의 경우도 이와 같이 각자의 장점을 취합하여, 화학적 융합을 통하여
'자아'와 접목하였다고 보고 있다.[112] 두보의 시는 『六經』을 취합하였
지만 『육경』의 단순한 배열이 아니라 자아와 융합하여 재창출해 내었
기 때문에, 그 古雅함이 三代의 것보다 뛰어나고 감화력 강한 독창성
을 지닐 수 있었다.[113] 이와 같이 '문학적 자아확립'은 원굉도 문론의

---

110) 716쪽 「徐文長傳」：不以模擬損才, 不以議論傷格. …… 先生詩文崛起, 一掃
　　　近代蕪穢之習.
111) 734쪽 「答梅客生開府」：空同才雖高, 然未免爲工部奴僕.
112) 1279쪽 「答曾退如」：弟嘗謂少陵眞法魏、晉者, 坡公眞法班、馬者. 若直取
　　　其形似, 是今之多鬚者皆孔子, 而面如瓜者皆臯陶也.
113) 1049쪽 「夜坐讀少陵詩偶成」：每讀少陵詩, 輒欲洗肝肺. 體格備六經, 古雅凌
　　　三代.

핵심인 '反復古論'의 근원을 이룬다. 이지 또한 소식의 문학적 위업을 그의 문학작품 자체만을 가지고 평가하려는 당시의 시각에 반대, 소식의 문학적 위업은 '문학적 자아확립'의 산물에 다름 아니라고 하면서 역시 '문학적 자아 확립'을 강조하고 있다.[114]

이상 살펴본 바와 같이 당시의 의고와 표절을 중시하는 몰자아적인 문학론에 대응하기 위한 '문학적 자아확립' 주장은 원굉도 문론의 핵심인 동시에 전기성령파의 문학적 주장의 대세를 이루고 있다. 자아 중심적 문학이 타인에게 보여주기 위함보다는 자기만족을 중시한다는 점에서,[115] 원굉도의 '문학적 자아 확립'과 '문학적 자아 표현' 주장에서 개인주의를 지향하고 있는 근대문학적 요소를 엿볼 수 있다.

3) '時文'의 재평가

'時文'이라고 함은 명대의 八股文을 말한다. 팔고문은 科擧에 사용되는 문장이다. 형식을 구속함으로써 자유로운 감정 유로를 억제하는 문장형식으로, 明淸代에 가해졌던 문학적 구속의 대표적인 사례로 손꼽힌다. 그래서 명청대의 소위 叛統的 지식인들은 팔고문의 구속성에 대하여 많은 비판을 가했다. 명말 청초를 살던 반통적 문인이자 소설비평가였던 金聖嘆은 문학의 구속의 기원을 팔고문으로 돌리며 다음과 같이 이야기하고 있다.

> (唐代 律詩의 정착과 홍성 과정과 마찬가지로) …… 이와 같은 정치는 明이 건국되고서 四書의 뜻으로써 선비를 취한 것과 같다. 明 太

---

114) 李贄, 『焚書』 48쪽 「復焦弱侯」: 蘇長公何如人也, 故其文章, 自然驚天動地. 世人不知, 祇以文章稱之, 不知文章直彼餘事耳, 世未有其人不能卓立而能文章垂不朽者.
115) 502쪽 「張幼于」: 僕求自得而已.

祖는 일찍이 천하의 학문이 넓고 뜻이 깊은 선비들을 굴복시키고
자 하여 일제히 사서의 뜻에 머리를 조아리고 힘을 쏟게 하였다.
…… 그러니 순식간에, 천하의 선비들이 사서의 뜻을 말할 때 설령
그 뜻의 밝기가 日月과 같고 큼이 江河와 같은 자가 있다 하더라
도 만일 이러한 법도(破, 承, 開, 比)를 사용하지 않으면, 시험을
주관하는 관리는 함부로 사람을 뽑을 수가 없게 되고, 시험에 응시
하는 사람 또한 멋대로 관직을 구할 수가 없게 되었다.(金聖嘆, 『
唐才子詩』 38쪽 「尺牘·答徐翼雲學龍」: 此政如明興之以書義取士也.
明祖旣欲屈天下博大精深之士, 一皆頻首肆力於四子之書矣 …… 一時
天下之士其說四子之義, 縱有至於明若日月浩若江河者, 如苟不用其法
度, 斯司衡者, 不得而妄收; 求試者, 亦不得而妄干也.)

  김성탄은 唐代의 율시나 명대의 팔고문이 모두 왕조의 한 통치수단
으로서 지식인의 사상을 통제하기 위한 정책의 일환임을 간파하고 있
었다.116) 원굉도 또한 통치의 한 수단으로 문학이 이용되었다는 인식
은 같이 하면서도, 문학성의 소생 가능성을 팔고문에서 찾고 있는 모
순성을 보이고 있다.117) 원굉도와 이지가 '팔고문'을 긍정하는 것은 팔
고문이 명대에 사용되기 시작한 '時文'으로 비록 문학을 형식적으로 구
속하고 있지만, 다른 문체에 비해 작자의 개성 즉 자아가 보다 충실하
게 표현되어 있다는 점이다. 원굉도는 시와 팔고문의 문체상의 차이점
은 인정하면서도, "唐代의 시 또한 관리를 선발하는 수단으로 사용되
었기 때문에 오히려 『桃李不言』이라든가 『行不由徑』 등의 작품이 있을
수 있었다"고 하며 팔고문의 가능성을 긍정적인 측면에서 조명하고 있
다.118)

---

116) 이기면, 『金聖嘆文學思想硏究』, 1989년 8월, 고려대학교 석사학위논문.
117) 1530쪽 「陝西鄕試錄序」: 夫高皇帝範圍天下之道, 託于經傳, 而章程于宋儒,
    此其中自有深意. 故洛、閩之學脈窮, 則高皇帝之法意衰 …… 夫士之競偶也,
    猶射者之望的, 貨者之走廛也. 冒焉以爲及格, 則羣然趣之; 趣之而不得, 勢
    將自止. 故文之至于瀾頹波激, 而世道受其簸蕩者, 取士者之過也.

科擧를 시행하는 이유는 빼어난 인재를 얻으려는 데 있다. 시대
에 맞지 않으면 빼어날 수 없으며, 새로움과 변화를 다하지 않으면
시대에 맞지 않는다. 이러한 까닭에 비록 고위 관리라도 문장의 변
화추세는 그치게 할 수 없으니, '시대'가 그렇게 하는 것이다.(703
쪽 「時文敍」: 擧業之用, 在乎得雋. 不時則不雋, 不窮新而極變, 則不
時. 是故雖三令五督, 而文之趨不可止也, 時爲之也.)

원굉도는 이와 같이 팔고문이야말로 당시의 시대적 요청에 가장 부
합하는 문장이라고 긍정하고 있다. 이와 같은 판단의 옳고 그름을 따
지기 앞서, 그는 당시의 몰자아적이고 몰개성적인 문학작품들보다는
팔고문이 오히려 자아를 더욱 잘 반영하고 있으며, 명대의 시대적인
조류에 더욱 잘 부합하고 있다고 생각한다.

지금은 문장을 가지고서 선비를 뽑는데 이를 일러 '擧業'이라 한다.
…… 소위 古文이라고 하는 것은 지금에 이르러 그 폐단이 극점에 달
하고 있다. 무엇 때문인가? 漢代의 배우 노릇하는 것을 '文'이라고 하
고 …… 唐代의 노예가 된 것을 詩라고 한다. …… 宋代와 元代 문인
의 찌꺼기를 가지고 윤색하는 사람을 詞曲人이라 하지만, 사곡인이 아
니다. 대개 옛스러워질수록 본질에 가까워진다고 하지만, 가까워질수
록 더욱 거짓된 것이니 이 세상에 '眞文'은 거의 없어졌다. 오직 博士
家言만이 오히려 취할만한 가치가 있다. 체제는 모방함이 없고, 그 詞
는 재주가 미치는 바를 다한 것이다. 그 가락은 해마다 변하고 달마다
같지 않으니, 저마다의 수완을 내보이고 機軸 또한 같지 않다.(184쪽
「諸大家時文序」: 今代以文取士, 謂之擧業 …… 所謂古文者, 至今日而
敝極矣. 何也? 優于漢謂之文 …… 奴于唐謂之詩 …… 取宋元諸公之餘
沫而潤色之, 謂之詞曲諸家, 不詞曲諸家矣. 大約愈古愈近, 愈似愈贋, 天
地間眞文漸滅殆盡. 獨博士家言, 猶有可取. 其體無沿襲, 其詞必極才之

___

118) 1109쪽 「郝公琰詩敍」: 夫詩與擧子業, 異調同機者也. 唐以詩試士, 如桃李不
　　言、行不由徑等篇, 束於對偶使事, 如今程墨. 然而集中所傳, 多其行卷贈送
　　之什, 卽今之窗課也.

所至, 其調年變而月不同, 手眼各出, 機軸亦異.)

　위의 인용문에서 엿보이듯이 원굉도가 '時文'인 팔고문을 긍정적으로 평가한 이유는 명대에 대두된 명대의 문장이라는 측면도 있다.[119] 그러나 무엇보다도 큰 이유는 팔고문에서 당시의 표절문학과는 달리 작가의 자아가 뚜렷이 반영될 수 있는 가능성을 간파하였기 때문이었다. 명대의 장인이 청동기 시대의 종이나 솥을 복제해서 만들어 낸다면 그것은 가치를 전혀 인정받을 수 없는 모조품에 지나지 않는다.[120] 이렇듯 작자의 호흡이 실리지 않은 반시대적인 명대의 시보다는 '時文'인 팔고문이 낫다는 주장이다.[121] 그래서 그는 "팔고문의 문리는 진부한 것 같지만 뜻은 '언제나 새로우며' 문구는 저속하지만 가락은 '이전에 없던 것'으로서, 이를 문단의 찬사를 받는 명말의 작품들과 비교하면 어떤 것이 후세까지 전해질 것이며 어떤 것이 전해지지 않을 것인가"[122]라고 팔고문을 재평가한다.

　일반적으로 팔고문은 명청대의 문학사 속에서 긍정적인 영향보다는 부정적인 영향을 끼쳤지만, 원굉도는 이상과 같이 새로운 측면에서 재평가하고 있다. 이는 원굉도의 문학적 안목이 부족해서가 아니라, 바로 위의 단락에서도 알 수 있듯이 동시대의 시문에서 발견하지 못했던 '常新'과 '無前'이라는 두 가지 점을 찾아냈기 때문이다. 이 '常新'과 '無

---

119) 周質平 『Yüan Hong-tao and the Kung-an School』 44쪽에서 "원굉도의 時文에 대한 긍정 또한 '尊古卑今'에 대항하기 위하여 '明代의 것'을 찬양한 것"이라고 말하고 있다.

120) 185쪽 「諸大家時文序」: 夫沈之畫, 祝之字, 今也; 然有僞爲吳興之筆, 永和之書者, 不敢與之論高下矣. 宣之陶, 方之金, 今也; 然有僞爲古鍾鼎及哥、柴等窯者, 不得與之論輕重矣. 何則? 貴其眞也.

121) 1109쪽 「郝公琰詩敍」: 時文乃童而習之, 萃天下之精神, 注之一的, 故文之變態, 常百倍於詩.

122) 185쪽 「諸大家時文序」: 今之所謂可傳者, 大抵皆假骨董贗法帖類也. 彼聖人賢者, 理雖近腐, 而意則常新; 詞雖近卑, 而調則無前, 而彼較此, 孰傳而孰不可傳也哉?

前'이란 전술한 바와 같은 차별성의 극대화를 통한 자아의 표현 욕구에 따른 것이다. 이러한 자아의 표현 욕구는 언제나 참된 것이며, 그 참됨은 시대의 변화 요구에 순응하는 시대의 문학이기 때문에 가치가 있다. 다시 말해서 원굉도는 시대에 부응하는 문학이라는 측면에서 팔고문의 가능성을 높이 평가한 것이다. 그가 주장하던 '성령'이라는 것도 바로 시대의 요청에 부응코자 하는 문학정신임의 반증이 된다.

3. 자아 표현론 제창

袁宏道는 '性靈'을 제창하였지만 '성령'이 '어떤 것'이라고 정의하지는 않았다. 때문에 원굉도의 성령설을 추종하던 동시대인들 간에서조차도 의견이 분분할 수밖에 없었다. 그러나 원굉도가 주장한 '성령'이란 동시대의 대표적인 문학적 조류에 대한 반작용─즉 명말 문학의 대표적 현상이었던 '문학적 준거에 의거한 몰자아적인 모방과 표절'에서 탈피하고자 하는 노력의 일환이라는 점은 부인할 수 없다.

필자는 제3장에서 '사고의 준거를 타파하고 자아를 확립하고자 하는 원굉도의 노력'을 고찰하였다. 그리고 전절에서는 '확립된 자아를 표현해야 하는 당위성'에 대해 고찰함으로써 원굉도 '성령사상'이 '자아 확립'과 '자아 표현'이었다는 「서론」에서의 가설을 증명하였다. 따라서 본 절에서는 원굉도가 주장한 '자아표현 문학'이 어떻게 생성되어서 어떻게 독자에게 전달되는가 하는, 창작과 감정의 전이과정을 고찰함으로써 원굉도 '자아문학'의 특징을 적출해내고자 한다.

1) 創作 動機論

필자는 제3장 「性靈思想論」에서 원굉도는 현실과 이상 즉 생활과 사고에서 '추구'와 '집착' 대신 '自然而然'을 중시하였음을 지적하였다. 원굉도의 이와 같은 '자연이연'한 태도는 문학 창작에서도 그대로 반영된다. 원굉도는 문학 창작에서 과도한 수식이나 몰개성적인 것을 거부하였고, 수식되지 않은 본질인 '本色'과 자기만의 개성을 발휘하는 '獨造'의 언어를 추구하였다.[123] 작품 속에서 이러한 '本色獨造語'를 구현할 수 있는 단계는 바로 '자아'의 '무아화'가 이루어지는 '脫魂狀態'에서만 가능할 것이다. 원굉도에게 三昧에서 유희하며 창작하는 것에 눈뜨게 해준[124] 이지는 작품 창작에는 인위적인 과정이 개입되지 않는다고 보고 있다.[125] 그래서 이지는 "옛 성현은 창작 욕구를 느끼지 않았을 때는 창작하지 않았으며, 이러한 경우의 인위적인 창작은 춥지도 않은데 몸을 떠는 짓이며 병들지도 않았는데 신음하는 짓"[126]이라고 단언할 만큼 '자연이연'에 의한 창작을 강조하고 있다. 탈혼상태에서 '자연이연'에 의거한 창작이 어떻게 이루어지는가 하는 것은 이지의 다음 말에 잘 나타난다.

세상에서 진짜로 글을 잘 짓는 사람은 처음에는 모두가 글을 지으려는 의도를 가지고 있었던 것이 아니다. 그 가슴 속에 무수한 형용치 못할 괴이한 일들이 있으며, 그 목구멍에는 무수한 '토해내고

---

123) 187쪽 「敍小修詩」: 其間有佳處, 亦有疵處. 佳處自不必言, 卽疵處亦多本色獨造語.
124) 1635쪽 「枕中十書序」에서, 이지는 원굉도에게 자신의 저서에 대하여 "此予一生神通, 游戲三昧所寄也"라고 말하였다고 기록하고 있다.
125) 李贄, 『焚書』 132쪽 「讀律膚說」: 蓋聲色之來, 發於情性, 由乎自然, 是可以牽合矯强而致乎?
126) 같은 책, 109쪽 「忠義水滸傳序」: 古之聖賢, 不憤則不作矣. 不憤而作, 譬如不寒而顫, 不病而呻吟也.

싶지만 감히 토할 수 없는 물건'이 있으며, 그 입에는 또한 때때로 무수히 '말하고 싶지만' 말할 대상이 없으며, 쌓이고 쌓임이 너무나 오래되어 그 나오는 것을 막을 수 없게 된다. 일단 어떤 것을 보면 감정이 생기고, 눈에 뜨이면 탄식이 절로 나서, 다른 사람의 술잔을 빼앗아서 자기 가슴에 맺힌 것을 씻어내고, 마음속의 불평을 하소연하여, 千歲에 운명의 기구함을 느끼게 한다.(李贄, 『焚書』96쪽「雜說」: 且夫世之眞能文者, 比其初皆非有意於爲文也. 其胸中有如許無狀可怪之事, 其喉間有如許欲吐而不敢吐之物, 其口頭又時時有如許多欲語而莫可所以告語之處, 蓄極積久, 勢不能遏. 一旦見景生情, 觸目興嘆; 奪他人之酒杯, 澆自己之壘塊; 訴心中之不平, 感數奇於千載.)

위의 인용문에서 이지는 작품 창작은 억지로 할 수 있는 것이 아니라고 주장하고 있다. 또한 이지는 탈혼 상태에서 창작되어진 작품만이 작자의 감정에 상응하는 공감을 얻을 것이라고 주장한다.[127] 이와 같은 창작관을 가지고 있던 이지는 천하의 진정한 문장은 '자연이연'을 실천 할 수 있는 '童心'의 상태에서만 가능하다고 본다. 그러나 이와 같이 창작되어진 최고의 문장도 當代의 '독단적인 견해'에 사로잡힌 '假人'의 손에 의해 결딴난다고 보고 있다.[128] 원굉도 또한 이지의 논조와 마찬가지로, "바람이 장애물에 부딪치며 자연의 소리를 만들어내듯"[129] 내적 충동에 의한 자연스러운 '폭발'을 문학 창작의 기원으로 보고 있다.

---

127) 이지는 같은 글에서 "使見者聞者切齒咬牙, 欲殺欲割, 而終不忍藏于名山, 投之水火"라고 하며, 독자의 반응 정도를 이야기하고 있다.

128) 같은 책, 99쪽「童心說」: 雖有天下之至文, 其煙滅于假人而不盡見于後世者, 又豈少哉! 何也? 天下之至文, 未有不出于童心焉者也.

129) 1522쪽「和者樂之所由生」: 風之行于空也, 有谷有坎, 有凹有凸, 有林木洞壑, 則自然之籟出焉.

근심이 극에 달하면 읊게 된다. 그래서 일찍이 가난하고 병들고
무료한 고통을 시로 나타내면, 모두가 우는 듯 욕하는 듯 삶의 슬
픔과 길 잃은 느낌을 이기지 못하였으니, 나는 이를 읽으며 슬퍼한
다.(188쪽 「敍小修詩」: 愁極則吟, 故嘗以貧病無聊之苦, 發之於詩,
每每若哭若罵, 不勝其哀生失路之感. 予讀而悲之.)

원굉도는 창작의 가장 원초적인 동기를 '극도에 달한 근심'으로 보고
있으며, '극도에 달한 근심'을 아무런 加工없이 서술해내는 것이 바로
'문학'이라고 하였다.130) 필자가 이야기하는 '脫魂'단계에서의 창작이란
바로 이러한 상태에서의 창작이다. 때문에 탈혼 경지에 이르게 하는
외적 환경과 그 환경 변화에 따른 감정 변화는 모두가 창작물의 동기
와 소재로 존재할 수 있다.131) 그래서 원굉도는 屈原의 『離騷』를 극도
의 근심에 의한 탈혼적 경지에서 순간적인 폭발로 창작되어진 작품으
로 간주하고 있다. 이렇듯 순간적인 폭발로 창작된 작품은 언어나 음
악을 선택하고 가공할 시간적 여유가 없기 때문에, 『이소』 또한 작자
의 '상처입은 감정'이 숨김없이 流露되고 있다고 주장한다.132) 따라서
원굉도가 '楚辭'라는 문학 장르를 좋아하는133) 이유 중의 하나는, 초사
가 굴원의 초감감적 탈혼세계의 산물이기 때문이다.

박절하여서 소리치는 사람은 가락을 고르지 않는데, 가락을 고르
지 않는 것이 아니다. 울적함이 입에 부딪쳐서 갑자기 소리가 나기

---

130) 1106쪽 「敍曾太史集」: 余文信腕直寄而已.
　　　1219쪽 「識雪照澄卷末」: 坡公作文如舞女走竿, 如市兒弄丸, 橫心所出, 腕無
　　　不受者.
131) 716쪽 「徐文長傳」: 一切可驚可愕之狀, 一一皆達之于詩.
132) 188쪽 「敍小修詩」: 且離騷一經, 忿懟之極, 黨人偸樂, 衆女謠諑, 不揆中情,
　　　信讒齎怒, 皆明示唾罵, 安在所謂怨而不傷者乎? 窮愁之時, 痛哭流涕, 顚倒
　　　反覆, 不暇擇音怒矣, 寧有不傷者?
133) 901쪽 「食筍, 時方正月·其二」: 馮將野意酬君子, 飽食西窗讀楚辭. 910쪽 「新
　　　買得畫舫, 將以爲菴, 因作舟居詩·其六」: 閒觀水態思吳壁, 暗記方言證楚辭.

때문에 (가락을) 고른 것보다 더욱 뛰어나다. 옛날 『詩經』의 「風」은 대개 노동자와 시름에 잠긴 부인네들이 지은 것이다. 대저 노동자와 시름에 잠긴 부인네들이 아니라 지식인과 벼슬아치들에 의해 文辭가 이루어졌다면, 울적함은 있지 않고 수식만이 돋보였을 것이다. 그렇기 때문에 뱉어내는 사람이 진실되지 못하고 듣는 사람도 감동받지 못한다.(1114쪽 「陶孝若枕中囈引」: 夫迫而呼者不擇聲, 非不擇也, 鬱與口相觸, 卒然而聲, 有加於擇者也. 古之爲風者, 多出於勞人思婦, 夫非勞人思婦, 爲藻於學士大夫, 鬱不至而文勝焉, 故吐之者不誠, 聽之者不躍也.)

원굉도는 『이소』뿐 아니라 『시경』의 「풍」도 극도로 상처 입은 감정의 소유자들이 탈혼의 경지에서 자신들의 감정을 숨김없이 流露시켰다고 생각한다. 인간이 처한 극한 상황은 문학적 표현의 정도를 더해줄 수도 있기 때문에,134) 노동자나 시름에 잠긴 부인네들이 지식인과 벼슬아치 보다 더 훌륭한 문학적 성과를 이룰 수도 있다.135) 위의 인용문에서와 같이, 원굉도는 감정의 숨김없는 流露와 수식 없는 표현 욕구를 유발하는 탈혼적 경지에 이르지 않고 토출된 문학은 결코 작자와 독자의 공감대를 형성할 수 없다고 생각한다. 이 때문에 탈혼 문학이 가지기 쉬운 감정의 지나친 노출조차도 개의치 않는다.136)

수많은 사람이 모인 곳에서도 조용한 방에 거처하듯 한다. 籠으로 비틀고 손가락으로 튕김에 손가는 대로 순응하며, 노래부름에 원래의 가락에 얽매이지 않아도, 손바닥 장단을 맞추지 않는 사람이 없는 것은 무엇 때문인가? 자기를 의식하지 않기 때문이며 다

---

134) 89쪽 「三弟回, 志喜」: 世事窮來見, 文章病後工. 964쪽 「贈陳正夫」: 詩能窮人窮者工, 瘦島寒郊無飽頓. …… 自來好語出饑腸, 一字堪酬五十絹. 我亦辭官作乞兒, 他時同入歌妓院.

135) 1114쪽 「陶孝若枕中囈引」: 要以情眞而語直. 故勞人思夫, 有時愈于學士大夫.

136) 188쪽 「敍小修詩」: 或者猶以太露病之 …… 但恐不達, 何露之有?

른 사람을 의식하지 않기 때문이다.(809쪽 「廣莊·德充符」: 處萬人
場, 有若幽室, 籠撚指撥, 隨手而應, 歌喉盤旋, 不拘本腔, 人無不擊節
者, 何則? 不見己焉耳, 不見人焉耳.)

위의 인용문은 음악의 표현을 이야기한 것임에도, 필자가 문학의 창
작 동기를 이야기하면서 굳이 인용한 것은 둘 다 '예술 표현'이라는 공
통분모를 가지기 때문이다. 원굉도는 위의 인용문에서처럼 私我의 개
입 없는 '자아'의 '무아화'를 예술표현의 가장 큰 관건으로 보고 있
다.137) 필자가 이야기하고 있는 '탈혼단계'란 바로 이러한 '자아'의 '무
아화'가 이루어진 '초감각적'인 단계를 말한다. 즉 문학창작은 '물이 흐
르는 듯한 '情'과 '境'의 융합'138)인 '자연이연'의 실천물로서, 좀벌레가
나무를 먹어치우며 무늬를 만들듯 지극히 자연스러워야 한다.139) 이러
한 관점에서 그는 당시의 의도적인 모방 문학에 대하여, "문학 창작을
학문의 한 도구로 생각하여 架空의 언어만을 종이 위에 나열했다"고
비판한다.140) 이는 이들이 절실한 창작 욕구 없이 모방과 수식과 과장
의 수법만을 사용하였기 때문이다.

북경에서의 모임이 좀 高雅한 듯이 보였지만 오히려 제 속을 다 털
어 낼 수 없어서 목구멍이 간질거리고 토하고 싶어도 다 토하지 못한
것이 있는 듯 지금도 아직 가슴 속이 답답합니다.(213쪽 「楊安福」: 燕
中讌集, 略見高雅, 然尙未得盡傾腸胃, 喉中隱隱, 有如許欲吐未吐之物, 至
今尙鬱鬱胸臆間也.)

---

137) 779쪽 「答劉光州」: 不肖才不能文, 而心有所蓄, 間一發之於文, 如雨後之蛙,
　　狂呼暴噪, 聞者或謂之閣閣, 或謂之鼓吹, 然而蛙無是也.
138) 188쪽 「敍小修詩」: 有時情與境會, 頃刻千言, 如水東注, 令人奪魄.
139) 302쪽 「錢象先」: 古人如蟲蝕木, 偶爾成文耳.
140) 1530쪽 「陝西鄕試錄序」: 今之士以文爲學也. …… 以文爲學者, 拾餘唾于他
　　人, 架空言于紙上.

　　원굉도는 위의 인용문에서 '高雅'라는 껍질 속에 감추어져 표현할 수 없는 자아 때문에 답답한 북경 생활을 묘사하고 있다. 필자는 제2장 「생애」에서 원굉도가 柳浪亭에 은둔한 여러 가지 이유를 제시하였거니와, 이와 같은 가식의 껍질 속에서 流露할 수 없는 '자아의 구속' 또한 한 가지 이유가 되기에 충분하다. 그러나 원굉도의 이와 같은 流露 욕구는 그의 완숙되고 확립된 자아를 기초로 하고 있었기 때문에 결코 맹목적이지 않았다.

> 　　시문은 우리의 올바른 일이며, 이를 떠나서는 살아갈 수 없습니다. 공교로움을 궁구하고 변화를 극도로 하는 것은 집의 형께서 극력 造就하지 않았다면, 누가 이 道를 같이 할 수 있겠습니까? 백거이·소식 같은 사람이 어찌 큰 보살이 아니겠습니까만 시문의 공교로움은 절대로 쉽게 (대강대강) 얻은 것이 아닙니다. 바라건대 형께서도 손가는 대로 쓰는 것을 '도'에 가깝다 여기지 마십시오.(1259쪽 「黃平倩」: 詩文是吾輩一件正事, 去此無可度日者. 窮工極變, 舍兄不極力造就, 誰人可與此道者? 如白蘇二公豈非大菩薩? 然詩文之工, 決非以草率得者, 望兄勿以信手爲近道也.)

　　원굉도는 창작의 가장 큰 동기를 자아의 발산욕구와 그 욕구의 꾸밈 없는 流露라고 보고 있지만,[141] 결코 비문학적인 방법으로는 문학을 창작할 수 없음도 강조한다. 문장을 다듬고 수식하는 것은 반대했지만 작자의 생각을 문학적 여과 없이 그대로 옮겨놓는 것 또한 반대했다. 위의 인용문에서도 그는 형의 친구이자 자신의 친구이기도 한 黃平倩에게 "손가락 가는 대로 쓰는 것을 문학이라고 여기지 말라"고 정중히 권고한다. 이는 초감각적인 탈혼상태의 창작을 강조하는 公安派 말류 현상이 그의 생전에 이미 나타나기 시작했다는 반증으로서, 말류의 병폐에 대한 경고였다.[142]

---

141) 501쪽 「張幼于」: 至於詩, 則不肯聊戲筆耳. 信心而出, 信口而談.

이상 원굉도의 창작 동기론에 대하여 고찰하였다. 필자는 이를 통하여 원굉도가 탈혼상태 즉 인간의 감각이 아닌 '초감각의 힘'을 이용한 창작을 주장했음을 예시하였다. 원굉도는 창작의 무의도성을 강조하며,143) 이러한 무의도성이 바로 '眞性靈'이라고 주장하고 있다.144) 즉 그가 주장했던 초감각적 탈혼의 경지에서 생성되는 문학 창작력—즉 '情'과 '境'이 융합하는 순간에 '頃刻千言'할 수 있는 힘으로서, 창작의 동기 유발에서부터 결과물(작품)의 생산에까지 이를 수 있게 하는 힘이 바로 '性靈'이다.

2) 自我反映論

袁宏道가 문학을 시대적 환경의 반영물이라고 생각한, 반영논리를 「反復古論의 제창」에서 고찰하였다. 그리고 원굉도의 이러한 논리는 당시 시문들이 시대적인 상황을 전혀 반영하지 못한다는 인식을 증명하였다. 원굉도는 문학을 시대의 반영물일 뿐 아니라, 동시에 그 시대를 살아가는 '인간 자아'의 반영물로 보았다.

---

142) 원굉도는 예술은 감정의 꾸밈없는 표현이라고 생각했지만 그것만으로는 결코 예술이 될 수 없다고 생각했다. 그래서 그는 1525쪽 「和者樂之所由生」에서 '和'를 중시하며, "和亡則節亡, 節亡則一切皆亡, 而樂不可爲樂矣." 라고 말하고 있다.

143) 1570쪽 「行素園存稿引」에서 "博學而詳說, 吾已大其蓄矣, 然猶未能會諸心也. 久而胸中渙然, 若有所釋焉, 如醉之忽醒, 而漲水之思決也. 雖然, 試諸手猶若掣也. 一變而去辭, 再變而去理, 三變而吾爲文之意忽盡, 如水之極于澹, 而芭蕉之極于空, 機境偶觸, 文忽生焉."이라고 하면서 문학 창작의 무의도성을 강조하고 있다.

144) 원굉도는 1103쪽 「敍凷氏家繩集」에서 "不可造, 詩文之眞性靈也."라고 하고 있으며 江盈科는 1685쪽 「蔽篋集序」에서 "流自性靈者, 不期新而新; 出自模擬者, 力求脫舊而轉得舊."라고 원굉도의 말을 인용하면서 원굉도가 주창한 '性靈'의 무의도성을 강조하고 있다.

　원굉도는 언어와 문자의 한계 때문에 형이하학적 방법을 통한 표달은 형이상의 세계를 완전하게 표현해낼 수 없다고 생각하였다.[145] 이와 같은 한계를 극복하기 위하여 제시한 것이 바로 전 소절에서 고찰한 초감각적인 '성령'을 이용한 무의도적 창작 방식이다. 이러한 문학창작은 백거이가 "나의 시를 읽는 사람은 나의 道를 안다"[146]고 말했듯, 내면세계를 그려내는 것이 아니라 내면세계를 '반영'하여 보여주는 것이다. 필자는 이와 같은 문학창작 방식을 '반영론'이라고 명명하고, 이에 대한 원굉도의 주장을 본 절에서 고찰해보고자 한다.

> 　세상 사람들의 시는 그 작자와 다른 별개의 것이지만 元定은 그렇지 않다. 원정의 시는 그 사람의 註釋이다. …… 원정을 알지 못하는 사람은 그의 시를 보고, 원정의 시를 알지 못하는 사람은 그 사람을 보면 된다.(1528쪽 「劉元定詩序」: 世人之詩自與人二, 而元定非也. 元定之詩, 其人之注脚也. …… 不知元定者, 觀其詩; 不知元定之詩者, 觀其人而已矣.)

　원굉도는 위의 인용문에서 劉元定 시의 잘된 점으로, 유원정의 시가 유원정이라는 인간과 동일체임을 들었다. 유원정은 楚人이지만, 그의 시는 그의 非楚人的 풍격을 그대로 반영하고 있다.[147] 원굉도는 文光이 창작한 시의 잘된 점 또한 작자가 자기 자신을 그대로 '반영'해 내었다는 점에 있다고 하였다.

---

145) 1580쪽 「書念公册後」: 舌與言不相忘, 故意欲言而舌與之角也. 463쪽 「敍陳正甫會心集」에서 "世人所難得者唯趣, 趣如山上之色, 水中之味, 花中之光, 女中之態, 雖善說者不能下一語, 唯會心者知之."라고 말하면서 形而上的 방법을 통한 '초감각적인 交感'을 중시하고 있다.
146) 白居易, 「與元九書」: 覽僕詩者, 知僕之道也.
147) 1528쪽 「劉元定詩序」: 劉元定體中有四反: 家世楚人, 而有江左風格 …… 諸名士之目元定如此, 余笑謂元定詩亦爾. 楚聲多怨, 而元定之詩和雅 ……

집이 아주 가난하고, 관직에 나아가고 물러나 은거함에 지조와 절개가 있는 것은 대개 도연명을 닮았으며, 시문의 담백함 역시 도연명을 닮았다. 이는 도연명을 닮은 것이 아니라 公 스스로를 닮은 것이다. 公이 관직에 나아가고 물러나 은거함에 세속에 얽매이지 않는 달콤한 맛은 公의 성품과 같으며, 公의 성품이 진솔하고 간략하며 꾸밈없음은 公의 문장이나 시와 같다. 그렇기 때문에 公과 닮았다고 한다.(1103쪽 「敍尙氏家繩集」: 家甚貧, 出處志節, 大約似陶令, 而詩文之淡亦似之. 非似陶令也, 公自似也. 公之出處, 超然甘味, 似公之性; 公之性, 眞率簡易, 無復雕飾, 似公之文若詩. 故曰公自似者也.)

위의 인용문과 같은 맥락에서, 원굉도는 "文光이 도연명과 같아서 문광이 '반영'해낸 시들 역시 도연명의 시와 같을 수 있다"고 말한다.148) 즉 원굉도의 '반영론'은 바로 '자아의 꾸밈없는 표현'이다.149) 원굉도는 자아의 진솔한 표현인 '반영'의 장애가 되는 것은 '의식의 집착' 때문이라고 생각했다. 그래서 그는 마음과 입을 그대로 '반영'하기 위해150) 이러한 언어적 구속에서 해방되려고 노력했다.151) 때문에 원굉도는 진솔한 자아를 꾸밈없이 '반영'해내는 문장이 아닌, 일정한 격식과 수사를 요구하는 작품의 창작을 싫어했다.152) 이러한 원굉도의 '자아 반영' 논리는 모방과 표절을 일삼는 세태에 대한 비난과 함께 자아적이고 독창적인 문학을 창작하기 위한 열정의 발로였다.

---

148) 1103쪽 「敍尙氏家繩集」: 公以身爲陶, 故信心而言, 皆東籬也.
149) 원종도는 『白蘇齋類集』 136쪽 「北遊稿小序」에서 丘長孺의 시를 평가하면서 "非丘長孺之詩, 丘長孺也"라고 말하고 있다. 이와 같은 평가는 원굉도의 유원정 시에 대한 평가와 동일하며, 이를 통하여 이들 형제들은 '자아 반영'을 중시했음을 알 수 있다.
150) 501쪽 「張幼于」: 信心而出, 信口而談.
151) 1580쪽 「書念公册後」: 夫人意有所愛, 則臂指不聽其使, 而況於舌乎? 念公譚理能使舌如其心, 可謂有得者. 不知中郞何日得使手如其口也?
152) 259쪽 「江進之」: 嵇康平生不喜弔喪, 弟最不喜爲壽文.

3) 眞의 문학론

　　본 장의 제1절과 제2절에서 살펴본 바와 같이 원굉도 창작론의 요점은 '탈혼 상태'에서 토출된 감정을 수식 없이 '반영'해낸다는 것이다. 원굉도가 추구한 이러한 문학이 결코 거짓될 수 없다는 것은 공리의 사실이다. 이는 천성적으로 진솔함을 좋아하였던 원굉도의 성품에 기인하기도 한다.[153] 그러나 원굉도가 문학적 '眞'을 추구한 것은 당시 문인들이 보편적으로 추구하던 표절문학에 대한 반기이며, 자신에게 쏟아지던 비난[154]에 대한 반발이라는 측면에서 생각하는 것이 더욱 타당할 것이다.[155] 원굉도는 또한 명말 문인들의 작품이 보편적인 인간의 정서에 근거하지 못했던 까닭에, 보편적 정서에 근거한 자신의 문학작품이 문단에 끼치는 감염력을 문단의 기득권자들이 두려워한다고 생각하고 있었다.[156]

　　王羲之의 「蘭亭記」는 생과 사의 갈림길에 대해 감정 표현을 잘하였지만, 晉代 문인의 문장은 이와 같은 것이 많지 않다. 昭明太子의 『文選』은 (왕희지의 「난정기」만을) 빼놓았으니 …… 소명태자는 고루한 문인이다. 그가 「閒情賦」를 옥의 티라고 여긴 것을 보면 그의 고루함을 가히 알 수 있다. 대저 이 세상에 계집을 좋아하지 않는 사람이 있는가?(444쪽 「蘭亭記」: 羲之蘭亭記, 於死生之際,

---

153) 377쪽 「天目書所見」: 牛馬若眞率, 形貌亦自好.
154) 695쪽 「敍姜陸二公同適稿」: 余往在吳, 齊南一派, 極其呵斥.
155) 463쪽 「敍陳正甫會心集」에서 "今之人慕趣之名, 求趣之似"라고 당시의 세태를 비판하고 있으며, 944쪽 「柳浪偕諸客偶題, 時午節將至」에서 "騷客頻來競險詩"라고 당시 문인들의 창작 태도를 비판하고 있다. 그리고 710쪽 「雪濤閣集序」에서 "余與進之遊吳以來, 每會必以詩文相勵, 務矯今代踏襲之風"이라고 말하면서 明末 문단의 폐습을 개혁하기 위해 노력했음을 말한다. 이를 살펴보면 '眞'의 문학에 대한 원굉도의 추구는 당시의 문학적 경향에 대한 반론이라고 생각하는 것이 더욱 타당하다.
156) 1113쪽 「謝于楚歷囝草引」: 世人之見余者皆唾, 畏其氣相沾染也.

感歎尤深. 晉人文字, 如此者不可多得. 昭明文選獨遺此篇. …… 昭明,
文人之腐者, 觀其以閒情賦爲白璧微瑕, 其陋可知. 夫世界果有不好色
之人哉?)

위의 인용문은 원굉도의 '진솔한 문학'에 대한 추구의 정도를 잘 보
여주고 있다. 蕭統이 『도연명집』의 「서」를 쓰면서 문학의 효용론적인
측면에서 도연명의 「한정부」를 '白璧微瑕'라고 평가한 것을 두고,[157]
원굉도는 蕭統의 문학적 편견을 비판한다. 이는 원굉도가 추구한 진솔
한 문학의 지향점이 어디에 있는가를 잘 보여주는 것이다. 원굉도가
지향하는 '眞'이란 "인간의 진솔한 감정의 꾸밈없는 표현" 그 이상도
그 이하도 아니다. 이는 원굉도가 聖人의 음악조차도 인간이 본래 가
지고 있는 性情을 넘어서는 것이 아니라고 주장하는 그의 음악관을 통
해서도 증명할 수 있다.[158]

문장이 자신의 입과 혀를 대신할 뿐이라는 원종도의 인식처럼,[159] 원
굉도도 문장의 진솔함을 추구하였다. 그러나 단순히 문장의 진솔함만을
추구했던 것이 아니라, 참된 자아를 표현해내고자 하는 작자의 의지 또
한 필요하다고 보았다. 雷思沛는 원굉도의 『瀟碧堂集』에 「序」를 쓰면서
"참되다는 것은 精誠의 지극함이기 때문에 정성되지 못하면 다른 사람
의 마음을 움직일 수 없다"고 했다.[160] 그는 원굉도의 "'眞'의 문학"의
당위성을 긍정하고 있으며, 그 이면에는 참되어지는 작자의 의지가 필
요하다고 보고 있다. 이러한 "'眞'의 문학"이 있기 위해서는 작자의 '眞'
즉 작자의 '자아확립'이 우선되어야 한다.[161] 그리고 이러한 '眞'은 필자

---

157) 蕭統, 「陶淵明集序」(郭紹虞 엮음, 『中國歷代文論選』 335쪽): 白璧微瑕, 惟在
　　閒情一賦, 揚雄所謂勸百而諷一者, 卒無諷諫, 何足搖其筆端? 惜哉! 亡是可也!
158) 1523쪽 「和者樂之所由生」: 天下見聖人之樂, 有時走百靈而儀鳳凰, 遂以爲
　　有鬼工神授, 而不知聖人非有加于性情之外也, 本人心自有之和, 而宣節之耳.
159) 袁宗道, 『白蘇齋類集』 283쪽 「論文上」: 口舌代心者也, 文章又代口舌者也.
　　展轉隔礙, 雖寫得暢顯, 已恐不如口舌矣, 況能如心之所存乎?
160) 1695쪽 雷思沛, 「瀟碧堂集序」: 眞者, 精誠之至. 不精不誠, 不能動人.

가 전절에서 서술한 대로 '도착적인 활력주의'의 소산이 아니라 '識'과 '才'를 겸비한 것이다.162) 그래서 원굉도는 '理'를 근간으로 문장을 쓰더라도 과도한 수식어와 자극적인 언어가 없는 것은 '학문'에 기초하기 때문이라고 말하며,163) '학문'의 중요성을 결코 홀시하지 않는다. 그러나 학문보다는 '自然'으로부터 얻어진 것이 더욱 깊이가 있음을 강조하며,164) 자신의 꾸밈없는 개성에 의거한 진솔한 문학을 주장한다.

雷思沛는 원굉도의 문학 작품에 대해 "산위에는 구름이 있고, 물에는 물결이 있고, 초목에는 꽃이 있듯, 형형색색이고 천태만상인 것은 단지 자신의 진솔함에 의지했을 뿐"165)이라고 평가하고 있다. 이와 같은 뇌사패의 주장대로, 원굉도가 추구하였던 문학은 자신만의 진솔한 감정을 수식 없이 노래하는 것이었다. 그래서 원굉도의 시문은 농사꾼이 농사짓고 뽕 치는 것을 이야기하는 것과 같은 質率한 土音일 뿐이다.166) 게다가 팔 가는 대로 입 가는 대로 썼기 때문에 다른 사람의 이해를 구하기 힘들 뿐더러, 남에게 보이기도 부끄러운 것이어서 출판을 하더라도 남들에게 널리 보이지 말라고 겸손해 마지않는다.167)

질박함을 추구하는 원굉도의 노력은 관리를 선발하는 과거 시험에까지 미치고 있다. 그는 陝西의 鄕試를 주관하면서 '질박함'을 기준으로 선발하였다고 적고 있다.168) '質'을 '道'의 근간으로 파악하고169) '文(수

---

161) 같은 글: 强笑者不歡, 强合者不親. 夫惟有眞人, 而後有眞言.

162) 같은 글: 眞者, 識之絶高, 才情旣富, 言人之所欲言, ……

163) 698쪽「敍四子稿」: 門人某等留心學問, 其爲文根理而發, 無浮詞險語, 是可喜也.

164) 463쪽「敍陳正甫會心集」: 夫趣得之自然者深, 得之學問者淺.

165) 1696쪽 雷思沛,「瀟碧堂集序」: 如山之有雲, 水之有波, 草木之有華, 種種色色, 千變萬態, …… 但任吾眞率而已.

166) 1275쪽「答錢雲門邑侯」: 不肖詩文質率, 如田父老語農桑, 土音而已.

167) 1251쪽「袁無涯」: 不肖詩文多信腕信口, 自以爲海內無復賞音者, 兄丈爲之梓行, 此何異瘡痂之嗜. 幸謹藏之奧, 爲不肖護醜, 勿廣示人也. 至囑, 至囑.

168) 1531쪽「陝西鄕試錄序」: 蓋臣之進諸士也以樸.

169) 1571쪽「行素園存稿引」: 夫質者, 道之幹也, 載于言則爲文, 表于世則爲功, 葆于身則爲壽.

식)'을 도의 껍질 즉 '형해'로 파악하였던 원굉도는[170) 작자 불명의 『歌代嘯』에는 진솔함이 꾸밈없이 표현되었다고 칭찬을 아끼지 않았다.[171) 또한 "거짓된 용을 그리느니 차라리 진실된 개미를 그리는 것이 낫다"[172)며 '질박함'의 꾸밈없는 流露를 문학 창작의 지향점으로 삼았다.

> 만물의 전해짐은 반드시 질박함 때문이다. 文이 전해지지 않는 것은 工巧하지 않아서가 아니라 질박함이 지극하지 못하기 때문이다. 나무가 열매맺지 못하는 것은 꽃과 잎이 없어서가 아니며, 사람이 빼어나지 못하는 것은 피부와 머리카락이 없기 때문이 아닌 것 같이 문장 또한 그렇다. …… 옛날에 문장을 쓴 사람은 화려함을 구하고 아름다움을 새기더라도 질박함을 추구했으며, 정신을 다하여 배웠으며, 오직 '眞'을 다하지 못할까 두려워하였다.(1570쪽 「行素園存稿引」: 物之傳者必以質, 文之不傳, 非曰不工, 質不至也. 樹之不實, 非無花葉也; 人之不澤, 非無膚髮也, 文章亦然. …… 古之爲文者, 刊華而求質, 敝精神而學之, 唯恐眞之不極也.)

원굉도는 지나친 수식을 배제하였지만 지나친 거칠음도 배제하였으며, '文'과 '野'가 적당히 조화된 '潔白'을 추구하였다.[173) 위의 문장에서 원굉도가 이야기하고 있는 '질박함'이라는 것도 '인간의 감정을 순백의 상태로 묘사하는 것'을 뜻한다. 원굉도가 질박함의 막힘없는 流露를 주장한 것은 순백의 질박함을 갖춘 문장만이 생명성을 가지고 영원히 전해질 것이라고 여겼기 때문이다. 이와 같은 맥락에서 원굉도는 문체의 성질상 '수식'을 배제할 수 없는 '傳'이나 '錄' 등도 요점만을 적출하여 기록해야 하며 쓸데없는 수식은 불필요하다고 보았다.[174)

---

170) 1105쪽 「敍曾太史集」: 夫文, 道之貌也.
171) 1637쪽 「歌代嘯序」: 歌代嘯不知誰作, …… 字無虛設, 又一一本地風光.
172) 397쪽 「嚴子陵灘限韻, 同陶石簣, 方子公賦·其二」: 與其作假龍, 孰若眞蟲蟻.
173) 910쪽 「新買得畫舫, 將以爲菴, 因作舟居詩·其六」: 太文亀太野, 就中潔白是銀鷺.

불필요한 수식을 배제하려는 노력은 필연적으로 '眞'의 추구로 이어
진다. '眞'은 오래되면 드러나고, 아양떪이 오래되면 싫증나는 것은 자
연의 이치이다.[175] 그러므로 질박함을 전제로 한 '眞'만이 영원불멸의
생명성을 가질 수 있다고 원굉도는 생각하고 있었다. 그는 질박함을
가공·수식하는 행위를 여인네의 화장에 비유하며, "화려하지 못하다
고 분칠만 한다면 어여쁨은 없어지고 추함만이 늘 뿐"이라고 비판한
다.[176] '수식'은 絶假純眞한 최초의 一念인 童心에서 멀어지게 한다. 문
학 창작에서 인위적인 의도는 '최초의 一念'을 방해하여, 영원한 생명
성을 부여하는 절가순진한 문학 창작에 악영향을 끼치며, '본질적인 아
름다움'에서 멀어지게 한다는 것이 원굉도의 생각이다.[177]

원굉도의 이와 같은 '질박함'의 추구는 제 3-1-2)-(2)절 「等價性
인정」에서도 살펴보았듯이, 탈형해 상태에서의 제 가치는 모두 동등하고
고귀하다는 인식하에서 비롯된 것이다.[178] 따라서 문학의 목적 또한 질
박함을 전제로 하는 탈형해적인 '眞'을 추구하는 것에 다름 아니다.

> 나와 曾可前이 같은 점은 '眞'일 뿐이다. 시를 씀에는 '甘'과 '苦'
> 가 다르지만, 性情을 꾸밈없이 서술하였다는 것이 똑같다. 문장을
> 씀에는 '雅'와 '朴'이 다르지만, 浮詞濫語를 쓰지 않았다는 것이 같
> 다.(1106쪽 「敍曾太史集」: 余與退如所同者眞而已. 其爲詩異甘苦, 其
> 直寫性情則一; 其爲文異雅朴, 其不爲浮詞濫語則一.)

---

174) 722쪽 「王氏兩節婦傳」: 書婦者, 書其節可也, 其他不必書也. 辟如死王事者,
　　 書其死王事可也, 其他必不書也.
175) 1570쪽 「行素園存稿引」: 行世者必眞, 悅俗者必媚, 眞久必見, 媚久必厭, 自
　　 然之理也.
176) 같은 글: 質猶面也, 以爲不華而飾之朱粉, 姸者必減, 者必增也.
177) 1574쪽 「四樓詠引」에서 "古今爲詩者, 於尋常景物, 率爾下筆, 頗多佳語; 至
　　 于名山大川, 入意搆詞, 乃反失之. 何則? 物有以奪其氣也."라고 말하면서
　　 인위적인 의도는 '최초의 一念'을 방해하여, 영원한 생명성을 갖춘 절가순
　　 진한 문학 창작에 악영향을 끼칠 수 있음을 지적하고 있다.
178) 284쪽 「丘長孺」: 大抵物眞則貴.

　　위의 인용문에서 원굉도는 자신의 문학적 특성으로 부사남어를 사용
하지 않는 점을 들고, 부사남어를 사용하지 않은 문학의 특징을 '眞'이
라 하고 있다. 즉 "부사남어를 사용하지 않는 '眞'의 문학"이다. 이와
같은 맥락에서 원굉도는 자신의 절친한 친구이자 문학적 동지인 江進
之의 작품은 謔語가 70%, 莊子의 말이 30%를 차지하고 있어서, 당시
의 문단에서는 비판받을 수밖에 없지만, 작품을 구성하는 한 글자 한
글자가 모두 '眞'을 바탕으로 하고 있다고 하였다. 그리고 '眞'을 바탕
으로 한 강진지의 문학적 특징으로, '謹嚴眞實'과 '流麗標致'를 들고 있
다. 이들 두 특성은 모두 眞切하고 不浮한 '眞'으로서 당시의 '모방적
복고론'과는 같지 않다. 원굉도는 '같지 않다'는 점만을 가지고도 문학
적으로 뛰어난 가치를 가진다고 보았다. 이와 같은 원굉도의 문학적
주장을 살펴보면 그가 얼마나 문학적 '眞'을 추구하였는지 잘 알 수 있
다.179) 또한 "郝公琰의 시를 '淸新雅逸'하고 '贅語浮詞'가 절대로 없다"
는 두 가지 이유를 들어 극찬하였다.180) 郝公琰의 시에 대한 원굉도의
긍정적 평가는 郝公琰의 시가 가지는 '眞'과 '질박함'에 있으며, '질박
함'을 바탕으로 한 '眞'의 문학은 작자의 감정을 독자에게까지도 같은
정도로 전달할 수 있게 한다.181) 즉 작자가 창작할 때의 감정을 독자
에게 꼭 같은 정도로 이입할 수 있게 함으로써, 작품이 생명성과 영속
성을 지닐 수 있게 된다.

---

179) 510쪽 「江進之」: 謔語居十之七, 莊語十之三, 然無一字不眞. 把似如今作假
　　事假文章人看, 當極其嗔怪, 若兄決定絶倒也. 近日作文如兄者絶少, 敝篋之
　　敍, 謹嚴眞實; 錦帆之敍, 流麗標致. 大都以審單家書之筆, 發以眞切不浮之
　　意, 比今之抵掌秦、漢者, 自然不同, 所以可貴.
180) 1110쪽 「郝公琰詩敍」: 公琰年少而才新, 年少故非出於制擧之餘, 才新故非
　　逃於詩以自文其陋者. …… 淸新雅逸, 絶無贅語浮詞.
181) 본장의 3 -(1)절 「창작 동기론」 참조.

4) 雅俗共賞論

필자는 3-1-2)절 「제현상의 동질적 인식」에서 원굉도가 특정한 사상적 준거를 부정하고 삼교합일에 의거한 제사상의 동질적 가치를 추구하였다는 것을 증명하였다. 이러한 그의 사상적 추구는 반드시 같아야 할 절대적인 필요성을 부정하며 차별성을 강조한 것이다.

> 저는 당신을 알고 있지만 당신이 반드시 저를 이해해야 할 필요는 없습니다. 齊 방언과 楚 방언과 閩 방언과 倭語 등 곳곳의 방언은 같지 않지만 당신이 반드시 이를 이해할 필요는 없습니다. 대저 당신이 저의 말을 이해하지 못하는 것은 제가 당신의 말을 이해하지 못하는 것과 같습니다. 천하의 일이 어찌 반드시 같은 다음에야 되겠습니까?(503쪽 「張幼于」: 夫不肯自知幼于, 不必幼于之解語; 齊語、楚語、閩語、倭語, 處處鄕談土音不同, 不必幼于之皆解. 夫幼于之不解中郎語, 猶中郎之不解幼于語也. 天下事何必同而後快哉?)

원굉도가 특정한 준거에 의한 판단을 거부하였던 데서도 잘 알 수 있듯이, 그는 '문학'은 반드시 같아야 할 필요는 없다고 생각한다. 그리고 서로가 서로를 이해시키려는 노력 보다, 존재 자체만으로도 존재할 가치가 있다는 보편적 동질성에 입각하였다. 그래서 그는 서로의 차별성을 인정하는 태도가 우선되어야 할 것이라고 주장한다. 모든 존재물의 차별성을 긍정하며, 이의 존재의의를 인정하는 원굉도의 사상적 태도는, 동시대 대다수 다른 문인과는 달리 俗文學을 새로운 시각에서 바라볼 수 있게 하였다. 속문학 작자들은 대체로 '학식'이 없기 때문에, 인간의 보편적인 감정에만 의거하여 감정을 꾸밈없이 표현하는 감정의 보편성을 가질 수 있었다.[182]

---

182) 188쪽 「敍小修詩」: 吾謂今之詩文不傳矣. 其萬一傳者, 或今閭閻婦人孺子所

草昧한 이들이 何景明과 李夢陽을 추존하는 것은,

이 두 사람의 보고 들은 것이 특출하기 때문.

그럼, 機軸은 서로 다르지 않지만,

『爾雅』도 좋은 스승이 될 수 있으리.

…… ……

모방하고 표절하여 시를 이상하게 만들어,

세상을 온통 기롱하였네.

…… ……

지금은 참다운 문학 없고,

閭巷에만 참된 문학 있을 뿐.

한 잔 술 팔아,

그대와 함께 「竹枝歌」나 듣고플 뿐.

(81쪽 「答李子髥·其二」: 草昧推何李, 聞知與見知. 機軸雖不
異, 爾雅良足師. …… 模擬成儉狹, 莽蕩取世譏. …… 當代無文
字, 閭巷有眞詩. 却沽一壺酒, 携君聽竹枝.)

　원굉도는 明末 詩文은 생명력을 가지고 후세까지 전해질 수 없다고
본다. 만일 전해지는 것이 있다면 민간에서 유행하는 『劈破玉』이나 『打
草竿』과 같은 작품일 뿐이라고 하였다. 이들 작품의 작자는 아무런 識見
이 없기에, 도리어 '眞聲'을 流露할 수 있었다는 이유 때문이다. 원굉도
가 종도에게 "「打草竿」과 「劈破玉」을 토대로 시를 지었다"[183]라고 고백
할 만큼 높이 평가한 가장 큰 이유는 바로 이들 민간시가 가지고 있는
질박성 때문이었다.

　원굉도가 문학적 준거에 의거한 모방과 표절을 부정하고 '자아'가 확
립된 문학창작을 주장한 것은 주지의 사실이다.[184] 또한 필자는 원굉도

　　唱劈破玉、打草竿之類, 猶是無聞無識眞人所作, 故多眞聲, 不效響於漢魏,
不學步於盛唐, 任性而發, 尙能通于人之喜怒哀樂嗜好情欲, 是可喜也.
183) 492쪽 「伯修」: 弟以打草竿、劈破玉爲詩, 故足樂也
184) 387쪽 「喜逢梅季豹」에서 원굉도는 "擧世盡奴兒, 誰是開口處?"라고 묻고,
"徐渭饒梟才, 身卑道不遇. 近來湯顯祖, 凌厲有佳句 …… 越中有二齡, 解脫詩

가 민간시의 생명력을 자신의 시가 창작에 응용하였다는 것을 이미 앞에서 원굉도의 입을 빌어 증명하였다. 그러나 이러한 고백보다도 더 확고한 증거가 될 수 있는 것은, 원굉도가 吳縣의 知縣을 사직할 즈음 蘇州 지방의 토속적인 민간 풍속을 노래한 『江南子』다섯 수를 지었으며, 그가 북경으로 두 번째 벼슬길에 오르면서(1598년) 樂府詩를 모방하여 『擬古樂府』를 창작하였다는 점이다. 이뿐 아니라 그의 초기 시가 중에 명말의 현실을 비판하는 시가가 많았다는 점 또한 원굉도가 민간시의 생명성을 흡수하였다는 증거가 된다.

원굉도가 민가에 심취한 원인은 다음 두 가지로 분석할 수 있다. 첫째는 李健長의 평가대로 "민가가 가지고 있는 풍부한 표현력을 바탕으로 한, 소박한 구어와 생동감 넘치는 예술적 형식을 습득하여서 詩歌 창작에 신선미를 더할 수 있었다"[185]는 점이다. 둘째로는 당시 문단의 대세를 이루고 있던 전후칠자의 시문을 타파하기 위하여, 前後七子類의 시문과는 다른 계열의 시가인 민가의 시험 창작을 통하여, '자아'가 충분히 표현될 수 있는 '자아표현'의 수단으로 삼기 위함이다.

필자는 두 번째 원인이 더욱 타당하리라 생각한다. 민가풍을 이용한 원굉도의 창작은[186] 그가 북경에서 생활하기 시작하면서 점차 자취를 감추어갔을 뿐 아니라, 그 이후의 시들은 대부분이 和韻하였기 때문에 적어도 제목상으로는 일반 문인의 시가와 구별이 불가능하다. 또한 후기에 들어서면서부터는 근체시 계열의 시가만을 창작하고 있다. 그러나 그가 오현의 지현을 역임하던 전후의 창작물을 모아놓은 『解脫集』에서는

人趣. 立意出新機, 自冶自陶鑄"라고 대답하며, 당시의 문학적 풍토에 반하는 徐渭·湯顯祖·陶望齡 형제의 시를 자아문학의 준거로 제시하고 있다.

185) 李健長, 「論袁宏道『解脫集』中的詩」, 湖北公安派硏究會編, 『晚明文學革新派公安三袁硏究』185쪽.

186) 『解脫集』에 보이는 1597년의 작품들인 「劍泉上」·「巷門歌」·「逋賦謠」등은 빈부의 격차와 하층민들의 생활을 묘사하고 있으며, 「浪歌」는 魏晉시대 인물들에 대한 동경을 나타내고 있다.

5언과 7언 외에도 3·4·6·9언 등의 雜言體 시가들이 많이 보인다. 원
굉도는 이러한 잡언체 시가를 창작하면서, 개성적인 문학을 주장하던 자
신의 문학적 이론을 실천해 나갔다. 원굉도는 "『打草竿』과 『劈破玉』을
전범으로 삼아 詩學이 크게 진보하고 시의 또 다른 풍격을 이룰 수 있었
다"고 말했듯이, 민간 시가의 생명성을 흡수하여 자신의 시가의 생명성
을 증폭하는 계기로 삼았다.[187]

  속문학에 대한 원굉도의 관심은 당시의 禁書였던 『金瓶梅』에까지 이어
져, 『금병매』에 대한 원굉도의 언급은 『금병매』의 成書 시기를 추정하는
좋은 근거자료가 된다. 원굉도가 『금병매』에 관심을 가졌던 것은 『금병매
』가 『七發』보다도 문학적 가치가 뛰어나다고 생각했기 때문이다.[188] 원
굉도의 이러한 평가는 '俗文學'과 '雅文學'이라는 양분법을 떠나서, 인간
의 보편적 감정의 숨김없는 流露 즉 묘사의 핍진함을 근거로 한 것이다.
원굉도는 책을 보는 틈틈이 『水滸傳』 이야기를 듣고서,[189] 『수호전』의
문장이 『史記』나 『六經』보다도 낫다고 한다.[190] 그리고 속문학의 통속성
과 묘사의 핍진함은, 펼쳐들면 잠이나 오는 『十三經』이나 『二十一史』보다
도 뛰어나다고 주장한다.[191] 원굉도는 오락용 문화에 불과했던 속문학의

---

187) 492쪽 「伯修」: 近來詩學大進, 詩集大饒, 詩腸大寬, 詩眼大闊. 世人以詩爲
　　詩, 未免爲詩苦, 弟以打草竿、劈破玉爲詩, 故足樂也.

188) 曾學偉, 「袁中郞與『金瓶梅』」, 湖北公安派硏究會編, 『晩明文學革新派公安三
　　袁硏究』 237쪽: 『金瓶梅』에 대한 언급 중 현존하는 最古의 것이 바로 萬曆
　　24년(1596년) 원굉도가 董其昌에게 보낸 편지에서의 언급이다. 289쪽 「董思
　　白」: 金瓶梅從何得來? 伏枕畧觀, 雲霞滿紙, 勝於枚生七發多矣. 後段在何處,
　　抄竟當于何處倒換? 幸一的示. 1606년에 쓴 1596쪽 「與謝在杭」에서 원굉도
　　는 "金瓶梅料已成誦, 何久不見還也?

189) 419쪽 「遊惠山記」: 鄰有朱叟者, 善說書, 與俗說絶異, 聽之令人脾健. 每看
　　書之暇, 則令朱叟登堂, 萬言不絶.

190) 418쪽 「聽朱生說水滸傳」: 後來讀水滸, 文字盆奇變. 六經非至文, 馬遷失組練.

191) 1635쪽 「東西漢通俗演義·序」: 人言水滸傳奇, 果奇, 予每撿十三經或二十
　　一史, 一展卷卽忽忽欲睡去, 未有若水滸之明白曉暢, 語語家常, 使我捧玩不
　　能釋手者也.

가치를 발견하고, 독서와 감상의 대상인 '문학'으로 인정하기 시작했다. 속문학에 대한 원굉도의 이와 같은 인식 또한 질박함을 근간으로 한 '眞'에 중점을 두었던 것임을 부정할 수 없다.

　필자는 이상을 통하여 원굉도의 문학론이 생성될 수 있었던 배경과 함께 그의 문학론 전반을 살펴보았다. 그리고 원굉도의 문학론이 '개성적 자아의 표현'을 중시하는 것임을 증명하였다. 그러나 원굉도의 이와 같은 주장의 이면에는 도학자 문론이 주류를 이루던 당시 문단의 고루함에 대한 반발이라는 점 또한 부인할 수 없다.[192] 그리고 원굉도 문학론은 모방과 표절을 강조한 몰자아적이고 몰개성적인 전후칠자 말류의 문학 창작론에 반대하여 도출된 면도 부정할 수 없기 때문에, 원굉도 문학론은 '功'과 '過'를 동시에 가지고 있음을 부정할 수 없다. 필자는 원굉도 문학론이 가지고 있는 '功'과 '過'를 「결론」에서 짚어보고, 그의 문학이 지니는 문학사적 의의를 규명하고자 한다.

---

192) 205쪽 「龔惟長先生」: 篋中藏萬卷書, 書皆珍異, 宅畔置一館, 館中約眞正同心友十餘人, 人中立一識見極高, 如司馬遷、羅貫中、關漢卿者爲主, 分曹部署, 各成一書, 遠文唐宋酸儒之陋, 近完一代未竟之篇, 三快活也.

제5장 결 론

이상을 통하여 필자는 袁宏道가 주장한 '性靈'의 사상적·문학적 의미를 고찰하여 보았다. 이는 서구에서 "비율감각, 균형되고 안정된 구성, 형식적 조화의 추구, 억제된 표현(understatement), 고대문인들의 모방, 예외적인 것에 대한 혐오, 감수성과 상상력의 통제, 각 특수한 장르의 글을 지배하는 규칙에 대한 복종" 등을 특색으로 하는 고전주의에 대한 반동으로 낭만주의가 대두한 것과[1] 그 맥을 같이 하고 있다. 명말, 복고와 모방을 중시하는 '전후칠자 문론의 말류적 폐단'이 문단을 지배하자, 그 해결책으로 이지는 '童心'을, 원굉도는 '性靈'을 제창했다. 이는 '문학의 경직성'에 대한 일탈 욕구였다.

원굉도는 자신의 표현 욕구를 수식과 과장으로 조립하는 것을 반대하고, 가식없는 진솔한 표현을 주장하였다. 그 결과 그는 盛唐의 시를 복제해내던 복고주의자들과는 달리, 명말을 살아가는 '自我'를 '표현'해내었다. 또한 문학을 학식의 산물이 아닌 영혼의 산물로 파악함으로써, 천재에 의한 절묘한 모방과 표절이 아니라, 서투르지만 '自我'의 진실한 吐露를 보다 중시하였다. 문학이 이성의 산물임을 인정하였지만 그가 말하는 '이성'이란 '인간'이기에 가질 수밖에 없는 본능적 욕망까지도 포괄하는 '이성'이었다.

이러한 원굉도를 林語堂은 '自己表現派'라고 규정하며, 그가 주창한 '성령'을 '個性'의 '性'과, '넋' 또는 '생명력'의 '靈'으로 구분한 바 있다.[2] 필자는 본론에서 '성령'을 '생명력 있는 개성적 자아의 확립', '확립된 자

---

1) Dominique Secretan 지음, 이상옥 옮김, 『고전주의Classicism』 5쪽 서울대학교 출판부.
2) 林語堂 지음 윤영춘 옮김, 「文章道」, 『林語堂全集』 권1 400쪽 휘문출판사, 1968.

아에서 我見을 극복한 '無我化', 그리고 '무아화한 자아의 진솔한 표현의
지'로 파악하였다. 원굉도가 주장한 '성령'은 시대와 개인에 따른 서로
다른 고유의 자아를 바탕으로 하여 순간적으로 吐出되기 때문에,[3] '성
령'의 표현인 작품은 인위적 모방이나 표절로는 이룰 수 없다.[4] 그러므
로 '성령의 힘'에 의해 탄생한 문학은, 개인의 차별성이 그대로 '반영'된
'개성적'이고 '새로운' 작품이기 때문에 참될 수밖에 없다.[5] '성령'이 원
굉도의 핵심 사상으로 자리하게 되는 근거가 여기에 있다.

　필자는 제2장 「생애」에서 원굉도의 삶을 고찰함으로써, 인위적으로
과장된 '善한 삶'이 아닌 '진실된 삶'이 무엇인가를 규명해 보았다. 그
리고 제3장과 제4장에서는 도덕적 주체를 대신한 미학적 주체인 '자아
의 확립'과, '확립된 자아'의 靈明함을 '표현'하고자 하는[6] '性靈思想'을
살펴봄으로써, 경직성과 획일성에서 벗어나는 과정을 고찰하였다. 그
결과 원굉도의 '성령사상'은 획일적인 사고와 표현을 요구하는 중세적
분위기를 극복하려는 과정에서 도출된 사상이었다는 결론을 내리게 되
었다.

　이상과 같이 '인간'의 발전 단계에 문학의 발전 단계를 맞추고자 하
였던 원굉도의 '性靈文學論'은, 박해에도 불구하고[7] 미미하나마 그 명

---

3) 1685쪽 江進之, 「敝篋集序」: 夫性靈竅于心, 寓于境. 境所偶觸, 心能攝之；心
　　所欲吐, 腕能運之 …… 以心攝境, 以腕運心, 則性靈無不畢達.
4) 1103쪽 「敍囧氏家繩集」의 "不可造, 是文之眞性靈也." 356쪽 「飮湖心亭, 同兩
　　陶、黃道元、方子公賦」의 "濃淡粧常變, 夭喬性亦靈"을 살펴보면 '性靈'은 개
　　인에 따라 서로 다른 차별성을 가지며, 이러한 '性靈'에 의한 문학은 인위적
　　인 모방이나 표절로 이루어질 수 없음을 알 수 있다.
5) 1685쪽 「敝篋集序」에서 江進之는 "要以出自性靈者爲眞詩爾. 流自性靈者, 不
　　期新而新；出自模擬者, 力求脫舊而轉得舊"라고 말하고 있다. 譚元春은 「詩
　　歸序」에서 "夫眞有性靈之言, 常浮出紙上, 不與衆言伍"라고 '性靈'의 차별성
　　을 강조하고 있다.
6) 黃繼持, 「泰州學派對文學思想之影響」, 『東方文化』 제11권 제1기 156쪽 香港
　　大學出版社.
7) 원굉도의 문학 작품은 淸代 이후 금서로 묶여져 왔다. 『淸代禁書知見錄』・『淸

맥을 유지하였다. 원굉도가 주장한 '자아표현'은 '소품문 운동'으로, '眞
의 문학'은 '언문일치'의 노력으로, '雅俗共賞論'은 소설과 희곡에 대한
재평가로 이어졌다. 그러한 면에서 원굉도의 사상과 그 사상을 실천하
고자 하였던 의지는 고대와 근대를 이어주는 가교 역할을 담당하였다.

　원굉도를 위시한 공안파의 단명과 몰락은 학자에 따라 여러 가지 의
견을 제시하지만, 대체적으로 다음 두 가지로 요약할 수 있다.

　첫째, 공안파의 문학적 주장 자체가 가지고 있는 모순보다는 문학에
접근하는 창작자의 태도상의 문제를 들 수 있다. 중국문학은 문자의
특수한 성격상 시인계급의 분화를 가져올 수 없었으며 지배계급 자체
가 시인계급으로 존재해 왔다. 따라서 이들의 문학적 특색은 "다른 계
급에 대해서는 폐쇄적인 태도를 취하려는 특권층의 독점물이었을 뿐
아니라, 학식과 경험을 필요로 하고 작자의 개인적 능력을 반영한 문
학"[8]일 수밖에 없다.

　자본주의 맹아기라고도 평가되는 명말,[9] 경제력으로 신분 상승을 이
룩한 신흥계급은[10] 자신이 사회의 상층부[11]임을 확인하기 위한 문화

　　代抽　書目』 등 참조.
8) Arnold Hauser지음, 백낙청 옮김, 『문학과 예술의 사회사』 고대 편, 182쪽
　　창작과 비평사.
9) ⅰ. 樊樹志, 『明淸江南市鎭探微』 35쪽 復旦大學出版社, 1990: 明淸時代 長
　　江 삼각주의 蘇州府·松江府·杭州府·嘉興府·湖州府 일대의 상품경제의
　　발전은 전국에서 선두의 자리를 지켰다. 이 일대의 '市'들은 대부분 이미 사
　　방의 농가에서 정기적으로 장을 보러 모여드는 '定期市'의 단계를 넘어서서,
　　매일 빈번한 교역 활동이 이루어지는 '常設市'로서 경제의 중심지였다.
　　ⅱ. 正德 『姑蘇志』 권18: 특히 원굉도가 知縣을 지냈던 蘇州府 吳縣의 月城
　　市는 "각성의 장사치들이 모여드는 곳各省商賈所集之處"이었을 만큼 활기
　　넘친 상업지역이었다.
10) 韓大成, 『明代社會經濟初探』 217~19쪽 참조, 人民出版社, 1986.: 자본주의
　　적 가치관 하에서는 이제까지의 봉건적 계급질서가 자본주의적 계급질서
　　로 재분화될 수밖에 없게 된다. 따라서 새로운 자본가의 신분적 상승을 통
　　한 '신흥계급'의 형성과 무자본 양반계급의 신분적 하락이 동시에 진행될
　　수밖에 없었다. 그리고 상공업자의 권력과 지위가 상승함에 따라 '錢能使

적 과시가 필요하였다. 그러나 복고론자인 전후칠자가 주장하던 시문은 어렸을 때부터 축적한 '학문'을 바탕으로 하여야만 완성된 형태를 이룰 수 있다. 반면 작자의 개성을 존중하고 자유로운 개인의 정서인 '성령'을 강조한 공안파의 시문은 전자만큼의 학문적 축적을 필요로 하지 않는 만큼 이들 계급의 기호에 걸맞은 것이었다. 따라서 공안파의 폐단 조짐이 이미 원굉도 생전에 엿보인 것도 이상과 같은 관점에서 이해되어야 한다고 생각한다.

둘째는 원굉도가 '성령'의 완성된 형태를 제시하지 못했다는 점이다. 원굉도의 사상은 전술한 바와 같이 三敎의 무차별적 수용을 근간으로 하는 '自我論'이 바탕을 이루고 있다. 그러나 '自我'보다는 '사회인'으로서의 원굉도가 우선되어야 했던 관직 수행 기간 동안, 그의 사상은 현실 속에서 일관될 수 없는 한계점을 가질 수밖에 없었다. 그리고 문학적으로도, '反前後七子'라는 그의 주 목표가 달성된 후, 자신의 존재의의의 상실과 함께 방향감을 상실할 수밖에 없었다.

문학사적으로 원굉도의 문학사상은 전후칠자에 대한 반기였으며, 전후칠자의 문학론은 明初 臺閣體에 대한 반발이었다. 결국 전후칠자의 문학론뿐 아니라 원굉도의 문학론 또한 그 자체가 완성된 형태는 아니었던 것이다. 즉 특정 형태의 특정 요소를 반대하여 한 편면만을 지나치게 부각하고 강조한 결과, 강조되던 편면을 제외한 제반 요소들은 상대적으로 축소되고 경시되기 마련이다.[12] 원굉도의 '성령사상'에서도

鬼'라는 유행어가 생겨날 정도로, 계급적 특권 또한 역전될 수밖에 없었다.

11) 서울대학교 동양사학연구실 편, 『강좌중국사Ⅳ』 95쪽 지식산업사: 이들 신흥계급들은 재력을 바탕으로 지위 상승을 하였을 뿐 아니라 혼인·매직 등의 행위를 통하여 이전의 귀족 계급으로 진입·동화되어 갔다. 특히 비특권 지주들은 과중한 부담을 피하기 위하여 돈을 내고 관직이나 학위를 얻는 방법을 이용하거나 종족결합 등 온갖 수단을 동원하여 스스로 학위층 이상의 紳士가 되려고 하였다.

12) 前後七子의 대표였던 李夢陽은 만년에 "眞詩乃在民間! …… 予之詩, 非眞也. 王子所謂文人學子韻言耳, 出之情寡而工之詞多者也"(『李空同全集』 권50,

‘自我’에 대한 지나칠 정도의 주관적인 강조가 발견된다. 그 결과 중국 문학 특유의 형식미와 음악미가 많이 손상되었으며, 만년의 시풍은 중기에 비해 公安派의 특성이 많이 엷어졌다.13) 이는 원굉도도 ‘自我’의 지나친 강조만으로는 중국문학의 고유성을 유지할 수 없음을 깨닫고, 한때 배척의 대상이었던 唐詩로 경도되었기 때문이라고 생각한다.14) 그래서 원중도는 “지금 세상에서 (원굉도의 시 중에서) 좋아하는 것도 싫어하는 것도 모두 그의 소년 때의 ‘未定詩’”15)라고 원굉도 시풍의 변화를 말한다. 물론 원굉도의 창작 기법이 근본적으로 바뀐 것은 아니지만, 초기 시집에 가끔 등장했던 사회문제에 관한 언급이 완전히 사라지고 和韻詩가 증가하는 등,16) 세태의 흐름에 동화되어갔다.

이러한 변화를 필자는 이상과 현실의 갈등 속에서 ‘현실지향적 의지’의 승리라는 측면에서 고찰해보았다. 원굉도의 사상적 흐름은 제3장에서 고찰한 바와 같이 ‘도가와 불가에 의한 이상세계의 추구’와 ‘유교적 현실세계의 추구’라는 두 갈래의 상호 반복이었다. 원굉도는 세계를 부정하려고 노력하면서도 세계를 완전히 부정할 수 없었다.17) 유가적으로는 泰州學派에 몰입함으로써 현실지향의 의지를 억제하려했지만 역

「詩集自序」(郭紹虞 엮음, 『中國歷代文論選』 권3, 56쪽.)라고 창작방법상의 문제점을 자아비판하며 시풍의 변화를 예고하였다. 李夢陽의 변화는 바로 이러한 점에 대한 반성에서 나온 것이다.

13) 1690쪽 江盈科「解脫集序一」과 502쪽「張幼于」에서의 張幼于의 원굉도 시에 대한 평가. 袁中道 479쪽「王天根文序」: 天根與予兄弟, 最相知愛, 而其好先兄中郞詩文也獨甚, 逐字丹鉛, 以自賞適. 去年試省城. 有二三詞客譏訶中郞詩, 以爲不肯唐者. 天根嘿不應, 乃取中郞詩之最肯唐者, 別抄爲一册, 及書之箋間, 以示諸詞客曰: ‘此類何代人詩?’ 詞客曰: ‘上者盛唐, 次亦不失中晚.’ 於是天根大笑曰: ‘此卽袁中郞詩.’

14) 제4-1-1)-(1)절「창작 배경」참조.

15) 袁中道, 『珂雪齋近集·文鈔』 36쪽「花雪賦引」: 今世之所愛, 與世之所訾者, 皆少年未定詩.

16) 원굉도의 초기 창작을 모아놓은 『敝篋集』에서는 타인의 韻에 和韻한 것이 거의 없지만 30대 후반을 넘기면서부터는 대부분 화운하여 창작했다.

17) 2-4장「參與期」참조.

시 한계가 있을 수밖에 없었다. 원굉도가 이지를 처음 만났을 때 느꼈던 '감격'과 '환희'는 그 당시에 지었던 많은 시들과 원중도의 「遊居柿錄」・「柞林蒐記」 등이 입증한다. 그랬음에도 불구하고 스승인 이지의 비참한 죽음에 대하여 일체 함구하고 있다. 知人들의 죽음에 바쳐졌던 많은 애도시가 이지의 죽음에는 한 수도 바쳐지지 않았다. 이 또한 그의 사상적 전변을 증명할 수 있는 좋은 증거라고 할 수 있다. 이와 같은 변화는 원굉도가 제창한 性靈論이 애초부터 가지고 있던 약점에 대한 인정이며, 竟陵派의 대두는 전후칠자 말류와 公安派 말류의 극단적인 두 폐단을 조화・통일해야 한다는 의식의 반영이었다.

원굉도 문학론이 지니고 있는 중세를 깨뜨린 '功'과 함께 '過' 또한 무시할 수 없음은 물론이다. 본문에서 살펴본 바와 같이 원굉도의 주장은 비교적 독창적이고 창조적인 논리와 함께, 중세를 살아가는 중세인답게 자기의 주장을 복고주의 또는 의고주의 논리로써 정당화하려는 한계도 지니고 있었지만, 원굉도 문학론이 1930년대 신문학시기까지도 많은 영향을 끼쳤던 것은 그의 문학론이 중세의 질곡 속에서 미완의 진행태로나마 남아 있었기 때문이다. 원굉도의 모습 속에서 씻겨지지 않은 '중세'의 냄새를 부인할 수 없지만, '사상적 구속'의 장벽을 넘으려고 했던 그의 기치와 노력은 이미 인간의 자유를 위한 진일보라 하겠다.

관련자료 및 참고자료

▷ 단 행 본 ◁

______, 『古典文學論叢』 제3집, 齊魯書社, 1982.

______, 『四川大學哲學社會科學論文選』(2, 3집), 四川大學出版社, 1990.

______, 『中國文學批評資料彙編』, 臺灣 成文出版社, 1979.

簡錦松, 『明代文學批評研究』, 學生書局, 1988.

岡田武彦 主編, 『晦庵先生朱文公文集』, 臺灣中文出版社出版, 廣文書局
　　　　印行, 1972.

江盈科, 『雪濤閣集』, 西楚江氏北京刊本, 1600.

江盈科, 『雪濤小書』, 上海, 中央書店, 1948.

顧易生 主編, 『十大散文家』, 上海古籍出版社, 1990.

顧炎武, 『日知錄』, 臺北, 明倫出版社, 1970.

顧遠薌, 『隋園詩說的研究』, 中國書店, 1988.

高八美, 『袁中郎及其小品文研究』, 臺灣 輔仁大學 碩士學位請求論文, 1978.

郭慶藩, 『莊子集釋』, 中華書局, 1989년 10판.

郭紹虞, 『中國文學批評史』, 上海古籍出版社, 1969.

郭紹虞, 『中國詩的神韻與格調及性靈說』, 河洛圖書.

郭延禮, 『中國近代文學發展史』, 山東教育出版社, 1990.

羅根澤, 『中國文學批評史』, 上海古籍出版社, 1984.

譚元春, 『譚友夏合集』, 1633: 古吳張澤刊本 영인본, 偉門圖書公司, 1976.

唐昌泰, 『三袁文選』, 巴蜀書社, 1987.

陶望齡, 『歇庵集』, 1661: 山陰王應麟校刊本; 영인본, 偉門圖書公司, 1976.

梁啓超, 『中國近三百年學術史』, 江蘇廣陵古籍出版社, 1990.

梁啓超, 『中國學術思想變遷之大勢』, 臺灣華正書局, 1980.

孟　森, 『明淸史論著集刊』, 中華書局, 1986.

毛效同, 『湯顯祖硏究資料彙編』, 上海古籍出版社, 1986.

巫寶三, 『中國經濟思想史資料選集(明淸部分)』, 中國社會科學出版社, 1987.

敏　澤, 『中國文學理論批評史』, 北京, 人民文學出版社, 1981.

敏　澤, 『李贄』, 上海古籍出版社, 1984.

白居易, 『白居易集』, 中華書局, 1979.

樊樹志, 『明淸江南市鎭探微』, 復旦大學出版社, 1990.

北京大學哲學係美學敎硏室編, 『中國美學史資料選編』, 中華書局, 1981.

徐復觀, 『中國文學論集』, 學生書局, 1985년6판.

徐復觀, 『中國藝術精神』, 學生書局, ____________.

蕭　統, 『文選』, 藝文印書館, 1967.

沈德符, 『萬曆野獲編』, 1619년 서문, ;재판北京中華書局, 1959.

沈德潛, 『明詩別裁』, 초판1739: 上海商務印書館영인, 1933.

梁一成, 『徐渭的文學與藝術』, 藝文印書館, 1976.

釋以然, 『中國禪宗』, 臺北新潮社, 1991.

孫昌武, 『佛敎與中國文學』, 上海人民出版社, 1988.

沈德潛, 『古詩源』, 中華書局, 1990년 7판.

沈德潛, 『明詩別裁集』, 中華書局, 1977.

沈福偉, 『中西文化交流史』, 上海人民出版社, 1988.

諶兆麟, 『中國古代文論槪要』, 湖南文藝出版社, 1987.

梁漱溟, 『中國文化要義』, 正中書局, ___________.

梁漱溟, 『東方學術槪論』, 中華書局, 1988.

楊國榮, 『王學通論』, 上海三聯書店, 1990.

楊文生, 『楊愼詩話校箋』, 四川人民出版社, 1990.

楊文生, 『楊愼詩話校箋』, 四川人民.

葉慶炳, 邵紅 주편, 『中國文學資料彙篇(明代)』, 成文出版社, 1979.

葉　朗, 『中國美學史大綱』, 滄浪出版社, 1986.

吳武雄, 『公安派及其著述考』, 東海大學 碩士學位 請求論文, 1981.

王夫之, 『莊子解』, 中華書局, 1989 재판.

王　煜, 『明淸思想家論集』, 聯經出版事業公司, 1984년 2판.

王運熙, 顧易生, 『中國文學批評史』, 上海古籍出版社, 1986.

容肇祖, 『明代思想史』, 開明書店, 1962.

容肇祖, 『李卓吾評傳』, 商務印書館, 1973.

容肇祖, 『容肇祖集』, 齊魯書社, 1989.

袁宏道, 『袁宏道集箋校』(錢伯城箋校), 上海古籍出版社, 1981. 7판.

袁宏道, 『袁中郎全集』, 上海, 世界書局 1935. 世界書局 1964.

袁宏道, 『袁中郎全集』, 香港宏智書局.

袁宏道, 『袁中郎尺牘』, 廣文書局, 1989.

袁乃玲, 『袁中郎硏究』, 臺北, 學海出版社, 1981.

袁　枚, 『隨園詩話』, 北京, 人民文學出版社, 1982.

袁宗道, 『白蘇齋類集』, 上海古籍出版社, 1989.

袁中道, 『珂雪齋集』, 上海古籍出版社.

袁中道, 『珂雪齋近集』, 上海書店, 1982.

韋仲公, 『袁中郎學記』, 新文豊出版公司, 1979.

劉大杰, 『中國文學發達史』, 臺灣中華書局, 1984.

劉美華, 『楊維楨詩學研究』, 文史哲出版社, 1983.

劉延陵, 『明淸散文選』, 正中書局, ___________.

殷　杰, 『中國古代文學理論鑒識』, 華中師范大學出版社. 1986.

李光璧, 『明朝史略』, _____________, _____________.

李龍潛, 『明淸經濟史』, 廣東高等敎育出版社, 1988.

李夢陽, 『空同先生集』, 臺北偉門圖書公司　재판, 1976.

李攀龍, 『滄溟先生集』, 臺北偉門圖書公司　재판, 1976.

李　贄, 『焚書』, 臺北, 河洛圖書出版社, 1974.

李　贄, 『續藏書』, 北京, 中華書局, 1959.

李　贄, 『藏書』, 北京, 中華書局, 1959.

李　贄, 『四部刊要 焚書/續焚書』, 臺灣漢京文化事業有限公社, 1984.

任訪秋　주편, 『中國近代文學史』, 河南大學出版社, 1988.

任訪秋, 『袁中郎研究』, 國際出版社, 1983.

任訪秋, 『中國新文學淵源』, 河南人民出版社.1986.

張居正, 『張太岳集』, 上海古籍出版社, 1984.

張　健, 『明淸文學批評』, 臺灣國家出版社, 1983.

張國光·黃淸泉　주편, 『晩明文學革新派公安三袁硏究』, 華中師範大學出
　　　版社, 1987.

______, 『四部要籍序跋大全』, 民國, 華國出版社.

張國光 選編, 『金聖嘆詩文評選』, 岳麓書社, 1986.

張　芬, 『明史紀事』, 江蘇廣陵古籍印刷社, 1990.

張少康, 『中國古代文學創作論』, 北京大學出版社, 1982.

張廷玉, 『明史』, 北京, 中華書局, 1974.

馬積高, 『宋明理學與文學』, 湖南師範大學出版社, 1989.

張海鵬, 『中國通史』, 安徽人民出版社, 1991.

田素蘭, 『袁中郎文學硏究』, 文史哲出版社, 1982.

錢謙益, 『牧齋初學集』 上海古籍出版社, 1985.

錢謙益, 『列朝詩集小傳』, 上海古籍出版社, 1983.

錢基傳, 『明代文學』, 上海, 商務印書館, 1934.

錢仲聯, 『明淸詩文硏究資料輯叢』, 吉林文史出版社, 1990.

錢伯城, 『袁宏道集箋校』, 上海古籍出版社, 1981.

鄭辰鐸, 『中國俗文學史』, 上海書店, 1987 재판.

鄭振鐸, 『中國文學中的小說傳統』, 臺灣木鐸, 1981.

周谷城, 『中國通史』, 香港太平書局, 1979 재판.

周承弼, 『公安縣志』.

周　初, 『中國文學批評小史』, 長江文藝出版社, 1981.

周振甫, 『中國修辭學史』, 商務印書館, 1991.

周作人, 『中國新文學的源流』, 北京, 人文書店, 1934.

朱家馳, 『明代游記選粹』, 天津敎育出版社, 1987.

朱劍心, 『晚明小品選注』, 臺灣商務印書館, 1987 9판.

朱光潛, 『談美談文學』, 人民文學出版社, 1988.

朱東潤, 『中國文學批評史大綱』, 上海古籍出版社, 1983.

朱銘漢, 『袁中郎之文學批評觀』, 東海大學, 碩士學位論文, 1978. 6.

朱維之, 『李卓吾論』, 福建協和大學出版部, 1935.

朱維之, 『中國文藝思潮史略』, 上海, 開明書店, 1946.

朱一淸, 程自信注, 『金聖嘆選批才子必讀新注』, 安徽文藝出版社, 1988.

朱　熹, 『詩集傳』, 中華書局, 1987 재판.

朱　熹, 『楚辭集注』, 中華書局, 1987.

中國社會科學院, 『中國文學史』, 人民文學出版社, 1989.

中國社會科學院, 『中國文學史硏究集』, 上海古籍.

曾　毅, 『中國文學史』, 泰東圖書公司, 1915.

陳建華 등, 『明代文學硏究』, 江西人民出版社, 1990.

陳鼓應, 『莊子今注今譯』, 中華書局, 1990.

陳錦釗, 『李贄之文論』, 臺北, 嘉新水泥公司, 1974.

陳萬益, 『晚明性靈文學思想研究』, 國立臺灣大學博士學位論文, 1978.

陳少棠, 『晚明小品論析』, 臺北, 源流出版社, 1982.

陳永正, 『市井風情-三言二拍』, 中華書局, 1988.

陳　田, 『明詩紀事』, 臺北, 商務印書館, 1968.

陳　柱, 『中國散文史』, 上海書店, 1984.

崔大華, 『莊子歧解』, 中州古籍出版社, 1988.

湯顯祖, 『湯顯祖詩文集』, 上海古籍出版社, 1982.

貝遠辰·葉幼明 주편, 『歷代遊記選』, 湖南人民出版社, 1980.

廈門大學歷史系, 『李贄研究參考資料』, 福建人民出版社, 1975.

韓大成, 『明淸社會經濟初探』, 人民出版社, 1986.

嵇文甫, 『晚明思想史略』, 重慶, 商務印書館, 1944.

嵇文甫, 『嵇文甫文集』, 河南人民出版社, 1985.

胡　適 등 지음,『禪宗的歷史與文化』, 臺北 新潮史, 1991.

胡　適,『白話文學史』, 胡適紀念館, 1969.

華諾語文學編譯組,『文學理論資料彙篇』, 華諾文化事業有限公司, 1985.

華正書局編輯部,『校訂本中國文學發展史』, 華正書局, 1976.

黃冕堂,『明史管見』, 齊魯書社, 1985.

黃宗羲,『明儒學案』, 中國書店, 1990.

黃海章,『中國文學批評簡史』, 廣東人民出版社, 1962.

侯外盧,『中國早期啓蒙思想史』, 北京, 人民出版社, 1956.

侯外盧,『中國思想史綱』, 中國靑年出版社, 1980 재판.

靑木正兒,『支那文學思想史』, 岩波書店, 1943.

戶川芳郎,『儒敎史』, 山川出版社, 1987.

Chan Hok-lam(陳學霖),『*Li Chih(1527~1602)in Contemporary Chinese Historiography: New Light on His Life and Works*』, New York: M. E. Sharpe 1980.

Chaves, Jonathan,『*Pilgrim of the Clouds-Poems and Essays by Yüan Hung-tao and his Brothers*』, Weatherhill, 1978.

Chih-p'ing Chou周質平,『*Yüan Hung-tao and the Kung-an School*』, Cambridge University Press, 1988.

Liu, James J. Y.,『*Art of Chinese Poetry*』, University of Chicago Press, 1962.

Liu, James J. Y.,『*Chinese Theories of Literature*』, University of Chicago Press, 1975.

Liu, James J. Y.,『*Essentials of Chinese Literary Art*』, Duxbury Press, 1979.

Vallette-Hémery, Martine, 『*Nagues et Pierres: Yuan Hong-dao*』, Pubilications Orientalistes de France, 1982.

______, 『전환기의 동아시아 문학』, 창작과 비평사, 1985.

______, 『불교와의 만남을 위하여』, 도서출판 여래, 1988.

교수불자연합회 편저, 『불교의 현대적 조명』, 민족사, 1989.

김길상, 『불교입문교리』, 홍법원, 1973.

김동리 등 지음, 『우리문학의 논쟁사』, 어문각, 1985.

김동엽, 『불교윤리학』, 보연각, 1989.

김열규 등 지음, 『죽음의 사색』, 서당, 1989.

김윤식, 『한국근대문학사상사』, 한길사, 1984.

김학주, 『중국문학개론』, 신아사, 1981.

김흥규, 『한국문학의 이해』, 민음사, 1986.

김흥규, 『조선후기의 시경론과 시의식』, 고대민족문화연구소, 1982.

동양사학회 편, 『개관동양사』, 지식산업사, 1983.

박원서 지음, 『대우주와 인간－물리의 세계와 불교의 세계』, 일조각, 1987.

신소천 강술, 『般若·金剛經 강의』, 불교서적 센터, 1968년.

염무웅, 『민중시대의 문학』, 창작과 비평사, 1984.

유명종, 『宋明哲學』, 형설출판사, 1987 재판.

이승훈, 『시론』, 고려원, 1985 10판.

장원규, 『중국불교사』, 고려원, 1989.

정규복, 『한중문학비교의 연구』, 고려대학교 출판부, 1987.

조동일, 『국문학연구의 방향과과제』, 새문사, 1983.

조동일, 『한국문학통사』, 지식산업사, 1984.

차상원, 『중국고전문학평론사』, 범학도서, 1975.

허세욱, 『중국문화개설』, 법문사, 1987.

A.하우저 지음, 백낙청 옮김, 『문학과 예술의 사회사』(고대, 중세, 근세 상), 창작과 비평사.

Frederick Copleston 지음, 임재진 옮김, 『칸트』, 중원문화, 1991.

L 라즈니쉬 등 지음, 강성위 옮김, 『인식의 한계』, 이문출판사, 1988.

EDWIN O. REISCHAUER, JOHN K. FAIRBANK저, 전해종 고병익 옮김, 『동양문화사』, 을유문화사, 1987.

鎌田茂雄, 정순일 옮김, 『중국불교사』, 경서원, 1989.

Monroe C. Beardsley 지음, 이성훈 안원현 옮김, 『미학사Aesthetics』, 이론과 실천, 1990.

高崎直道 지음, 홍사성 편역, 『불교입문』, 우리출판사, 1988.

勞思光 지음, 정인재 옮김, 『중국철학사』, 탐구당, 1988.

劉若愚 지음, 이장우 옮김, 『중국시학』, 범학도서, 1976.

木村淸孝 지음, 박태원 옮김, 『중국불교사상』, 경서원, 1988.

山田慶兒 지음, 김석근 옮김, 『朱子의 자연학』, 통나무, 1992.

守本順一郞 지음, 김수길 옮김, 『동양정치사상사연구』, 동녘.

狩野直喜 지음, 오이환 옮김, 『중국철학사』, 을유문화사, 1986.

馮友蘭 지음, 정인재 옮김, 『중국철학사』, 형설출판사, 1990.

任繼愈 지음, 전원택 옮김, 『중국철학사』, 까치, 1990.

궁기시정 지음, 조병한 편역, 『중국사』, 역민사, 1988.

라즈니시 지음, 석지현 옮김, 『반야심경』, 일지사, 1982.

중촌원 등 지음, 석원욱 옮김, 『화엄사상론』, 문학생활사, 1988.

찰즈 허커 지음, 박지훈, 박은화, 이명화 등 옮김,『중국문화사』, 한길
　　사, 1985.

▷ 논 문 류 ◁

江　邊,「公安三袁」,『中學語文』, 武漢師院, 1979(4), 57~58쪽.

顧易生,「明代詩文批評中的擬古與反擬古論爭」,『文史知識』, 1984년 제2기.

公　木,「繼承發揚現實主義和浪漫主義的詩歌傳統」,『古代文學理論研究叢
　　刊』, 1981년 4집.

郭紹虞,「性靈說」,『照隅室古典文學論集』, 上海古籍出版社, 1983.

郭紹虞,「明代文學批評的特徵」,『　”　』.

邱漢生,「泰州學派的傑出思想家李贄」,『歷史研究』, 64, 1(1964. 1).

克　展,「袁中郎狂夫狂言」,『藝文誌』, 152(1978, 5).

忻　路,「性靈說的功過」,『讀書』, 1982년 6기.

羅鋼陳庄,「東西方浪漫主義文藝理論的幾點批較研究」,『中國批較文學』, 1,
　　江文藝出版社, 1985.

羅根澤, 「現實主義在中國古典文學及理論批評中的發生和發展」,『羅根澤
　　古典文學論集』, 上海古籍出版社, 1985.

覃召文,「詩論道學家思想對詩學的影響」,『華南師範大學學報』, 1983년 3집.

董國炎,「敎化至上與小說」,『文學遺産』, 1988년 1.

杜新吾,「袁宏道」,『中國文學史論集』, 中華文化, 1958.

杜　若,「袁氏三兄弟與公安文體」,『合肥月刊』, 18, 9(1977. 9).

鄧紹基,「略談明代文學」,『文史知識』, 1984년 3기.

路　侃, 「試論明代文藝理論中的'主情'說」, 『文學論集』, 7(1984, 4).

魯　迅, 「招貼卽杻」, 『魯迅全集』

馬美信, 「論公安派與境陵派的分岐」, 『復旦學報』, 1985년 제5기.

馬成生, 「當看他趨向之大體-關于魯迅對袁中郎的論述」, 『杭州師院學報』, 1982년 1기.

馬積高, 「論境陵派的文學思想」, 『古代文學理論硏究』 14, 上海古籍出版社, 1989.

敏　澤, 「關于古典文學中的現實主義問題」, 『文學遺産』, 1980년 3기.

敏　澤, 「我國古文論中的情感論」, 『古代文學理論硏究叢刊』, 1981년 4집.

潘知常, 「對"吟詠情性"要具體分析-明淸文藝思潮札記」, 『光明日報』, 1985년 4월 23일.

潘知常, 「陸王心學與明淸文藝思潮-明淸文藝思潮札記」, 『鄭州大學學報』, 1984.

潘知常, 「中國古典美學論靈感的培養」, 『中州學刊』, 1986년 3기.

方　銘, 「論明淸散文的發展和成就」, 『安徽大學學報』, 1980년 4기.

方　銘, 「別開生面, 情意綿邈-談袁宏道的『晚遊六橋待月記』」, 『散文』, 1981.

裴　斐, 「詩緣情辨」, 『文學遺産』, 1983, 2.

裴　斐, 「情理中和說質疑」, 『文學遺産』, 1987, 5.

裴樹海, 「論明代文學的流派」, 『電州師專學報』, 1985년 1기.

樊　繢, 「袁中郎遊百泉」, 『論語半月刊』, 54(1934, 12).

范存忠, 「中國的人文主義與英國的啓蒙主義運動」, 『文學遺産』, 1981, 4.

傅繼馥, 「詩論中國文學與世界文學的基本關係」, 『古典文學論叢』(陝西人民出版社), 1983년 3집.

費海磯, 「從袁中郎詩談到英國詩人哈代」, 『書和人』.

徐銘延, 「論公安派的思想和文學主張」, 『江海學刊』, 1958년 6기.

徐朔方,「『金甁梅』成書補證」,『杭州大學學報』, 1981년 1기.

徐重慶,「魯迅論袁中郎」,『文科敎學』, 1980년 1기.

蕭登福,「公安派文學論」,『中華文化復興月刊』, 12, 4(1979, 4),

邵　紅,「境陵派文學理論的硏究」,『文史哲學報』, 24(1975, 10).

邵　紅,「公安境陵文學理論的硏究」,『思與言』, 12, 2(1974, 7).

邵　紅,「袁中郎文學觀的剖析」,『國立編譯館館刊』, 2, 1(1973, 6),

沈啓無,「珂雪齋外集遊居柿錄」,『人間世』, 31(1935, 7).

沈　思,「關於袁中郎與王百穀」,『人間世』, 19(1935, 1), 27~28쪽.

艾　惕,「袁宏道－公安派的主張」,『武漢晩報』, 1963년 11월 16일.

梁容若,「論依託的袁宏道作品」,『書和人』.

梁容若,「袁宏道生平和作品」,『書和人』.

梁容若,「袁宏道徐文長傳正誤」,『文壇』123(1970, 9).

梁容若,「葡萄社與公安派」,『純文學月刊』, 6, 1(1970, 1).

楊德本,「袁中郎之文學思想」, 文史哲出版社, 1976.

楊天石,「晩明文學理論中的"情眞"說」,『光明日報』, 1965년 9월 5일.

楊憲武,「公安派與公安縣志」,『湖北文獻』, 40(1976, 7).

呂景林,「李贄與明末三敎合一思潮」,『中國文化硏究論集』 제1집, 復旦大
　　　學出版社, 1984.

吳奔星,「袁中郎之文章及文學批評」,『師大月刊』, 30(1935, 10).

吳汝煜,「談我國古代詩論中的自然說」,『文藝理論硏究』, 1980년 3기.

吳調公,「論公安三袁美學觀之異同」,『文學評論』, 1986년 1기.

吳調公,「關于古代文論中的靈感問題」,『文藝理論硏究』, 1983년 2집.

吳調公,「論公安派三袁文藝思想與藝術」,『社會科學戰線』, 1985년 제4기.

吳調公, 「論王漁洋的神韻說與創作個性」, 『文學遺產』, 1984년 1기.

吳調公, 「文藝啓蒙的曙光-晚明文藝思潮烏瞰」, 『師專學報』, 1984년 1기.

吳調公, 「心靈的遠游」, 『文學遺產』, 1987년 3기.

吳調公, 「爲境陵派一辯」, 『文學評論』, 1983년 3기.

吳風鄒, 「詩論湯顯祖的詩」, 『文學評論叢刊』, 1985년 22집.

鄔國平, 「湯顯祖的詩文理論」, 『復旦學報』, 1985년 제1기.

溫至孝, 「袁宏道游記散文的思想與藝術」, 『西北師院學報』, 1986년 제2기.

王　愷, 「詩論晚明文論中的'自娛'說」, 『南京師大學報』, 1985년 4기.

王　序, 「袁宏道」, 『中國文學作家小傳』, 香港, 友聯出版社, 1958.

王先懋, 「李贄『初澹輯』·『藏書』及書答雜述中的小說觀評述」, 『中國文藝
　　　　思想史論叢(3)』, 北京大學出版社, 1988.

王齊洲, 「傳統思想文化的深入反思--明代小說發展的一條線索」, 『文學遺
　　　　産』, 1987년 5기.

王曉平, 「袁宏道的性靈說和山本北山的淸新詩論」, 『古代文學理論硏究』
　　　　14, 上海古籍出版社, 1989.

劉大杰, 「春波樓隋筆」, 『人間世』 3기, 1934년 5월.

王文生, 「明代的文學理論」, 『武漢大學學報』, 1981년 제1기.

王英志, 「情與味-我國古代詩論學習札記」, 『江蘇師院學報』, 1981년 4집.

王岳川, 「中西美學中'興會'與'靈感'論之比較」, 『齊齊哈爾師院學報』, 1986
　　　　년 4기.

容肇祖, 「明李卓吾先生贄年譜」, 臺灣商務印書館, 1982.

于秋士, 「典故與性靈」, 『人間世』 29기, 1935년 6월.

郁達夫, 「重印袁中郞全集序」, 『袁中郞全集』, 時代圖書公司, 1934.

袁　照, 「袁石公遺事錄」, 『袁中郞全集』, 繼善書屋刊本.

阮國華,「試談我國古代文論中的靈感論」,『文學評論叢刊』, 1982년 13집.

魏子雲,「論袁宏道及謝的這封信」,『金瓶梅審探』, 商務印書館, 1982.

魏子雲,「袁小修與金瓶梅」,『金瓶梅探源』.

魏子雲,「袁中郎"觸政"之作」,『中外文學』, 5, 9(1977, 2).

魏子雲,「袁中郎與金瓶梅」,『書和人』.

劉大杰,「袁中郎的詩文觀」,『人間世』, 13(193410).

劉良明,「試論晚明的現實主義小說理論」,『武漢大學學報』, 1981년 제1기.

劉文忠,「試論古典文論中的'眞實'問題」,『文學評論叢刊』, 1981년 9집.

劉 燮,「公安境陵小品讀後題」,『人間世』, 16(1934, 11).

劉 燮,「關於公安小品文之一席話」,『人間世』, 8(1934, 7).

劉任萍,「境界論及其秤謂的來源」,『人間世』 17기, 1934년 12월.

尹恭弘,「略談譚元春的詩歌創作」,『光明日報』, 1983년 5월 3일.

宜 珊,「袁宏道的詩」,『今日中國』, 55(1975. 11).

李健章,「三袁詩歌初探」,『武漢大學學報』, 1981년 제1기.

李健長,「公安派的創作論 - "獨抒性靈, 不拘格套"綜釋」,『古代文學理論
    研究』, 上海古籍出版社, 1980.

李澤厚,「宋明理學片論」,『李澤厚哲學美學文選』, 湖南人民出版社, 1985.

李憲昭,「談略明代公安派的文學主張」,『語文學習』, 45, (1983, 3), 44~7쪽.

李憲昭,「略談明代公安派的文學主張」,『語文學習』, 1983년 3집.

任訪秋,「A Brief Introduction to Yuan Hongdao」,『Chinese Literature』,
    1981년 2기.

任訪秋,「關于袁中郎和他所倡導的文學革新運動」,『文學遺產』, 1980년 2기.

任訪秋,「李贄與晚明思想解放及文學革新運動」,『河南大學學報』, 1985년

제2기.

任訪秋, 「晚淸小說革新與五四文學革命」, 『文學遺産』, 1983년 1기.

任維焜, 「中郎評傳(1)」, 『師大月刊』, 1, 2(1933, 1).

任維焜, 「中郎評傳(2)」, 『師大國學叢刊』, 1, 3(1932, 3).

任維焜, 「中郎師友考(袁中郎評傳之一)」, 『師大國學叢刊』, 1, 2(1931, 5).

林　崗, 「關于晚明以來文學浪漫思潮的斷想」, 『內蒙古社會科學』, 1985년 5기.

林語堂, 「論文(2)」, 『論語半月刊』, 28(1933, 11).

林語堂, 「論文」, 『論語半月刊』, 15, (1933, 4).

林語堂, 「論小品文筆調」, 『人間世』, 6, (1934, 6).

林語堂, 「小品文之遺緒」, 『人間世』, 22, (1935, 2).

林語堂, 「還是講小品文之遺緒」, 『人間世』, 24, 1935, 3).

林語堂, 「論語-設文德」, 『論語』 15기, 1933년 4월.

林章新, 「袁中郎與花道」, 『華國』(香港中文大學), 6(1971, 7).

林志琴, 「晚明城市風尙初探」, 『中國文化硏究論集』 제1집, 復旦大學出版
　　　　社, 1984.

張良志, 「袁宏道文學思想中的辯證因素」, 『武漢大學學報』, 1986년 제1기.

張連第, 「錢謙益的文學批評」, 『古典文學論叢』, 3(1982).

張汝釗, 「袁中郎的佛學思想」, 『人間世』, 20(1935, 1).

張碧波, 雷嘯林, 「試論中國古代浪漫主義文學傳統諸問題」, 『文學遺産』,
　　　　1983년 3기.

張碧波·呂世緯, 「古典現實主義論略」, 『文學遺産』, 1987년 3기.

張中行, 「公安派及其散文」, 『遼寧敎育學院學報』, 1983년 2기.

章明壽, 「古代山水散文的表現手法」, 『光明日報』, 1980년 4월 30일.

田素蘭, 「袁中郎文學理論的形成」, 臺灣師大『國文學報』, 10(1981. 6).

錢伯城, 「讀袁宏道詩文集隋筆」, 『袁宏道集箋校』.

錢杏村, 「袁中郎與政治」, 『人間世』, 7(1934. 7).

丁志堅, 「獨抒性靈的公安派領袖袁宏道」, 『中國十代散文家』, 順風出版社, 1967.

程林輝, 「明代浪漫主義美學思潮的產生及其特徵」, 『爭鳴』, 1984년 2기.

齊治平, 「中國文學批評史上唐宋詩之爭5」, 『北京師院學報』, 1982년 제1기.

曹聚仁, 「何必袁中郎」, 『太白半月刊』, 1, 4(1934. 11).

曹聚仁, 「人間世」, 『人間世』 5기, 1934년 6월.

趙永紀, 「論淸初時壇的虞山派」, 『文學遺產』, 1986. 4.

周來祥, 「是古典主義還是現實主義」, 『文學遺產』, 1980년 3기.

周來祥, 「中國古典美學的藝術本質觀」, 『文學遺產』, 1987년 6기.

周　邵, 「論眞率」, 『人間世』 30기, 1935년 6월.

周　邵, 「讀中郎偶識」, 『人間世』, 5(1934. 6).

周　慶, 「試論明代中後期的文藝啓蒙運動」, 『中國文藝思想史論叢(3)』, 北京大學出版社, 1988.

周寅賓, 「明代的茶陵詩派」, 『學林漫錄』, 1985년 10집.

周子瑜, 「從鍾惺「詩歸序」看他的詩學觀點」, 『南充師院學報』, 1985년 3기.

周作人, 「重刊袁中郎集序」, 『大公報文藝副刊』, 120(1934. 11. 17);

周質平, 「晚明文人對小說的態度」, 『中外文學』, 11, 12(1983. 5).

周質平, 「袁宏道的山水癖及其游記」, 『中外文學』, 13, 4(1984. 9).

周質平, 「評公安派之詩論」, 『中外文學』, 12, 10(1984. 3).

朱東潤, 「述錢牧齋之文學批評」, 『中國文學批評家與文學批評』, 學生書局, 1971.

朱東潤, 「袁中郞文學批評述評」, 『中國文學批評家與文學批評』, 學生書局, 1971.

朱東潤, 「何景明批評論述評」, 『中國文學批評家與文學批評』, 學生書局, 1971.

朱澤吉, 「李贄『童心說』及其在明淸文學思想的意義」, 『河北師院學報』, 1985 제1기.

中　書, 「袁宏道與日本揷花」, 『大公報』, 1966, 2, 1.

知　堂, 「談金聖嘆」, 『人間世』 31기, 1935년 7월.

知　堂, 「談馮夢龍與金聖嘆」, 『人間世』 19기, 1935년 1월.

陳良遠, 「意象, 形象比較說」, 『文學遺産』, 1986년 4기.

陳曼平, 「明代散文及其文論管窺」, 『牡丹江師院學報』, 1982년 1기.

陳曼平·張克, 「李贄的美學思想」, 『延邊大學學報』, 1983년 제4기.

陳　銘, 「宋明理學與明淸小說的程式化和敎訓化」, 『浙江學刊』, 1982년 1기.

陳祥耀, 「我國古典詩歌演變的幾個客觀規律」, 『文學遺産』, 1986, 5.

陳子展, 「公安竟陵與小品文」, 『小品文和漫畵』, 上海, 生活書店, 1935.

陳子展, 「什麼叫作公安派和境陵派」, 『文學百題』, 香港, 古文書局, 1961.

陳宗敏, 「袁中郞的思想與作品」, 『書和人』.

震　宇, 「試論袁宏道文學思想的階級實質」, 社會科學戰線編輯部, 『文藝學研究論叢』, 1979 여름.

蔡麗英, 「袁宏道評傳」, 『文學集刊』, (1968, 1).

蔡義忠, 「獨抒性靈的袁中郞及其散文造詣」, 『中國八大散文家』, 南京出版公司, 1977.

漆緒邦, 「'人'和'人學'解放的新潮-明代文學新思潮簡論」, 『北京師院學報』, 1984년 제3기.

托爾切諾夫, 「道敎和中國文化: 相互關係問題」, 『中國文化硏究論集』 제1집, 復旦大出版社, 1984.

風　子,「關于小品文」,『人間世』 2기], 1934년 5월.

馮天瑜,「明代文學復古主義的歷史評介」,『文藝論叢』, 1985년 21기.

何冠彪,「陶望齡, 奭齡兄弟生卒考略」,『中華文史論叢』, 33(1985).

寒　操,「袁中郎和水滸傳」,『羊城晚報』, 1980년 3월 14일.

許祥麟,「明代劇論中的本色說」,『文史知識』, 1982년 1기.

洪克夷,「袁宏道和他的遊記」,『語文戰線』, 1980, 1.

黃繼持,「泰州學派對文學思想之影響」,『東方文化』, 제11권 제1기.

黃　坤,「道學家論文與文學家論道」,『文學遺產』, 1986년 2기.

黃　坤,「道學家論文與文學家論道」,『文學遺產』, 1986년 2기.

晦　之,「三袁和公安派」,『胡北日報』, 1962년 6월 6일.

侯外盧,「十六世紀中國的哲學史潮槪述」,『歷史研究』, 59, 10(1959, 10).

溝口雄三,「公安派の道」,『入矢敎授・小川敎授退休紀念中國文學, 語學
　　　論文集』, 1974.

岡崎文夫,「袁中郎研究の流行」,『中國文學月報』, 1, 1(1935, 3).

毛塚榮五郎,「袁中郎とその時代」,『人物と時代』, 帝國書院, 1949.

毛塚榮五郎,「袁中郎に於ける矛盾」,『日本中國學會報』, 1957, 9.

武田泰淳,「袁中郎論」.

山下龍二,「袁中郎論－公安派文學と陽明學派」,『東方學』, 7 (1953, 10).

桑山龍平,「袁中郎の文學と生活」,『天理大學學報』, 24(1957, 10),

松下忠,「袁中郎非難に對する私見」,『和歌山大學學藝學部紀要』, 1959.

松下忠,「袁宏道の性靈說の萌芽」.

松下忠,「袁中郎の性靈說」.

阿部兼也,「唐詩歸詩評用語試探－"說不出"と"深"」,『集刊東洋學』, 29(1973, 6).

鈴木正, 「明代山人考」, 淸水博士追悼紀念明代史論叢編纂委員會, 『淸水博士追悼紀念明代史論叢』, 1962.

原田憲雄, 「瓶花-袁中郞私記(2)」, 『方向』, 7(1957, 8).

原田憲雄, 「顚狂-袁中郞私記(1)」, 『京都女子大學記要』, 11(195, 10.

原田憲雄, 「敝篋-袁中郞私記(3)」, 『方向』, 8(1958, 9).

入矢義高, 「公安三袁著作表」, 『支那學』, 10, 1, 1940, 12.

入矢義高, 「袁宏道」, 『中國詩人宣集二集』. 岩派書店, 1963.

入矢義高, 「公安から境陵へ: 袁小修を中心として」, 『京都大學人文科學研究所創立二十五周年論文集』, 1954, 11.

前野直彬, 「明七子の先聲-楊維楨の文學觀について」.

前野直彬, 「袁中郞十集と元政上人」, 『長澤先生古稀紀念圖書學論集』, 三省堂, 1973.

中村嘉弘, 「袁中郞小論-快樂と自適んういて」, 『Walpurgis』, 1979.

橫田輝俊, 「公安派の文學論」, 『光度大學文學部紀要』, 26, 1(1966. 12).

橫田輝俊, 「明代文學論の展開」, 『光度大學文學部紀要』, 38, 2(1978).

Araki Kenko, 「Confucianism and Buddhism in late Ming」, 『*The Unfolding of Neo-Confucianism*』, Columbia University Press , 1970, pp.33~66.

Chaves, Jonathan, 「The Expression of Self in the Kung-an School: Non-Romantic Individualism」, 『*Expression of Self in Chinese Literature*』, Colombia University Press, 1985.

Chaves, Jonathan, 「The Panoply of Images: A Reconsideration of the Literary Theory of the Kung-an School」, 『*Theories of the Arts in China*』, Prinston University Press, 1983.

Chih-ping Chou周質平, 「The Landscape Essays of Yüan Hung-tao」, 『Tamkang Review』, 13, 3(1983. 3).

Chih-ping Chou周質平, 「The Poetry and Poetic Theory of Yüan Hung-tao」, 『Tsing Hua Jounal of Chinese Studies』, New Series 15, 1 and 2(December 1983).

Hsiao Kung-chüan蕭公權, 「Li Chih: An Iconoclast of the Sixteenth Century」, 『T'ien-hsia Monthly』, 6, 4(1938, 4).

Hung Ming-shui洪銘水, 『YüanHung-tao and the Late Ming Liberty and Intellectual Movement』, University of Wisconsin-Madison, 박사학위논문, 1974, 12.

Liang I-ch'eng梁一成, 『Hsü Wei(1529~1593): His Life and Literary Works』, Ohio State University 박사학위논문, 1973.

Lin Yü-t'ang林語堂, 「The "Vase Flowers"of Yüan Chuanglang」, 『The Importance of Living』, Reynal and Hitchcock, 1938.

Lynn, Richard John, 「Alternate Routes to Self-Realization in Ming Theories of Poetry」, 『Theories of arts in China』, Prinston University Press, 1983.

Lynn, Richard John, 「Tradition and the Individual: Ming and Ch'ing Views of Yüan Poetry」, 『Journal of Oriental Studies』, 15, 1(1977).

Lévy André, Un document sur la querelle des anciens et des modernes more sinico: De la Prose, par Yuan Zonddao(1560~1600) suivi de sa biographie, comprosée par son frére Yuan Zhongdao (1570~1623)', T'oung Pao, 54(1968).

Nivision, David S, 「Protest against Conventions and Conventions of

Protest」, 『*The Confucian Persuasion*』, Stanford University Press, 1960.

Vallette-Hémery, Martine, 「Yuan Hongdao(1568-1610)」, 『*Mémoires de l'Institut des Hautes Etudes Chinoises*』, 18(1982).

de Bary, Wm. Theodore, 「Individualism and Humanitarianismin Late Ming」, 『*Self and Society in Ming Thought*』, Columbia University Press, 1970.

김경현, 『李東陽시론연구』, 한국외국어대학교 석사학위논문, 1984.

김영문, 『중국근대문학시론』, 서울대학교 석사학위논문, 1987.

김우창, 「순결과 객관의 미학」, 『창작과비평』, 1979년 1기.

김태성, 『李贄의 문론연구』, 한국외국어대학교 석사학위논문, 1985.

남덕현, 『金聖嘆의 문예비평 이론연구』, 한국외국어대학교 석사학위논문, 1989.

장 호, 「전통의 계승 문제」, 『심상』, 1976, 10월.

허세욱, 「중국 고전시의 이미지 연구」, 『한국외국어대학논문집』 제9집, 1976.

허세욱, 「중국 소품문의 성격연구」, 『한국외국어대학논문집』 제13집, 1980.

허세욱, 「청대시화의 유별과 그 연원 연구」, 『성곡논총』 제3집, 1972.

· 저자 ·

이기면
(李基勉)

· 약 력 ·

고려대학교 중문과를 졸업하고, 동대학원에서 문학박사학위를 받았다. 현재
배재대학교 중국어학과에서 중국어를 가르치고 있다.

· 주요논저 ·

대표 논문으로는 『袁宏道 性靈說 研究』와 『金聖嘆 文學思想研究』 등이 있다.

● 袁宏道 문학사상

· 초판 인쇄	2007년 3월 1일
· 초판 발행	2007년 3월 1일
· 지 은 이	이기면
· 펴 낸 이	채종준
· 펴 낸 곳	한국학술정보㈜
	경기도 파주시 교하읍 문발리 526-2
	파주출판문화정보산업단지
	전화 031) 908-3181(대표) · 팩스 031) 908-3189
	홈페이지 http://www.kstudy.com
	e-mail(출판사업부) publish@kstudy.com
· 등 록	제일산-115호(2000. 6. 19)
· 가 격	28,000원

ISBN 978-89-534-6442-1 93820 (Paper Book)
　　　 978-89-534-6443-8 98820 (e-Book)